ANDREA BONETTO

AZZURRO MORTALE

EIN LIGURIEN-KRIMI

EIN NEUER FALL FÜR
COMMISSARIO VITO GRASSI

Besuchen Sie uns im Internet:
www.droemer-knaur.de

Redaktion: Regine Weisbrod
Covergestaltung: buxdesign | Lisa Höfner
Coverabbildung: buxdesign unter Verwendung
eines Motivs von Navè Orgad (mauritius images)
Karte: © Peter Palm, Berlin
Satz und Layout: Adobe InDesign im Verlag
Druck und Bindung: CPI books GmbH, Leck
ISBN 978-3-426-30937-7

Kontaktadresse nach EU-Produktsicherheitsverordnung:
produktsicherheit@droemer-knaur.de

2   4   5   3   1

Für meinen Vater

MONTAG

GRASSI GEHT VON BORD

Wie gut sie aussah, wenn ihr glattes, nackenlanges schwarzes Haar vom Wind zerzaust ihr Gesicht umspielte. Er konnte ihre Augen hinter den Gläsern der dunklen Sonnenbrille nicht erkennen und wusste doch, welcher Ausdruck darin lag, als Chiara ihn jetzt ansah, die Hände in die Hüften gestemmt: genervte Ungeduld, nur leicht geglättet von einem Anflug von Sorge um ihn. Sie legte sich eine Hand an den Mund, um ihm etwas zuzurufen, das er nicht verstand, weil der Wind die Worte zerfetzte. Sicher war es so etwas wie: »Jetzt stell dich nicht so an, Vito! Andiamo!«

Er sah sich um. Tatsächlich schien er der Letzte an Bord zu sein. Hinter ihm stand nur noch ein bulliger Mann in weißem »5 Terre«-T-Shirt und mit sehr dunkler Sonnenbrille, der ihm jetzt eine große haarige Hand auf die Schulter legte und ihn mit Nachdruck an den Rand des tanzenden Bootes schieben wollte. Aber Grassi wehrte sich. Er hielt sich mit beiden Händen an der Reling fest. Ihm war schwindelig und speiübel. Er hatte keinen Blick für die Schönheit der Umgebung, für die bunten Boote in der fast kreisrunden kleinen Bucht unterhalb der Chiesa di Santa Margherita di Antiochia. Grassi versuchte, die Kirchturmuhr zu fixieren, doch er musste die Augen schließen, weil es wieder rapide abwärts ging und sein Magen gleichzeitig Achterbahn nach oben fuhr.

Der Bug des Bootes, von dem aus der wackelige Stahlsteg zur Kaimauer von Vernazza, einer der Ortschaften der Cinque Terre, führte, hob und senkte sich heftig. Immer dann, wenn der Kapitän versuchte, die Position in dem schäumenden Wasser ungefähr vier Meter von der Mauer entfernt zu halten, heulte der Motor auf. Die schmale Brücke rutschte knirschend –

Stahl auf Stahl – vor und zurück, schien immer dann nur noch um Haaresbreite an der Bootskante zu hängen, wenn das Boot von einer an die Mauer anbrandenden Welle plötzlich und heftig gehoben wurde und der Steg wie eine steile Rutsche vor Grassis Augen verschwand. Nur um im nächsten Augenblick, wenn der Bug tief in die Wellen tauchte, zum prekären Klettersteig zu werden. Der Commissario hatte Angst, in dem Moment in den brodelnden Grund katapultiert zu werden, in dem er auch nur einen Fuß auf diese wackelige Konstruktion setzte. In seinen Augen war es unverantwortlich, unter diesen Verhältnissen überhaupt die fünf Ortschaften anzufahren.

Andererseits hatte nicht einmal die kleine Rentnergruppe, die mit Chiara, seinem Sohn Alessandro und ihm in La Spezia an Bord gegangen war, Schwierigkeiten beim Ausstieg gehabt, sondern war fröhlich schnatternd übers Wasser gegangen.

Sein zwanzigjähriger Sohn Alessandro stand groß und breitschultrig und mit verschränkten Armen neben seiner Mutter und schien sich innerlich zu winden. Von Kindheit an war es ihm peinlich, wenn sein Vater in der Öffentlichkeit die Aufmerksamkeit auf sich zog, ob freiwillig oder unfreiwillig. Als die kleine Rentnergruppe bei den Fahrgästen stehen blieb, die ungeduldig auf der Kaimauer darauf warteten, das Boot besteigen zu können, und sich gegenseitig amüsiert auf das Schauspiel des letzten renitenten Touristen aufmerksam machten, gab sich Alessandro einen Ruck. Er schob sich vorbei an dem gestikulierenden Marinaio, der auf der Kaimauer den Steg sicherte, war mit ein paar großen Schritten auf dem Boot und packte Grassi, der sich widerstandslos vom Boot führen ließ wie ein geschlagener Boxer aus dem Ring. Als Vater und Sohn wieder festen Boden unter den Füßen hatten, gab es vereinzelt höhnischen Applaus von den wartenden Touristen.

»Wirklich sehr witzig«, murmelte der Commissario.

An diesem strahlend blauen Montag Mitte Juli waren sie in La Spezia auf das erste Ausflugsboot gestiegen, das die Route über die fünf weltberühmten Dörfer bis Levanto fuhr. Chiara hatte darauf spekuliert, dass Touristen nach dem Wochenende ausschlafen wollten, und damit zumindest teilweise recht behalten. Jedenfalls war das Boot weniger voll, als Grassi in dieser Jahreszeit befürchtet hatte. Es war ihm leidlich gut gegangen, bis sie die Landzunge von Porto Venere passierten, den Golfo dei Poeti verließen und das offene Meer erreichten. Von nun an ging es bergab mit ihm. Und während Chiara und Alessandro entzückt mit gezückten Handys an Deck standen und Fotos der sich spektakulär an dem steilen Felsufer festkrallenden Dörfer Riomaggiore und Manarola schossen, saß Grassi auf einer Bank im Schiffsinneren und behielt schwitzend und konzentriert den Horizont im Auge, weil er gelesen hatte, dass das gegen Seekrankheit helfen sollte. Es half ihm allerdings nicht, und hinter Corniglia bettelte er geradezu darum, in Vernazza an Land gehen zu dürfen. Und dann traute er sich nicht einmal.

Kaum vier Monate zuvor war Commissario Vito Grassi mit seinem Roadster voller Schallplatten, einer Tasche mit zwei Paar Schuhen, wenigen Hemden und Leinenjacketts und einem Kopf voll wirrer Gedanken in Levanto eingetroffen. Weniger mit dem Bedauern, sein Leben und seine Familie in Rom zurückzulassen, als mit dem Wunsch, etwas zu finden, das die ungewohnte innere Leere nach dem Tod seines Vaters füllen konnte. Vorgefunden hatte er zwei Mordfälle, eine ungebetene Mitbewohnerin, die sich als Lebensretterin erwies, und ein Team kompetenter Kolleginnen, die ihm von Anfang an nichts hatten durchgehen lassen. Die Lösung der beiden Fälle hatte ihn den geliebten Roadster und fast den Kopf gekostet, aber ihm auch Respekt verschafft bei seiner selbstbewussten Partnerin Ispettore Ricci und seiner strengen Chefin, der Quästorin von La Spezia, Lilia Feltrinelli.

Nun war zum ersten Mal zumindest ein Teil seiner Familie für ein paar Tage zu Besuch gekommen. Seine Tochter Lucy studierte in Berlin und hatte Besseres vor. Seit sie im Frühjahr einen Fahrradunfall gehabt und ein junger Mann sich als barmherziger Samariter entpuppt hatte, hörten sie erstaunlich wenig von ihr. Grassi versuchte, sich keine Sorgen um sie zu machen. Schließlich hatte sie bei ihrer Abreise vor etwas weniger als einem Jahr ermahnend zu ihm gesagt: »Papà: Wenn du nichts von mir hörst, dann ist alles in Ordnung.« Für Grassi keine Beruhigung, sondern ein unauflösbarer Widerspruch: Woher sollte er wissen, dass alles in Ordnung war, wenn er nichts von ihr hörte?

Weil ihm kein anderes Fahrzeug zur Verfügung gestanden hatte, holte Grassi die beiden am Samstag mit der Ape vom Bahnhof in Levanto ab. Erst als er seine Frau Chiara erwartungsvoll lächelnd aus dem Zug steigen sah, fragte sich Vito Grassi, warum er sie nicht mehr vermisst hatte in der vergangenen Zeit. So sehr freute er sich, sie zu sehen, dass er beinahe seinen Sohn Alessandro übersehen hätte, obwohl der mit seinen fast zwei Metern lichter Höhe nun wirklich kaum zu übersehen war. Chiara quetschte sich neben ihn ins Führerhäuschen des dreirädrigen Vehikels, einen Arm aus dem Fenster und einen Arm um seinen Nacken gelegt, um etwas mehr Platz zu haben. Körper an Körper spürte Grassi ihre Wärme, lachte mit ihr, wenn das kleine Gefährt im Kriechgang durch die Schlaglöcher der grauenvollen steilen Zufahrtsstraße zum Haus holperte und Alessandro auf der Ladefläche hilflos kreischend hin und her geworfen wurde.

Vito Grassis Mitbewohnerin Toni, mit der er sich nach seiner Ankunft schnell angefeindet und in den hektischen Tagen der Mörderjagd im März bald angefreundet hatte, war nur widerwillig für die Tage des Besuchs zu ihrer Mutter in die winzige Wohnung in Corniglia gezogen. Das Wetter sei doch warm und trocken und sie habe kein Problem damit, auf einer Isomatte auf der Terrasse oder im Olivenhain zu schlafen. Sie konnte erstaunlich unsensibel sein, dachte Grassi. Natürlich war ihre Anwesenheit keine Platzfrage.

Anfangs hatte er Chiara von dieser Freundin seines Vaters

erzählt, die sich um den Olivenhain kümmerte. Auch dass er und Toni manchmal gemeinsam kochten – meistens kochte sie, und er war der Handlanger – und an manchen Abenden über seinen Vater Emilio sprachen, mit dem sie zuletzt so viel mehr Zeit verbracht hatte als er. Gleichzeitig hatte er immer so getan, als gäbe es eigentlich gar nichts zu erzählen. Jedenfalls nichts, was Chiara hätte misstrauisch machen können.

Unerwähnt gelassen hatte er den Wein, den sie bei den langen nächtlichen Gesprächen über Emilio getrunken, und die Tränen, die sie dabei vergossen hatten. Nicht gesagt hatte er Chiara, dass er sich nicht daran erinnern konnte, wann er zuletzt bei einem Menschen eine solche Vertrautheit gespürt hatte, die zugleich immer noch ein bisschen mysteriös war. Nicht erzählt hatte er davon, dass er und Toni nach einem solchen weinseligen Gespräch zusammen auf dem Sofa eingeschlafen waren und er tief in der Nacht aufgewacht war. Toni schlummerte mit offenem Mund in ihrer Sofaecke. Ihre Füße in den dicken Stricksocken hatte sie im Schlaf unter seinen Hintern geschoben, sie zuckten im Traum. Grassi war so erschrocken von dieser ungewollten intimen Berührung, dass er aufgesprungen und ein paar Sekunden schwer atmend vor dem Sofa gestanden war. Dann, weil sein üblicher Schlafplatz schließlich besetzt war, hatte er sich zögernd ins Schlafzimmer zurückgezogen und den Wecker seines Handys auf halb sechs Uhr gestellt, damit er auf jeden Fall auf und aus dem Haus war, bevor Toni erwachte. Sie hatten nie ein Wort über diese Nacht verloren.

Und schon gar nicht erzählt hatte er Chiara von einem anderen Morgen zwei Wochen zuvor, als er schlaftrunken und etwas nach seiner üblichen Zeit vom Sofa aufgestanden und ins Bad geschlurft war, nur um plötzlich einer splitternackten Toni gegenüberzustehen. Sie stand seitlich zu ihm im grellen Licht des Badezimmerspiegels und hatte die Arme über den Kopf gehoben, um sich die nassen Haare mit einem weißen Handtuch trocken zu reiben. Als sie ihn bemerkte, bedeckte sie sich nicht, sondern drehte sich einfach zu ihm um, betrachtete ihn mit diesem Blick, der – wie Grassi manchmal dachte – Wildschweine töten konnte, legte ihm eine Hand auf die Brust und gab ihm einen Schubs, sodass er rückwärts in den Flur stolperte. Dann hatte sie die Badezimmertür mit einem Knall wieder zugeschlagen. Seit dem kleinen Vorfall, der natürlich einmal hatte passieren müssen, wenn man sich ein Bad teilte, kämpfte Grassi hin und wieder damit, das Bild der nackten Toni aus seinem Kopf zu vertreiben. Es gelang ihm bisher ganz gut.

Und als Chiara vor dem Haus ihre braunen Beine aus der Ape faltete, sich die Sonnenbrille in die glatten schwarzen Haare schob, die Hände in die Hüften stemmte und sich strahlend umsah, gab es in seinem Kopf keine Toni mehr.

Alessandro sprang von der Ladefläche, kam in drohender Boxerhaltung auf seinen Vater zu und traf ihn zweimal hintereinander mit schnellen, kurzen Jabs auf den Oberarm.

»Aua! Madonna!«

»Sehe gar nicht ein, warum nur ich blaue Flecken haben sollte.« Alessandro rieb sich mit schmerzverzerrtem Gesicht die Hüfte, aber an seiner aufgedrehten Art konnte Grassi erkennen, dass ihm die abenteuerliche Fahrt auf der Ladefläche der Ape Spaß gemacht hatte. Alessandro griff nach dem Koffer seiner Mutter und seiner Tasche. »Das hat Nonno selbst gebaut?«, staunte er beim Anblick des zweistöckigen Hauses aus Naturstein, das sich an den Hang schmiegte. Das Gelände um das Haus herum war steinig und grün zugleich, auf dem trockenen Boden der Macchia wuchsen wilde immergrüne Olivenbäume. Es war noch früh am Tag, aber schon sehr warm. In der würzig nach Wacholder, Rosmarin und Myrte duftenden Luft hing das durch Mark und Bein gehende Zirpen unzähliger Grillen.

»Sì. Er hat fast fünf Jahre dafür gebraucht.«

»Aber warum hier am Arsch der Welt? Warum nicht unten im Ort näher am Strand?«

»Man kann hier nicht neu bauen, wie und wo man will, Ales-sandro. Dein Nonno hat die Ruine eines Rusticos samt Grund-stück gekauft und auf dem Grundriss ein neues Haus gebaut. Keinen Meter breiter oder länger. Und es ist doch schön hier, oder?«

»Sì, sehr schön«, sagte Chiara. Er sah sie für einen Moment die Augen schließen und tief durchatmen. »Ist das dein Oliven-hain?« Sie deutete auf die angrenzenden Baumreihen.

Mein Olivenhain, dachte Grassi. So hatte er ihn noch nie be-trachtet. Toni kümmerte sich darum, hatte die Bäume im Früh jahr zugeschnitten, hatte die Jahre zuvor die Netze unter den Bäumen gespannt und geerntet, die Früchte gepresst, das Öl gefiltert und abgefüllt. Nein, es war nicht sein Olivenhain, son-dern ihrer.

»Ja«, sagte Vito. »Der Hain gehört zum Haus.«

»Viel Arbeit«, sagte Chiara fachmännisch nickend. Als Inha-berin einer gut gehenden Landschaftsgärtnerei in Rom kannte sie sich mit Olivenbäumen aus. »Aber die macht dann wohl die-se Toni, oder?«

»Welche Toni?«, mischte Alessandro sich ein.

»Kommt sie mal her?«, fragte Chiara und wandte sich zum Haus, ohne eine Antwort abzuwarten.

»Welche Toni?«, fragte Alessandro noch mal.

»Eine Freundin von Nonno, die hier mit ihm gewohnt hat«, sagte Grassi.

Chiara drehte sich im Gehen einmal um die eigene Achse. »Ich würde sie jedenfalls gern mal kennenlernen.«

»Nonno hatte eine Freundin?«, fragte Alessandro und zog anerkennend die Augenbrauen hoch.

»Was? Nein, nicht diese Art von Freundin«, erwiderte Grassi. Die Situation stresste ihn. »Und nein, sie wohnt nicht mehr hier«, sagte er fast trotzig und dachte den Gedanken zu Ende, *zumindest nicht, solange ihr beide hier seid.* Als er Chiara das erste Mal von seiner überraschenden Mitbewohnerin am Telefon erzählt hatte, hatte er scherzhaft und etwas peinlich berührt zu ihr gemeint, es gäbe »keinen Grund, eifersüchtig zu werden«. Aber Chiara hatte ihn nur daran erinnert, dass sie nie eifersüchtig war. Ihre Selbstsicherheit ärgerte Grassi auf schwer erklärbare Weise.

Er ging mit ausholenden Schritten an seiner Familie vorbei über das seit Monaten sonnenverbrannte braune Gras des Vorplatzes auf das Haus zu und trat durch die Terrassentür in den großen Raum im Erdgeschoss, das Wohnzimmer und offene Küche beherbergte. Er nahm seinem Sohn Chiaras Tasche ab und brachte sie ins Schlafzimmer. Das Doppelbett war frisch bezogen. Er hatte sauber gemacht. Im Sonnenlicht, das durch die Fenster schien, tanzte noch aufgewirbelter Staub.

Chiara trat von hinten an ihn heran und umarmte ihn fest. »Dir geht es gut hier, oder?«

Die Berührung ließ ihn eine Sekunde lang steif werden, dann entspannte er sich, befreite sich ein wenig aus ihrem Griff, um sich in ihren Armen umdrehen zu können und die Umarmung zu erwidern. »Ja«, sagte er. »Mir geht es gut.«

»Hast du nicht manchmal wieder Lust auf Rom? Unsere Spaziergänge am Tiber? Straccetti di manzo unten bei Tommaso?« Sie lächelte aufmunternd.

»Doch.« Grassi wusste nicht recht, was er sagen sollte. »Aber hier ist es auch schön, und ich freue mich, dass ihr ein paar Tage hier seid.«

Sie schob ihn etwas von sich weg und sah ihm direkt in die Augen. »Und ich will in den paar Tagen ganz viel sehen und unternehmen. Morgen schauen wir uns Levanto an und gehen an den Strand ...«

»... trinken ein paar Aperol Spritz in der Piper Bar ...«

»... und am Montag machen wir eine Bootsfahrt entlang der Cinque Terre. Ist alles schon organisiert.«

»Und heute Abend gehen wir zu Piero in die Bar«, sagte er vorfreudig.

Sie umarmte ihn wieder. »Gut, dass du dir ein paar Tage frei-nehmen konntest, Vito.«

Tatsächlich war die Lage gerade ziemlich ruhig, und die Arbeit bestand aus viel Routine. Aber für Routine brauchte man mehr Disziplin, als Grassi aufzubringen vermochte. Deshalb machte sie ihn gleichzeitig nervös und träge. Dazu die Hitze, die sich seit Wochen unbarmherzig über das ganze Land gelegt hatte. Hatte er Lust, zusammen mit vielen anderen Menschen auf ein Boot zu steigen? Nein. Tat er es Chiara zuliebe? Ganz bestimmt.

Er sagte: »Wenn das Verbrechen Urlaub macht, freut sich der Commissario.«

ACHTHUNDERT STUFEN
FÜR EINE LEICHE

Nach Essen war ihm nicht zumute, aber er hatte sich für Chiara und Alessandro brav in die kurze Schlange der Touristen vor der Focacceria in der Gasse hinter dem Hafen angestellt, während die beiden sich ein Plätzchen auf dem Mäuerchen am Strand unterhalb der Kirche suchten. Das junge amerikanische Pärchen mit Trekkingsandalen, Knieschonern und Multifunktionsgürteln, in denen sich Wasserflaschen wie Artilleriegeschosse aneinanderreihten, ließ sich etwas ausführlicher die Zutatenliste des Focacciateigs erläutern. Zwar sprachen die jungen flinken Frauen hinter dem Tresen perfekt Englisch, aber die Amerikaner bestanden darauf, ihr gut gemeintes Italienisch anzuwenden. Die Klärung der Frage, ob die Focaccia glutenfrei sei, zog sich deshalb etwas in die Länge.

Grassi balancierte gerade zwei Focacce mit Pesto über den Strand, als er das Handy in seiner Hosentasche vibrieren spürte. Er beschleunigte seine Schritte, erreichte Alessandro und Chiara, drückte ihnen ungeduldig das Essen und zwei Flaschen Wasser in die Hand und zog mit spitzen, fettigen Fingern sein Telefon hervor. Seine Partnerin Marta Ricci hatte schon aufgelegt, aber ihrem Anrufversuch sofort eine Nachricht folgen lassen: »Wo sind Sie?« Fünf weitere Nachrichten von ihr waren in den letzten zwanzig Minuten aufgelaufen. Entweder er hatte auf dem Boot keinen Empfang gehabt, oder er war zu sehr damit beschäftigt gewesen, sich nicht zu übergeben.

Der Commissario drückte auf Rückruf. »Hallo, Ricci? Ich hatte doch gesagt, dass ich Besuch bekomme. Wir sind gerade am Strand.«

»Ich erwische Sie doch hoffentlich nicht in Badehosen, Commissario? Das wäre mir sehr unangenehm.«

»Sie werden mich nie in Badehosen erwischen, Ricci, das kann ich Ihnen versprechen.«

»Grazie. Ich glaube, mir würde schon der Anblick von Dottore Penza in Badehosen reichen. Na ja, ich hoffe, er trägt einen Neoprenanzug bei der Bergung. Aber egal. Ich hatte ganz vergessen, dass Sie Urlaub genommen haben. Also entschuldigen Sie die Störung.«

»Jetzt, wo Sie mich schon mal dranhaben, können Sie mir auch sagen, worum es geht. Von was für einer Bergung sprechen Sie, Ispettore?«

»Penza will die Leiche persönlich aus der Marina ziehen.«

»Eine Leiche?«, fragte Grassi ungeduldig. Er mochte es nicht, wenn er jemandem alles aus der Nase ziehen musste.

Chiara hatte erst zweimal in ihre Focaccia gebissen, aber kaum hatte sie Grassi »Eine Leiche?« in sein Telefon rufen hören, da packte sie die Reste ihres Essens zurück in die fettige Papiertüte. Sie kannte ihren Mann lange und gut genug, um zu wissen, wann es ernst wurde.

»Sie haben frei, Commissario, also vergessen Sie's. Ich übernehme.«

»Was für eine Leiche?«

Ricci seufzte. »Die Meldung ist vor knapp einer Stunde reingekommen. Im Meer vor Corniglia treibt eine Leiche. Die Polizia Locale ist vor Ort, und wir sind auch schon unterwegs.«

»Wahrscheinlich ein ertrunkener Tourist. Warum müssen *wir* uns darum kümmern?«

»Weil die Polizia di Stato angerufen wurde. Eine gewisse …«, Ricci stockte und schien etwas abzulesen, »… Maria Solinas hat die Leiche entdeckt, aber angerufen hat ihre Tochter. Erst bei der Polizia Locale in Vernazza, die fühlten sich jedoch nicht zuständig, und dann bei uns …«

»Sagen Sie den Namen noch mal.«

»Vernazza. Eines der fünf Dörfer der Cinque Terre. Sagen Sie bloß, das kennen Sie nicht.«

»Natürlich kenne ich Vernazza. Ich stehe gerade in Vernazza, wenn Sie's genau wissen wollen. Ich meine den Namen der Frau, die die Leiche entdeckt hat.«

»Solinas, Maria. Kennen Sie sie?«

»Allerdings.« Maria war Tonis Mutter. Sie wohnte in Corniglia. »Und ihre Tochter Toni Solinas hat angerufen?«

»Ja, genau. Woher … Ach herrje!«, rief Ricci. »Ich habe gar nicht geschaltet. Ist das etwa Ihre Toni, Commissario?«

»Ich habe keine Toni, Ispettore. Merken Sie sich das«, raunte Grassi von Chiara abgewandt ins Telefon.

»Ich meine doch nur …«

»Ich weiß, was Sie meinen«, unterbrach er sie.

Bei seinem ersten Fall im März hatte Toni den Commissario zu einer verstümmelten Leiche im Gebüsch hinter seinem Olivenhain geführt, um es so wirken zu lassen, als hätte Grassi den Fund zuerst gemacht. Und nun meldete ihre Mutter einen Leichenfund? Lag das Auffinden von Toten bei den Solinas in der Familie? Schon im März war Toni zum mehr oder weniger unfreiwilligen Ermittlungsgegenstand geworden und gar nicht erfreut darüber gewesen. Denn seit sie als junger Mensch eine traumatische Erfahrung mit Polizeigewalt gemacht hatte, in die Mühlen der Justiz geraten und sogar eine Zeit lang auf der Flucht vor ihr gewesen war, wohnte ihrem Wesen ein tief sitzendes Misstrauen gegenüber dem Staat im Allgemeinen und der Polizei im Besonderen inne.

»Bene, ich bin schon unterwegs«, sagte der Commissario.

»Nein, Sie bleiben, wo Sie sind.«

Grassi ignorierte den Einspruch. »Ich nehme den Regionalzug, das ist nur eine Station.« Die Ortschaften der Cinque Terre verteilten sich über einen zwanzig Kilometer langen Küstenstreifen der ligurischen Riviera. Sie waren zwar über Straßen erreichbar, aber die waren schmal, steil und kurvig und kosteten viel Zeit. Schneller ging es mit dem Regionalzug der Trenitalia, der aufgrund der Topografie fast ausschließlich durch Tunnel fahren musste. So kam es, dass die gut sechs Kilometer lange Autofahrt zwischen den benachbarten Dörfern Vernazza und Corniglia fast eine halbe Stunde brauchte, der Zug jedoch nur drei Minuten.

Dann fiel dem Commissario ein, dass man vom Bahnhof in Corniglia aus erst gut einhundert Höhenmeter zum Dorf hochlaufen musste, um von dort auf der anderen Seite der Ortschaft die Marina zu erreichen. »Bitte schicken Sie jemanden zum Bahnhof von Corniglia, um mich abzuholen.«

»Okay, Sie sind der Chef.«

Grassi beendete das Gespräch, wandte sich mit ausgebreiteten Armen an Chiara und Alessandro und sagte bedauernd: »Ragazzi, es tut mir wirklich leid, aber ich muss euch alleine lassen und mich um einen Fall kümmern.«

»Schon gut, Vito«, sagte Chiara.

Alessandro war geradezu begeistert, Zeuge einer beginnenden Ermittlung zu werden. Zwischen den riesigen Bissen, die er auf dem Weg zum Bahnhof von seiner Focaccia abriss, stellte er Spekulationen über Beschaffenheit und Herkunft der Leiche an. »Okay, also möglich ist natürlich Selbstmord«, sagte er. »Aber die italienische Selbstmordrate liegt sogar noch weit unter der von der Schweiz und Brasilien. Und dann auch noch hier auf dem Land? Unwahrscheinlich.« Grassi sah schmunzelnd zu seinem Sohn auf. Der studierte Politik in Pavia und kannte sich mit solchen Statistiken aus. »Außerdem gehen nur die wenigsten, die sich das Leben nehmen wollen, tatsächlich ins Wasser. Oder vielleicht ist das so ein Fall, wo jemand mit dem Auto stur seinem Navi gefolgt ist, bis die Straße zu Ende war und er über die Kaimauer den Abflug gemacht hat. In dem Fall läge noch ein Auto im Wasser. Oder das Opfer könnte von einem Kreuzfahrtschiff gefallen sein, è possibile. Jemand hat sich in der *Captain's Bar* ein paar Gin Tonic zu viel gegönnt und sich auf dem Weg in seine Kabine ein bisschen weit rausgelehnt, um den Mond zu betrachten. Menschen, die über Bord gehen, geraten allerdings oft in den Sog der Schiffsschraube, wenn das passiert, kann man nicht mehr viel …«

»Okay, Alessandro«, unterbrach ihn Grassi lachend, blieb stehen und drehte sich zu ihm um. »Wenn ich deine Fantasie hätte, müsste ich gar nicht mehr ermitteln. Das ist alles superspannend, aber total sinnlos.«

Sie standen mitten auf der »Via Roma« genannten Gasse in Vernazza, die über gut dreihundert Meter den Strand mit dem kleinen Bahnhof verband. Immer mehr Touristen drängten sich durch die schmale Hauptgasse des Ortes vom Bahnhof kommend zum Meer hinunter. Grassi war es unangenehm, im Weg zu stehen, also trat er an einer Stelle, an der die Gasse breiter wurde, an den Rand. In einer Mauernische stand ein alter Trinkwasserbrunnen. Grassi merkte erst jetzt, wie durstig er war. Während seiner Seekrankheit hatte er nichts zu sich nehmen können, und nun fühlte er sich dehydriert. Er trank drei große Schlucke kaltes Wasser aus der hohlen Hand, schüttelte sie und sagte: »Ihr beide fahrt jetzt am besten mit dem Zug nach Levanto zurück, ich muss in die entgegengesetzte Richtung nach Corniglia.« Er war in Gedanken nun schon ganz bei der Wasserleiche.

»Nein, Commissario, das werden wir nicht«, sagte Chiara.

»Chiara, sieh doch ein, dass ich euch nicht zu einem möglichen Tatort mitnehmen kann.« Und zudem gilt es zu verhindern, dass Chiara in Corniglia Toni begegnet, dachte er bei sich.

»Warum nicht?«, fragte Alessandro. »Du leitest doch die Ermittlungen, und du bestimmst, wer dabei ist.«

»Ich will gar nicht zu deinem Tatort, Vito. Aber wir haben eine Tageskarte für die Boote entlang der Cinque Terre bis Levanto, und da steige ich bestimmt nicht in einen Zug, von dem aus ich nur Tunnelwände sehen kann. Gib mir bitte den Schlüssel.« Sie streckte ihm eine Hand entgegen.

»Das Haus ist nicht abgeschlossen.«

Sie verdrehte die Augen hinter den Sonnenbrillengläsern. »Ich meine für die Ape, die am Bahnhof von Levanto steht. Ich laufe doch nicht zum Haus hoch.«

»Kannst du die fahren?«

»Ich kann Roller fahren«, sagte Alessandro schnell. »Eine Ape ist auch nur ein Motorroller mit einem Rad mehr.«

Grassi kramte den kleinen Schlüssel aus der Seitentasche seines Leinenjacketts und reichte ihn ihr. »Findest du den Weg zum Haus?«

Natürlich würde sie ihn finden. Chiara gab ihm noch einen schmatzenden Kuss auf die Wange, dann nahm sie Alessandro am Arm und zog ihn mit sich in Richtung Hafen. Grassi winkte und rief ihnen ein »Buona giornata!« hinterher.

Er hatte Glück, dass der Regionalzug der Trenitalia in Richtung La Spezia gerade einfuhr, als er den Bahnsteig betrat. Kaum fünf Minuten später rollte er in Corniglia aus dem Tunnel, und der Commissario trat zusammen mit einigen Touristen ins grelle Sonnenlicht. Ricci hatte versprochen, dass die Kollegen ihn am Bahnhof abholen würden, aber da stand kein Polizeiwagen, sondern nur ein beleibter, weißhaariger, bärtiger alter Mann neben einem klapprigen japanischen Motorroller, dessen ursprüngliche Farbe man nicht mehr erkennen konnte. Hinter Grassi brandeten unaufhörlich weiß schäumende Brecher an die Ufermauer. Es war einer dieser Tage, an dem die Surfergemeinde von Levanto sicher ihre Freude hatte. Kein Wunder, dachte Grassi, dass ihm auf dem Boot schlecht geworden war. Im Südosten sah man den nächsten Ort Manarola wie eine bunte Festung auf der felsigen Landzunge thronen.

Der Commissario blickte auf den kleinen Ort Corniglia hoch über ihm auf dem Felsen und seufzte. Er hatte keine Zeit zu verlieren und musste wohl oder übel in der wachsenden Mittagshitze zu Fuß da hochkraxeln. Er zog sein Jackett aus, warf es sich über die Schulter und machte sich mit den anderen Touristen auf den Weg entlang der Gleise bis zum Beginn der gewundenen langen Steintreppe.

Das kleinste der fünf jahrhundertealten Dörfer an der schroffen ligurischen Küste lag als einziges nicht auf Meereshöhe, sondern ungefähr einhundert Meter darüber auf einem vorspringenden Felsen. Das versprach spektakuläre Aussichten auf die Küste, hatte aber seinen Preis für Reisende. Da der Bahnhof von Corniglia südöstlich dieser Landzunge einerseits direkt am Wasser lag und andererseits die einzige Marina zu klein für Ausflugsboote war, musste man gut zu Fuß sein, um in den Ort zu gelangen. Der Commissario war körperlich in keiner schlechten Verfassung, fühlte sich aber schnell unwohl in seiner Haut, wenn er ins Schwitzen kam. Was sich nicht vermeiden ließ, denn er musste sich beeilen.

Fröhliche und unternehmungslustige Stimmen umgaben ihn. Noch wusste niemand von dem Toten in der ligurischen Idylle. Der Commissario fragte sich kurz, ob die grausige Nachricht die Menschen eher abstoßen oder anziehen würde. Würden sie umdrehen oder versuchen, einen Blick auf die Wasserleiche zu erhaschen? Neugierde war menschlich, unmenschlich war nur die Gnadenlosigkeit, mit der immer mehr Menschen glaubten, ihr Recht auf das schamlose Filmen mit dem Handy verteidigen zu müssen. Der Tod fasziniert, dachte er, sein eigener Sohn hatte das gerade wieder gezeigt. Auch der Commissario konnte nicht leugnen, dass bei allem Schrecken, den sein Beruf mit sich brachte, da auch immer noch ein fast kindliches Staunen darüber in ihm war, was Menschen einander antaten.

Grassi ließ sich überholen, verschnaufte für einen Moment und blickte zurück auf das Meer. Die Sonne stand noch nicht ganz im Zenit, und ein angenehmer Wind kühlte seine feuchte Haut. Er krempelte die Hemdsärmel hoch. Wenn er die Augen schloss, war das Meer unglaublich laut. Abstrakte Muster tanzten auf der Leinwand seiner Augenlider. Er strich sich die grauen Haare aus dem Gesicht. Sein Handy brummte.

»Sind Sie schon auf dem Weg?«, fragte Ricci am anderen Ende der Leitung.

»Ich bin schon den halben Weg die Treppe nach Corniglia rauf«, erwiderte der Commissario. »Und ich könnte bereits mit Maria Solinas sprechen, wenn Sie, wie versprochen, einen Kollegen zum Bahnhof geschickt hätten, um mich abzuholen.« Er nahm zügig die nächsten roten Backsteinstufen in Angriff.

»Ich habe nichts von Kollegen gesagt, Commissario. Mario habe ich geschickt. Haben Sie ihn denn nicht gesehen?«

»Keine Ahnung, wen Sie meinen.«

»Ein älterer Signore mit weißem Bart und Vespa.«

Grassi erinnerte sich. »Madonna, wie soll ich das wissen? Grazie mille!«

»Egal. Sie sind ja schon fast oben. Und Bewegung tut Ihnen sicher gut.« Das Grinsen in Riccis Stimme war nicht zu überhören.

»Ich will sehen, wie Sie mit Ihren klobigen Tretern und bei diesen Temperaturen hier hochklettern, Ricci.« Grassi lachte auf, aber Ricci reagierte nicht.

»Die Kollegen und ich sind jedenfalls auch gleich da. Wie wollen Sie vorgehen?«

»Ein Beamter soll zur Marina runter. Nicht dass uns die Leiche wieder wegschwimmt. Ich spreche mit der Zeugin. Sie warten auf Penza und sein Team und halten die Touristen in Schach. Bis gleich.«

Er legte auf und überlegte. Tonis Mutter wohnte zwischen lauter Touristenapartments in einer winzigen Wohnung hinter einer grünen Tür an der engen Gasse, die zum Rand der Klippe und über Hunderte unebene Stufen hinunter zur Marina führte. Das waren weitere vierhundert Stufen abwärts, die Grassi gern vermieden hätte. Vierhundert Stufen rauf und vierhundert runter: achthundert Stufen für eine Leiche.

Klang wie der Titel eines Noir-Krimis aus den Vierzigern.

Trotz der Umstände freute er sich darauf, Toni zu sehen.

Je höher Grassi kletterte, desto spürbarer wurde der Wind, der von Süden her über die Klippe strich und ihn auf eine halbwegs erträgliche Temperatur herunterkühlte. Trotzdem fühlte er sich nicht wohl in seiner klebrigen Haut, als er endlich den Treppenabsatz erreichte, der in die Via della Stazione mündete. Er betrat die Straße in dem Moment, als wie zum Hohn ein übergewichtiger Mann mit weißem Rauschebart auf seinem Motorroller von rechts die Straße vom Bahnhof hinaufgeknattert kam.

Mario hielt mit grausam quietschenden Bremsen neben dem Commissario und blickte ihn aus kleinen, freundlichen Augen an. Ansonsten bestand sein Gesicht nur aus faltiger Haut um eine knubbelige Nase und weißen Barthaaren, die so dicht waren, dass Grassi darin eine vielfältige Fauna vermutete. Die weißen Haare auf Marios Oberlippe waren nikotingelb verfärbt. »Scusi, dass ich Sie eben nicht erkannt habe, Commissario«, brummelte er. »Marta hat eben mit mir geschimpft. Möchten Sie das letzte Stück noch mitfahren?«

Grassi betrachtete das wenig vertrauenerweckende Gefährt, das schon unter dem Gewicht des Alten in die Knie zu gehen schien. Ein Teil der ausgeblichenen Plastikverkleidung baumelte im böigen Wind. Niemals würde dieses Ding einer technischen Prüfung standhalten. Er winkte ab. »Nein danke. Sind ja nur noch ein paar Meter.« Mit großen Schritten strebte er der Piazza am Ende der Via della Stazione entgegen.

Hier herrschte mildes Chaos. Am Eingang der Via Fieschi standen zwei Polizeiwagen: ein weißer Seat der Polizia Locale und ein dunkelblauer Fiat der Carabinieri. Zwei Beamte in Uniform standen mit verschränkten Armen neben ihren Autos und versperrten einer stetig größer werdenden Gruppe von Touristen den Weg in den alten Ortskern. Die Polizisten wurden von zwei Seiten bearbeitet, denn im Rücken der Beamten standen gestikulierend eine blonde Frau, die Grassi als die Inhaberin eines kleinen Lebensmittelgeschäfts im Ort erkannte, und Fabio, der Wirt einer Enoteca in der Via Fieschi, in der Grassi schon einmal gut gegessen hatte. Ein weiterer Polizist saß in einem der Wagen und redete aufgeregt in das Funkgerät. Es war offensichtlich, dass den Beamten so etwas wie ein Einsatzplan fehlte. Ratlos aussehende Menschen in Trekkingsandalen und mit an Rucksäcken baumelnden Wasserflaschen standen in Grüppchen, diskutierten und wischten hektisch auf ihren Smartphones herum. Sie blockierten fast den ganzen kleinen Platz und damit auch die einzige Busstation, die von der Via Provinciale 51 aus bedient wurde. Nur zwei junge Männer, die rauchend an einem grauen Kombi lehnten, schienen sich nicht für den Grund der Aufregung zu interessieren.

Der Commissario kannte keinen der Kollegen. Er schob sich durch die herumstehenden Touristen und hielt dem Uniformierten im Wagen seinen Dienstausweis entgegen. »Vito Grassi von der Polizia di Stato in La Spezia. Ist es nicht ein bisschen übertrieben, den ganzen Ort lahmzulegen?«

»Anweisung von Capitano Bruzzone«, erwiderte der Carabiniere, der sich aus dem Auto lehnte. »Aber ich habe ihn gerade dran, wollen Sie ihn sprechen, Commissario?«

Grassi nahm ihm das Funkgerät aus der Hand. »Capitano? Hier ist Grassi. Ja, ich hatte mir eigentlich ein paar Tage freigenommen, aber jetzt bin ich hier und … Das spielt keine Rolle, Bruzzone, wir wissen noch nicht, was passiert ist, und im Moment bin ich hier der ranghöchste Beamte, also übernehme ich … Das Spiel hatten wir doch schon mal, und Sie werden sich sicher erinnern, wie es das letzte Mal ausgegangen ist … Ja, habe ich allerdings. Wir sperren ab Beginn der Treppe zur Marina, das reicht vollkommen, ansonsten haben wir hier ganz schnell ein Riesenchaos … Sie wollen *was*?« Grassi schüttelte entnervt den Kopf. »Jaja, tun Sie, was Sie nicht lassen können, Bruzzone.« Er legte auf.

Capitano Bruzzone war sein ranggleicher Kollege bei den Carabinieri, aber eigentlich ein Gegenspieler. Der eitle Militärkopf hatte alles Mögliche unternommen, um Grassi bei seinem letzten Fall in die Parade zu fahren. Die italienische Exekutive war so organisiert, dass sich mindestens fünf verschiedene Polizeieinheiten, die unterschiedlichen Ministerien unterstellt waren, bei Ermittlungen gegenseitig Konkurrenz machten, und das war Wasser auf die Mühlen von Ehrgeizlingen wie Bruzzone. Grassi wollte, dass er sich raushielt.

»Ich übernehme hier, Agente«, sagte er zu dem Carabiniere, der ihn fragend ansah. »Ist Ihr Kollege schon an der Marina unten?«

»Ja, wir haben uns aufgeteilt. Agente Vascotto schickt die Menschen an der Marina weg und bleibt dort, bis Verstärkung kommt. Was sollen wir machen?«

»Fahrt die Wagen weg, und macht die Via Fieschi frei. Sie bleiben hier, und Sie beide«, er wandte sich an die Beamten der Polizia Locale aus Vernazza, »gehen in Richtung Marina, nehmen die Leute in Empfang, die von unten kommen, und sichern den Zugang.«

Jemand tippte ihm auf die Schulter. Er drehte sich um und sah sich einem Mann von vielleicht Mitte fünfzig mit randloser Brille im kurzärmeligen karierten Hemd gegenüber. Hinter ihm standen ein Dutzend weitere Herrschaften im selben Alter, manche hielten Walking-Stöcke in der Hand. »Sei tu al comando qui?«, fragte der Mann höflich in etwas steifem, aber korrektem Schulitalienisch. »Wenn Sie hier das Sagen haben, können Sie uns vielleicht helfen: Wir sind heute Morgen aus Riomaggiore hergewandert und … Also, wir haben hier in einem Restaurant reserviert, und einige von uns müssten auch mal dringend aufs Klo, wenn Sie erlauben.«

»Sì, certo«, sagte Grassi. Und da hatte sich von hinten auch schon der Wirt Fabio genähert, fragte den Herrn, ob er »Signor Niemann« sei, und forderte die Gruppe freundlich auf, ihm zu folgen. Kaum hatten die Polizisten ihre Wagen weggefahren, löste sich der Stau auf der Piazza auf. Zurück blieb der bärtige Mario, der es sich auf einer Bank vor dem kleinen Supermercato bequem gemacht hatte, sich eine Zigarette drehte und für jeden vorbeischlendernden Dorfbewohner ein freundliches Wort hatte.

Im Windschatten des Menschenstroms ließ sich Grassi bis zur Piazza in der Mitte des Ortes treiben. Bars und Restaurants hatten im Schatten zweier Platanen Tische aufgestellt, die sich nun schnell füllten. Manche hatten es sich unterhalb der Residenza Solferino auf der Treppe zur Terrazza bequem gemacht und warteten mit gespannten Mienen auf kommende Ereignisse, die sich gut auf Instagram machen würden.

Er trat durch einen hohen, schmalen Torbogen gegenüber dem Kriegerdenkmal. Am Ende der Treppe bog er nach links und ging in der Häuserschlucht abwärts. Kurze Zeit später stand er vor der grün getünchten Tür von Maria Solinas' Wohnung. Immer mehr Wohnungen in den kaum mehr als einhundert Häusern in Corniglia wurden zumindest zeitweise als lukrative Ferienunterkünfte für Touristen aus aller Welt genutzt. Über und unter Maria gab es deshalb ein ständiges Kommen und Gehen. Kurz nach Tonis Geburt war die sardische Familie Solinas, zermürbt von der Arbeitslosigkeit nach der Ölkrise und der wachsenden Gewalt durch separatistische Terrorakte, von der Insel aufs Festland übergesiedelt. Der Vater hatte Arbeit im Hafen von La Spezia gefunden und war täglich mit dem neuen Regionalzug in die Stadt gefahren, bis er eines Tages beschlossen hatte, nicht mehr wiederzukommen. Toni hatte nach eigenen Angaben keine Erinnerung an ihn. Der Tourismus in der strukturarmen Cinque Terre begann in den Siebzigern erste zarte Blüten zu treiben, und Wohnen war damals noch billig. So schaffte es Maria mit Kochen im Sommer, Arbeiten auf den Weinterrassen im Herbst und Putzen im Winter und Frühling, sich und ihre kleine Tochter durchzubringen und nach einigen Jahren sogar die kleine Wohnung zu kaufen, in der sie immer noch lebte. Und in der Toni sie mindestens einmal die Woche besuchte.

Marias Tür war nie verschlossen. Grassi klopfte und drückte die Tür auf. Am Ende eines langen, dunklen Flurs saßen Toni und ihre Mutter am Tisch im Wohnzimmer. Die sonst so lebensfrohe Maria sah blass und bedrückt aus. Sie ordnete gerade ihren grauen Dutt neu. »Vito«, sagte sie erfreut und wollte aufstehen, aber Grassi drückte sie sanft zurück auf ihren Stuhl. »Bleib sitzen, Maria«, sagte er. »Ciao, Toni.« Er zog sich einen freien Stuhl heran und sah die beiden Frauen nacheinander an.

»Der nächste rätselhafte Tote in deiner Amtszeit, und schon wieder sind wir mittendrin«, sagte Toni kopfschüttelnd. »Verrückt, oder?«

»No, ihr seid nicht mittendrin«, erwiderte Grassi. »Maria, wenn du mir nur erzählst, wie das war, als du den Toten entdeckt hast, dann hast du deine Schuldigkeit getan.«

Toni war aufgestanden und in die Küche gegangen. Sie kam mit zwei Flaschen und einem Glas zurück, mischte die beiden Flüssigkeiten, und Maria nahm dankbar das volle Glas entgegen. Ihre Spezialmischung aus Frangelico-Likör und Vecchia Romagna. Marias Cocktail trank auch Grassi gern, wenn er zu Besuch war. Normalerweise genehmigte Maria ihn sich allerdings erst nach fünf Uhr, davor gab es nur Caffè und Rotwein. An diesem Tag war die Regel anscheinend wegen besonderer Umstände außer Kraft gesetzt. Likör und Brandy waren in dem kleinen Lebensmittelladen in Corniglia nicht zu bekommen, also besorgte Grassi regelmäßig Flaschen in La Spezia, die Toni dann ihrer Mutter brachte. Maria trank nach Grassis Meinung ein bisschen viel, obwohl sie nie betrunken wirkte. Aber er enthielt sich jeglichen Kommentars, zumal die alte Dame schon achtundsiebzig war, topfit und sicher von niemandem Ratschläge für eine gesunde Lebensweise brauchte.

Grassi wartete, bis Maria zwei Schlucke genommen hatte. »Bringen wir's hinter uns?«

Maria seufzte. »Ich wollte Shanti nur etwas von meiner frischen Farinata in die Marina bringen, und wir haben uns ein bisschen unterhalten wie immer, und dann habe ich sie gesehen.«

Grassi liebte Marias Farinata, und bei dem Gedanken an den knusprigen ligurischen Fladen aus Kichererbsenmehl lief ihm das Wasser im Mund zusammen. Er hatte vorhin in Vernazza vorgehabt, sich die Focaccia mit Chiara zu teilen, doch dann war es anders gekommen. Er unterdrückte den Gedanken an Essen und fragte stattdessen: »Wer ist Shanti?«

Die Antwort kam von Toni. »Shanti passt seit vielen Jahren auf die Marina auf. Das ist sein Hinduname. Ich weiß nicht, wie er richtig heißt. Er ist so eine Art Lebenskünstler, Rastafari und inoffizieller Hafenmeister.«

»Ich wusste gar nicht, dass Rastafaris auch Hindus sein können«, sagte Grassi mit gerunzelter Stirn.

»Jeder kann alles sein, Vito. Und warum auch nicht, wenn's keinem wehtut.«

»Vielleicht weil Hindus keinen Reggae mögen?«, murmelte Grassi. »Und weiter?«

»Im Sommer wohnt Shanti in einer Hütte unten an der Marina, überprüft die Boote, bereitet die vor, deren Besitzer angekündigt haben, dass sie rausfahren wollen, richtet eventuelle Sturmschäden, ein Mann für alle Fälle eben.«

»Und kann jederzeit in aller Ruhe einen Joint durchziehen«, sagte Grassi.

»Rastafari gleich Drogenkonsum? Du hast auch gar keine Vorurteile, oder?«

»Ich meine ja nur: Wenn er den ganzen Morgen in der Marina rumgewerkelt hat, ohne eine Leiche zu bemerken, war er vielleicht ein bisschen benebelt.« Er wandte sich wieder an Maria. »Wann war das?«

»Die Farinata war ungefähr um neun fertig. Ich habe sie etwas abkühlen lassen und dann ein Stück für Shanti eingepackt. Ich habe keine Uhr. Vielleicht um zehn?«

»Hast du die Leiche gleich gesehen?«

»Nicht sofort. Ich habe mich mit Shanti unterhalten, während er gegessen hat. Er hatte nicht viel zu tun, weil bei dem Seegang niemand rauswollte.«

Grassi nickte. »Und dann hast du die Leiche entdeckt?«

»Ich habe etwas Weißes im Becken schwimmen sehen. Shanti meinte, das wäre vielleicht Plastikmüll. Aber das sah anders aus. Irgendwie träge. Und dann habe ich erkannt, dass es Beine hatte. Shanti ist am Ufer über die Felsen näher zu der Stelle geklettert und sofort zurückgekommen. Er war ganz verwirrt.«

»Shanti hat die Leiche nicht angefasst?«

Wieder schüttelte sie den Kopf. »Nein. Das wäre auch gar nicht gegangen, so nah konnte man ihr nicht kommen. Die Wellen haben sie immer wieder gegen die Felsen gedrückt und im nächsten Moment erneut rausgezogen. Wie in einer Waschmaschine. Und die ganze Zeit schlenkerten die Gliedmaßen so herum …« Sie schloss die Augen. »Es sah furchtbar aus.«

Grassi und Toni warfen sich einen Blick zu. »Gut, Maria. Das ist genug. Du ruhst dich am besten ein bisschen aus.«

»Oder guck was im Fernsehen«, warf Toni ein, »um auf andere Gedanken zu kommen.« Sie legte einen Arm um die Schulter ihrer Mutter. »Was meinst du? Und dann essen wir was von deiner Farinata.«

Maria nickte. »Willst du nicht auch noch ein Stück, Vito?«, fragte sie fürsorglich.

Er legte ihr eine Hand auf den Arm. »Ein andermal sehr gern, Maria, aber jetzt muss ich los.«

In diesem Moment klopfte es an die Wohnungstür, und Ricci tauchte auf. Im Büro klopft sie nie an, dachte der Commissario.

»Hier sind Sie, Commissario!« Sie wandte sich an Maria und Toni und drückte ihr Bedauern über die Umstände aus. »Penza und sein Team sind schon vorgegangen. Wir sollten auch los«, sagte sie mahnend zu Grassi. Wie immer war sie auf ihre spezielle Weise wie aus dem Ei gepellt. Über die helle Stirn fiel ein kohlrabenschwarzer Pony, aber ab der Mitte des Kopfes hatte sie ihren Haarschopf zu einem schlohweiß gefärbten, strengen Pferdeschwanz nach hinten gebunden. Ihre Lippen waren knallrot geschminkt, und ihre Augen leuchteten azurblau. Die neuen Kontaktlinsen trug sie erst seit ein paar Tagen. Grassi hatte sich eben an die grünen Linsen gewöhnt, da hatte seine Partnerin mal eben wieder einen subtilen, aber unübersehbaren Imagewechsel vorgenommen. Der Commissario musste sich kurz schütteln. »Ich bin so weit.«

»Wenn ich nur mal kurz Ihre Toilette benutzen dürfte«, sagte Ricci mit entschuldigendem Augenaufschlag zu Maria und verschwand für eine Minute.

Am Ende der schmalen Gasse etwa fünfzig Meter weiter öffnete sich der Blick aufs Meer, und es begann eine steile gewundene Treppe nach unten. Die Höhenmeter, die Grassi beim Aufstieg vom Bahnhof gemacht hatte, ging er jetzt wieder hinunter. Die Stufen, die zu lang waren, um mit jedem Schritt eine nehmen zu können, und die unebenen Steine, aus denen sie gehauen waren, ließen die beiden Polizisten in unrhythmische Trippelschritte verfallen, die zumindest beim Commissario immer wieder zu Stolperern führten, weshalb er das Geländer aus Sicherheitsgründen nicht losließ. Dass Ricci keinerlei Schwierigkeiten mit dem Untergrund zu haben schien, obwohl sie die Art unpraktischer schwarzer Lederboots trug, die zu dicke Sohlen und zu viele Schnallen hatten, wirkte provozierend auf ihn. Sie drehte sich im Laufen sogar zu ihm um, ohne zu straucheln.

Sie erreichten den untersten Absatz. Bis zum Wasser waren es zwar noch ein paar Stufen, aber von hier hatte man schon einen guten Blick über das ungefähr achtzig Meter breite natürliche Becken, das die Marina bildete. Zur Meerseite war sie offen. Nur eine etwa zwanzig Meter lange, ins Wasser ragende Betonplattform bot etwas Schutz, aber auch sie wurde immer wieder von heranrollenden Brechern überflutet. Das Wasser im Hafenbecken schäumte. Auf der Betonplattform standen drei Gestalten in Taucheranzügen und ein hagerer, braun gebrannter älterer Mann in bunter, langer Badehose, dem taudicke blonde Rastalocken bis zum Hintern reichten. Zwei weitere Taucher waren schon im Wasser und hatten anscheinend große Mühe, ein motorisiertes Schlauchboot so an der Innenseite des Kais zu stabilisieren, dass die wartenden Taucher einsteigen konnten. Immer wieder schwappte Wasser ins Boot. Die Situation sah nicht ungefährlich aus. Er würde sich dieser Mauer jedenfalls nicht nähern, dachte der Commissario.

»Wo ist die Leiche?«, fragte Grassi und sah dann eine Kollegin der Carabinieri am entfernten Ende des Hafenbeckens stehen.

Der ältere Mann kam zu ihm geschlendert. »Ciao, sind Sie der Chef hier?«

»Esattamente. Ich bin Commissario Grassi, und Sie sind Shanti, oder?«

Zur Begrüßung faltete der Rasta die Hände vor der Brust und deutete eine Verbeugung an. Dann sagte er: »Die Kreise der Hölle, Mann, die Kreise der Hölle.«

»Was meinen Sie?«

»Dass wir mitten im Leben vom Tod umfangen sind. Ich mache gerade den Morgengruß, und dann liegt da eine Leiche im Wasser.«

»Ich dachte, Maria hat die Leiche entdeckt, als sie Ihnen das Frühstück gebracht hat?«

Shanti kratzte sich den zarten Bartflaum am Kinn. »Ja, kann sein, dass ich die Reihenfolge etwas durcheinanderbringe. Jedenfalls, keine Sorge, Mann. *Naraka* ist nicht endgültig, nur eine Station vor der Wiedergeburt.« Er streckte den Arm aus und deutete auf die gegenüberliegende Seite des Beckens, wo die Kollegin der Carabinieri stand. »Der Verblichene treibt dahinten, wo Ihre hübsche Kollegin steht. Wie heißt die eigentlich?«

»Schön zu sehen, wie schnell Sie sich von dem Schock erholt haben. Das müssen Sie sie schon selber fragen.« Er sah ihn fragend an. »Sie waren den ganzen Vormittag hier?«

»Ja. In meiner kleinen Hütte da drüben. Hab den Sonnenaufgang gesehen, eine geraucht und mich dann noch mal hingelegt.«

»Und Ihnen ist niemand aufgefallen? Irgendjemand, der vielleicht ins Wasser gegangen ist?«

»Bei den Wellen? Der wäre ja bescheuert. Nein, da war niemand.«

Grassi wandte sich ab und betrachtete den Taucher auf dem Kai genauer, der sich gerade die Neoprenmütze über den kahlen Schädel zu ziehen versuchte. »Ist das Penza? Madonna, ist der wahnsinnig geworden?«

»War nicht davon abzubringen«, sagte Ricci seufzend. »Er meinte, dass er jeden Sommer zum Tauchen reist. Er wäre schon im Roten Meer gewesen und in der Karibik zwischen Haien getaucht. Und dann hat er diese Gruselmelodie aus dem *Weißen Hai* gepfiffen.«

Grassi schüttelte schmunzelnd den Kopf. Er mochte den Gerichtsmediziner aus La Spezia und dessen skurrile Eigenarten. Die beiden hatten sich im März zwar ständig gegenseitig aufgezogen, aber auch in schwierigen Situationen durchaus unterstützt und ergänzt. Außerdem schien Dottore Penza in seinem neuen Kollegenkreis – oder eher Kolleginnenkreis – der einzige Mensch zu sein, der – wenn es sein musste – auch krummere Ermittlungswege nicht scheute, sofern sie der Lösung eines Falles dienten.

In diesem Moment hatte der Dottore Ricci und Grassi erkannt und begann heftig zu winken. Also nahmen die Polizisten die letzten Stufen und erreichten eine Minute später schwer atmend die Rampe, von der an weniger stürmischen Tagen die Boote zu Wasser gelassen wurden. Grassi blieb am Ende des Kais stehen. Penza forderte den Commissario wild gestikulierend auf, zu ihm und den anderen Tauchern zu kommen – ohne die Welle zu bemerken, die von hinten auf die Betonmauer zurollte. Der Commissario zeigte dem Gerichtsmediziner in der Sekunde einen Vogel, als dieser in einer Wand aus Gischt und Meeresschaum verschwand.

Die Welle hatte Penza ein paar Meter nach vorn geworfen, aber er hielt sich noch auf den Beinen, als er wieder auftauchte und zu ihnen auf Schwimmflossen herüberwatschelte. »Wir hätten auch für Sie noch einen passenden Neoprenanzug, Commissario.«

»Grazie, ma no, grazie.«

»Haben Sie etwa Angst vorm Wasser?« Penza schaffte es, brüllend zu grinsen.

»Genug, um nicht im Dienst zu ersaufen!«

»Tja, wenn der Berg nicht zum Propheten kommt …« Penza war inzwischen so nahe gekommen, dass sie einander nicht mehr anschreien mussten.

»Mit Prophet meinen Sie wohl sich?«, meinte Grassi. »Sagen Sie bloß, Sie wissen schon alles über die Leiche. In dem Fall würde ich oben bei Nunzio mit einem Caffè auf Sie warten, Signor Profeta.«

»Noch gar nichts wissen wir. Erst mal müssen wir die verflixte Leiche bergen, Sie Schlaumeier. Und das ist nicht so leicht.«

»Dann sollten Sie das jemanden machen lassen, der sich damit auskennt.«

Penzas Beine und Flossen wurden von einer weiteren anbrandenden Welle kniehoch umspült. Sie blickten beide zu der Polizistin in hellblauer Uniform der Polizia Locale. Sie stand prekär auf einem scharfkantigen Felsen und hatte eine lange Stange in der Hand, mit der sie immer wieder etwas im Wasser anstupste.

»Soll die das machen?«, fragte er den Dottore.

»Ja, sie versucht, die Leiche von den Felsen wegzuhalten, damit die nicht noch schlimmer zugerichtet wird, und sie hält die

Möwen fern. Wir müssen uns beeilen. Vom Ufer kriegen wir ihn nicht zu packen. Deshalb versuchen wir's jetzt vom Wasser aus mit dem Boot.«

»Ihn?«

»Come?«

»Sie haben aus der Leiche gerade einen Mann gemacht.«

»Es ist ein Mann, so viel habe ich schon gesehen. Das ist aber auch das Einzige, was ich in diesem Moment sagen kann. Und dass die Leiche noch nicht lange im Wasser ist.«

Grassi lächelte. Der Anblick des kleinen runden Gerichtsmediziners in dem körperbetonten Anzug und den Flossen ließ den Commissario an einen Kaiserpinguin denken. Er sah, dass Penzas Kollegen hinter ihm Zeichen machten. Offenbar war das Boot bereit zum Einsteigen. Also unterbrach er Penza: »Das können Sie mir gerne in aller Ruhe bei einem guten Essen erzählen, Dottore. Jetzt müssen Sie los, glaube ich.«

Penza watschelte nicht ungeschickt einmal im Kreis, und sogar im Rauschen der Brandung konnten sie hören, dass seinen gespitzten Lippen die ersten Töne des Refrains von *Yellow Submarine* entwichen. Er hatte die Angewohnheit, bei allen passenden und unpassenden Gelegenheiten Melodien zu pfeifen, die ihm gerade durch den Kopf gingen.

Zwei Mann im Boot mit Haken und Tauen zum Fixieren der Leiche. Zwei im Wasser, die sich am Boot festhielten und die Leiche in die richtige Bergungsposition bringen würden. Während das Schlauchboot über die Wellen quer durch die Marina tanzte, stieß Grassi seine Partnerin von der Seite an. »Wäre die Bergung mit einem Hubschrauber nicht viel leichter?«

»Das habe ich auch vorgeschlagen, aber Penza hat das abgelehnt. Je nachdem, wie lange eine Leiche im Wasser gelegen hat, kann man sie nicht einfach an einen Haken hängen, sagt er, ohne sie zu, na ja, ohne sie zu beschädigen. Sie müsste vorher verpackt werden. Auf dem Kai geht das nicht, Sie sehen ja, dass der ständig überflutet wird. Das funktioniert also nur hier am Rande der Marina. Da sind die Felsen aber zu nah, als dass ein Hubschrauber bei dem Wind sicher in der Luft stehen könnte.«

»Wie bringen wir die Leiche hoch zur Straße, wenn sie geborgen ist?«

»Mit der Zahnradbahn.«

Der Commissario sah sie ungläubig an. »Zahnradbahn?«

»Sì. Die Cooperativa Agricoltura Cinque Terre hat überall diese kleinen Zahnradbahnen gebaut. Die sind sehr nützlich, um Material auf die Terrassen zu transportieren und die Ernte einzufahren. Sind Ihnen die noch nie aufgefallen?«

Grassi schüttelte den Kopf.

»Wenn Sie sich umdrehen, sehen Sie dort neben dem Schuppen eine Schiene. Dort endet eine Bahn, die von der Straße kommt. Oben warten der Leichenwagen und die Polizia Scientifica. Alles schön organisiert.«

Sie beobachteten eine Zeit lang stumm die Bemühungen des Bergungstrupps im Wasser. Schließlich sahen sie aus der Entfernung die Taucher im Wasser Handzeichen an die Bootsbesatzung geben, und das Boot setzte sich langsam in Richtung Kai in Bewegung.

»Helfen Sie mir bitte mal?«, hörten sie eine Stimme hinter sich und drehten sich um. Sie hatten Penzas hünenhaften Mitarbeiter mit den traurigen Augen unter der Kapuze seines weißen Overalls gar nicht bemerkt. Zusammen versuchten sie, am Ende der Kaimauer einen geöffneten Leichensack zu positionieren, aber der Wind fuhr ihnen immer wieder in die Parade. Grassi und Ricci hielten den schwarzen Sack an je einem Ende fest. Das Boot näherte sich einer flachen Treppe, die neben der Kaimauer aus dem Wasser führte. Als es sie erreicht hatte, hörten sie Penza schreien: »Sie müssen näher kommen, da oben nützt mir der Sack nichts!«

»Okay, ohne mich«, murmelte Grassi und drückte seine Ecke des Sacks dem Hünen in die Hand.

»Sie wollen sich wohl nicht die Finger schmutzig machen, was?«, rief Ricci spöttisch.

»Vor allen Dingen die Schuhe nicht nass«, gab Grassi trocken zurück.

Tatsächlich wurden alle nass, die an der Bergung beteiligt waren, inklusive Ricci, die das allerdings nicht zu stören schien. Schließlich war die Leiche im Sack, und vier Mann trugen sie vorsichtig von der Treppe auf eine höher gelegene, trockene Plattform. Alle rangen nach Luft, nur der Dottore schien keine Pause zu brauchen und schälte sich bereits aus seinem Neoprenanzug. Als er nur noch die Unterhose anhatte, rief er einem Mitarbeiter zu, ihm einen Overall zu reichen. Die Arbeit war noch nicht erledigt.

Während der Dottore sich anzog, trat Grassi zu ihm. »Ihr erster Eindruck?«

»Männlich, kaukasisch. Um die zwanzig Jahre alt, würde ich sagen, aber das Alter ist schwer zu schätzen.«

Grassi bückte sich und zog den Reißverschluss auf, bis er ein weißes Gesicht vor sich sah. »Du meine Güte!«

»Ja«, sagte Penza, »die Leiche ist übel zugerichtet.«

Schädel, Schultern und hervorstehende Knochen waren mit stumpfen und teilweise offenen Verletzungen übersät. Nur das Gesicht wirkte merkwürdig unversehrt.

»Woher stammen die Verletzungen?«

»Na, davon, dass ihn Brandung und Felsen in die Mangel genommen haben. Wahrscheinlich stundenlang.« Penza deutete auf einige dunkle Flecken mit roten Umrandungen. »Die sind alle postmortal.«

Ein junger Mann, dachte Grassi. Im Leben musste er auffallend hübsch gewesen sein mit markantem Kinn, schön geschwungenen Augenbrauen und einer geraden, charaktervollen Nase. Der Oberkörper war nackt. Er trug eine Hose, die wie der Stoffgürtel einmal strahlend weiß gewesen sein musste. Wasser und Felsen hatten grünlich schwarze Schlieren hinterlassen.

Trotzdem bildete das weiße Kleidungsstück in dem schwarzen Sack den größtmöglichen Kontrast. Der Tote trug noch einen weißen Schuh. Der andere Fuß war nackt.

Er bemerkte Ricci neben sich. Wasser lief aus ihren Boots, und die ohnehin enge schwarze Hose klebte an ihren Beinen. »Sieht aus wie eine Uniformhose, oder?«, dachte sie laut. »Wie von einem Matrosen. Oder was Religiöses? Aber er wirkt ein bisschen jung fürs Priesteramt … Vielleicht war er auch Pfleger im Krankenhaus.«

»Oder Kellner«, spekulierte der Commissario.

»Mit nacktem Oberkörper? So kellnert man höchstens im Playboy-Club.« Sie ging näher heran. »Er hat ein interessantes Tattoo auf der Brust. Und gut gemacht.«

»Was soll das sein?« Er konnte eine Figur erahnen, doch eine Schramme verlief quer über die Tätowierung.

»Sieht aus wie San Giorgio, der Drachentöter.«

Grassi beugte sich über den Hals des Toten. »Sie haben gesagt, die Verletzungen wären post mortem entstanden. Was ist mit dieser hier?« Er deutete auf einen langen blutigen Kratzer unterhalb des Ohrs, beugte sich ganz nah zu dem toten Jungen hinab und hielt instinktiv die Luft an, obwohl die Leiche praktisch keinen Geruch ausströmte. »Für mich eindeutig ante mortem.«

»Was denn? Gehen Sie zur Seite, wenn Sie was von mir wissen wollen, Sie sind schließlich nicht durchsichtig«, sagte Penza.

Grassi überließ dem Mediziner das Feld. »Ja«, raunte der, »Sie haben ja doch was bei mir gelernt, Commissario. Die Wunde hat geblutet, und der Wundrand ist aufgeweicht, diese Verletzung hat er sich vor dem Ableben zugezogen.« Er bekreuzigte sich, richtete sich auf und wies einen der Männer im weißen Overall an: »Könnten Sie das mal bitte fotografieren?«

»Sieht aus wie von einem Strick oder einer Kette«, merkte Ricci an. »Vielleicht ein Selbstmörder. Erhängen hat nicht geklappt, da ist er ins Wasser gegangen?«

Der Beamte der Polizia Scientifica trat mit einer Kamera hinzu und machte mehrere Aufnahmen. Grassi betrachtete nachdenklich das bleiche Gesicht und den Körper, der immer dann kurz lebendig zu werden schien, wenn der grelle Blitz ihn traf. *Du hast dich nicht umgebracht,* dachte der Commissario.

»Sie können den Sack dann wieder zumachen«, sagte er.

Ein metallisches Rattern näherte sich ihnen von hinten, und Grassi drehte sich um. Die Zahnradbahn arbeitete sich in Schlangenlinien zwischen den Terrassen hindurch zur Marina hinab. Auf dem grauen Plastiksitz, vor sich zwei Hebel zur Bedienung des Gefährts, saß ein kräftiger, sonnenbebrillter Mann mit dunkelblauem T-Shirt und verblichener Jeans, vielleicht ein Bauer der örtlichen Cooperativa, drehte sich immer wieder um, als wolle er sichergehen, dass keiner der drei klapprigen Wagen aus der schmalen Schiene sprang.

»Da ist ja schon unser Trauerzug«, sagte Penza und sprang auf. »Wollen Sie mitfahren, Commissario?«

»Ehrlich, Dottore«, sagte der Commissario. »Manchmal denke ich, mit Ihnen stimmt was nicht.«

TRAUERSPIEL

Langsam, stetig und leicht schwankend kämpfte sich die kleine Zahnradbahn zwischen den jahrhundertealten Trockenmauern den steilen Berg hinauf. Die Zugmaschine und drei schmale Wagen aus Drahtgestellen. Ganz vorn der Bauer in der Arbeitskluft eines Totengräbers, dahinter Penza im strahlend weißen Overall wie ein Priester, es folgte der Wagen mit der in Schwarz gehüllten Leiche und zuletzt Grassi im grauen Leinenjackett eines Trauernden. Wie die Beatles auf dem Cover von *Abbey Road,* dachte Grassi, nur in anderer Reihenfolge. In den steilen Passagen musste er sich mit den Beinen an der Wagenwand abstützen und gleichzeitig mit beiden Händen den Leichensack festhalten, damit der ihm nicht entgegenkam. Bis auf das Rattern der Zahnräder und das Rauschen des Windes und der Wellen unten in der Marina war kein Laut zu hören.

Grassi betrachtete die Zuschauerreihen, denen sich dieses ungewöhnliche Bild bot. Oben an der Via della Stazione standen Trauben von Menschen um die wartenden Einsatzfahrzeuge herum. Die Nordwestseite der kleinen Ortschaft bildete eine geschlossene Wand aus schmalen bunten Häusern, die oberhalb der alten Terrassen am Felsen klebten. An jedem Fenster, auf jedem Balkon standen stumm Menschen und beobachteten den merkwürdigen Trauerzug. Ein schmerzhaftes Ziehen hinter Grassis Ohren kündigte ihm Unheil an, bevor er es sah. Denn als der Commissario nach dem Balkon zu Marias Wohnung suchte, erschrak er dermaßen, dass er beinahe die Leiche hätte abrutschen lassen. Da standen Maria und Toni auf dem Balkon. Und nur wenige Meter Luftlinie entfernt, auf der Gasse gleich links vom Balkon, konnte er Chiara und Alessandro erkennen! Was machten die beiden denn hier? Sie hatten doch mit dem

Boot weiterfahren wollen. Stattdessen waren sie ihm offenbar von Neugierde getrieben gefolgt. Und was Grassi hatte verhindern wollen, drohte nun einzutreten: dass seine Mitbewohnerin und seine Frau sich begegneten. Chiara winkte sogar. Na, die hatte Nerven.

Als die Transportbahn nach der letzten steilen Rampe die Straße erreichte und zum Stehen kam und helfende Hände den Leichensack sorgsam in den bereitstehenden schwarzen Sarg legten, hob ein Gemurmel an, das von den Häuserwänden und dem gegenüberliegenden Hang wie der Klang von Regentropfen zurückgeworfen wurde.

»Wie damals bei der letzten Zugfahrt von Robert Kennedy«, sagte Penza andächtig. Und Grassi war froh, dass nur er gehört hatte, wie der Gerichtsmediziner auf dem letzten Stück der Fahrt den Trauermarsch gepfiffen hatte.

Ricci war zu Fuß gegangen und kam nun außer Atem die Straße hoch. Grassi sprang vom Wagen. Ohne anzuhalten, lief er an seiner verdutzten Partnerin vorbei und rief ihr zu, dass er noch etwas zu erledigen habe. Sie sähen sich später im Büro. Im Laufschritt ging es den Berg hinunter, in die Via Fieschi, im Slalom durch die Touristen und dann die Treppe hinunter, wobei er zwei Stufen auf einmal nahm. Er sah Chiara schon auf sich zukommen und erreichte sie außer Atem genau vor Maria Solinas' Haustür. Sein Kopf tat weh.

»Was macht ihr denn hier?«

»Das Boot nach Monterosso war schon so voll. Und weil wir alle Ortschaften sehen wollten und vorher nicht in Corniglia anlegen konnten, dachten wir, es wäre eine gute Idee, dir mit dem Zug nachzufahren.« Sie sah ihren schnaufenden Mann irritiert an.

»Das sah total creepy aus, wie ihr mit dem Leichensack da hochgefahren seid«, sagte nun Alessandro, der hinter seiner Mutter stand und mit seinen fast zwei Metern über sie hinwegsah.

Grassi warf einen Blick auf die grüne Tür neben ihnen und griff nach Chiaras Arm: »Komm, lass uns gehen.«

»Was ist denn los?«, sagte Chiara unwirsch. »Du musst dich gar nicht um uns kümmern. Wo wir schon mal hier sind, wollen wir uns auch umsehen, oder ist das etwa verboten?«

»Ich habe meine Pentax dabei«, sagte Alessandro und deutete auf die klobige schwarze japanische Spiegelreflexkamera altmodischer Bauart, die an seinem Hals baumelte. Er und seine Freunde hatten vor ein paar Monaten die gute alte Analogfotografie für sich entdeckt. Sie entwickelten sogar selbst Schwarz-Weiß-Filme in einem Labor der Universität.

»Natürlich ist das nicht verboten, aber ich dachte, wir könnten vielleicht schnell einen Caffè zusammen trinken«, schlug Grassi vor, aber sein Sohn war schon auf dem Sprung.

»Es gibt hier diesen Aussichtspunkt am Ende der Gasse. Ich geh da jetzt hin, und ihr schreibt mir nachher einfach, wo ihr seid, und da treffen wir uns dann, okay? Ciao!« Er lief unternehmungslustig die Gasse hinauf.

Auch gut, dachte Grassi, jetzt musste er nur noch Chiara aus der Gefahrenzone bringen. »Ecco, dann können wir zwei ja schon mal …«

Neben ihm öffnete sich die grüne Haustür, und Toni stand vor ihnen. Grassi und Chiara drehten sich gleichzeitig zu ihr um.

»Hallo, Vito! Und du bist Chiara? Freut mich, dich kennenzulernen!« Toni streckte die Hand aus. Die so angesprochene sah Grassi etwas verwirrt an, befreite dann mit einem Ruck ihren Arm aus seiner Umklammerung und schüttelte Tonis Hand. Wenig überraschend machte sich in diesem Augenblick bei Grassi das altbekannte Ziehen hinter den Ohren bemerkbar, das verlässlich seine Stresskopfschmerzen ankündigte.

»Ciao, Toni«, sagte Grassi und versuchte dabei möglichst unbefangen zu klingen. »Darf ich dir vorstellen«, fuhr er steif fort, »meine Frau. Und das ist Toni, die Gärtnerin und Freundin meines Vaters. Ich habe dir von ihr erzählt.« Warum so umständlich?, fragte sich Grassi.

Chiara presste die Lippen aufeinander und zog die Augenbrauen hoch. »Na, so ein Zufall«, sagte sie. »Oder etwa nicht?«

»Vito hat ein paarmal von dir erzählt«, sagte Toni.

»Ein paarmal?«, fragte Chiara.

Grassi atmete auf, als er die beiden Frauen für eine Minute allein lassen konnte, um die Getränke zu holen. Sie hatten tatsächlich einen freien Tisch auf der Piazza gefunden und einen dritten Stuhl vom Nachbartisch herangezogen. Bis jetzt war alles gut gegangen. Chiara und Toni hatten sich neugierig begutachtet. Und nach einem kurzen Geplänkel über das Wetter und die Schönheit der Cinque Terre hatte Chiara mit einer Erzählung ihrer morgendlichen Bootsfahrt, die natürlich mit Grassis Landgang wider Willen endete, alle zum Lachen gebracht. Jetzt hatten die beiden mit der Gärtnerei ein gemeinsames Thema gefunden. Alles schön harmlos und oberflächlich, dachte Grassi. Aber nach dem ersten schnellen Caffè wollte Chiara auf Aperol Spritz umsteigen. Und das zeigte ihm, dass die Gefahr noch längst nicht gebannt war. Chiara trank nie so früh am Tag Alkohol. Sie war also eindeutig nicht entspannt. Genauso wenig wie Grassi. Er drängte sich an ein paar unentschlossenen Touristen vorbei an die Bar und versuchte die junge Frau dahinter gestikulierend auf sich aufmerksam zu machen.

»Zwei Aperol Spritz, per favore, und haben Sie auch eine Variante ohne Alkohol?«

Die Bedienung schüttelte den Kopf.

»Okay, dann machen Sie drei daraus.« Eine blöde Idee, schoss es ihm durch den Kopf. Er hatte schließlich noch zu arbeiten und gerade einen Fall übernommen, von dem sein Ermittlerinstinkt ihm sagte, dass er noch verzwickt werden konnte.

Während die Drinks gemixt wurden, trat er ein paar Schritte zur Seite und beobachtete Chiara und Toni aus der Distanz durch die geöffnete Tür der Bar. Das sah doch immer noch ganz friedlich aus, dachte er.

Mit drei bauchigen Gläsern in zwei Händen balancierend kehrte Grassi an den Tisch zurück.

»Toni hat gerade erzählt, dass du angefangen hast, Bücher zu lesen«, sagte Chiara schmunzelnd.

Grassi lachte auf. »Ach das. Sehr komisch. Ich habe nur ein altes Buch von Emilio gefunden und ein bisschen darin geblättert.« Das stimmt so gar nicht, dachte er, warum erzähle ich das?

»Blödsinn«, sagte Toni prompt. »Ich hab's dir gegeben. Und du fandest es gut. Du hast mir sogar daraus vorgelesen.«

Chiara setzte ihr Glas ab und sah ihn an. »Du liest ihr vor?«

»Nicht immer«, sagte Toni mit entwaffnender Offenheit. »Manchmal lese ich auch Vito vor. Kommt darauf an, in welcher Stimmung wir abends sind.«

Mit einem Mal erschienen ihm die Stimmen von den Nebentischen sehr laut. Madonna, dachte er, wie gut, dass ich was mit Alkohol habe. Er nahm einen großen Schluck, sah Chiara aus den Augenwinkeln an. Sie hob die Brauen und verzog die Mundwinkel.

»Wie muss ich mir das vorstellen? Im Bett? Bei Kerzenschein? So als Gutenachtgeschichte?«

»Nein«, sagte Toni. »Auf dem Sofa. Ich kann im Bett nicht lesen, da schlafe ich immer schon auf der ersten Seite ein.«

Grassi hatte seinen Drink schon halb geleert und kaute einen Eiswürfel. Er hatte nichts sonst im Magen, und ihm wurde wieder flau. Chiara hingegen hatte die Arme verschränkt und rührte ihr Glas nicht mehr an. »Hast du nicht gesagt, sie wohnt nicht mehr bei dir?«, wandte sie sich kühl an ihren Mann und tat so, als wäre Toni gar nicht mehr anwesend.

»Moment, das habe ich so nicht gesagt. Und außerdem beginnt demnächst ja wieder die Olivenernte, und da muss sie …«

»Die beginnt erst im Herbst«, unterbrach Toni.

Grassi ließ den Kopf sinken. Kriegte Toni eigentlich nicht

mit, wie peinlich die Situation schon geworden war? Musste sie noch mehr Öl ins Feuer gießen?

»Du hast mich also angelogen, Vito!« Chiaras Stimme klang so scharf, dass das Ehepaar am Nachbartisch sich zu ihnen umdrehte. »Warum hast du mich angelogen? Welchen Grund hast du zu lügen?«

Jetzt erst schien Toni zu merken, welche Spannung in der sommerlichen Luft lag, und sie wirkte peinlich berührt. »Habe ich was Falsches gesagt? Entschuldigung, ich wollte die Stimmung nicht verderben.«

»Hast du nicht«, sagte Grassi in einem konzilianten Ton, der zeigen sollte, dass er den Ernst der Lage begriffen hatte.

»Doch, das hat sie«, sagte Chiara. »Das hat sie allerdings, auch wenn sie es vielleicht nicht besser wusste.«

Toni hatte ein rotes Gesicht bekommen, und das lag nicht an der Hitze. »Ich glaube, ich gehe jetzt besser. Danke für den Drink, Vito. Bis später. War trotzdem nett, dich kennengelernt zu haben.« Sie nickte Chiara zu und war weg.

Chiara hatte sich mit einer eckigen Bewegung die Sonnenbrille, die zuvor in ihr dunkles, volles Haar geschoben gewesen war, wieder auf die Nase gesetzt. Er konnte ihre Augen nicht mehr erkennen. Das tat sie immer, wenn es Ärger zwischen ihnen gab, und er konnte es nicht ausstehen.

»Vito, hast du was mit dieser Person?«

»Diese Person? Na hör mal, was soll das?«

»Hast du was mit ihr? Läuft da was zwischen euch? Wie soll ich es sonst sagen?«

Ohne eigentlichen Grund zögerte er einen Bruchteil zu lange mit einer Antwort. »Nein, da läuft nix.«

»Aber du magst sie.«

»Mögen! Reicht das schon für eine Anklage?«

»Du magst sie so sehr, dass du mich anlügst, um was immer ihr auch zusammen habt für dich zu behalten. Kannst du dir vorstellen, wie sehr mich das verletzt?«

Das konnte er. Sie hatte recht. Er wusste, dass sie recht hatte, aber er wusste tatsächlich nicht, was er hatte für sich behalten wollen.

»Es tut mir leid, Chiara.«

Sie schwiegen.

»Es passt mir nicht, dass sie bei dir wohnt.«

»Du kannst also doch eifersüchtig sein.«

Ihre Entgegnung klang wie ein mühsam unterdrückter Schrei: »Das ist kein Witz, Vito.«

Wieder Schweigen.

»Haben wir ein Problem?«, fragte Chiara.

»Es sagt viel, dass du das jetzt fragst.«

Sie sah verletzt aus. »Warum hast du nichts gesagt?«

»Wann denn? Seit über zwei Jahren bist du für mich praktisch nicht mehr erreichbar. Seit du deine Firma hast.«

»Das ist unfair, Vito! Das sind die Anfangsjahre, die sind entscheidend. Ich bin verantwortlich und muss mich kümmern. Du warst doch auch dafür.«

»Ja, war ich. Wahrscheinlich habe ich einfach nicht damit gerechnet, dass es so wird. Kaum waren die Kinder aus dem Haus, warst du quasi auch weg, verstehst du? Wenn wir uns zufällig mal in der Wohnung gesehen haben, warst du müde und wolltest ins Bett. Und weil du am nächsten Tag wieder früh rausmusstest und mich nicht stören wolltest, hast du in einem der Kinderzimmer geschlafen. Wir haben nicht mal mehr zusammen ferngesehen. Von anderen Dingen ganz zu schweigen.«

»Bist du deshalb aus Rom weg?«

»Nein.« Und nach einer Pause: »Nicht nur. Ich war meinen Job leid, die Kollegen, das immergleiche Gerede. Vor allem nach dem Caldarrosta-Prozess. Aber unsere Situation hat mir die Entscheidung bestimmt nicht schwerer gemacht.«

Er hatte das Gefühl, dass ihre Miene jetzt eine Distanz zwischen ihnen ausdrückte. »Du wirfst mir vor, ich hätte dich allein gelassen? Schon witzig.« Sie presste die Lippen zusammen.

»Dann weißt du ja jetzt, wie sich das für mich lange angefühlt hat, als du nichts als deine Fälle im Kopf gehabt hast.«

»Du warst nicht allein, da waren ja die Kinder.«

Sie lachte auf. »Sì. Ein schöner Trost.«

Er seufzte. »Du hast mich gefragt, ob wir ein Problem haben, und ich hab's dir gesagt. Nicht als Vorwurf, sondern als Feststellung. Es ist nun mal so.«

Sie nickte kühl. »Dann wissen wir das jetzt und können daran arbeiten.«

Sie schwiegen. Die Eiswürfel in den Gläsern waren geschmolzen, und die Sonne war gewandert, sodass Grassi nicht mehr im Schatten des Schirms, sondern in der prallen Hitze saß. Schweißtropfen rannen ihm über die Stirn.

»Ich werde bestimmt nicht aufgeben, was ich aufgebaut habe, nur damit wir wieder zusammen fernsehen können«, sagte sie bissig.

»Ach, Chiara«, sagte Grassi. »Die Wahrheit ist, dass ich Rom kaum vermisse.« Tatsächlich vermisste er sehr oft dieses Gefühl von Familie, das schon vor Jahren verflogen war. Die einzelnen Mitglieder dieser Familie, seine Frau, seine Kinder, vermisste er hingegen kaum. Dachte aber sehr oft und sehr gern an sie. Worin bestand der Unterschied zwischen intensiv an jemanden denken und diesen Jemand vermissen? Er wusste es nicht. In letzter Zeit hatte er am meisten an seinen überraschend früh verstorbenen Vater denken müssen.

»Und mich? Vermisst du mich?«

Er blickte sie wortlos an, aber sah nur sich selbst in den verspiegelten Gläsern ihrer Sonnenbrille.

BAUSTELLEN UND
NICHTSCHWIMMER

Wenn man sich lange genug angeschwiegen hatte, wusste man nicht mehr, was man sagen sollte, wenn es darauf ankam. Er und Chiara hatten sich ohne viele weitere Worte und ohne Berührung in Corniglia getrennt. Auch Alessandro hatte er nicht mehr gesehen. Am Abend würden sie weiterreden, hatten sie vereinbart. Ihm grauste jetzt schon davor. Andererseits empfand er die Notwendigkeit, sich endlich einzugestehen, dass die Situation nicht normal war, auch als befreiend. Und er konnte ehrlich sagen, dass Toni nichts mit den Problemen zwischen Chiara und ihm zu tun hatte. Andererseits: Würde er sich in Levanto so wohlfühlen, wenn es sie nicht gäbe? Grassi schob den Gedanken beiseite, als er die Questura betrat.

Auf dem Gang vor dem Büro der Quästorin Lilia Feltrinelli standen Eimer, kleinere Baumaschinen, mannshohe aufrecht stehende Teppichrollen und Gerätschaftskoffer. Auch die drei Standarten, die sonst die Leiterin der Behörde an ihrem Arbeitsplatz einrahmten, waren auf den Flur gestellt worden und leisteten dort Konferenzstühlen, einem langen, auf der Seite liegenden Tisch, einem Garderobenständer und an der Wand lehnenden Bildern Gesellschaft. Die Tür zu dem großen Raum stand offen. Grassi wollte gerade eintreten, als er von innen die Stimme seiner Chefin vernahm: »Könnten Sie bitte für einen Moment Ihre Arbeit unterbrechen«, sagte sie hörbar angespannt, »ich müsste nämlich mal telefonieren.«

Jemand ließ etwas Schweres geräuschvoll auf den Boden fallen, Sekunden später traten zwei junge Männer in Arbeitsanzügen und mit Nikotinfahne an Grassi vorbei auf den Flur und verschwanden in Richtung Fahrstühle, offenbar nicht unfroh über eine weitere Rauchpause auf der Straße.

Grassi klopfte an die offene Tür.

»Sì, was ist denn?«

Sie saß inmitten der Baustelle an ihrem Schreibtisch und hatte ungeduldig den Telefonhörer in der Hand.

»Was ist denn hier los, Questore?«

»Sind Sie gekommen, um mich das zu fragen, Commissario? Mein Teppich wird ersetzt, wenn Sie's genau wissen wollen. Sieht man das nicht?« Sie lehnte sich in ihrem ledernen Bürosessel zurück und breitete mit hochgezogenen Schultern die Arme aus.

Das Büro war ein einziges staubiges Chaos. Die letzten beiden im Raum verbliebenen Möbelstücke – Feltrinellis Stuhl und Schreibtisch – waren halb hinter einer an der Decke notdürftig angeklebten durchsichtigen Plastikfolie verborgen. Ein einziger Bilderrahmen hing hinter ihr noch schief an der Wand. Grassi fragte sich, ob er vergessen worden war oder ob sich niemand getraut hatte, das obligatorische Porträt des schmallippig lächelnden seniorigen Herrn Staatspräsidenten abzuhängen. Diesseits der notdürftigen Trennwand lagen herausgerissene Teppichstreifen, alte Fußleisten, Spachtel und Teppichmesser. Jenseits beugte sich die Quästorin jetzt ungeduldig vor, stützte die Ellbogen auf die Schreibtischplatte, hielt immer noch den Hörer in der Hand und sah Grassi mit weit hochgezogenen Augenbrauen und schief gelegtem Kopf fragend an.

Der Commissario blieb unschlüssig im Raum zwischen Tür und Schreibtisch stehen, musterte seine Chefin und dann den zum Teil nackten Estrich, der mit dunkelgelben Klebespuren übersät war.

Feltrinelli seufzte. »Gut fünfunddreißig Quadratmeter Teppichboden, voll verklebt mit Kunstharz. Eine Riesensauerei. So hat man das in den Neunzigern gemacht. Dann haben meine Vorgänger hier drin zwanzig Jahre lang Kette geraucht, und jetzt will ich ihn raushaben. Reicht das als Erklärung?«

»Naturalmente, ich fand schon immer, dass es bei Ihnen ein bisschen komisch gerochen hat. Ich wollte Ihnen nur von der Leiche berichten, die wir in Corniglia heute Morgen aus dem Wasser gezogen haben.«

Die Quästorin sah ihn immer noch genervt an. »Ja? Und? Was ist mit der?«

Grassi war plötzlich verunsichert. Hatte sie schon von dem Leichenfund gehört, was ihn nicht verwundert hätte, denn die Quästorin schien immer alles zu wissen. Oder zeugte ihre Reaktion von erstaunlichem Desinteresse?

»Na ja, ich wollte Sie auf dem Laufenden halten und ...«

»Tun Sie das, Commissario. Kann ich jetzt vielleicht endlich mal telefonieren?«

Grassi machte auf dem Absatz kehrt. An der Tür blieb er noch einmal stehen. »Könnten Sie nicht Homeoffice machen, bis die hier fertig sind?«

Feltrinelli atmete einmal hörbar durch und legte dann resigniert den Hörer auf. »Wirklich nett, dass Sie sich Sorgen um mich machen, Grassi.« Sie klang jetzt fast freundlich. »Sie haben es wohl noch nicht mitbekommen, oder? Manchmal mache ich mir wirklich Gedanken darüber, ob Sie den sozialen Kontakt zu Ihren Kolleginnen und Kollegen genug pflegen, denn *die* wissen es anscheinend alle. Also: Ich stecke mitten in der Scheidung, und das, was bis vor Kurzem noch mein Zuhause war, wird heute von den Anwälten meines baldigen Ex-Manns zerpflückt, vom Bücherregal bis zum Weinkeller. Das will ich mir ersparen, deshalb bin ich nicht im Homeoffice.« Und dann noch einmal besonders liebenswürdig: »Darf ich jetzt vielleicht meinen Anruf tätigen?«

Grassi zog sich zurück.

»Und machen Sie die Tür hinter sich zu!«

Unterhalb der Baustelle im fünften Stock der Questura von La Spezia ging es ruhiger zu. Grassis Büro hatte sich seit seinem

Einzug im März nicht verändert. Es war genauso kahl und grau wie damals. Ein einsamer Aktenordner stand im Regal, und das auch nur, weil der Commissario sich manchmal fast schuldbewusst Berichte kopierte und sogar E-Mails ausdruckte, wenn er sie für wichtig hielt. Seine Partnerin Marta Ricci, die ihr Büro neben seinem hatte, fand das albern und unnötig und sagte das auch bei jeder Gelegenheit. Schließlich fand man jede notwendige Information in gut gepflegten Datenbanken.

Grassi fuhr seinen Computer hoch und zog die Schublade auf, um nach dem Zettel zu kramen, auf dem sein kryptisches Passwort stand. Alle drei Monate musste das alte Passwort aus Sicherheitsgründen geändert werden. Als dies in der Woche zuvor fällig gewesen war, hatte er aus plötzlicher Nervosität heraus sein altes Passwort dreimal falsch eingegeben und ein neues anfordern müssen. Dieses neue Passwort war ein so sinnfreier Buchstaben-, Zahlen- und Sonderzeichensalat, dass er es auf einem viel zu kleinen gelben Zettel notiert und gar nicht erst versucht hatte, es sich zu merken.

Sein Telefon klingelte.

»Kommen Sie mal schnell rüber zu mir, Commissario? Ich checke gerade die Vermisstenmeldungen.«

Ricci saß an ihrem Schreibtisch, der von zwei Bildschirmen beherrscht war. Zwischen den Bildschirmen hockte ein großer brauner Plüschdinosaurier mit weißen Reißzähnen aus Filz, den sie, wie der Commissario wusste, von ihrem Lieblingsneffen geschenkt bekommen hatte. Ein Garderobenständer stand in der Ecke des Zimmers, daran jede Menge Jacken, Taschen und Rucksäcke. Das Regal an der Wand war voller Bücher, überwiegend Exemplare, die Ricci aus Platzgründen aus ihrer kleinen Wohnung mitgebracht hatte. Akten oder Papierstapel lagen nicht auf ihrem Schreibtisch, dafür mehrere stylishe Aufbewahrungsdosen aus Plastik mit unterschiedlich farbigen Deckeln, in denen sie ihr vorbereitetes Mittagessen, ihre gesunden Snacks für zwischendurch und die Notation für überraschende, aber jederzeit mögliche Nachtschichten aufbewahrte. An der Wand ihrem Schreibtisch gegenüber hing die überdimensionale Reproduktion eines *New-Yorker*-Covers, auf dem ein Hund mit rotem Schwimmring entspannt in einem glitzernden Pool trieb. Ricci liebte Hunde, hatte aber keinen. Seit sich der Gesundheitszustand ihres Vaters vor einigen Wochen verschlechtert hatte und sie ihn nachts ungern allein ließ, wohnte sie vorübergehend in dessen großem Haus in Lerici. Ricci kochte jeden Abend für sie beide und für den nächsten Tag im Büro gleich mit.

Sie und Grassi hatten damals im März keinen guten Start miteinander gehabt. Er hatte sich von der ehrgeizigen, gut organisierten jungen Frau, ihrem unkonventionellen Äußeren und ihrer forschen Art provoziert gefühlt. Und wenn Commissario Vito Grassi sich provoziert fühlte, konnte er sehr unfreundlich werden. Deshalb hatten sie bei ihrem ersten gemeinsamen größeren Fall auch eher gegen- als miteinander gearbeitet, aber ihn am Ende doch irgendwie gemeinsam gelöst. Grassi hatte über die Monate der Zusammenarbeit gelernt, ihr zu vertrauen. Zwar fiel sie erst mal bewusst auf mit ihren farbenfrohen und immer wieder wechselnden Kontaktlinsen, ihren streng gescheitelten pechschwarz und schlohweiß gefärbten Haaren und ihrer Vorliebe für bunte Baseballjacken und Schnallenboots, aber sie war kein sprunghafter oder gar verrückter Mensch. Ihre privaten Umstände und ihr Beruf, den sie sehr ernst nahm, forderten ihr eine Disziplin ab, die sie anscheinend mühelos und mit Lebensfreude aufbrachte. Sonst hätte sie es nicht in so wenigen Jahren vom Agente zum Ispettore gebracht.

Er blieb an Riccis Schreibtisch stehen und schaute über ihren Kopf hinweg auf die Bildschirme. Auf dem einen war ein erkennungsdienstliches Foto der Wasserleiche von Corniglia zu sehen. Das aufgeschwemmte Gesicht eines jungen Mannes, die Augen bis auf einen Schlitz wie in großer Erschöpfung geschlossen, die Haut wächsern. Dunkle Haarsträhnen klebten an der bleichen Stirn. Auf dem anderen Bildschirm klickte sich Ricci durch die Vermisstendatei. Es wechselten sich meist amateurhaft aufgenommene Bilder ab, die oft sichtlich fröhliche junge Männer zeigten. Fotos, die in den Ferien, auf Jubiläumsfeiern oder bei Familienfesten gemacht worden waren, bei Gelegenheiten also, an denen normale Menschen Fotos machten. Wenn Eltern oder Ehepartner den Behörden Fotos ihrer Angehörigen und Liebsten zur Verfügung stellten, zeigten diese Bilder den ängstlich Vermissten so, wie man ihn am liebsten in Erinnerung hatte.

»Ich habe aus allen Vermisstenmeldungen die jungen Männer mit einem Alter zwischen zwanzig und dreißig herausgefiltert. Für die Provinz La Spezia bleiben aktuell sechs offene Fälle übrig. Für ganz Ligurien wären es natürlich mehr.« Sie klickte noch einmal langsam durch die Anzeigen und Bilder. »Diese zwei Meldungen sind schon zu alt … diese zwei Vermissten sind blond, der hier ist zu dick, bliebt noch dieser hier.« Sie zog das Bild eines sportlichen Typs mit Tommy-Hilfiger-Shirt und Cocktailglas in der Hand etwas größer. »Ich finde die Bilder sehr schwer vergleichbar, aber eine gewisse Ähnlichkeit hat der schon, oder?«

Grassi beugte sich vor, schaute von einem Bildschirm auf den anderen. »Ähnlichkeit, ja, aber das ist er nicht. Sehen Sie das kleine Muttermal am Mundwinkel des Toten? Das fehlt bei dem Vermissten.«

Ricci ließ sich in den Stuhl zurückfallen. »Sie haben recht.« Sie schnalzte mit der Zunge. »Dann wird unsere Wasserleiche zumindest offiziell noch nicht vermisst.« Sie drehte sich zu Grassi um und durchbohrte ihn mit ihren unnatürlich farbenfrohen Augen. »Nächster Schritt? Krankenakten nach der Obduktion vom Dottore?«

»Lassen Sie uns noch mal überlegen, was die weiße Hose zu bedeuten haben könnte. Sie haben schon in Corniglia vermutet, er könnte in einem Krankenhaus gearbeitet haben. Oder als Pfleger. Eine andere Möglichkeit wäre, dass er Steward auf einem Kreuzfahrtschiff war. Die Crew würde sein Verschwinden möglicherweise erst am Zielort melden, und wenn der nicht La Spezia war, sondern Genua oder meinetwegen Nizza, dann müssen wir bei den dortigen Behörden nach Vermisstenfällen fragen. Sagen Sie Falcone und den Kollegen, sie sollen sich darum kümmern.«

»Sì, chiaro. Und ich werde mal in der Psichiatria Ospedale La Spezia nachfragen, ob sie vielleicht vor Kurzem einen Patienten hatten, auf den die Beschreibung des Toten zutrifft. Wir können Suizid ja nicht ausschließen.«

»Und erkundigen Sie sich bitte bei der Küstenwache nach den hier vorherrschenden Meeresströmungen. Er könnte ja auch angetrieben worden sein.«

»Bene. Dann habe ich ja genug zu tun. Und was machen Sie so lange, Commissario?« Sie klang wie seine Vorgesetzte.

»Ich werde unserem Hobbytaucher einen Besuch abstatten.«

Die für die Provinz zuständige Gerichtsmedizin war auf dem Militärgelände von La Spezia untergebracht und stand unter der Leitung des eigenwilligen Dottore Penza. Grassi hatte sich seine schwarze Wayfarer aufgesetzt und wartete an der Haltestelle »Questura« am Viale Italia wenige Meter von der Questura entfernt auf den Bus der Linie 11. Nur im Schatten eines Baumes war die Hitze halbwegs auszuhalten. Grassi ging aus Prinzip nicht »unangezogen«, wie er es nannte, aus dem Haus, weshalb er selbst an drückenden Sommertagen sein leichtes graues Leinenjackett trug. Wie angenehm die hin und wieder vom Meer her wehende leichte Brise war, merkte er erst, nachdem er in den stickigen und kochend heißen Bus gestiegen war. Und weil er Schweißausbrüche genauso wenig mochte, wie unangezogen zu sein, schlüpfte er aus dem Jackett und legte es sich über den Arm, während er nachdenklich aus dem Fenster auf die still vor sich hin brütenden Mietskasernen an der Via Vittorio Veneto blickte.

Eine Viertelstunde später stand er vor dem bewachten Eingang des schlossartigen Gebäudes, das dem Militärhafen direkt gegenüberlag. Er ging auf das Wachhäuschen zu, klaubte seinen Ausweis aus der Jacketttasche auf seinem Arm, hielt ihn dem Uniformierten hin und sagte, zu wem er wollte. Der junge Soldat nahm den Ausweis wortlos entgegen, trat in sein Wachhäuschen und griff zum Telefon. Sogar durch die offene Tür glaubte Grassi, Penzas laute Stimme am anderen Ende der Leitung zu vernehmen. Jedenfalls wirkte der Soldat etwas erschüttert, als er wieder in die Sonne trat und dem Commissario seinen Ausweis zurückgab.

»Vielleicht wollen Sie später noch mal wiederkommen, Commissario? Der Dottore hat anscheinend ziemlich schlechte Laune.«

»Was hat er gesagt?«

Der Soldat zögerte mit der Antwort. »Na ja, er hat gesagt, dass Sie die Obduktion doch selber machen sollen, wenn Sie's so verdammt eilig haben.«

»Das klingt nach einer Einladung«, sagte Grassi, hob die Hand zum Gruß und marschierte über den Kiesweg zum Hauptgebäude.

»Sie wollen, dass ich Ihnen zur Hand gehe, Dottore?«, rief der Commissario, als er den hell erleuchteten, an Wänden und Boden weiß gekachelten Raum betrat. In die linke Wand waren fünfzehn große Schubladen aus Chromstahl eingelassen, in der mittleren Reihe stand eine Tür offen. Zwei fest im Boden verankerte Autopsietische standen in der Mitte des Raumes. Auf einem davon lag, den Kopf von einer Art blauem Schiffchen abgestützt, der Tote aus Corniglia. Man hatte ihm die weiße Hose ausgezogen. In der Brust klaffte ein breiter Spalt. Der bleiche Körper wirkte schutzlos im grellen Licht der Neonröhren über ihm, geradezu verwundbar, dachte Grassi. Er rümpfte die Nase. Der Geruch in der Gerichtsmedizin war zu jeder Zeit gewöhnungsbedürftig für Außenstehende, aber heute schien die Luft besonders dick zu sein.

Penzas Assistent beugte sich gerade über die Leiche und blickte auf, als Grassi den Raum betrat. Der Commissario war dem hageren, immer leicht melancholisch wirkenden Hünen an der Marina nicht zum ersten Mal begegnet, aber Penza hatte es nie für nötig befunden, seinen Assistenten namentlich vorzustellen. Inzwischen war es zu spät und deshalb geradezu unfreundlich, ihn nach dem Namen zu fragen, befand Grassi. Er sah sich um. Der Dottore war nicht im Raum.

Der Assistent blinzelte Gassi einmal kurz an, kniff den Mund zusammen und versank wieder in seiner Arbeit.

Im nächsten Augenblick kam Penza rückwärts aus dem Nebenraum und rief einer unsichtbaren Person zu: »Dann soll er doch mal runterkommen und selber schnuppern, der Herr Facility-Manager. Ich sage, die Luftaufbereitungsanlage funktioniert schon seit Tagen nicht richtig. Unseren Kunden ist es egal, aber hier arbeiten lebende Menschen. Die müssen atmen können, verstehen Sie? Atmen!« Er drehte sich um, erblickte Grassi und sagte mit gespielter Empörung: »Und jetzt Sie auch noch.« Danach trat er an den Autopsietisch, schob den Assistenten ziemlich unsanft beiseite und beugte sich über die Leiche, wobei er gleichzeitig mit dem Zeigefinger Zeichen machte, der Commissario solle näher treten.

»Todesursache Ertrinken. Das ist eindeutig. Aber ...«, er deutete auf den blutigen Inhalt der Schale einer Autopsiewaage, die auf einem Wagen neben dem Tisch stand, »... wie Sie sehen, sehen Sie nichts.«

»Dieses Spiel schon wieder?«, fragte Grassi und verzog den Mund. »Können Sie mir zur Abwechslung nicht einfach sagen, was Sie wissen?«

»Ohne dass Sie dabei was lernen, damit Sie das nächste Mal nicht so dumm fragen müssen?« Penza zwinkerte fröhlich. »Kommt nicht infrage. Außerdem weiß ich, dass Ihnen das

Spaß macht, Commissario. Also: Betrachten Sie das entnommene Organ in der Schale. Was sehen Sie nicht?«

Penza hatte recht. Grassi machte es Spaß, sich mit dem Dottore auseinanderzusetzen. Und er mochte ihn und seine aufgedrehte und zugleich pedantische Art, Dinge zu erklären. Nur nicht gerade beim Essen – wie damals im März.

Grassi zuckte mit den Schultern.

»Wasser. Sie sehen kein Wasser in der Lunge! Na ja, sehen könnten Sie es sowieso nicht, es ist jedenfalls kein Wasser da.«

»Aber da müsste Wasser sein, weil er ertrunken ist.«

»Der Laie denkt, wer ertrinkt, schluckt dabei zu viel Wasser. Aber natürlich schluckt der Ertrinkende nicht. Er atmet es ein. Und Wasser in der Lunge ist schlecht. Besonders Salzwasser. Sind Sie Nichtschwimmer oder Schwimmer?«

»Schlechter Schwimmer.«

»Dann würden auch Ihre Chancen schlecht stehen. Nehmen wir an, Ihnen wäre bei Ihrer kleinen Bootsfahrt heute Morgen schlecht geworden und Sie hätten deshalb über die Reling kotzen wollen. Dabei hätten Sie das Gleichgewicht verloren und wären ins Meer gefallen …«

»Dann wäre mein Sohn hinterhergesprungen, um mich zu retten. Alessandro kann gut schwimmen.«

»… und Ihr Sohn hätte gar nichts davon mitgekriegt, weil er gerade unbedingt auf Instagram Bilder irgendeines knapp bekleideten Schmollmundmädchens liken musste. Sie sehen das Boot am Horizont verschwinden, Sie bekommen Panik, treten ein wenig Wasser auf der Stelle, gehen das erste Mal unter und atmen reflexhaft Salzwasser ein. Und das ist schon der Anfang vom Ende. Auf Aspiration folgen Laryngospasmus, Plasmolyse, Hypoxie und schließlich der sanfte Exitus. Können Sie mir folgen?«

»Nein, Dottore, das kann ich nicht, und das muss ich auch gar nicht, solange Sie sich selbst folgen können. Ich will nur wissen, ob es so bei diesem Ertrunkenen abgelaufen ist.«

Penza sah ihn an und schien zu überlegen. Dann sagte er entschieden: »Nein.«

»Endlich sind wir einen Schritt weiter. Und wie ist es Ihrer Meinung nach abgelaufen?«

»Genau weiß ich es noch nicht, aber die Leiche gibt uns ein paar sehr interessante Hinweise. Sie hat, wie gesagt, kein Wasser in der Lunge, das deutet darauf hin, dass bei dem Ertrinkenden ein Stimmritzenkrampf eingesetzt hat, *bevor* er Wasser einatmen konnte. Sehr unwahrscheinlich bei Menschen, die mit voller Absicht ins Wasser gehen, um sich das Leben zu nehmen.«

»Vielleicht war nur ganz wenig Wasser in der Lunge, und Sie haben es übersehen?«

»Ha! Übersehen? Sie Ahnungsloser!«, rief Penza. »Auch nur eine geringe Menge Salzwasser hätte zu einer Geldrollenbildung der Erythrozyten im Blut geführt.« Er schüttelte fassungslos den Kopf. »Übersehen, sagt er!«

»Schon gut, Dottore, schon gut!« Grassi hob begütigend die Hände. »Geldrollen im Blut würde nicht einmal ich übersehen.«

Penza verdrehte die Augen.

»Jedenfalls glauben Sie auch nicht daran, dass er den Freitod im Wasser gesucht hat?«

»Nein.«

»Oder besteht die Möglichkeit, dass er schon tot war, als er ins Wasser gefallen ist?«

»Wieder nein. Der Stimmritzenkrampf ist nachweislich eingetreten und hat zum Ersticken geführt. Er ist im Wasser gestorben, das steht außer Frage.«

»Also doch schlicht ein Unfall …«

»… und ein solcher Unfall würde eben reflexhaftes Einatmen von Wasser zur Folge haben …«

»Aber er hat kein Salzwasser in der Lunge, jaja, ich verstehe.«

»Wir haben außerdem weder Alkohol noch sonstige Drogen in seinem Blut gefunden. Und Sie würden staunen, wie viele Menschen ertrinken – vor allen Dingen Männer –, weil sie besoffen über Bord gehen oder am Ende einer Strandparty noch mal eben um Mitternacht in die Brandung springen, um ihrer Freundin zu zeigen, was für tolle Hechte sie sind.«

»Der hier war also stocknüchtern und ist nicht einmal auf typische Weise ertrunken?«

»Sie können mir also doch folgen. Genau so war's. Seine Art von Tod nennt man ›trockenes Ertrinken‹.«

»Weil er nüchtern war?«, fragte Grassi mit übertriebenem Eifer. Sonst machte Penza sich einen Spaß, Grassi zu nerven. Heute drehte Grassi den Spieß um und stellte sich besonders dumm.

Penza verdrehte die Augen. »Unsinn, weil wir bei der Obduktion kein Wasser in seiner Lunge finden konnten.«

»Was eigentlich nicht sein kann.«

»Kann schon sein, kommt aber nicht oft vor«, sagte Penza fast nachdenklich für seine Verhältnisse. Dann schwieg er lange und spitzte die Lippen, als wolle er wie üblich die Gesprächspause mit einer gepfiffenen Melodie unterlegen, aber es kam nichts.

»Todeszeitpunkt?«

»Was? Keine Ahnung. Aber ich bleibe dabei, er war maximal sechs Stunden im Wasser.«

Grassi nickte. »Haben Sie noch was für mich, Dottore?« Penza hatte sich wieder über die Leiche gebeugt und schien ihn nicht zu hören. »Penza? War's das, oder kann ich gehen?«

Grassi wollte sich gerade umdrehen, als der Gerichtsmediziner sagte: »Austern.«

»Mag ich nicht besonders, aber wir können gern mal wieder zusammen essen gehen.«

»Und Hummer.«

Grassi blickte ungläubig von der geöffneten Leiche zu dem Organ auf der Waage und dann auf den Dottore. »Ich verstehe nicht, wie Sie jetzt ans Essen denken können.«

»Außerdem jede Menge Champagner.«

Grassi winkte ab und ging zur Tür.

»Alles in seinem Magen. Quasi unverdaut.«

Der Commissario erstarrte. »In wessen Magen? Dem der Leiche?«

»Eine Magenüberfüllung kann den tödlichen Stimmritzenreflex begünstigen.«

»Champagnerüberfüllung? Penza, haben Sie nicht gerade eben gesagt, er hatte keinen Alkohol im Blut?«

Jetzt schien der Dottore aus seinem Tunnel herauszukommen. Er sah den Commissario mit großen Augen an und schüttelte den Kopf. »Sie verstehen das falsch. Auch Alkohol braucht bis zu einer Stunde, um ins Blut zu gelangen.«

Grassi entdeckte einen Bürostuhl in der Ecke, zog ihn heran und ließ sich darauf fallen. Er merkte, dass ihm kühl wurde, weshalb er wieder in sein Jackett schlüpfte. »Allora, Dottore, jetzt wird es interessant. Sie sagen mir also, der Tote hat höchstens eine Stunde vor seinem … ungewöhnlich trockenen Ertrinken außergewöhnlich gut gegessen und getrunken?«

»Allerdings. Man kann sagen: Er genoss ein geradezu fürstliches letztes Mahl.«

»Was ist mit der Verletzung am Hals?«

»Ich tue es nur ungern, aber man muss gelehrige Schüler auch gelegentlich loben: Sie lagen richtig. Sie ist vor dem Eintritt des Todes erfolgt und stammt von einem Draht, einer rauen Schnur, vielleicht einer Kette. Irgendetwas oder jemand hat gewaltsam daran gerissen.«

»Er könnte also vor seinem Tod in einen Kampf verwickelt gewesen sein?«

»Vielleicht hat er sich mit jemandem um den letzten Hummer gestritten?«

Zwanzig Minuten später war der Commissario zurück in der Questura im Büro seiner Partnerin und berichtete von den bisherigen Erkenntnissen und Rätseln aus der laufenden Obduktion.

»Und ich hatte wirklich irgendwo im Hinterkopf gehofft, wir

könnten die Sache als Unfall abhaken und weiterreichen«, sagte Ricci seufzend.

Grassi sah sie bedauernd an. Man konnte ihr das kaum verdenken, dachte er. Kein Polizist der Welt, der bei klarem Verstand war, riss sich um Fälle. Auch er nicht. Doch das war etwas anderes, als die Finger von einem Fall zu lassen und damit bewusst den Instinkt zu betäuben, der einem guten Polizisten das untrügliche Gefühl gab, auf die Spur eines Verbrechens gestoßen zu sein.

»Beschäftigen wir uns erst einmal mit der Frage, woher die Leiche gekommen sein könnte.«

Ricci drehte sich ihrem Bildschirm zu. »Ich habe in der Zwischenzeit mit der Guardia Costiera telefoniert. Entlang der Küste gibt es im Allgemeinen nur eine schwache Hauptströmung in Richtung Norden. Der Kollege, mit dem ich gesprochen habe, war der Ansicht, dass ein toter Körper tagelang an der Küste entlangtreiben könne, ohne an Land gespült zu werden. Andererseits würde jemand, der nahe der Küste ertrinkt, schon nach kurzer Zeit wieder an Land getrieben.«

»Mit anderen Worten: Er ist wahrscheinlich in der Nähe des Fundorts ertrunken.«

»Richtig. Wir haben trotzdem alle Reedereien, die in den letzten Tagen mit ihren Schiffen La Spezia oder Genua angefahren haben, kontaktiert. Es werden keine Passagiere oder Besatzungsmitglieder vermisst.«

»Okay«, sagte der Commissario. »Szenario eins: Es war ein Suizid, und er ist an der Stelle ins Wasser gegangen, an der er auch gefunden wurde.«

Ricci band sich mit Bedacht ihren schwarzen Pferdeschwanz neu. »Dann hätte er im Morgengrauen oben ohne durch den ganzen Ort und die vierhundert Stufen runterlaufen müssen. Wie wahrscheinlich wäre es, dass ihn dabei niemand gesehen hätte? Nicht einmal Shanti, über den er in der Marina quasi hätte stolpern müssen. Ich glaub's nicht.«

Grassi nickte. »Szenario zwei: Er ist am Strand unterhalb der Bahnstation Corniglia ins Wasser gegangen.«

»In dem Fall hätten Wellen und Strömung ihn nach kurzer Zeit sehr wahrscheinlich wieder an Land gespült, vielleicht ein bisschen weiter nördlich, aber sicher nicht an der Landzunge vorbei und rein in die Marina.« Sie sah ihn skeptisch an.

Grassi zuckte mit den Schultern. »Was ist noch denkbar? Könnte er von der Aussichtsterrasse in Corniglia aus ins Meer gesprungen sein?«

»Nicht mal mit viel Anlauf, Commissario. Er wäre auf den Felsen aufgeschlagen. Und alle diese Szenarien beantworten die wichtigsten offenen Fragen nicht: Wer ist er überhaupt? Und wo konnte er keine Stunde vor seinem Tod Hummer essen und Champagner trinken?«

Grassi stieß sich von der Schreibtischkante ab, rieb sich die Stirn und sah auf die Uhr. Es war schon kurz vor fünf, und eigentlich hatten sie am Vortag ausgemacht, dass er am Abend kochen würde. Galt das noch nach dem Streit mit Chiara? Sein Herz schlug schneller, wenn er an den »Fall« seiner Ehekrise dachte, der noch dringlicher war als der der Wasserleiche. Er sollte sich wirklich zu Hause blicken lassen.

»Solange wir den Toten nicht identifiziert haben, kommen wir nicht weiter. Wir veröffentlichen sein Foto und bitten die Bevölkerung um Mithilfe.«

»Sie meinen das Wasserleichenporträt, das die Kollegen von der Gerichtsmedizin von ihm gemacht haben?«, sagte Ricci. »Okay, ich versuche, das mal noch etwas ansehnlicher zu machen.«

»Grazie«, sagte Grassi. »Und kein Wort über Hummer und Champagner in seinem Magen. Einfach nur: Wer kennt diese Person?«

NOTWENDIGES VERHALTEN
ZUR GEFAHRENABWEHR

Seit Grassis geliebter Roadster im März am Passo del Bracco in einem Feuergefecht ein Raub der Flammen geworden war, hatte er sich kein neues Auto angeschafft. Wenn es für die Ermittlungsarbeit nötig war, nahm er sich einen der deprimierend langweiligen Dienstwagen aus der Garage der Questura. Den täglichen Arbeitsweg legte er mit dem Zug zurück. Das war im Frühling, wenn nur relativ wenige Touristen die Region besuchten, noch gut gegangen, und meistens hatte er sogar einen Sitzplatz gefunden. Im Sommer war das anders. Wenn er jetzt auf dem Weg nach La Spezia sitzen wollte, musste er spätestens um sieben Uhr morgens in Levanto in den Cinque Terre Express steigen. Und auf dem Weg nach Hause waren die Züge meist noch voller, weil dann zu den Touristen auch noch die Pendler kamen.

Der Commissario spazierte durch den Parco XXV Aprile in Richtung der Station Migliarina, von wo aus der Regionalzug zum La Spezia Centrale fuhr. So machte er es an den Tagen, an denen er nach dem Dienst noch ein bisschen laufen wollte.

Es zog ihn nicht nach Hause. Auch deshalb nicht, weil er sich schon den ganzen Tag immer wieder die Frage stellte, wie es zwischen ihm und Chiara weitergehen sollte. Einerseits hatte er sich bis auf die Lüge über Tonis Schlafplatz nichts zuschulden kommen lassen. Es gab keinen Betrug und auch nicht die Absicht dazu. Andererseits ging es längst nicht mehr darum. Ihm schwante, dass sie eine ganz andere Entscheidung von ihm erwartete: Käme er irgendwann zurück nach Rom, würde er sich auch für ihre Ehe entscheiden. Bliebe er endgültig in Ligurien, wäre das der Bruch zwischen ihnen. War ihr das schon klar gewesen, als er im März die neue Stelle angetreten hatte? Warum hatte sie nichts gesagt? Weil sie ihn unterschätzt hatte und dachte, er wäre sowieso innerhalb kürzester Zeit wieder zurück in Rom? Weil sie ihm die Freiheit der Entscheidung geben wollte? Weil sie vielleicht schon lange spürte, dass etwas nicht stimmte, und hoffte, dass die Liebe mit der Entfernung wieder wachsen würde? Nun, so einfach war es nicht, wenn die Nähe schon problematisch war.

Was war Toni für ihn? Was für eine Beziehung hatten sie? Trotz der unangenehmen Situation, in die Toni ihn mit ihrem Auftauchen in Corniglia gebracht hatte, war er froh gewesen, sie zu sehen. Nach nur drei Tagen Trennung.

Vito dachte daran, dass sie sich noch nie absichtlich berührt hatten. Es kam schon mal vor, dass sie einander streiften, wenn sie gemeinsam in der Küche hantierten, wenn sie – was selten vorkam – zusammen in der Bar Levanto saßen an einem der kleinen Tischchen und sich ihre Schultern berührten. Ansonsten hielten sie Abstand. Anstandsabstand oder Sicherheitsabstand? Er bildete sich ein, dass Toni gern in seiner Nähe war, aber sicher konnte er sich nicht sein. Vielleicht war ihr Aufenthalt in Levanto wirklich nur der Gartenarbeit und den Umständen geschuldet und wurde von Toni schlicht als annehmbares Arrangement gesehen, solange sich nichts Besseres ergab. Aber warum schien sie dann ihre Gespräche so zu genießen? Grassi hielt sich selbst nicht für einen besonders feinfühligen Menschen, aber bei Toni glaubte er, eine gewisse Einsamkeit spüren zu können. Sie bekam nie Anrufe. Sie ging nie abends irgendwohin, um Freunde oder Bekannte zu treffen. Nicht einmal Francesco, der kindliche Riesenmann, der nach dem Tod seines Vaters Emilio eine Art Beschützerinstinkt für Toni entwickelt hatte, was ihm vor einigen Monaten beinahe eine Mordanklage eingebracht hatte, ließ sich noch blicken.

Der Commissario stieg an der Centrale in den Cinque Terre Express, fand einen Gangplatz und achtete nun darauf, nicht den ausladenden Rucksack einer Touristin ins Gesicht zu bekommen, die sich, dessen unbewusst, stets mindestens einmal um sich selbst drehte, wenn der Zug aus einem Tunnel ins Licht fuhr.

Im Grunde, dachte Vito, gab es nur einen Grund für Toni, zu bleiben: Sie war gern bei ihm. Und er wohnte gern mit ihr zusammen. Und mit einem Schlucken musste er sich eingestehen, dass er sich darauf freute, wenn Chiara und Alessandro wieder abfuhren und Toni zurückkam.

Er hatte seinem Sohn aus dem Zug eine Nachricht geschrieben, weshalb der schon vor dem Bahnhof in Levanto mit der Ape wartete. Grassi wollte fahren, aber Alessandro deutete nur mit dem Daumen auf die Ladefläche. Der Commissario setzte sich mit dem Rücken zum Fahrerhäuschen in die Blechwanne, die von der Sonne so heiß war, dass er glaubte, sich den Hintern durch die Hose zu verbrennen. Er drückte sich mit den Händen vom Boden ab und schrie auf, weil seine Finger sich anfühlten, als hätte er sie auf eine Kochplatte gelegt. Rasch zog er sein Jackett aus und setzte sich darauf. Alessandro legte den ersten Gang ein, drehte sich zu seinem Vater um und sagte durch das offene Rückfenster: »Mamma hat gepackt. Sie will abreisen.«

»Was? Wieso?«

»Das müsstest du eigentlich wissen. Ich bin nicht mehr zwölf, Papà, und hab die letzten Jahre schon mitgekriegt, dass ihr euch aus dem Weg geht.«

»Wir sind uns nicht aus dem Weg …«

»Du bist vor ein paar Monaten ausgezogen, schon vergessen? Ihr müsst wissen, was ihr tut. Ich finde es nur scheiße, dass du Mamma belogen hast.« Alessandro gab Gas, Grassi klammerte sich an den Seitenklappen fest und schlug beim ersten Schaltvorgang mit dem Hinterkopf gegen das Fahrerhäuschen.

»Aua! Madonna! Machst du das extra?« Er konnte nicht sagen, ob Alessandro ihn gehört hatte.

Die Ape rumpelte den Berg hinauf. Alessandro war kein besonders guter Fahrer. An flachen Stellen vergaß er zu schalten und ließ den Motor zu hoch drehen. Wenn es steil wurde, schaltete er zu früh, was dem ohnehin schwachbrüstigen Gefährt jeden Schwung nahm und fast dazu führte, dass der Motor abstarb. Auf halber Strecke war Grassi so genervt von dem Geruckel, dem hochfrequenten Jaulen des Motors und den stechenden Sonnenstrahlen, dass er am liebsten »Halt!« geschrien hätte, abgestiegen und zu Fuß gelaufen wäre. Aber er biss sich auf die Lippen.

Das gelang ihm nicht mehr, als sie das Haus erreichten und er Chiara davorstehen sah. Zu ihren Füßen, wie von Alessandro angedroht, der gepackte Koffer. Die Situation war offensichtlich ernst. Grassi sprang von der Ladefläche, und Chiara machte Anstalten, ihren Koffer daraufzuheben.

»Stopp! Bitte, Chiara, was soll denn das?«

»Der Zug geht um sieben von Levanto mit nur einmal Umsteigen in Pisa. Dann sind wir noch vor elf wieder in Rom.« Sie wandte sich an Alessandro. »Ich glaube, an der Wohnzimmersteckdose hängt noch ein Handykabel von dir.«

»Okay«, sagte der nur, warf einen betretenen Blick auf Vito und sprintete zur Terrasse hoch.

»Chiara, per favore. Es tut mir leid.« Vitos Stimme klang in seinen eigenen Ohren fast flehentlich. »Lass uns reden …«

»Du hast einen Fall zu lösen, Vito, also sowieso keine Zeit für uns. Ich habe zu Hause genug zu tun und bin außerdem nicht gern im Weg.«

»Im Weg? Wer sagt, dass du im Weg bist? Das ist doch albern.«

»Weißt du, was albern ist, mein Lieber? Es ist albern, dass ein erwachsener Mann glaubt, mich anlügen zu müssen über sein ungeklärtes Verhältnis mit einer anderen Frau, die er freiwillig in seinem Haus leben lässt.«

»Die hier schon mit meinem Vater gewohnt hat, lange bevor ich gekommen bin. Du bist ziemlich selbstgerecht, weißt du das?«

»Mir egal, wie ihr das nennt. Wohngemeinschaft, Kommune, Therapiezentrum. Und ich bin auch nicht eifersüchtig.« Sie hob die Stimme. »Ich bin aus Prinzip nicht eifersüchtig. Aber ich lasse mich von dir nicht verarschen, und mag dein Leben gerade noch so verwirrend sein. Meines ist es nicht. Ich habe auch nichts gegen diese Toni. Aber wenn du nicht merkst, dass du dir an der die Zähne ausbeißen wirst, bist du ein noch größerer Idiot, als ich dachte.«

Er verzog das Gesicht. »Zähne ausbeißen? Wovon redest du da?«

Chiara stellte ihren Koffer mühelos auf die Ladefläche der Ape. »Wir lassen sie am Bahnhof stehen und legen den Schlüssel unter die Fußmatte.« Sie gab Vito einen Kuss auf die Wange. »Benutz sie nicht als Ausrede für unsere Probleme, okay? Und wenn du reden willst, komm zu mir nach Rom. Ciao.«

Alessandro kam zurück, ging auf seinen Vater zu und legte ihm den Arm um die Schulter. »Komm mich doch mal in Pavia besuchen. Und sag mir, was mit dieser Wasserleiche ist!«

»Klar, mach ich«, brachte Grassi über die Lippen. Seine Rumpffamilie quetschte sich in die Ape und fuhr davon.

Grassi blieb so lange regungslos stehen, bis das Knattern verhallt war. Sein Kopf war leer bis auf das Säuseln der schmalzigen Stimmen von Zucchero und Paul Young: *Senza una donna*. Er atmete durch, wandte sich zum Haus und betrat das wohltuend schattige Wohnzimmer durch die Terrassentür. Um den Ohrwurm zu vertreiben, ging er zu seiner an der Wand aufgereihten Plattensammlung. Ihm war nach Blues, nach etwas Wütendem, Schwülem, Pathetischem. Er blätterte sich kniend durch die Platten, bis er *The Sky Is Crying* gefunden hatte, entnahm das Vinyl der Hülle und setzte die Nadel auf die Platte. Bei den ersten schweren Klängen der Gitarre ließ er sich aufs Sofa sinken. Dann sang Stevie Ray Vaughan *May I Have a Little Talk With You*.

Hätte er doch nur schon früher das Gespräch mit Chiara gesucht.

Schon nach der Hälfte des Songs wusste Grassi, dass er den Abend nicht grübelnd im Haus verbringen wollte. Als die letzten bittersüßen Töne verklungen waren, sprang er auf, stellte die Anlage aus, schnappte sich sein Jackett, warf die Tür hinter sich zu und spazierte die steile Zufahrt hinab. Auf halbem Weg grüßte er seinen Nachbar, der in der erträglichen Wärme des Abends das Dach seines kleinen Gewächshauses ausbesserte und träge den Arm hob. Über den Hängen zogen sich Wolken zusammen, die aber nur wenig Anlass zu Hoffnung auf Regen boten. In der Woche zuvor hatte Grassi auf seiner Terrasse gestanden und sehnsüchtig den Regen beobachtet, der den Kamm der gegenüberliegenden Anhöhe verschleierte. Die Wolke war tatsächlich über ihn hinweggewandert, aber von dem Regen hatte kein Tropfen den Boden berührt, sondern war in der über dem Tal liegenden Hitzeglocke noch im Fallen spurlos verdunstet. Die Bäume und Sträucher entlang der Zufahrt ließen die graugrünen Blätter hängen, der Boden war knochentrocken.

Am Ortseingang von Levanto sah er eine dunkle Rauchfahne kerzengerade in den Himmel steigen, blieb stehen und suchte mit besorgtem Blick nach der Quelle des Feuers. Der Richtung nach zu schließen brannte es auf dem Recyclinghof Ecocentro. Vor Kurzem war durch die Hitze schon mal ein Container in Brand geraten. Man konnte nur hoffen, dass das Feuer nicht auf die Umgebung übergreifen konnte. In den letzten Wochen hatten sich an Tausenden Stellen in ganz Italien kleinere Feuer zu gefährlichen Bränden entwickelt. In manchen Regionen hatte es seit Monaten nicht geregnet. Der Po war eine sechshundert Kilometer lange Sandbank, und Verona hatte schon das Wasser rationiert.

Die Tische an der Straße unter den Bäumen vor der Bar Levanto waren bis auf den letzten Platz besetzt von schwitzenden Menschen, die mit ihren Lippen gierig an Aperol Spritz und Biergläsern hingen. Die Einheimischen zogen das schattige Innere der Bar vor, sein Stammplatz am Tresen ganz rechts war frei, und Grassi setzte sich auf den Hocker, auf dem schon sein Vater gesessen hatte. In den Monaten seit seiner Ankunft hatte Grassi wenig Anschluss gefunden im Ort, was hauptsächlich daran lag, dass er einerseits kein besonderes Talent für das Knüpfen von Freundschaften hatte und andererseits seine Tage vor allem in La Spezia verbrachte, wenn nicht gerade Mordfälle in Levanto aufzuklären waren. Piero, der Barbesitzer, war eine seiner wenigen engeren Bekanntschaften. Grassi hätte ihn vielleicht nicht gerade als Freund bezeichnet, aber der etwas untersetzte Barista mit den zurückgegelten schütteren blonden Haaren und der randlosen Brille, die ihm das Aussehen eines Buchhalters aus den Vierzigern verlieh, war so etwas wie ein Vertrauter geworden, und die Bar Levanto ein Ort, der ihm ein Gefühl von Heimat gab. Ein Foto an der Wand von Pieros Bar war für den Commissario im März ein entscheidendes Puzzleteil bei der Lösung des Falls gewesen, der Barista selbst – wie alle guten Barkeeper auf dieser Welt – ein steter Quell von Geschichten und Gerüchten und dabei die Diskretion in Person. Sie führten selten tiefschürfende Gespräche, meist ging es um Fußball, den Krieg, die gar nicht so guten alten Zeiten und selten um Frauen.

Die diesjährige Fußballsaison war für den glühenden Roma-Fan Vito Grassi mit einem lachenden und einem weinenden Auge zu Ende gegangen. Lachend, weil die Roma nach über sechzig Jahren endlich einmal wieder ein europäisches Endspiel gewonnen hatten. Leider nicht die Europa League. Und schon gar nicht die Champions League. Nur die kleine Conference League hatten sie gewonnen gegen Feyenoord Rotterdam. Einen Wettbewerb, der von Fans eher belächelt wurde. Aber das war Vito Grassi ganz egal gewesen an diesem Abend in der Bar Levanto. Piero hatte den Fernseher unter der Decke bei der Toilettentür auf das Spiel der Roma eingestellt. Vito war vorsichtshalber so pessimistisch wie irgend möglich an das Spiel herangegangen. Nicolò Zaniolo hatte nach gut einer halben

Stunde die Führung erzielt, und Grassi war mit geballten Fäusten aufgesprungen und hatte sich danach bis zum Spielende nicht mehr gesetzt. Und obwohl seine Mannschaft danach fast nichts mehr anbrennen ließ, hatte er es sich bis zur letzten Sekunde verboten, an einen Sieg zu glauben, um nicht doch noch enttäuscht zu werden. Aber nach dem Schlusspfiff hatte sich Grassi in Pieros Arme geworfen, und sogar Massimo und Rocco hatten mitgefiebert und gefeiert, obwohl sie keine Roma-Fans waren. Die Erinnerungen an das Ende dieser Nacht verschwammen stark.

Der Sieg tröstete etwas über den frustrierenden Verlauf der Saison in der Serie A hinweg, in der seine Mannschaft konsequent immer dann versagt hatte, wenn es darauf angekommen war. Zum Vergessen. Jetzt spielten sie zwar trotzdem Europa League, aber lagen in der Abschlusstabelle einen Platz hinter Lazio. Wie in der Vorsaison. Und in der Saison davor. So langsam wuchs sich diese Konstellation zum Trauma aus, fand Grassi.

Er bestellte ein Moretti. Piero stellte ihm das kalte Bier hin und sah ihn prüfend über den Brillenrand an. »Du hast eine hübsche Frau. Wo ist sie? Und dein Sohn? Was machst du hier alleine?«

»Sie mussten heute beide wieder zurück«, sagte Grassi ausweichend.

»So plötzlich?« Piero zog die Augenbrauen hoch. »Es gab doch wohl hoffentlich keinen Ärger.«

»Piero, Thekentherapeut steht dir nicht. Gib mir lieber noch ein Bier.« Grassi hatte seine erste Flasche fast mit einem Zug geleert. So war das immer an heißen Tagen. Er trank zu schnell gegen den Durst. Er sollte mit Wasser anfangen, dachte er oft.

»Scusa.« Piero hob abwehrend die Hände und grinste schelmisch. »Ich meine ja nur, du kommst oft in Gesellschaft di belle donne, und jetzt sitzt du hier so traurig alleine.«

»Grazie für dein Mitgefühl. Hübsche Frauen, sagst du? Plural? Toni gefällt dir also auch?«

»Gefallen ist zu viel gesagt, aber sie wirkt auf eine attraktive Art – wie soll ich sagen – pericolosa.«

»Lass Toni das nur nicht hören, alter Macho, sonst lebst du wirklich gefährlich.«

»Aber du magst sie, oder?«

Grassi wiegte den Kopf und nippte an seinem zweiten Bier. Das war das Genussbier, er trank es in kleineren Schlucken. »Sonst hätte ich sie schon weggeschickt.«

»Und stattdessen hast du deine Frau weggeschickt? Das sagt doch alles.«

»Ich habe sie nicht weggeschickt.«

»Aber richtig gefehlt hat sie dir auch nicht, seit du aus Rom weg bist, oder? Jedenfalls hast du kaum von ihr gesprochen.«

Grassi musste sich eingestehen, dass Piero einen wunden Punkt getroffen hatte.

Piero sah ihn nachdenklich an. »Was ganz anderes: Wann besorgst du dir ein richtiges neues Auto? Oder willst du ab jetzt immer mit dem Zug oder mit der Ape fahren? Aspetta, Vincenzo! Ich komme schon!«, rief er einem seriös wirkenden älteren Herrn zu, der trotz der abendlichen Hitze in dunklem Anzug und mit gemessenem Schritt das Lokal betreten und an einem Tischchen beim Fenster Platz genommen hatte.

»Weiß ich noch nicht«, rief Grassi dem Barista hinterher. »Vielleicht bekomme ich ja doch noch was von der Versicherung für den Roadster. Mein Anwalt sagt, der Privatwagen sei unter besonderen Umständen zum Einsatzwagen geworden. Als Commissario habe ich gewisse Sonderrechte, musst du wissen.«

»Certo, Commissario.« Er stellte Oliven und Chips neben Grassis Bier. »Schließen diese Sonderrechte auch ein, dass du auf dein eigenes Auto schießen und es damit in Brand setzen darfst?«

»Auf das eigene Auto zu schießen heißt bei den Juristen: ›Einsatz der Dienstwaffe als notwendiges Verhalten zur Gefahrenabwehr bei Pflichterfüllung im Dienst‹«, zitierte Grassi erneut seinen Anwalt. »Ich kann nur hoffen, dass der Richter das auch so sieht.«

»Madonna! Ich drücke jedenfalls die Daumen.« Piero hatte sich bei den letzten Worten nach einer Flasche im Regal hinter sich gestreckt. Er war nie untätig, stand nie herum, sprach eigentlich immer entweder über seine Schulter oder mit Blick auf seine Hände. Jetzt stellte er ein hohes Glas mit dickem Boden vor sich auf den Tresen, schaufelte zwei Eiswürfel aus einer Schüssel in das Glas, goss Amaro darüber, kam hinter der Theke hervor und stellte den Drink auf den Tisch vor Vincenzo.

»Und sonst? Viel zu tun? Ich habe von der Wasserleiche in Corniglia gehört. Dein Fall?«

»Ja. Junger Mann.«

»Sicher Selbstmord.«

»Wie kommst du darauf?«

»Weil die Jugend verzweifelt ist in diesem Land, Vito. Die Selbstmordrate unter Jugendlichen steigt dramatisch. Sieh dich um. Sie kriegen mit Mühe schlecht bezahlte Jobs nach der Schule, und sie waren die Ersten, die diese Jobs in der Pandemie wieder verloren haben. Wir Italiener schimpfen immer auf die EU, aber wir kriegen so viel Geld von da für den Aufbau. Weißt du, wie viel?«

Grassi schüttelte den Kopf. Über Politik konnte sich Piero in Rage reden. Oft zu Recht, wie Grassi fand, aber manchmal machte er es sich auch zu einfach.

»Über zweihundert Milliarden Euro. Was passiert damit? Ich kann dir sagen, was damit *nicht* passiert. Das Geld wird bestimmt nicht in die Jugend investiert, in Bildung und Arbeit. Wäre ich noch mal zwanzig, ich würde auswandern.«

»Wohin, Piero?«, rief ein Junge mit Basecap und Baggypants, der mit seinen Freunden an der anderen Seite des Tresens stand und das Gespräch gehört hatte. »L'America?«

»Vergiss Amerika! Die sind doch alle verrückt! Wer jung und

schlau ist und sich mit Computern ein bisschen auskennt, so wie du, Diego, der geht in die andere Richtung, nach Osten, Tallinn, Riga und so.«

»Du meinst nach Russland? Sei pazzo! Du spinnst ja.«

»Das ist nicht Russland, stupido«, sagte Piero kopfschüttelnd, »das sind die baltischen Staaten. Europa, verstehst du?« Und an quasi alle Gäste im Raum gewandt: »Ich sag's ja: Mehr Geld in die Bildung!«

»Ich würde mein Geld gern noch in un'altra birra investieren«, sagte Grassi schmunzelnd.

»Subito.«

DIENSTAG

È COMPLICATO

Piero hätte ihn niemals fahren lassen dürfen. Das wurde dem Commissario klar, als er am nächsten Morgen die Augen aufschlug und sofort wieder schloss, weil die Sonne Strahlendolche durch beide Schläfen gleichzeitig tief in sein Hirn zu treiben versuchte. Er ließ den Kopf wieder sanft aufs Kissen sinken und versuchte, sich zu erinnern. Beim Anheben der Fußmatte hatte Grassi aus Versehen den kleinen Schlüssel aus der Ape gewischt, und er hatte auf die Knie gehen und mit beiden Händen über den Parkplatzboden wischen müssen, um ihn schließlich zu finden. Vom Bahnhof bis zum Kreisverkehr hinter der Tankstelle war es noch gut gegangen, aber in der zweiten Runde musste ihm schon ein wenig schwindelig geworden sein, denn nachdem er die richtige Ausfahrt erwischt hatte, meinte er sich zu erinnern, wie er auf der Brücke die Bordsteinkante mitgenommen hatte. Wie er danach den Berg zu seinem Haus hochgekommen war, wusste er nicht mehr.

Vito Grassi hatte eine nur niedrige Toleranzschwelle für Alkohol. Eine halbe Flasche Wein war noch okay. Vier Bier waren schon problematisch. Alles darüber hinaus verursachte Schmerzen. Vor allen Dingen am Morgen danach. Grassi hasste Kater. Und jedes Mal, wenn er einen hatte, ärgerte er sich maßlos über seine eigene Dummheit, es so weit kommen gelassen zu haben.

Vorsichtig schlug er die Augen wieder auf. Er lag auf der Schlafcouch im Wohnzimmer. Und da saß jemand am Küchentisch im Sonnenlicht, das so grell war, dass Grassi die Lider gleich wieder zukneifen musste, um nicht zu erblinden. »Chi è?«, stöhnte er schwach.

»Jetzt hast du auch noch die Ape ruiniert«, sagte eine Stimme, die nach Toni klang.

Grassi machte innerlich einen kleinen Luftsprung, aber dann wurde ihm die Bedeutung ihrer Worte bewusst. »Was habe ich?« Drei laut ausgesprochene Worte, drei Hammerschläge auf seine Fontanelle.

»Du hast den Torpfosten gerammt. Die Ape fährt zwar noch, aber die Lenkung ist schief.« Toni sah ihn von ihrer Position – mit der Hüfte an den Tisch gelehnt und die Arme verschränkt – mitleidlos an. »Ein Polizist baut betrunken einen Unfall.«

»Ein Polizist ist auch nur ein Mensch.«

»Das ist deine Ausrede? Genauso blöd zu sein wie alle anderen?« Anscheinend war sie sauer. Und Grassi hatte das Gefühl, dass ihre schlechte Stimmung nicht nur mit der ramponierten Ape zu tun hatte. Sie gab ihm die Schuld an der unangenehmen Szene mit Chiara vom Vortag. Nicht zu Unrecht, wie er sich eingestehen musste.

Er setzte sich auf, schaute konzentriert auf die Fugen zwischen den Bodenplatten. »Warum bist du hier?«

»Weil Chiara mir geschrieben hat, dass sie abgereist ist. Also ist mein Zimmer wieder frei.«

»Madonna, ihr schreibt euch?«

»Ich habe keinen Streit mit ihr. Und ich kann ihren Ärger verstehen. Also, wieso nicht?«

»Ich dachte nur … Immerhin ist Chiara deinetwegen abgereist.«

Toni sah ihn mit diesem Blick an, den er so fürchtete. »Das kann nicht dein Ernst sein. Du belügst deine Frau, und ich bin daran schuld oder wie?«

»Nein, natürlich nicht.« Grassi rieb sich kräftig über den Schädel und zog sich dann selbst an den Haaren, um den Kopfschmerz zu lindern. »È complicato. Ich muss duschen, wenn ich den Tag durchstehen will.«

Er drehte schon nackt am Wasserhahn, als er Toni durch das Haus brüllen hörte: »Che cazzo! So ein Mist! Wieso hast du nicht eingekauft? Ist denn gar nichts zu essen im Haus?«

Auch zehn Minuten später war Tonis Laune so schlecht, dass Grassi sich so schnell wie möglich aus dem Staub machen wollte, aber als er die Tür erreichte, stellte sie sich ihm in den Weg.

»Wer kümmert sich darum, dass die Ape repariert wird?«

»Ich …«

»Genau. Du. Also der, der sie kaputt gemacht hat. Das war eine rhetorische Frage, Vito.«

»Dann müssen wir sie holen lassen.«

»Ich habe dir gesagt, dass sie noch fährt. Und ich habe keine Lust zu warten, bis Sergio die Ape abschleppt. Also fährst du sie jetzt in die Officina.«

»Okay, okay!«, rief Grassi. »Musst nicht gleich wütend werden.«

»Manchmal kannst du mich so aufregen«, sagte Toni und hielt sich die Backe. »Außerdem habe ich seit Tagen diese Zahnschmerzen.«

»Lass das nicht an mir aus. Zähne kann man genauso reparieren lassen wie einen kaputten Roller. Mach halt endlich mal einen Termin.« Vito schlug die Tür hinter sich zu.

Der Lenkung war so schief, dass Grassi sich gegen die Tür drücken musste, um überhaupt geradeaus fahren zu können. Die Fahrt den Berg hinunter war eine Tortur, er rollte und bremste nur, und die Bremsen wurden heiß und begannen zu stinken. Vielleicht sollte ich die auch gleich erneuern lassen, dachte er. Auf der Straße bis zur Werkstatt wagte er nicht, schneller als zehn Stundenkilometer zu fahren, weshalb er sogar von Radfahrern überholt wurde. Bei Sergio angekommen kam zum Schaden noch der Spott, als Sergio sich die Sache ansah und sagte: »Da hat wohl einer die Kurve nicht gekriegt.«

Danach musste er wieder einmal zu Fuß bis zum Bahnhof gehen. Das letzte Stück die Hauptstraße entlang bis zur Stazione war die Sonne schon so kräftig, dass er sich seines Jacketts entledigen musste. Der Zug war überfüllt. Im Stehen schloss er die Augen hinter der schwarzen Wayfarer. Erst hinter Manarola konnte er sich für ein paar Minuten auf einen schweißfeuchten Sitz setzen. Als er an der Centrale in La Spezia ausstieg, hatte er beschlossen, wieder aufs Auto umzusteigen. Während er zur Questura spazierte, versuchte er, Chiara auf dem Handy zu erreichen. Er wollte nur wissen, ob sie wieder gut in Rom angekommen waren. Nach zehnmal Klingeln stellte er die Frage ihrer Mailbox.

Die Provinz La Spezia lag in der landesweiten Kriminalstatistik unter den größeren Städten insgesamt auf Platz 23. Das Gefühl der Sicherheit unter der Bevölkerung war verglichen mit Großstädten wie Mailand oder manchen Urlaubsmetropolen an der Adria wie zum Beispiel Rimini ziemlich hoch. Raubüberfälle waren selten, dafür nahm die Zahl der gemeldeten Diebstähle und Trickbetrügereien in der Touristensaison zu. Auch Drogendelikte waren Routine. Niemals Routine waren hingegen die sich seit der Pandemie häufenden Fälle von häuslicher Gewalt. Die Polizia di Stato von La Spezia war unter der Führung von Quästorin Lilia Feltrinelli eine eng mit dem Kommando der Carabinieri abgestimmte Polizeibehörde geworden. Zwar verfügte die Polizia di Stato auch über eine mobile Einsatztruppe, die Kolleginnen und Kollegen der Carabinieri mit den dunkelblauen Uniformen und roten Streifen an den Hosen waren allerdings im Straßenbild viel sichtbarer. Sie hatte man auch am Telefon, wenn man die landesweite Notrufnummer 112 wählte. Kaum jemand wusste oder interessierte sich dafür, dass man die Polizia di Stato unter der 113 direkt anrufen konnte. In der Questura gab es also Koordinationsstellen mit den anderen Polizeistationen, die jederzeit auf dem Laufenden waren. Grassi, der sich in Rom vor allem dem langwierigen Kampf gegen das organisierte Verbrechen gewidmet hatte, musste sich an die provinziellen Strukturen erst gewöhnen. Zu Beginn seiner Dienstzeit hatte Grassi die morgendliche Besprechung zu einer festen täglichen Einrichtung gemacht, aber mit Beginn des Sommers gemerkt, dass sich das nicht lohnte. Im Alltag wusste jeder, was er zu tun hatte.

Nach Routinetelefonaten mit den regionalen Direktionen der Bahnpolizei und der Verkehrspolizei wanderten die Gedanken des Commissarios wieder zu dem toten Jungen in Weiß. Sie mussten ihn identifizieren, sonst würde der Fall allen interessanten Details zum Trotz zu den Akten gelegt. Grassi fand es merkwürdig, dass niemand den Toten vermisste.

Von durchschnittlich ungefähr vierzehntausend jährlich als vermisst gemeldeten Menschen in Italien tauchte immerhin rund die Hälfte wieder auf – tot oder lebendig. Bei den vermisst gemeldeten Minderjährigen waren es sogar tröstliche neunundneunzig Prozent. Grassi bekam die Zahlen regelmäßig auf den Schreibtisch, und besonders auffallend war die rapide gewachsene Anzahl von Menschen mit Migrationshintergrund in den Vermisstenstatistiken.

Kurz nach halb elf klingelte das Telefon auf seinem Schreibtisch. Der Commissario erkannte die Nummer des Empfangs und hob ab. »Was gibt's, Hassan?«

»Buongiorno, Commissario. Ich habe einen Anwalt aus Genua am Apparat, einen Muhammad Ali.«

»Muhammad Ali ist kein Anwalt aus Genua, sondern war ein Boxer aus Louisville, Kentucky, Kollege. Was will er denn?«

»Er sagt, er hätte Informationen zu der in Corniglia gefundenen Leiche. Darf ich durchstellen?«

»Sicher, tun Sie das.« Es klickte in der Leitung. »Sì, pronto?«

»Commissario Vito Grassi?«

»Sì.«

»Mein Name ist Muhammad Ali Aziz, Rechtsanwalt aus Genua. Ermitteln Sie im Fall des in Corniglia gefundenen Toten?« Die Stimme am anderen Ende der Leitung war ein tief grummelnder rauer Bass und beschwor tatsächlich das Bild eines Schwergewichts herauf.

»Sì. Was haben Sie für mich, Signor Aziz?«

»Eine Mandantin von mir glaubt, die Person wiedererkannt zu haben, und würde dazu gern eine Aussage machen. Könnten Sie noch heute nach Genua kommen?«

»Momento, Signor Avvocato, ich verstehe nicht ganz. Sie haben eine Mandantin, die den Toten identifizieren könnte? Ich freue mich wirklich über die Auskunftsfreudigkeit Ihrer Mandantin, aber sagen Sie ihr doch bitte, sie soll sich einfach persönlich bei mir melden. Das kann sie auch anonym tun, wenn ihr das lieber ist. Nichts für ungut, aber bei solchen Dingen muss wirklich niemand seinen Anwalt einschalten oder gar einhundert Kilometer mit dem Auto fahren.«

»Scusi, Commissario, aber so einfach ist das in diesem Fall nicht, glauben Sie mir. Meine Mandantin wird nur anonym, in meiner Anwesenheit und mit Ihnen persönlich sprechen. Und sie hat heute Zeit, nicht später. Ich verstehe, dass Ihnen der Aufwand zu groß erscheint, aber möglicherweise hat der Fall größere Bedeutung – und das nicht nur für Sie –, als Sie sich im Augenblick vorstellen können. Ich werde Ihnen nicht sagen, was Sie zu tun haben, aber ich würde Ihnen raten herzukommen.«

Grassi runzelte die Stirn. Der Mann sprach in Rätseln, vermittelte jedoch eine Autorität, die dem Commissario Respekt einflößte. »Vielleicht irrt sich Ihre Mandantin ja, und ich komme ganz umsonst nach Genua. Können Sie mir wenigstens einen kleinen Hinweis darauf geben, wie zuverlässig ihre Aussage sein könnte?«

»Sie glaubt, der junge Mann war ihr Nachbar, bevor ihnen beiden der Himmel auf den Kopf gefallen ist.«

»Ein Anwalt namens Muhammad Ali?«, sagte Ricci eine halbe Stunde später auf dem Weg zum Fahrstuhl. »Klingt wie ausgedacht.«

»Das ist ein ganz normaler Vorname, Ricci. Und in der arabischen Welt so verbreitet wie hierzulande Giuseppe oder Francesco. Wahrscheinlich sogar häufiger.« Sie stiegen ein, und Ricci drückte den Knopf für die Tiefgarage. »Sie wollen mit dem Auto fahren?«, fragte der Commissario. »Ich denke, wir sind mit dem Zug schneller.«

»Warten Sie's ab«, sagte seine Partnerin mit einem Grinsen im Gesicht. Dann zog sie etwas aus ihrer Tasche und warf es ihm zu. »Hier! Fangen Sie!«

Grassi schnappte geschickt nach dem Gegenstand und betrachtete die Autofernbedienung in seiner Hand. »Wozu gehört die?«

»Schauen Sie sich den Schlüssel genau an. Mario, der für den Fuhrpark zuständig ist, schuldet mir noch was. Ich musste nur versprechen, dass wir ihn heil wieder zurückbringen.«

Grassi drehte den Schlüssel um, erkannte den Schriftzug und sagte nur: »Sie machen Witze.«

»Wir sind im Einsatz, das ist ein Einsatzwagen, wenn auch kein normaler, das gebe ich zu, und er ist nun mal da. Mario sagt, er wird eigentlich viel zu wenig gefahren, weil sich niemand traut. Warum also nicht?«

»Weil es peinlich ist, Ricci. Weil ich gar nicht weiß, ob ich da reinpasse. Weil alle auf uns schauen werden und ich das nicht mag.«

»Sagt der Mann, der bis vor Kurzem mit einem leuchtend orangefarbenen E-Roadster durch Rom geheizt ist?« Die Fahrstuhltüren öffneten sich, sie traten in die dämmrige Tiefgarage, Grassi drückte auf den obersten Knopf der Fernbedienung, und die schmalen, echsenartigen dreieckigen Augen eines Lamborghini zwinkerten ihm aus einigen Metern Entfernung zu.

»Geben Sie's zu, Commissario, Sie fahren doch gern schnell.«

Grassi sagte gar nichts und betrachtete nur näher kommend den Wagen. Er fühlte sich missverstanden. Er mochte schöne Autos, so wie er andere schöne Dinge mochte. Aber er war kein Autonarr, wie Ricci anzunehmen schien, seit Grassi mit seinem zugegebenermaßen sehr auffälligen E-Roadster in Levanto eingefahren war. Und nachdem dieser Roadster bei einer Schießerei am Passo del Bracco in Flammen aufgegangen war, glaubte sie offenbar, ihn trösten zu müssen. Zum Beispiel mit der Gelegenheit, einen echten Rennwagen fahren zu können.

Der stand da auf einem isolierten Parkplatz, hell erleuchtet wie auf einer Bühne. Er hatte in einer internen Meldung über diese besondere Anschaffung gelesen und darüber gelächelt, denn wer konnte im Ernst glauben, dass ein so irrwitziger Wagen jemals sinnvoll eingesetzt werden konnte. Aber hier stand er tatsächlich: ein Lamborghini Huracán. Hinten so breit wie ein Sumoringer, vorn so flach wie Darth Vaders Flaggschiff in *Star Wars*. Das Problem war nur: Dieser Wagen war nicht schön. Ein Hypersportwagen mit Blaulicht? Hellblau und weiß lackiert mit der unübersehbaren Aufschrift POLIZIA? Nein, er mochte dieses Gefährt nicht. Und überhaupt: In seinen Augen waren gerade die modernen Lamborghinis mit ihren futuristischen Rautenelementen Autos für Machos mit mehr Geld als Verstand. Nun, eigentlich musste ihn das nicht kümmern. Es kümmerte ihn dann, wenn ein solches Macho-Auto einen Macho-Staat zu repräsentieren schien, der noch weniger Geld als Verstand hatte. Aber Ricci strahlte ihn so breit an, dass er sich dazu durchrang, kein Spielverderber zu sein. »Na, dann steigen Sie mal ein.«

Im Wageninnenraum ging es bis auf die Tatsache, dass in der Lenkradmitte der goldene Stier der Marke prangte, nüchtern und praktisch zu. Die klobige Kamera in der Mitte der flachen Windschutzscheibe und die zusätzlichen Displays neben der Mittelkonsole und am Himmel erinnerten einen daran, dass man in einem Polizeiauto saß. Er drückte auf den Anlasser, und ein heiseres Fauchen hallte von den Wänden der Tiefgarage wider. Sehr vorsichtig rollte er los und an einem Kollegen vorbei, der gerade aus seinem Wagen stieg. Grassi grüßte zaghaft. Am Fuß zur Ausfahrtsrampe kratzte der vordere Spoiler über den Beton, und das Geräusch ließ Grassi zusammenzucken. Ricci neben ihm lächelte selig. Anscheinend steht sie besonders auf schnelle Autos, dachte der Commissario mit einer gewissen Verwunderung.

Eine Stunde und zwanzig Minuten später hielt der Lamborghini in einer Seitenstraße nahe der Piazza Colombo. Sie wären noch einige Minuten früher angekommen, wenn nicht am Ende einer Baustelle bei Rapallo ein dunkler Mercedes mit römischem Kennzeichen frech und viel zu schnell an ihnen vorbeigezogen wäre, was Grassi nicht auf sich sitzen lassen konnte. Immerhin hatte die Polizia Stradale genau für die Verfolgung solcher Idioten den schnellsten Streifenwagen der Welt angeschafft. Routiniert peilte Ricci mit ein paar Knopfdrücken den Verfolgten an, gab dessen Geschwindigkeit durch, ließ das Kennzeichen überprüfen, während Grassi aufs Gas trat und das Blaulicht anschaltete. Sie brauchten keine Sirene, das brutale Röhren des Motors reichte vollkommen, um alle vor ihnen fahrenden Autos ehrfürchtig nach rechts ausweichen zu lassen.

Muhammad Ali Aziz' Büro lag im zweiten Stock. Auf ihr Klopfen hin hatte der Anwalt nicht »Herein!« gerufen, sondern war selbst zur Tür gekommen, und seine Gestalt füllte fast den gesamten Türrahmen aus. Er hatte tatsächlich die Statur eines Schwergewichtsboxers, trug trotz der Hitze einen dunklen Dreiteiler am mächtigen Körper und hielt erst Ricci und dann dem Commissario die Hand hin. Er hatte seinen ergrauenden Haarschopf zu einem Zopf nach hinten gebunden, der so steif war, dass er waagerecht vom Hinterkopf abstand. Mit ernstem Gesichtsausdruck und einer eleganten Bewegung trat er einen Schritt rückwärts in sein Büro, um seinen Besuch hereinzubitten. Die mit zahllosen Aktenordnern gefüllten Bücherregale, die halbhohen dunklen Holzpaneele an der gelblich gestrichenen Wand, der riesenhafte Schreibtisch voller Papierstapel und die gerahmten Zeugnisse und Zertifikate an den Wänden – bis auf den Computerbildschirm wirkte alles in diesem Büro wie original aus der Mitte des zwanzigsten Jahrhunderts. Vor dem Schreibtisch, den Polizisten zunächst den Rücken zugewandt, saß eine Frau auf einem der gepolsterten Stühle ohne Armlehnen. Sie nahm noch einen Zug aus ihrer Zigarette, drückte sie in einem halb vollen schweren Glasaschenbecher auf dem Schreibtisch aus und erhob sich. Grassi schätzte sie auf Mitte fünfzig. Eine schmale Gestalt in billiger, anscheinend neuer Lederjacke. Sie trug eine Sonnenbrille, nickte nur kurz zur Begrüßung und setzte sich wieder.

»Ispettore Ricci, Commissario Grassi, vielen Dank, dass Sie sich die Zeit genommen haben herzukommen. Ich bitte die Umstände zu entschuldigen und hoffe, dass Sie diese am Ende unseres Gesprächs mit Rücksicht auf die Situation meiner Mandantin werden nachvollziehen können«, begann Aziz mit geradezu vollendeter, aber vollkommen ungekünstelter Höflichkeit. »Die Signora möchte anonym bleiben. Bitte setzen Sie sich.«

»Danke, Avvocato«, sagte Grassi. »Ich muss sagen, dass Sie die Angelegenheit ziemlich spannend machen, aber jetzt sind wir nun schon einmal hier, also sollten wir auch gleich zur Sache kommen.« Er nickte seiner Partnerin zu, die bereits den Laptop ausgepackt hatte, um das Bild des Toten aufzurufen.

»Einen Moment noch, bitte, ich bin Ihnen zunächst eine Erklärung schuldig«, sagte Aziz. »Ich will es kurz machen, denn meine Mandantin muss sich noch vorbereiten und reist morgen Abend schon wieder ab. Sie ist nur zum Prozessauftakt nach Genua gekommen.«

»Prozessauftakt?«

Ricci schaltete schneller. »Dann geht es um die Morandi-Brücke?«, fragte sie. »Morgen ist der erste Tag der Verhandlung, das habe ich in der Zeitung gelesen.«

»Sie haben recht, Ispettore«, stellte Aziz fest. »Beim Einsturz der Morandi-Brücke am 14. August 2018 sind nach heutigem Kenntnisstand dreiundvierzig Menschen ums Leben gekommen. Viele Opfer konnten erst nach Wochen identifiziert werden. Darunter auch Familienangehörige meiner Mandantin. Sie tritt in diesem Verfahren als eine von vielen Nebenklägern auf. Und ich bin nur einer von über zweihundert Anwälten im Gerichtssaal. Meine Mandantin hat vor der Katastrophe in dem betroffenen Viertel Certosa gelebt. Sie werden sich fragen, was der Brückeneinsturz in Genua vor vier Jahren mit der Identifizierung einer Leiche zu tun hat, die an der Küste vor den Cinque Terre gefunden wurde. Nun, das kann ich Ihnen auch nicht sagen. Aber es ist meine Aufgabe, die Signora zu schützen und ihre Interessen zu wahren. Ihr Interesse ist die Gerechtigkeit. Jemand muss die Verantwortung für die dreiundvierzig Toten übernehmen. Gerechtigkeit wird es nur in einem ordentlichen Verfahren geben. Wir werden alles tun, um von unserer Seite ein ordentliches Verfahren zu unterstützen. Dazu gehört auch, stets zu bedenken, dass jede Aussage meiner Mandantin über den Tag des Brückeneinsturzes und dessen Folgen prozessrelevant sein kann. Sie verstehen?« Aziz schaute zwischen Grassi und Ricci hin und her. »Und damit wären wir bei Ihrem toten Unbekannten.« Er beugte sich fürsorglich über den Schreibtisch zu seiner Mandantin und flüsterte ihr etwas zu: »Sie wird jetzt Ihre Fragen beantworten.«

Ricci hatte den Laptop geöffnet, das Foto des Unbekannten aufgerufen und drehte das Gerät jetzt so, dass die Frau den Bildschirm im Blick hatte. »Signora, kennen Sie diesen Mann?«, fragte sie. »Wissen Sie, wer das ist?«

Die Zeugin drückte den Rücken durch und nickte. »Ich habe das Bild heute Morgen in der Zeitung gesehen und kann mich gut an ihn erinnern.« Sie betrachtete ruhig das leblose Gesicht auf dem Bildschirm und schien in Erinnerungen versunken.

Grassi wartete ein paar Sekunden, dann sah er fragend Aziz an, der seinen Blick erwiderte und dann sanften Druck ausübte. »Du musst dir nicht hundertprozentig sicher sein. Sag, was du glaubst zu wissen.«

»Er sieht aus wie Rico. Also Enrico. Er hat im Nachbarhaus

bei seinem Onkel gewohnt. Ich habe ihn am Tag des Brückeneinsturzes das letzte Mal gesehen. Morgens im Treppenhaus.«

Ricci hakte nach. »Sind Sie sich sicher?«

Sie blickte weiterhin auf das Bild. »Ja, das bin ich.«

»Enrico also. Was wissen Sie sonst über ihn? Kennen Sie seinen Nachnamen?«, fragte Grassi.

»Nein. Er war ungefähr ein Jahr vorher aufgetaucht. Alle haben ihn nur Rico genannt. Ich habe ihn oft im Viertel gesehen, aber gesprochen habe ich mit ihm nie. Doch ich kenne den Namen seines Onkels: Umberto Rossi.«

Ricci notierte den Namen und ließ sich Umberto Rossi beschreiben. Dann fragte sie: »Wissen Sie, was mit Umberto Rossi passiert ist?«

»Er wohnte in einem der Häuser unter der Brücke. Ein netter Herr. Ich habe immer nur wenige Worte mit ihm wechseln können, weil er eine Art Sprachfehler hatte.«

»Können Sie ihn beschreiben?«

»Damals war er vielleicht Ende sechzig, nicht sehr groß, aber eher kräftige Statur, kurze Haare. Ein Hafenarbeiter sein Leben lang.«

»Er muss wie Hunderte andere Bewohner des Viertels sofort nach dem Einsturz evakuiert worden sein, weil ein weiterer Pfeiler zusammenzubrechen drohte«, mischte sich Aziz ein. »Die Menschen konnten kaum das Nötigste mitnehmen.«

»Wo sind sie hin?«, fragte Ricci.

»Es war eine chaotische Situation«, erzählte die Signora. »Manche sind in Hotels untergekommen, die freie Zimmer für die Betroffenen zur Verfügung gestellt haben. Manche sind zu Freunden und Verwandten. Viele, so wie wir, haben die ersten Nächte in einem Bürgerzentrum in der Via Buranello verbracht. Niemand wusste, was passieren würde. Eben waren wir noch eine Nachbarschaft, eine Gemeinschaft, und mit einem Schlag war unser gewohntes Leben zerstört. Ich bin noch mal zurück in die Wohnung, um meine Katze zu holen. Da hat die

Feuerwehr wieder Alarm gegeben, und ich bin nur noch gerannt.«

Aziz hielt der Signora ein Taschentuch hin.

»Unser altes Haus, in dem viele Sozialwohnungen waren, wurde später zusammen mit dem ganzen Straßenzug abgerissen.«

»Wenn Umberto und Rico Onkel und Neffe waren, könnten sie denselben Nachnamen gehabt haben, oder? Er könnte also Enrico Rossi geheißen haben?«

»Es ist möglich, aber ich weiß es nicht. Und ehrlich gesagt bin ich mir nicht sicher, ob Umberto wirklich sein Onkel gewesen ist.«

»Wie meinen Sie das?«, sagte Ricci.

»Von dem Viertel, in dem ich gewohnt habe, ist nicht mehr viel übrig. Certosa war vor dem Brückeneinsturz nicht gerade ein reicher Stadtteil. Da haben ganz normale Menschen gewohnt. Viele Arbeiter, auch zahlreiche Migranten. Es gab Kriminalität, aber ich habe mich nie unsicher gefühlt. Für junge Menschen war es allerdings nicht leicht, und viele haben auch Drogen genommen. Umberto hat sich immer wieder um solche jungen Leute gekümmert. Sie konnten bei ihm duschen und ihre Kleidung waschen, und manche hat er auch vorübergehend bei sich aufgenommen. Die meisten dieser jungen Leute sind nicht lange bei Umberto geblieben. Mit Rico war das anders. Und ich dachte, er wäre vielleicht wirklich ein Verwandter.«

Ihr Anwalt schaltete sich ein. »Er taucht in keiner Morandi-Akte auf, ich habe das überprüft.«

»Es fällt mir immer noch schwer zu glauben, dass es passiert ist«, sagte die Zeugin. »Die Brücke hat unser Leben in Certosa begleitet, sie war aus jedem Fenster zu sehen, sie war die Verbindung über den Fluss zum Ostteil des Tals. Nach dem Einsturz war das Viertel fast völlig isoliert. Geschäfte mussten aufgeben, Häuser wurden abgerissen, und Menschen fühlten sich von der Stadtregierung und der Verwaltung vollkommen im Stich gelassen.« Sie sah erst Grassi, dann Ricci an. »Wissen Sie, es gibt auch immer die Katastrophe nach der Katastrophe. Und wenn jemand fragt, wer schuld ist, sage ich: Die Gleichgültigkeit und der Zynismus sind schuld.«

Ricci hatte die Finger auf der Tastatur ihres Laptops. Grassi und die Signora schauten ihr über die Schulter, als sie auf YouTube ein Video aufrief, das Bilder einer Überwachungskamera vom Moment des Brückeneinsturzes zeigte: Eine Kreuzung, ein Straßenkehrer mit Besen in der Hand rennt über die Straße und versucht, sich mit etwas vor dem sturzbachartigen Regen zu schützen, das aussieht wie eine gelbe Mülltüte; er ist gerade am unteren linken Bildrand verschwunden, als die Bilder kaum merklich erschüttert werden wie von einem leichten Erdbeben, und dann ist es, als ob die Hölle über die Kreuzung hereinbricht, Augenblicke später sind nur noch graue Staubwolken zu sehen. Grassi blickte auf den Bildschirm und spürte den Schrecken, der sich tief in einem ausbreitet, wenn man weiß und darauf wartet, dass die Normalität – Straßenkehrer im Regen – sich in der nächsten Sekunde in ein Inferno verwandelt. Er fragte sich mit angehaltenem Atem, ob der Straßenkehrer überlebt hatte. Sie saßen starr und stumm vor dem Computer, und Grassi wollte sich schon abwenden, als die dichten Staubschwaden auf den Aufnahmen sich langsam legten und ein Trümmerfeld sichtbar wurde, grau, chaotisch und tot, bis auf einmal am oberen Bildrand ein weißes Tier auftauchte, ein kleiner Hund, der lautlos und panisch mit der Schnauze auf dem Boden, suchend, vielleicht seinen Besitzer suchend, durch das wie von einem brutalen Riesen hingeworfene sinnlose Puzzle aus Betonbrocken lief, über zerborstene Pfeiler hinweg, unter gerissenen Kabeln hindurch, bis er am rechten Bildrand wie ein Phantom wieder verschwand.

HEIMAT AUF DEM HANDY

Als sie aus Aziz' Büro traten, war schon früher Nachmittag. Sie stiegen schweigend in den Wagen und fuhren nach Westen um den Hafen herum und dann am Polcevera entlang bis nach Certosa. Das Viertel mit den schmalen Gassen lag eingeklemmt zwischen dem Fluss und der Via Walter Fillak. Sie umrundeten einmal die Piazza Errico Petrella und bogen auf der Hauptstraße wieder nach Süden. Die lange Reihe der alten Mietshäuser endete abrupt einhundert Meter hinter einer Tankstelle. Direkt im Schatten der neuen, strahlend weißen gigantischen Brücke öffnete sich ein großer Platz mit dreiundvierzig kreisförmig angeordneten Laubbäumen, die an die Opfer gemahnen sollten und unter denen Menschen saßen. Da war ein Spielplatz mit neuen, bunten Plastikgeräten, auf dem zwei Kinder herumtollten. Der Platz sollte erkennbar einladend und freundlich wirken, aber trotz des bisschen Lebens, das er anzog, wirkte er auf Grassi wie ein schicker Bombenkrater.

Sie stellten den Wagen unter der Brücke neben einem Skatepark ab. Er war nagelneu. Nicht ein einziger Graffiti-Tag verzierte die Rampen und Mauern. Ein paar Jungs in Shorts und mit nacktem Oberkörper traten auf die Enden ihrer Boards und beobachteten sie.

»Okay, das hier ist die Via Enrico Porro«, sagte Ricci nachdenklich und nahm sich das Smartphone vor. »Hier standen viel mehr Häuser, die mussten nach der Morandi-Katastrophe alle abgerissen werden. Hunderte Menschen haben ihr Zuhause verloren.«

»Zwei davon waren offenbar Umberto und Enrico.«

»Die Straße müsste eigentlich hinter dem Platz weitergehen ...«

93

»Schauen Sie doch mal auf Google Maps.«

Ricci drehte sich spöttisch lächelnd zu ihm um. »Ecco, Sie sind ja doch ein Digital Native. Was meinen Sie, was ich gerade tue?« Sie wischte und tippte und rief dann: »Das gibt's doch nicht!«

»Was?«

Ricci trat mit dem Handy neben ihn. »Schauen Sie sich das an!« Sie zeigte ihm auf dem Display im Street-View-Modus genau die Straße und Stelle, an der sie gerade standen. Mit dem Finger schob sie das Bild von rechts nach links, von oben nach unten. Da waren die neue Brücke, der Gedenkplatz, der Skatepark, die Leere dahinter.

»Und?«

»Abwarten, Commissario. Ein kleiner Schritt nach vorn ...« Sie tippte auf den Pfeil, um virtuell der Straße zu folgen, und da materialisierte sich auf dem Display wie eine Fata Morgana ein Straßenzug, hohe graubraune Mietshäuser mit grünen Fensterläden auf beiden Seiten, Wäsche hing an Balkonen, Kleinwagen säumten die Straße, auf die ein mächtiger Schatten fiel. Und darüber – Ricci änderte mit einem Finger die Perspektive – wie ein Menetekel aus grauem Beton die alte, todbringende Morandi-Brücke.

»Unfassbar«, stammelte Grassi. Er versuchte das, was er auf dem Display sah, und das, was die echte Welt dahinter zeigte, übereinanderzubringen, aber es gelang ihm nicht.

Ricci drehte die Perspektive um hundertachtzig Grad, tippte noch mal mit dem Finger auf den Pfeil, und da verschwanden die Häuser, die ganze Straße, und Google Maps zeigte wieder das traurige Hier und Jetzt. »Die Bilder stammen von vor dem Einsturz«, sagte Ricci betroffen. »Sind immer noch auf Google Maps. Die Leute hier können ihre alte Heimat nur noch auf dem Handy sehen.« Sie ließ das Gerät sinken.

»Wenn Aziz recht hat, dann war Enrico hier nie gemeldet.«

»Und wir sind nach der Befragung kaum schlauer als vorher«, sagte Ricci. »Weder kennen wir sicher Ricos Namen noch wissen wir, wo er sich die letzten vier Jahre aufgehalten hat.«

»Aber wir können die Suchmeldung präzisieren. Vielleicht erinnern sich nach der Signora noch andere ehemalige Bewohner von Certosa an ihn.«

»Ehrlich gesagt bringe ich nichts von dem, was ich bisher von dem Jungen erfahren habe, in Zusammenhang mit Hummer und Champagner und einem nassen Tod an der Küste der romantischen Cinque Terre. Und finden Sie es nicht auch merkwürdig, dass er und sein Onkel sich als Überlebende des Brückeneinsturzes nie bei den Behörden gemeldet haben?«

»Schon. Aber ist das nicht in vielen Fällen so, in denen Menschen Hilfe vom Staat beanspruchen könnten? Sie melden sich nicht aus Scham oder aus Angst, von der Bürokratie überfordert zu sein oder abgewiesen zu werden.«

Sie gingen zum Lamborghini zurück. An der Via Walter Fillak bog der Commissario nach links ab, und sie passierten erneut den Gedenkplatz unter der neuen Brücke. Grassi glaubte den Rentnern, die unter den Bäumen auf einem hellen Holzsockel saßen, anzusehen, dass dieser Platz für sie immer ein Ort der Trauer bleiben würde. Das heisere Fauchen des Lamborghini zog bei der Vorbeifahrt alle Blicke auf sich, und Grassi kam sich unweigerlich vor wie der pietätlose Trauergast, der im goldenen Versace-Jogginganzug zu einer Beerdigung geht.

Sie trafen sich zwei Stunden später formlos an der Kaffeemaschine im fünften Stock der Questura. Falcone, Martino, Ricci und der Commissario. Alle blieben stehen, weil Grassi gleich zu Beginn gesagt hatte, dass es »nicht lange dauern« würde. Er fasste für alle Anwesenden die bisherigen Erkenntnisse aus der Obduktion zusammen.

»Es gibt also bisher keinerlei Hinweise auf ein Verbrechen?«, unterbrach ihn Agente Martino.

»Stimmt«, sagte Grassi. »Im Grunde genommen können wir noch nicht einmal von einem Fall sprechen.«

»Warum kümmern wir uns dann darum?«, fragte Falcone. Die große blonde Beamtin war eine wichtige Stütze seines Teams. Mit ihren Deutschkenntnissen war sie im Fall Weber im Frühjahr zur Verbindungsfrau zu den deutschen Behörden geworden.

»Gute Frage. Wenn es kein Verbrechen war, kommen nur Unfall oder Selbstmord infrage, richtig? Die häufigste Ursache für Unfälle, die zum Ertrinken führen, sind Trunkenheit. Der Junge war aber zum Zeitpunkt des Ertrinkens nüchtern. Ein weiterer Hinweis auf einen Unfall wäre nach Dottore Penza Wasser in der Lunge. Weil das Unfallopfer aus Panik Wasser einatmet oder aber irgendwann aus Erschöpfung. Der Junge hat allerdings kein Wasser in der Lunge. Bleibt die Möglichkeit eines Selbstmords. Den kann man nicht völlig ausschließen, das stimmt. Aber statistisch wählen jugendliche Selbstmörder weitaus häufiger andere Methoden. Sie bestellen sich Medikamente illegal im Netz, gehen an den Waffenschrank ihres Vaters, hängen sich auf oder springen von hohen Gebäuden oder Brücken. Ins Wasser geht kaum jemand. Völlig auszuschließen ist es natürlich trotzdem nicht.«

»Aber eben nicht wahrscheinlich«, ergänzte Falcone nickend.

»Zumindest haben wir eine Teilidentifikation. Der Vorname des Toten war Rico. Und nach der Zeugenaussage einer Frau aus Genua, die seine Nachbarin war, kennen wir seine Adresse bis August 2018.«

Martino machte ein fragendes Gesicht. »Warum genau bis zu diesem Datum?«

»Weil die Adresse nicht mehr existiert«, assistierte Ricci. »Das Haus musste nach dem Einsturz der Morandi-Brücke abgerissen werden.«

»Dio mio«, murmelte Martino. »Da erlebst du das Trauma eines solchen Desasters und treibst ein paar Jahre später tot an Land?«

Grassi schaute konzentriert in die Runde. »Von der Zeugin

haben wir auch den Namen eines mutmaßlichen Verwandten erfahren, eines gewissen Umberto Rossi. Auch er soll den Brückeneinsturz überlebt und kurze Zeit später in einem Alters- oder Pflegeheim in der Region untergekommen sein. Aber wir kennen seinen derzeitigen Aufenthaltsort nicht. Findet heraus, ob er noch lebt, und wenn ja, in welchem Heim. Wenn wir ihn finden, erfahren wir auch den vollständigen Namen von Rico. Was noch? Enrico ist am Montagmorgen, wenige Stunden bevor er gegen zehn Uhr gefunden wurde, gestorben.«

»Nachdem er Hummer gegessen und Champagner getrunken hat? Etwa zum Frühstück? Das ist doch absurd«, sagte Falcone.

»Allerdings«, musste Grassi zugeben. Er blickte in die Gesichter seines Teams. Das Rätsel arbeitete in ihnen. Er klatschte in die Hände. »Also, fangen wir an, Licht ins Dunkel zu bringen.«

»Dieser Anwalt könnte uns noch nützlich sein«, sagte Ricci, »wir sollten mit ihm in Kontakt bleiben.«

»Woran denken Sie?«

»Ich weiß nicht. Vielleicht geht es mir nur wie Martino, weil ich diese zufällige Verbindung zur Morandi-Katastrophe auch so irre finde.«

Grassi schwieg, aber er wusste, was Ricci meinte. Auch sein Gefühl sagte ihm, dass die Geschichte, der sie auf der Spur waren, möglicherweise größer war, als sie bisher geglaubt hatten. Dass sie nur die Spitze eines Eisbergs sahen.

Er warf einen Blick auf seine Armbanduhr, ein schönes, aber sichtbar zerkratztes Schweizer Modell aus den Sechzigerjahren, die er in einer Nachttischschublade entdeckt hatte. Er war nach diesem kleinen Schatzfund erstaunt darüber gewesen, dass die alte Schweizer Uhr mit dem leicht gewellten Zifferblatt nach dem Aufziehen anscheinend einfach wieder lief. Jetzt hielt er sie nach einem Blick auf die Zeit unwillkürlich ans Ohr, um dem feinen mechanischen Ticken zu lauschen.

Es war kurz vor fünf. Hinter den Fensterscheiben sah die Welt nicht mehr ganz so grimmig heiß aus wie noch vor wenigen Stunden. Bald schon würden die Tagestemperaturen zumindest etwas erträglicher werden und die Menschen ihre stickigen Mietwohnungen verlassen, um auf der Uferpromenade Banchina Thaon di Revel zu flanieren und die Cafés rund um die Piazza Sant'Agostino zu bevölkern.

»Martino, fangen Sie bitte gleich damit an, Informationen zu Umberto Rossi einzuholen. Personenbezogene Daten, Meldeadressen vor und nach dem Brückeneinsturz, jetziger Aufenthaltsort, wenn möglich.«

»Bene, ich ziehe alle Register.«

»Die Anfrage bei der Capitaneria di Porto wegen der Bootsbewegungen reicht auch morgen. Danke an alle und schönen Abend.«

Das Team zerstreute sich. Ricci trat zu Grassi. »Sie sind so rücksichtsvoll, geradezu freundlich. Hab ich was verpasst? Ihren Geburtstag vielleicht?«

»Scusi? Ich weiß nicht, was Sie meinen«, sagte der Commissario. »Und no, Sie haben nichts verpasst. Mein Geburtstag ist am 24. Mai, falls Sie das schon mal in Ihren Kalender schreiben wollen. Ich habe nur noch die Bilder vom Brückeneinsturz vor Augen, diese Zerstörung, dieses Chaos. Wie nach einem Erdbeben. Und mir geht der weiße Hund nicht aus dem Kopf, der am Ende der Aufnahmen in den Trümmern etwas sucht.«

»So wie dem piccolo cane bianco wird es vielen nach dem ersten Schock gegangen sein. Und danach beginnt das Wehklagen.«

»Was machen Sie heute Abend?«

»Das Übliche. Mio padre wartet auf mich. Dort werde ich mir seine Klagen über den schlampigen Pflegedienst anhören, der die Sachen immer dahin stellt, wo er sie nicht finden kann. Dann erzählt er mir von alten Filmen, die er in den Nachmittagsprogrammen gesehen hat – am liebsten Schwarz-Weiß-

Western –, danach mache ich das vorgekochte Essen warm, und wir spielen noch ein bisschen Karten bei einem Glas Limoncello, bis es Zeit für ihn ist, ins Bett zu gehen.«

»Ist doch schön.«

»Ich finde solche Abende auch schön. Aber ich muss sie nicht immer haben. Zwischen Polizeiarbeit und Papà bleibt nicht so viel Privatleben.«

»Und wenn Sie Ihren Vater ganz in Pflege geben?«

»Würde ich mich zu Tode schämen. Mein Vater war immer für mich da, jetzt ist es andersrum.«

Grassi nickte seiner Partnerin zu. Soweit er wusste, hatte sie keinen festen Freund. Und das ging ihn einen feuchten Dreck an, er wollte nur, dass es ihr gut ging, und manchmal hatte er daran seine Zweifel.

IN ZEITEN
EMOTIONALER NOT

Grassi war auf dem Weg zu seinem Büro, und als er im Gang von den Aufzügen um die Ecke in den Flur bog, sah er zu seiner Überraschung schon von Weitem seine Chefin, Quästorin Lilia Feltrinelli, vor seiner Tür warten. Sie wirkte ungeduldig und eckig, wie sie aus dem Gangfenster schaute und die Spitzen ihrer schwarzen High Heels auf und ab wippen ließ. Dann drehte sie sich um, sah ihm entgegen und wirkte dabei so ernst wie beim Empfang des Polizeipräsidenten. Sie trug eine schlichte weiße Bluse aus fließendem Stoff, dazu eine schwarze Hose. Als sie sich mit einer geübten Bewegung der linken Hand die Haare aus dem Gesicht strich, klimperten mindestens sechs Armreifen an ihrem Gelenk.

Kaum spürbar verzögerte er seine Schritte. »Buonasera, Boss.«

»Buonasera, Grassi.«

»Ich dachte, Sie würden heute von zu Hause aus arbeiten.«

»Il capo della Polizia war im Haus, da ist persönliche Anwesenheit Pflicht.« Sie hatte die Hände locker vor dem Körper verschränkt und sah ihr Gegenüber aus einem Meter Entfernung mit schräg gestelltem Kopf an. Ihre Position vor seiner Tür erlaubte kein Durchkommen. Grassi fragte sich irritiert, was sie von ihm wollte.

»Haben Sie heute Abend schon was vor, oder kommen Sie mit zu mir?« Seine Chefin sah ihn auf eine Weise an, als hätte sie ihm ein Angebot zu unterbreiten, das er nicht würde ablehnen können.

»Sie meinen jetzt?«

»Ja, jetzt. Ich lade Sie bei mir zum Essen ein.«

Grassi runzelte die Stirn. Bedenklich, dachte er, was so eine

Scheidung mit einem machen konnte. Man musste die Quästorin offensichtlich vor sich selbst schützen. »Grazie, lieber nicht …« Er war ehrlich überrascht über diesen linkischen und idiotischen Abschleppversuch. Sie wirkte nicht einmal betrunken. Der Commissario wurde richtiggehend wütend auf seine Chefin, und das sah man ihm offenbar an. Denn plötzlich lächelte Feltrinelli boshaft und sagte: »Sie sind ziemlich leicht aus der Fassung zu bringen, Grassi.«

»Und Sie sind manchmal ziemlich schwer zu durchschauen.« Wie sollten sie aus dieser Nummer je wieder herauskommen, ohne dass einer von beiden das Gesicht verlor? »Ich wollte eigentlich nur noch eine Kleinigkeit essen und dann ins Bett.«

»Ich habe was zu essen für Sie.«

»Ich halte das nicht für eine gute …«

»Bene.« Ihr Lächeln war wie weggeblasen. »Dann sehen wir uns in genau fünf Minuten in der Tiefgarage.« Und damit schritt sie den Gang hinunter zu den Fahrstühlen.

Was hatte er diesmal wieder ausgefressen?, fragte sich Grassi. Er hatte in letzter Zeit ja nicht einmal viele Gelegenheiten für Fehler gehabt. Seit Wochen arbeiteten er und sein Team an Routinefällen, weil es gottlob keine schweren Strafsachen gegeben hatte. Konnte sich irgendwer über ihn beschwert haben? Zum Beispiel der Anwalt dieses unter dem Vorwurf der Geldwäsche stehenden Restaurantbesitzers? Er hatte mit einer Verleumdungsklage gegen den Commissario gedroht, nur weil der ihn ziemlich mitfühlend für den chronischen Schnupfen mitten im Sommer bedauerte. Und ihm ein Taschentuch anbot, um die weißen Krümel an der Nase zu entfernen. Oder war der Bürgermeister nachtragend, weil Grassi sich bei der diesjährigen Sommerfeier in der Residenz schon sehr früh aus einer viel zu nüchternen Gruppe herumstehender Wichtigtuer verabschiedet hatte mit der Bemerkung, dass die Musik auf dieser Party ja wirklich nur was für Leute sei, »die Musik nicht ausstehen können«. Auch an diesem Abend hatte die Quästorin gelächelt. Zumindest kurz.

Als Grassi in der Tiefgarage aus dem Aufzug stieg, wartete Feltrinelli schon bei ihrem Wagen. Ihr Fahrer, den sie sonst aus Sicherheitsgründen immer dabeihatte, war nirgendwo zu sehen. Sie schien seine Gedanken zu lesen. »Ich habe Lamberto heute freigegeben. Ich dachte, Sie könnten heute mal mein Chauffeur sein?«

Grassi betrachtete die dunkelblaue Dienstlimousine aus deutscher Produktion. »Wo soll es denn hingehen?«

»Zu mir. Ich sage Ihnen, wo es langgeht. Steigen Sie ein.«

Der Commissario wagte nicht, zu widersprechen, obwohl ihm die Einladung immer unangenehmer wurde. Und vollkommen undurchschaubar. Dies war kein dienstliches Treffen, so viel war klar. Aber doch wohl auch keine lockere Einladung zum Abendessen? Grassi hoffte sehr, dass Feltrinelli nicht auf die dumme Idee gekommen war, ihn darum zu bitten, ihren Mann auszuspionieren … Er hatte ja keine Ahnung, was sich Paare im Scheidungskrieg alles ausdachten. Und geradezu inständig hoffte Grassi, dass seine Chefin nicht auf die noch dümmere Idee käme, sich von ihrem Commissario in Zeiten emotionaler Not trösten lassen zu wollen.

Die Quästorin war hinten eingestiegen. Anscheinend betrachtete sie ihn tatsächlich als ihren Ersatzchauffeur. Er warf einen verstohlenen Blick in den Rückspiegel. Seine Chefin saß aufrecht und gelassen, schaute geduldig aus dem Fenster, richtete die Augen dann ihrerseits auf den Rückspiegel, als hätte sie seinen Blick bemerkt, nickte ihm zufrieden zu und sagte: »Fahren Sie zurück auf den Viale San Bartolomeo und folgen Sie der Straße am Wasser entlang in Richtung Lerici.«

Grassi tat, wie ihm geheißen. »Signora«, begann er vorsichtig, er musste es aussprechen, »ich habe den größten Respekt für Sie.«

»Tatsächlich?«, ließ sie sich aus dem Fond vernehmen. »Ich danke Ihnen für die freundlichen Worte.«

»Ich würde sogar so weit gehen, zu sagen, dass ich Sie als Vorgesetzte ...«, ihm war nur allzu bewusst, auf welch unangeneh-me Weise er herumeierte, und er spürte ihren Blick im Nacken, »... immer zu schätzen wusste und, nun ja, auch als Mensch Sie ... mag.« Madonna, er schwitzte und drehte die Klimaanla-ge auf das Maximum bei sechzehn Grad.

»Commissario«, fragte die Quästorin mit zuckersüßer Stim-me, »was wollen Sie mir sagen?«

»Dass ich stets bemüht bin, das Dienstliche vom Privaten zu trennen, und Sie deshalb um Verständnis dafür bitten möchte, dass ich ... Ihre Situation niemals ausnutzen würde.«

Er sah im Rückspiegel, wie ihr die Gesichtszüge entgleisten. Sie riss die Augen auf, entblößte die weißen Zähne, blähte die Nasenlöcher und begann zu lachen. Der Ausbruch dauerte viel-leicht zehn Sekunden, war aber heftig genug, um ihr ein paar sichtbare Tränen in die Augen zu treiben. Danach atmete sie ein paarmal tief durch, schaute aus dem Fenster und dann wieder auf Grassi im Rückspiegel. »Danke, lieber Commissario, dass Sie mich zum Lachen gebracht haben. Das tat gut. Und ich bin froh über Ihre Versicherung, den Pfad des Anstands nicht ver-lassen zu wollen.«

Grassi wurde rot.

»Aber haben Sie keine Angst. Sie werden kein unsittliches Angebot von mir ablehnen müssen ... jedenfalls nicht diese Art von Angebot. Und wenn Sie jetzt bitte etwas aufs Gas treten würden, ich habe Hunger.«

Während der zehnminütigen Fahrt hatte der Commissario zweimal das seltsame Gefühl, dass ihnen jemand folgte. Er warf wiederholt Blicke in den Rückspiegel, checkte die Autos hinter ihm und entschied dann, dass es sich um Einbildung handeln müsse, weil kein Muster zu erkennen war. In San Terenzo, kurz vor Lerici, ließ sie ihn zweimal mit kurzen, klaren Kommandos abbiegen, bevor sie auf ein Tor vor einer Auffahrt deutete. Es öffnete sich automatisch, nachdem Chauffeur Grassi auf den Knopf einer Fernbedienung in der Mittelkonsole gedrückt hatte. Die Auffahrt schwang im weiten Bogen nach links, bis sie vor einer pflaumenrot gestrichenen Villa stehen blieben. Unverstellter Blick aufs Meer. Überdachte und mit Reben überwucherte Terrasse vor grüner Wiese mit Feigenbäumen. Große Doppelgarage vor gepflegter Kiesauffahrt. Hier hatte sich jemand einen Traum erfüllt.

Feltrinelli war vorgelaufen, sah sich jetzt nach ihm um, winkte und ließ hinter sich die Haustür offen. Grassi spähte hinein. Ein ziemlich großzügiges Atrium mit Treppe in den ersten Stock. Überdimensionale Reproduktionen von Philippe-Halsman-Schwarz-Weiß-Fotografien, die springende Menschen mitten in der Bewegung zeigten, hingen an zwei Wänden: Marilyn Monroe im schwarzen Glitzerkleid, die blonden Locken fliegen, sie hat die nackten Füße angezogen und die Arme mit den Fäusten nach unten gestreckt, als hätte sie sich gerade damit abgestoßen. Ihre Lippen sind zu einem Freudenschrei geöffnet. Das Bild wirkte wie eine Befreiung. Auf dem zweiten sprang der französische Schauspieler Fernandel – berühmt geworden in der Rolle als Camillo, der italienischste aller Priester – wie ein Frosch aus dem Teich, beide Beine angewinkelt, die Arme im Schwung gehoben, das Gesicht zu einer komischen und zugleich grotesken Miene verzogen, das alles im hellen Sommeranzug und mit schwarzen Schuhen. Die Kraft und Dynamik, die in den Bildern lagen, heiterten Grassi auf.

»Hier durch!«, rief nun erneut Feltrinelli. Grassi ging durch eine weitere offene Tür in einen hellen Raum, der wohl das Wohnzimmer war, links öffnete sich die Küche, in der seine Chefin mit Tellern hantierte. An einer Wand des großzügigen Wohnzimmers stapelten sich braune Kartons mit Aufschriften wie »Libri P.« oder »Stoviglie L.«. Bilder lehnten daneben. Die hohen, dunklen Bücherregale waren zum Teil leer geräumt. Schränke standen offen, Schubladen waren herausgezogen.

»Tja, so sieht das aus, wenn nach fünfzehn Jahren ein Haushalt aufgeteilt wird«, sagte Feltrinelli seufzend. »Ich hoffe, es ist für Sie in Ordnung, wenn ich das Risotto von gestern aufwärme.« Es machte »Pling«, und sie entnahm der Mikrowelle einen dampfenden Teller, stellte ihn auf die einzige freie Stelle eines langen Küchentisches, auf dem sich Papiere und Akten stapelten, und legte eine Gabel daneben. Grassi setzte sich, fühlte sich fehl am Platz, aber hatte tatsächlich Hunger. Das Risotto mit Spargel und Scampi war frisch gewiss besser gewesen als aufgewärmt. Es war am Rand zu heiß und in der Mitte noch fast kalt, wie so oft, wenn man es eilig hatte und die Mikrowelle gedankenlos auf die höchste Stufe stellte. Offensichtlich hatte die Quästorin andere Dinge als Essen im Kopf, und wer konnte ihr das verdenken. Sie hielt ihren Teller in der Hand und aß im Stehen an die Spüle gelehnt. »Wenn Sie was trinken wollen, Gläser sind im Schrank. Ich habe im Moment nur Wasser und Cola light. Ich darf nichts aus dem Weinkeller nehmen, solange die Anwälte den Bestand nicht bewertet und aufgeteilt haben.« In ihrer Stimme lag ein kaum zu überhörender Sarkasmus.

Grassi sagte nichts. Warum hatte sie ihn hierhergebracht? Das war doch keine Einladung zum Abendessen? Vielleicht, so dachte er, wollte sie ihn über den Wasserleichenfall ausfragen, das hätte sie allerdings auch im Büro tun können. Um die Situation zu entspannen und um Konversation zu machen, begann der Commissario dennoch, den Fall vorzutragen, von der Entdeckung bis hin zu ermittlungstechnischen Details. Er war sich nicht sicher, ob Feltrinelli wirklich bei der Sache war, bis sie sagte: »Eigentlich sollte uns der Fall nicht mehr Arbeit machen als unbedingt nötig. Und nach allem, was ich höre, gibt es da ein paar Merkwürdigkeiten, aber keinen handfesten Grund anzunehmen, dass an der Sache etwas faul sein könnte. Stimmen Sie mir zu?«

Grassi wiegte den Kopf hin und her. »Sie kennen mich, Questore.«

»Und das soll heißen? Irgendetwas stört Sie. Sagen Sie's mir.«

Er zuckte mit den Schultern. »Ich weiß, dass meine Intuition keinen forensischen Ansprüchen genügt, aber ich denke, wir haben ein paar Ansätze für weitere Ermittlungen. Und der Zusammenhang mit dem Morandi-Prozess ist zumindest interessant, wenn auch vielleicht nicht relevant.«

Die Quästorin kaute und sah ihn von ihrer Warte aus höchst interessiert an. »Was für Ansätze?«

»Wir kennen seinen Aufenthaltsort vor August 2018. Wir haben den Namen eines wahrscheinlichen Verwandten, der uns vielleicht bei der Identifizierung helfen kann.«

»Was Sie brauchen, ist ein hinreichender Verdacht auf ein Verbrechen oder zumindest auf Fremdeinwirkung, Commissario. Ich will nicht, dass Sie Ihre Zeit verschwenden.«

»Theoretisch könnte er auch von einem Boot oder Schiff gefallen sein. Wir könnten checken, welche Wasserfahrzeuge im fraglichen Zeitraum in La Spezia und den Cinque Terre ausgelaufen sind, und …«

»Ist das Ihr Ernst? Haben Sie eine Ahnung, wie viele Schiffsbewegungen es in La Spezia und im ganzen Golfo an einem Sommerwochenende gibt? Und der ganze Aufwand für eine unbekannte Wasserleiche? Das kommt nicht infrage. Ich gebe Ihnen bis Freitag Zeit, mich davon zu überzeugen, dass an der Geschichte mehr dran ist. Ansonsten geben wir den Fall ab. Sollen die Carabinieri entscheiden, ob sie noch was tun oder ihn zu den Akten legen und die Leiche einäschern.«

»Ich sage Ihnen, da ist was faul.« Es klang trotziger, als er beabsichtigt hatte. Grassi sollte den Fall dem hochnäsigen und unfähigen Capitano Bruzzone übergeben? Das durfte nicht passieren. Er kaute verärgert auf dem lauwarmen Risotto herum. Sie ließ ihn Überstunden machen, missbrauchte ihn als ihren privaten Fahrer, fütterte ihn mit schlechtem Essen in ihrem traurigen Zuhause und nutzte diese Machtposition aus, um ihn am Ende kaltzustellen. Die Nummer hätte sein alter Chef in Rom mal mit ihm versuchen sollen. Da hätte es gleich eine Dienstaufsichtsbeschwerde gehagelt.

Sie stellte ihren Teller in die Spüle und sah aus dem Fenster auf den Golf. Er betrachtete sie von hinten. Sie hatte die Schultern hochgezogen, und in der Stille des Hauses hörte er sie schnell atmen. Dann schien sie sich zusammenzureißen, drehte sich um und sagte: »Allora, Commissario. Warum ich Sie eigentlich hierhergebracht habe. Ich habe eine Überraschung für Sie.« Sie stieß sich von der Küchenplatte ab. »Wenn Sie mir bitte folgen wollen?«

Grassi beeilte sich, seinen leeren Teller ebenfalls in die Spüle zu stellen und ihr nachzugehen. Sie schritt aus dem Wohnzimmer hinaus und folgte einem langen, dunklen Flur, von dem rechts eine Stahltür abging. Der Raum dahinter war kühl. Und als die Quästorin »Un momento« sagte, hallte es. Dann blinkten zwei Neonröhren grell an der Decke auf und beleuchteten eine weiß gestrichene Garage mit grau lackiertem Betonboden. Zwei E-Mountainbikes standen an der einen Wand vor einem Stahlregal, in dem sauber sortiert rote Plastikkisten mit transparenten Deckeln und klaren Beschriftungen wie »Detergenti«, »Ricambi« oder »BBQ« untergebracht waren. Zwei Mülleimer mit Rollen standen nahe dem geschlossenen Tor. Ein Gartenschlauch hing aufgerollt an der Wand.

Auf dem rechten Platz stand ein glatt und kantig aussehendes Elektroauto neuerer Bauart. War das Signet am glänzenden geschlossenen Kühler, der keiner mehr war, weil es nichts mehr zu kühlen gab, französisch oder koreanisch? Grassi konnte diese neueren Elektroautos nicht mehr unterscheiden. Sein Blick wanderte zu dem zweiten Stellplatz, und dabei pfiff er leise durch die Zähne. Da stand ein Klassiker, den man nur noch selten zu Gesicht bekam: ein Alfa Romeo mit dem Namen der kanadischen Stadt Montreal. Grassi holte sich mit einem Blick auf Feltrinelli die Erlaubnis, den Wagen anzufassen, und strich mit der Hand über den nahezu perfekt erhaltenen orangefarbenen Lack. Der Wagen hatte fast dieselbe Farbe wie sein verblichener Roadster. Und auch die Keilform erinnerte stark an ihn. Dieser Wagen war hochbeiniger und wirkte schmaler. Fast zierlich gegen den gedrungenen Roadster. Und natürlich war er fast fünfzig Jahre älter. Grassi legte die Hand an die Seitenscheibe, schaute ins Innere und sah Bilder seiner Erinnerung.

Er musste an den Besuch seines längst verstorbenen Onkels Vitale vor vielen Jahrzehnten denken: Grassi war noch ein kleiner Junge gewesen, als damals der »wilde« Onkel aus Mailand mit einem solchen Alfa Romeo Montreal bei ihnen vorgefahren war. Vitale war der kleine Bruder seiner Mutter Giulia, ein Jungpilot und Gigolo, der jede Lira, die er verdiente, mit seinen schönen und manchmal berühmten Freunden im Mailänder Nachtleben ausgab – oder eben für ein schönes Auto. Ein Spaßvogel, der Vito Musik vorspielte, die ihm die Ohren öffnete, und ihm in schillernden Farben von seinen Reisen nach London, Paris und München berichtete. Er erinnerte sich daran, wie die Nachbarjungs um das Auto herumgestanden waren und er selbst mit stolzgeschwellter Brust vom breit lächelnden Onkel Vitale die Erlaubnis bekommen hatte, sich hinters Steuer zu setzen. Dann rutschte er auf den Beifahrersitz, und gemeinsam waren sie mit dem Coupé vor einer Bar in Trastevere vorgefahren, wo Onkel Vitale ihm eine Cola spendierte. Wann war das gewesen? So ungefähr 1978?

Feltrinelli schien seine Gedanken erraten zu haben. »Dieser Wagen ist von 1972. Ich habe ihn Paolo zu unserem Zehnjährigen geschenkt.« Sie klang eher nachdenklich als sentimental, aber doch so, als würde sie sich ihrem Commissario irgendwie anvertrauen.

Der wusste nicht, was er sagen sollte. Irgendetwas Unterstützendes, Tröstliches, aber nicht zu Persönliches. »Ein großzügiges Geschenk. Jedes Mal, wenn er damit fährt, sollte er dankbar sein.«

Sie atmete auf. »Das ist es ja. Er wird nicht mehr damit fahren. Ich habe es ihm zwar geschenkt. Aber es war immer auf mich zugelassen, und ich habe stets alle Kosten übernommen. Außerdem erfindet sich mein baldiger Ex-Mann gerade völlig neu, seit er erkannt hat, dass Unternehmensberatung letztlich ein schmutziges Geschäft ist, das den Reichen ermöglicht, immer reicher zu werden. Und ich fürchte, als zukünftiger freier Künstler werden ihm zumindest bis zu seinem internationalen Durchbruch die Mittel für den Unterhalt eines so schönen Oldtimers fehlen.« Diesmal klang sie verletzt.

Grassi sagte nichts. Sie hatte auch eigentlich nicht zu ihm gesprochen.

Das tat sie jetzt und sah ihn dabei an. »Die Frage ist also, Commissario, ob Sie nicht diesen Alfa fahren wollen? Mein Mechaniker sagt, der Wagen sollte bewegt werden. Ich bewege ihn nicht, sondern werde jeden Morgen abgeholt. Sie brauchen ein Auto und sind sich ein bisschen zu originell, um einen Seat aus dem Dienstwagen-Fuhrpark zu nehmen. Der Lamborghini ist Ihnen offenbar zu peinlich.« Sie grinste. »Hier steht ein origineller Klassiker, der hochbeinig genug und flott genug ist, um damit schadlos zu Ihrem Haus hochzufahren. Was meinen Sie?«

Grassi schritt mit bewundernden Blicken um den Wagen herum. Der Lack glänzte tatsächlich wie neu. Das Chrom an den Felgen war perfekt. Die Form war berauschend schlicht, gebückt und wie zum Sprung bereit mit klaren, durchgezogenen Linien. Von vorn schauten ihn unter Lamellen, die wie Augenlider aussahen, zwei zugleich schläfrige und angriffslustige Scheinwerferpaare an. Er öffnete die Tür, beugte sich hinunter und schaute erneut in den Innenraum.

»Halten Sie es für eine gute Idee, wenn der Commissario der Provinz mit einem Auto durch die Gegend fährt, das auf seine Chefin zugelassen ist?«

»Das muss niemand wissen. Und ich schenke es Ihnen ja nicht. Sie bekommen es nur geliehen. Benzin müssen Sie selber zahlen, und der schluckt ganz schön viel.«

»Was ist, wenn Ihr … baldiger Ex-Mann mich damit sieht?«

»Dann ärgert er sich hoffentlich. Und das würde mich freuen.«

»Unauffällig ist der Montreal nicht gerade.«

»Das war Ihr Roadster auch nicht.«

»Ich habe keine Garage.«

»Das Dach ist dicht, wenn Sie das meinen.« Der Gedanke, mit diesem Wagen zu fahren, reizte Grassi, und doch suchte er weiter nach Gründen, das Angebot abzulehnen.

»Paolo war der Wagen zu hart gefedert. Und ohne Airbags zu fahren erschien ihm unvernünftig. Na ja, er war nie der große Romantiker.«

»Und wenn ich einen Unfall baue?«

»Madonna, Commissario! Wenn Sie ihn nicht wollen, dann sagen Sie's einfach. Dann werde ich ihn verkaufen, mein Ex-Mann sieht einen anderen damit herumfahren, der vielleicht auch keine Garage hat und damit Unfälle baut. Ich dachte, ehrlich gesagt«, sie senkte ihre Stimme, »ich könnte Ihnen eine Freude machen.«

Grassi setzte sich vorsichtig auf den Fahrersitz. Er strich mit den Fingern über die drei gebürsteten Aluspeichen des Lenkrads. Zwei schlichte runde Instrumentenuhren schauten ihn an. Der kurze Schaltknüppel wirkte wie ein Spielzeug in seiner Hand, und er kam sich wieder vor wie der kleine stolze Junge in Rom.

»Okay. Ich nehme ihn. Grazie.«

»Che bello«, rief die Quästorin. »Dann will ich Sie nicht länger aufhalten. Der Schlüssel steckt, die Papiere sind hinter der Sonnenblende, der Tank ist voll. Sie haben sicher viel zu tun.« Sie drückte auf den Knopf einer kleinen weißen Fernbedienung in ihrer Hand, und das Garagentor begann sich zu öffnen. »Buon viaggio. Und berichten Sie mir.«

SONNENBRILLE, MUSIK, ZIGARETTEN & KUGELN

Der kräftige Achtzylinder drehte ganz wunderbar. Nach mehr als einem Jahrzehnt mit Elektroauto musste Grassi sich erst einmal wieder an das Kuppeln, Schalten und Gaskommenlassen gewöhnen. Aber er brauchte nicht lange, um das Gefühl für die richtige Drehzahl beim Gangwechsel zu bekommen. Sein erstes Auto war 1988 ein Fiat 127 mit fünfundvierzig PS gewesen, und der war damals schon zehn Jahre alt. Mehr als hundertzwanzig Stundenkilometer waren damit nicht drin gewesen, und auch die nur mit viel Anlauf und bergab.

Das Coupé machte ihm so viel Spaß, dass Grassi nach einem kurzen Blick auf die Uhr beschloss, die Autostrada rechts liegen zu lassen und stattdessen ein paar Kurven mit Ausblick zu fahren. Es war erst halb sieben, die Sonne schien von Westen blendend durch die Windschutzscheibe. Er klaubte die Wayfarer aus der Jacketttasche und setzte sie mit einer Hand auf.

Es waren vierzig Kilometer nach Levanto, er hatte einen vollen Tank, es wurde noch lange nicht dunkel, und er trug seine Sonnenbrille. Alles, was ihm fehlte, waren Musik und eine halbe Schachtel Zigaretten, dachte er lächelnd.

An einer Ampel blieb ein älterer Herr mit großer Sonnenbrille und gestärktem weißem Hemd mitten auf der Fahrbahn stehen und betrachtete eine Weile den Wagen, bevor er andächtig weiterging.

Grassi nahm die Strada Provinciale in Richtung Riomaggiore, die sich in weiten Bögen südwestlich des Hafens den Berg hinanschlängelte. Im vierten Gang knurrte das Coupé sonor vor sich hin, Grassi kurbelte das Seitenfenster herunter, hängte den Arm aus dem Fenster und spürte den Wind in den Haaren.

Die Luft war heiß, aber trocken. Schon in einer Stunde würde die Temperatur gut auszuhalten sein, und dann konnte man sich wieder in Strandbars und Restaurants setzen und sich der Illusion hingeben, dass ein schöner Sommerabend genau so zu sein hatte. Grassi wollte noch nicht nach Hause. Er würde nach Monterosso al Mare fahren, sich dort am Meer in eine Bar setzen, etwas trinken und sich vorstellen, Chiara und Alessandro wären noch bei ihm. Es tat ihm leid, dass die beiden abgereist waren. Besonders mit Alessandro hätte er gern noch mehr Zeit verbracht. Und am schönsten wäre es natürlich gewesen, auch Lucy hätte kommen können. Grassi liebte seine Familie. Und er liebte es, mit seiner Familie zusammen zu sein. Mit den Problemen, die zwischen Chiara und ihm bestanden, hatte diese Liebe nicht das Geringste zu tun.

Er hatte keine Sekunde lang in Betracht gezogen, die Wasserleiche einfach Ricci zu überlassen, um die freien Tage mit seiner Familie zu genießen. Aber das war schon immer sein Problem gewesen: andere Prioritäten zu setzen als seine Arbeit. Zum Beispiel seine Beziehung zu Chiara. War sein Leben wirklich so verwirrend, wie sie es bei ihrem Abschied behauptet hatte? Nein, so kam es ihm nicht vor. Im Gegenteil. Jetzt sah er klar, nachdem er jahrelang verwirrt worden war von quälenden Fragen, die ihn in Rom, in Chiaras Nähe, die sich doch nicht nahe anfühlte, ständig verfolgt hatten: Warum schlafen wir nicht mehr miteinander, warum lachen wir nicht mehr miteinander, warum sind wir einander nicht mehr die liebste Gesellschaft? Es gab keinen Grund, keinen Sündenfall, keinen unverzeihlichen Betrug. Nur diese stille Ratlosigkeit. Was Grassi überrascht hatte, war, dass Chiara die Stille zwischen ihnen offenbar nicht belastete, dass sie nicht ratlos war. Selbst in dem Gespräch am Vortag hatte sie nicht traurig auf ihn gewirkt. Eher wütend auf ihn, weil er nicht einsah, dass im Grunde alles in Ordnung war. War das bewunderungswürdige Disziplin oder Selbstbetrug oder nur der verzweifelte Versuch, keine schlafenden Hunde zu wecken? Jedenfalls wurde ihm klar, dass er ihr schon lange diese einfache Frage schuldete: Bist du eigentlich glücklich? Aber am Telefon konnte er sie nicht stellen.

Er selbst hatte sich diese Frage oft gestellt, die Antwort darauf gefürchtet und sich für seine Ratlosigkeit gehasst. Seit er in Ligurien war, stellte er sich die Frage nicht mehr. Es war, als hätte die regelrechte Flucht aus Rom ihn von der Frage befreit. Und dabei hatte er diese Flucht gar nicht geplant. Und dann war da Toni. Er wollte nicht mit ihr schlafen. Aber er lachte mit ihr. Und sie war ihm die beste Gesellschaft, die er sich gerade denken konnte.

Der kurze Einblick in das Leben der Quästorin hatte ihn traurig gemacht. Wie auch immer es zwischen Chiara und ihm weitergehen würde, niemals würde er ihr antun wollen, was die Feltrinellis einander gerade antaten: Namensschilder auf all das kleben, was man sich einst gegeben hatte. Großzügigkeit zur Kleingeistigkeit verkommen lassen, nur weil man dem anderen nicht verzeihen konnte, dass das Leben sie oder ihn in eine andere Richtung geführt hatte. Wer für seinen Partner sorgte, solange man zusammen war, sorgte auch für sich. Welche Tat, welche Gabe aus Liebe war schon völlig selbstlos? Wenn man alles geteilt hatte, gab es auch nichts zurückzuholen.

Umso blöder kam er sich bei diesem Gedanken jetzt plötzlich vor, weil er mit dem Alfa herumfuhr, sozusagen im provozierenden Auftrag seiner Chefin. Er würde den Wagen wieder zurückgeben … Aber vorher noch ein bisschen Spaß damit haben.

Kurz hinter Riomaggiore brummte sein Handy. Der Commissario suchte nach einer guten Stelle, um zu halten, und rollte am Fahrbahnrand aus, als er keine fand. Ein grauer Kombi schoss knapp an ihm vorbei. Der Commissario ließ den Motor laufen, während er den Anruf entgegennahm.

»Sì, pronto.«

»Commissario«, hörte er die Stimme seines Agente Martino. »Bitte entschuldigen Sie die späte Störung.«

»Macht gar nichts, ich bin noch im Dienst. Was gibt es?«

»Ich wollte Sie darüber informieren, was ich über Umberto Rossi herausgefunden habe.«

»Das ging aber schnell. Immer her damit.«

Martino bestätigte zunächst Umberto Rossis Adresse. »Sein Wohnblock in Certosa stand unter den einsturzgefährdeten Resten der alten Brücke und musste abgerissen werden. Nach dem Einsturz war Rossi zwischen September 2018 und November 2018 in einem Pflegeheim in Parma untergebracht und auch gemeldet.«

»Sie haben mit dem Heim gesprochen?«

»Sì. Demnach war er davor im Krankenhaus, weil er Verletzungen durch Trümmerteile erlitten hatte.«

»Es konnte doch niemand in die Häuser unter der Brücke zurück. Warum war er dann nur zwei Monate in dem Heim?«

»Anscheinend ist er eines Tages von einem Verwandten abgeholt worden.«

»Einfach so? Und wohin ist er gegangen?«

»Wussten die nicht genau. Und es schien sie auch nicht besonders interessiert zu haben. Wohl jedenfalls nicht zurück nach Genua, sondern eher in Richtung La Spezia, meinte der Verwalter zu mir am Telefon. Tja, und damit war er erst einmal verschwunden. Einfach durchs Raster gefallen.«

»Wie? Und das war's?«

»Nein, nein, ich habe Umberto Rossi ja gefunden. Erst bin ich durch die Melde- und Sterberegister gegangen, aber da taucht ein Umberto Rossi nach November 2018 nicht auf. Dann hatte ich die Idee, telefonisch die Altersheime in der Region La Spezia abzuklappern, und gerade bin ich fündig geworden.«

»In einem Altersheim?«

»Sì.«

»Aber auch da müsste er doch gemeldet sein.«

»Müsste er, ist er aber nicht. Er schien vom Erdboden verschluckt, bis zu meinem letzten Anruf eben. Die Direktorin des

Altersheims ist drangegangen, eine gewisse Sofia Mair. Ich habe mich vorgestellt und dann nach Umberto Rossi gefragt. Und sie hat für mein Gefühl erst ein bisschen zu lange überlegen müssen und mir dann die Gegenfrage gestellt: ›Wer will das wissen?‹«

»Wer will das wissen?«

»Sì. Vielleicht hat sie mich am Anfang nicht richtig verstanden, aber ihre Reaktion hat mich misstrauisch gemacht. Also habe ich ihr gesagt, dass es um polizeiliche Ermittlungen gehe und ich auch persönlich vorbeikommen könne, wenn das die Antwort leichter macht. Erst da ist ihr eingefallen, dass wirklich ein Umberto Rossi in der Einrichtung lebt. Tja, ich fand das nur irgendwie seltsam und dachte, ich sage Ihnen das.«

»Vielleicht ist sie einfach zurückhaltend mit Auskünften über die Bewohner. Oder bei den Ämtern könnte etwas schiefgelaufen sein?«

»Kann sein. Aber mir kam es so vor, als wäre sie gerade bei diesem bestimmten Namen alarmiert gewesen.«

»Jedenfalls: Das war gute Arbeit, Martino. Schicken Sie mir die Adresse des Heims aufs Handy, okay?«

Er legte auf und ließ sich das Gehörte für einen Moment durch den Kopf gehen. Dann legte er den ersten Gang ein, warf einen Blick in den Rückspiegel und gab Gas. Für die dreißig Kilometer bis Monterosso al Mare brauchte er trotz zügiger Fahrweise fast eine Dreiviertelstunde.

An der Kreuzung, die am Ende des Parco Nazionale delle Cinque Terre nach links zum Meer hinabführte, hielt er an und warf einen kurzen Blick auf sein Smartphone, um Martinos Nachricht zu lesen. Erstaunt stellte er fest, dass die Residenza, in der sich Umberto Rossi wahrscheinlich aufhielt, ausgerechnet in Monterosso lag. Nicht die schlechteste Adresse für einen schönen Lebensabend, dachte er. Und sie lag auch noch auf seinem Weg. Er folgte der kurvigen Straße, bis er am Ortseingang neben einem großen, hellgelb gestrichenen Gebäude hielt. An einem grauen Stahltor hing ein Schild mit der Aufschrift »Centro Residenziale«. Er stellte den Motor ab. Ein Flügel des Gebäudes war eingerüstet und mit blauen Planen abgedeckt, auf denen der Name der Baufirma prangte. Licht kam durch gekippte Milchglasscheiben. Das Klappern von Töpfen, das Rauschen eines Wasserstrahls, Stimmengewirr war zu vernehmen. Er warf einen Blick auf die Uhr. Halb acht, wahrscheinlich Essenszeit bei den alten Herrschaften. Und auch Essenzeit für Commissarios.

Er ließ den Motor wieder an und folgte der Straße weiter abwärts bis zum Meer. Nahe der Via Molinelli fand er einen Parkplatz und spazierte kurz darauf die Strandpromenade entlang, die voller Menschen war, als hätte die gegen Abend nachlassende Hitze das Leben erst möglich gemacht: Familien mit Badetaschen, Luftmatratzen, Sonnenschirmen und über die Schulter geworfenen Kleinkindern kamen ihm entgegen. Von Sonne und Aperol Spritz und Fröhlichkeit erhitzte Erwachsene saßen auf roten Liegen, wühlten mit nackten Füßen im heißen Sand und beobachteten ihre Kinder. Die spielten nahe dem großen Felsen am Rande des klaren blauen Wassers, ihre Stimmen erfüllten die Luft. Grassi spazierte am Bahnhof vorbei bis zu einer kleinen Bar, an deren Tür ein Schild verkündete, dass man nur mit Bargeld, solo contanti, bezahlen konnte. Ein Aperol Spritz kostete fünf Euro und ein Caffè nur einen, und weil das genau so sein musste, setzte er sich. Und weil ihn Feltrinellis Reste-Risotto weder satt noch glücklich gemacht hatte, ließ er sich von der jungen freundlichen Frau mit der roten Schürze eine luftige Focaccia mit Käse und Pesto bringen und schaute der Sonne dabei zu, wie sie im Nordwesten verschwand. Die jüngeren Kinder tänzelten barfuß über die Straße nach Hause. Einige Jugendliche saßen am Strand unterhalb der Promenade, leise pumpten Rap-Beats durch die Abendluft. Grassi blickte auf die zwei leeren Stühle neben sich und wünschte sich, Chiara und Alessandro wären noch hier, um den Moment mit ihm zu teilen.

Der Himmel hinter Punta Mesco verfärbte sich orange, als Grassi zurück zum Alfa spazierte und beschloss, noch mal bei der Residenza vorbeizufahren. Selbst wenn er Umberto Rossi nicht mehr sprechen konnte, so fand er vielleicht jemanden, der ihm dessen Anwesenheit bestätigen konnte. Er hielt am Lieferanteneingang hinter dem Gebäude, und einer Eingebung folgend, wendete er den Wagen, sodass er mit der Schnauze zum offenen Tor blickte.

Hinter dem Altersheim standen zwei dunkle Häuser auf Nachbargrundstücken, dazwischen erkannte man den hellen Streifen einer alten Trockenmauer, oberhalb derer sich ein verwahrloster Olivenhain den Hügel hochzog. Er ging um das Gebäude herum. Die Altersresidenz lag auf einer natürlichen Terrasse mit Blick auf Meer und Küste. Nahe am Zaun stand ein grauer Kombi, der seiner Erinnerung nach vorhin noch nicht dagestanden hatte. Ein vages Gefühl sagte ihm, dass er den Subaru schon mal gesehen hatte, aber er wusste partout nicht mehr, wo. In den meisten Fenstern im ersten und zweiten Stock brannte Licht. Die Fenster im Erdgeschoss waren dunkel wie der kleine Platz vor dem Eingang des hell gestrichenen neoklassizistischen Gebäudes.

Hinter einem Säulenportal wurde die hohe Eichentür von zwei Zitronenbäumchen im Topf flankiert. Neben der Tür gab es eine große Taste, mit der man offensichtlich die schwere Tür automatisch öffnen konnte. Grassi drückte sie, aber es tat sich nichts. Vielleicht wurde der Türöffner am Abend abgestellt? Er drückte die große Messingklinke in Brusthöhe und schob die Tür auf. Es gab keinen Empfang, keinen Pförtner. Das Atrium war in gedämpftes Licht getaucht. Es kam von zwei altmodischen identischen Stehlampen mit gedrechselten Ständern, Pergamentschirmen und Samtzotteln, die rechts und links der Sitzgruppe aus dunklen gepolsterten Eichenmöbeln standen. An der Wand – soweit Grassi dies erkennen konnte – romantische Landschaftsbilder in patinierten Goldrahmen. Der Boden bestand aus braunroten Terrakottaplatten. Vielleicht war es die düstere Einrichtung, vielleicht das schwindende Licht, aber Grassi beschlich ein unheimliches Gefühl, so, als übertrete er gerade die Schwelle zu einem gefährlichen Ort. Er wandte sich von der kleinen Halle nach rechts in einen offenen Flügel mit Säulen, zwischen denen Tische standen. Seine Schritte hallten von den dicken Mauern wider. Die Tische waren mit weißen Stofftischdecken in unterschiedlich schmutzigem Zustand bedeckt. Brotkrümel, Soßenspuren, Essensreste lagen auf dem zerknitterten Leinen. Servietten lagen unter Tischen. Er sah den Ring, den ein Glas hinterlassen haben musste, obwohl sein Rot eher nach Tee als nach Wein aussah. Der Commissario blieb stehen, sah sich um und lauschte. Er glaubte, rasselnden Atem zu vernehmen, dann war es wieder still. Es folgte eine Art Schmatzen, dem er folgte, bis er hinter einer Säule einen Mann entdeckte.

»Buonasera«, sagte Grassi.

Der ältere Herr hatte die Reste seines gelblich grauen Haares zurück über seinen knochigen Schädel gegelt. Lange Haare wuchsen ihm aus den Ohren. Der große Kopf ruhte auf einem dürren Hals, der aus dem Kragen eines braun karierten Hemdes ragte. Der Mann säuselte leise atmend mit offenem Mund. Er hatte die Augen geschlossen und kam mit jedem schnaufenden Atemzug seiner feuchten Lippen der Tischplatte ein bisschen näher, bis er kurz davor hochschreckte, mit geschlossenen Augen und aufrecht sitzend für ein paar Sekunden vor sich hin schmatzte und dann das Spielchen von vorn begann.

Der Commissario beobachtete den Schlafenden und fragte sich, ob er nach dem Abendessen vergessen worden war. Konnte es sein, dass dies Umberto Rossi war? Er streckte die Hand aus, um den Mann gerade in dem Moment an der Schulter zu berühren, als der die Augen aufschlug und den Kopf drehte. »Ancora il dolce«, krächzte er.

»Scusi, Signore, für das Dessert bin ich nicht zuständig. Aber darf ich Sie fragen, ob Sie wissen, wo ich Umberto Rossi finden kann?«

Ein Rumpeln aus den Tiefen des Gebäudes ließ Grassi den Kopf heben. Es klang, als würden in einem anderen Flügel des Gebäudes Möbel gerückt. Oder war das über ihm?

Der Mann streckte einen braunfleckigen krummen Zeigefinger in Richtung des zweiten Seitenflügels. »Die Treppe am Ende des Korridors, secondo piano.«

»Zweiter Stock, grazie, Signore«, sagte Grassi. Im Weggehen hörte er den Mann fragen: »Ancora il dolce?« Und dann noch »molti visitatori«.

»Jaja, viele Besucher«, murmelte Grassi, »ich bin auch gleich wieder weg.«

Er durchquerte wieder das Atrium und betrat einen Korridor, der die gesamte Länge des Flügels zu durchmessen schien. Der Commissario schritt langsam den Gang hinunter. Neben einer der ersten Türen hing ein Schild, auf dem »Direzione« stand. Offenbar das Büro der Frau, mit der Martino das merkwürdige Gespräch geführt hatte. Am Ende des Korridors erreichte er einen Treppenaufgang. Grassi nahm immer zwei Stufen auf einmal, erreichte den zweiten Stock, stieß eine Glastür auf und blieb in dem dahinterliegenden Flur stehen. Schwache Birnen unter den dicken Schirmen der Wandlampen warfen Licht auf einen grauen Linoleumboden und eine gelblich gestrichene Decke. Alles wirkte so wie in einem in die Jahre gekommenen Krankenhaus. Er ging langsam den Gang hinunter. Alle vier Meter gingen auf beiden Seiten dunkle Holztüren ab, die Halterungen für Namensschilder trugen. Manche schienen von Enkelkindern gemalt: Nonno Vincenzo, Nonno Nicolò. An manchen Türen prangten die Namen auf offiziell aussehenden Messingplaketten. Andere Halterungen waren leer geblieben, und der Commissario fragte sich, ob die Zimmer dahinter unbewohnt waren. Hinter »Settembrini« war ein lauter Fernseher zu hören, überdrehtes Sprechen, noch überdrehteres Lachen.

»Bontempi« hörte dezent, aber gut vernehmlich klassische Musik. Grassi blieb in der Mitte des Korridors stehen, als er erneut ein Geräusch vernahm. Diesmal war es weniger ein lautes Rumpeln als vielmehr eine Erschütterung, eine Art physische Unruhe. Grassi rief vernehmlich: »Signor Rossi? Sind Sie hier?«

Die Erschütterung verschwand. Grassi machte einen Schritt in Richtung der letzten Türen. Da traten fast lautlos zwei Gestalten im Gleichschritt aus einem Zimmer zur Rechten. Sie wirkten alert, entspannt, sorglos, als sie geradewegs auf den Commissario zukamen. Der trat zur Seite, denn die beiden schienen keine Anstalten zu machen, ihm auszuweichen. Dabei murmelte Grassi zu seiner eigenen Überraschung »Scusi«. Der eine der beiden – Ende zwanzig, gut aussehend, prägnantes Kinn und die dunklen Haare zu einem wippenden Pferdeschwanz gebunden – sah Grassi an und sagte »Buona serata«. In seinen Augen lag etwas, das Konzentration sein konnte oder Eiseskälte. Das Gesicht des Zweiten war verdeckt von langen blonden Haaren, die zum Teil wie elektrisch aufgeladen um den Kopf schwebten. Mit ihren Trainingsjacken und farbigen Sneakern und diesen entschlossenen federnden Schritten sahen sie aus wie Personal Trainer. Die Damen hier hatten sicher ihre Freude an den ragazzi carini, den schönen Jungs, dachte Grassi.

Er sah den beiden nach, wie sie zügig in Richtung Treppe verschwanden. Die Tür, aus der die Trainingsjacken gekommen waren, stand offen, und als Grassi einen Schritt darauf zu machte, sah er zunächst die Initialen »U. R.« auf dem Schild an der Tür, und nach einem weiteren Schritt konnte er durch einen Spalt in das Zimmer sehen und entdeckte den bleichen Mann auf der nackten Matratze. Erst danach erfasste der Commissario das Chaos im Zimmer, das aufgerissene Kissen auf dem Parkett neben dem Bett, den Schrank, aus dem die Kleidung samt Bügeln gerissen und auf den Boden geworfen worden war, den Fernseher auf dem Boden und die leere Schrankwandnische mit dem Kabelsalat dahinter, von Regalbrettern gewischte Bilderrahmen, Zeitschriften verstreut und zerrissen, und Grassi begriff und rannte zu Umberto Rossi, legte ihm die Hand an den Hals. Er fühlte den Puls und hörte erleichtert den schweren, aber gleichmäßigen Atem, machte kehrt und rannte in den Gang zurück. Grassi rief so laut, dass es im ganzen Gebäude zu hören sein musste: »Hilfe! Umberto Rossi braucht Hilfe!« Dann lauschte er, hörte gedämpfte Schritte auf der Treppe und rannte den beiden Kerlen hinterher.

Rechts und links wurden vorsichtig Türen geöffnet, erschienen fragende Gesichter in den Spalten. Das kreischende Gelächter aus Settembrinis Fernseher dröhnte über den Flur. Grassi stob um die Ecke zur Treppe, nahm wiederum zwei Stufen auf einmal und übersprang die jeweils letzten vier Stufen jeder Treppe bis auf den Absatz. Das konnte er schon immer gut – schnell und sicher in großen Schritten Treppen hinunterrennen. Schon hatte er den ersten Stock erreicht, bremste seinen Schwung mit einer Hand an der Wand, bevor er die letzten Stufen nahm. Schritte trampelten unter ihm auf dem Korridor. Er holte definitiv auf, und als er im Erdgeschoss angekommen war, meinte er sogar ihre Atemstöße zu hören. »Fermo! Polizia!«, brüllte er. Die harten Tritte von den Ledersohlen seiner Schuhe hallten von den Gangwänden wider. Im Erdgeschoss musste er haarscharf eine kleine Frau in hellem Kostüm umkurven, die energisch eine Tür aufriss. »Umberto Rossi braucht Hilfe!«, rief er ihr im Laufen zu. »Schnell!«

Er erreichte das Atrium, bog auf glatten Sohlen schlitternd um die Ecke und zerrte an der schweren Eingangstür. Instinktiv duckte er sich, bevor er hinausschlüpfte. Eine Bewegung, die ihm wahrscheinlich das Leben rettete, weil im nächsten Moment eine Pistolenkugel das Holz der Tür über dem Commissario zerfetzte. Grassi warf sich auf den Boden. Ein weiterer Schuss knallte, aber er hatte keine Ahnung, wo die Kugel einschlug. Schritte entfernten sich schnell. Es dröhnte schmerzhaft in Grassis Ohren.

Grassis Herz schlug ihm bis zum Hals, und er vergaß zu atmen. Er hielt sich für mutig, aber vor nichts hatte er so viel Angst wie vor Kugeln. Fäuste, Messer, Baseballschläger sah man kommen, man konnte versuchen, ihnen auszuweichen – oder sich zumindest einbilden, dass man gegen sie eine Chance hatte. Kugeln waren die kleinsten Waffen mit der größten und grausamsten Wirkung. Grassi hatte Opfer von Schießereien gesehen, bei denen die Eintrittswunden zu klein waren für den kleinen Finger, die Austrittswunden aber zu groß für eine Faust.

Er hob den Kopf und kroch so weit vor, bis er um die Ecke spähen konnte. Als über ihm Fenster geöffnet wurden, brüllte er: »Weg von den Fenstern! Bleiben Sie drinnen!« Hinter sich nahm er hektische Schritte und Rufe wahr. Er sah zur Straße. Das Innere des Kombis, der am Zaun stand, wurde erleuchtet, als einer der Männer einstieg. Er sah das Gesicht des Dunkelblonden, die kleinen Augen über der messerscharfen Nase, als der sich nach seinem Kompagnon umsah, der gerade aus dem Tor rannte und dann einen Blick auf den Eingang warf, wo sein Blick Grassi traf. Der Commissario rappelte sich schnell hoch und rannte durch das Atrium zurück. Eine alte Dame mit blauem Hausanzug und lila Locken stand an der Wand neben einer der Stehlampen, hatte die Augen weit aufgerissen und eine Hand vor den Mund geschlagen. »Was um Gottes willen geht hier vor?«

Grassi war vor ihr stehen geblieben. »Wie komme ich hinten raus?«

Er hatte nicht einmal Zeit, seine Polizeimarke zu zeigen, aber anscheinend wirkte er auch so entweder einschüchternd oder vertrauenswürdig genug, denn die Frau setzte sich sofort in Bewegung und lief erstaunlich behände vor ihm her durch eine Tür auf der Rückseite des Raumes, einen gekachelten Gang entlang und vorbei an einer offenen Küchentür, durch die ein dunkelhäutiger Mann mit weißem Papierschiffchen auf dem Kopf und Geschirrtuch in der Hand eher neugierig als ängstlich den

Kopf steckte. Die Frau stieß eine Tür auf, durch die Grassi, ohne abzubremsen, hindurchsprintete. Er sah den Alfa, pulte im Laufen den Schlüssel aus der Hosentasche und fummelte am Schloss herum. Mit einer Fernbedienung, dachte er, könnte er sich mindestens drei Sekunden sparen. Er hörte das Aufheulen eines Motors hinter sich, sprang in den Wagen, vergaß das Anschnallen, sah den Kombi nach links an der Torausfahrt vorbeischießen, suchte fluchend das Zündschloss im Dunkeln, ließ den Motor an, knallte den ersten Gang rein, gab Gas und machte einen Satz auf die Straße.

Der vierradgetriebene Kombi war bedeutend stärker, aber auch wesentlich schwerer als Grassis kleiner, drahtiger Wagen. Auf der kurvigen, rissigen Straße bergauf lag das Coupé wie ein Brett, die kurz ausgelegten Gänge hingen sauber am Gas, und mit dem großen grazilen Lenkrad in der Hand war es eine Freude, es wie an der Schnur gezogen durch die Kurven zu ziehen. Einer Raubkatze gleich, die einem Warzenschwein nachsetzte. Grassi wusste, dass die kleine Straße oben am Berg auf die Strada Provinciale 38 treffen würde. Auf der breiteren Straße herrschte mehr Verkehr, und eine wilde Verfolgungsfahrt wäre noch sehr viel gefährlicher. Er musste den Kombi vorher einholen. Aber was würde er tun, wenn ihm das gelang? Er wollte Verstärkung rufen, aber er hatte keine Hand frei fürs Handy. Vorläufig würde er einfach dranbleiben müssen. In der nächsten Rechtskurve blieb er auf dem Gas, hielt die quietschenden Reifen haarscharf und leicht untersteuernd an der Haftungsgrenze und konnte sich tatsächlich ein Grinsen nicht verkneifen. Und als er auf der langen Geraden danach den Wagen vor Augen hatte, fasste er das Lenkrad noch fester, schaltete in den Vierten und ließ dem Alfa freien Lauf, während er gleichzeitig an das Holster unter seiner linken Achsel griff, den Riemen löste, die Beretta herausnahm und neben sich auf den Beifahrersitz legte. Er kniff die Augen zusammen, um im Scheinwerferlicht das Nummernschild erkennen zu können. Ein großes X und dann eine Fünf – oder eine Zwei? Der Alfa Montreal beschleunigte auf einhundertsechzig. Der Kombi war keine hundert Meter mehr vor ihm. Grassi atmete tief durch, um den Puls herunterzubringen, während er über die kaum drei Meter breite Straße schoss. Madonna, ging es ihm durch den Kopf, hier durfte niemand entgegenkommen. Die Rücklichter seiner Beute verschwanden in einer Linkskurve. Grassi schaltete einen Gang runter, tippte nur leicht die Bremse an, und der Alfa ging gehorsam und leicht ungeduldig schlingernd vor dem Eingang der Kurve in die Knie. Die Lichtkegel seiner Scheinwerfer verschwanden am Rand der Straße im Nichts. Grassi merkte erst in dem Augenblick, als er den Lichtschein auf dem Asphalt wahrnahm, dass er zu weit in der Mitte der Straße fuhr. Er ächzte auf, steuerte hektisch nach rechts und zog am Lenkrad wie an Zügeln, spürte das weiche Gras unter dem rechten Vorderrad, dann war er an dem entgegenkommenden, laut hupenden Wagen vorbei und schickte ein Stoßgebet gen Himmel. Da war der Kombi wieder und sogar etwas näher. Rechts unter ihm lag friedlich glitzernd im Mondlicht die endlose Fläche des Mittelmeers. Die folgende Linkskurve war so scharf, dass Grassi sogar in den Zweiten runtermusste. Eine Zwei, dachte er, und danach ein D. Das musste er sich merken: X2D. Der Wagen hatte höchstens noch hundert Meter Vorsprung. Und dann hörte der Asphalt plötzlich auf, und die Straße wurde schlecht. Der Alfa rumpelte so knüppelhart kurz hintereinander durch zwei Schlaglöcher, dass der Commissario nach Luft schnappte, und der Kombi schien wieder etwas Land zu gewinnen. Aber nach einer üblen Rechtskurve, in der das Lenkrad so rüttelte, dass Grassi Angst hatte, sich die Handgelenke zu brechen, wurde der Untergrund auf einer weiteren Geraden wieder besser. Und jetzt war er dran.

»Ich krieg euch«, murmelte der Commissario, »ich krieg euch am Arsch.«

Die Rücklichter des Kombis verschwanden hinter einer weiteren Haarnadelkurve nach links, die Grassi keine fünf Sekunden später erreichte, er kurbelte am Lenkrad, spürte das Schlittern der Vorderräder, die Scheinwerfer tasteten rasend über Leitplanke, Gestrüpp, grüne Plane, ein rostiges Eisentor, und als sie wieder die Straße erleuchteten, stand da der Kombi vor ihm mitten auf der Straße, und Grassi stieg voll in die Eisen. Der Alfa wand sich, krallte sich in die Straße, schlitterte schräg über die Straße und blieb schließlich stehen. Trainingsjacke mit Pferdeschwanz war auf der Beifahrerseite ausgestiegen, stand breitbeinig an der offenen Tür und hielt die Pistole mit gestreckten Armen auf Grassi gerichtet, der sich hinter dem Lenkrad so klein wie möglich machte und auf dem Beifahrersitz nach seiner Waffe tastete, die da natürlich nicht mehr lag, weil sie bei der Vollbremsung in den Fußraum gerutscht sein musste. Also tauchte der Commissario noch tiefer, fand schließlich die Waffe, fragte sich ängstlich, warum noch kein Schuss gefallen war, konnte sich aber im nächsten Augenblick, als er den Türgriff in der Linken hatte und hinter der A-Säule nur ein wenig den Kopf hob, die Antwort selbst darauf geben. Denn darauf hatte der Mann nur gewartet. Es knallte, und Grassi flogen Splitter um die Ohren. Vaffanculo, dachte er, nicht schon wieder! Er musste weg! Sich aus der Schusslinie bringen. Er stieß die Tür auf, als der nächste Schuss fiel und die Kugel als Querschläger in die Büsche pfiff. Grassi rollte und krabbelte nach links an den Straßenrand, warf sich gegen ein altersschwaches Eisentor, das nur noch an einer Angel hing und sich unter seinem Gewicht sanft nach hinten neigte. Wie auf einer Bahre lag Grassi mit dem Rücken auf dem Tor, gedeckt von Büschen am Straßenrand, atmete schnell, zählte bis drei, richtete dann den Oberkörper auf, zielte in Richtung des Kombis, hinter dessen Tür der Pferdeschwanz gerade in Deckung ging, und gab schnell hintereinander drei Schüsse ab. Er hörte Glas splittern, einen dumpfen Einschlag in Blech und einen Schrei. Stille. Grassi wälzte sich keuchend auf den Bauch, die Pistole immer noch im Anschlag, und schielte um das Gebüsch herum. Was passierte gerade? Zwischen den Zweigen erkannte er das vollständige Nummernschild: X2D JPF. Er konnte seine Gegner immer noch nicht sehen, aber er hörte jetzt undeutlich ihre Stimmen. Sie mussten auf der anderen Seite des Kombis sein. Der eine sprach schnell und leise, der andere gab stockende Antworten, er schien Schmerzen zu haben.

Vielleicht hatte er gerade Oberwasser? Gesicht zeigen, Kontrolle übernehmen. »Ihr sitzt in der Falle!«, rief er. »Meine Kollegen warten oben an der Kreuzung, ihr könnt nicht entkommen! Werft eure Waffen weg!« Er hatte Zweifel, dass die beiden den Bluff schlucken würden, aber er kroch noch ein bisschen weiter vor, um die Reaktion seiner Aufforderung zu beobachten, und brachte seine Waffe in Anschlag.

Er zielte gerade auf die Reifen, als Pferdeschwanz plötzlich gekrümmt und mit schmerzverzerrtem Gesicht hinter dem Wagen auftauchte und wild in seine Richtung schoss. Grassi fluchte und warf sich in Deckung, hörte, wie Türen zugeschlagen wurden, Reifen beim Anfahren quietschten und der Wagen sich entfernte.

Der Commissario rollte auf den Rücken und breitete die Arme aus. Nichts tat ihm weh außer der Schulter an der Stelle, mit der er das Tor gerammt hatte. Seine Gedanken rasten. Was waren das für Kerle, die Greise in Altersheimen überfielen? Die an einem friedlichen Urlaubsort wild in der Gegend herumschossen? Gleichzeitig machte er drei Kreuze, dass er nicht getroffen worden war. Und lachte auf bei dem Gedanken, dass er sich gerade wirklich eine hollywoodreife Verfolgungsjagd geleistet hatte.

Nach ein paar Sekunden rappelte er sich auf, tastete nach dem Handy in seiner rechten Hosentasche, wählte Riccis Nummer und erzählte ihr in knappen, möglichst undramatischen Worten, was geschehen war. Er gab seinen ungefähren Standort durch, nannte das Kennzeichen und beschrieb den Wagen samt

Insassen möglichst detailliert für die Fahndung. Die Carabinieri in Monterosso konnten am schnellsten am Ort der Schießerei sein. Und die Carabinieri in Levanto mussten die Strada Provinciale 38 sperren. Wenn die Gangster allerdings am Ende der Straße nach rechts auf die 38 biegen würden, könnten sie in den Hügeln von Pignano über kleine Sträßchen verschwinden. Sie zu schnappen wäre schier unmöglich. Ricci und die Bereitschaft der Spurensicherung sollten sich auf dem schnellsten Weg nach Monterosso machen. Zwei Teams: eines für das Altersheim, eines zu seinem Standort. Sie würden sich in der Residenza treffen.

Grassi ging zum Wagen, zog den Schlüssel aus dem Zündschloss und öffnete damit die hintere Klappe. Da war tatsächlich ein altmodisches Warndreieck im Kofferraum. Er klappte es auf, ging ein Stück um die Kurve zurück und platzierte es mitten auf der Straße. Oben an der Straße tauchte ein Auto auf und blinkte auf. Grassi ging ihm entgegen und sah jetzt erst die frischen Blutspuren auf dem Asphalt ungefähr an der Stelle, an der der Kombi gestanden hatte. Der Fahrer des Wagens ließ die Seitenscheibe hinunter.

»Panne?«

»Nein, Schießerei«, sagte der Commissario, und dem Fahrer fiel die Kinnlade herunter. »Tut mir leid. Sie müssen umdrehen, hier geht's nicht durch.« Grassi erstickte jeden Protest im Keim, in dem er den Arm hob. »Am besten, Sie fahren die SP38 andersherum über die Altstadt.«

Er wandte sich ab, um den Alfa zu inspizieren. Er hatte eine Kugel einschlagen hören, da war er sich ganz sicher. Erst vor ein paar Stunden hatte seine Chefin ihm den wertvollen Wagen anvertraut, und schon hatte er Löcher bekommen. Nicht seine Schuld, verdammt noch mal, dachte er. Die Windschutzscheibe war unbeschädigt. Er ging zur Schnauze des Wagens, stand im Licht der Scheinwerfer und suchte nach Einschusslöchern, er ging auf die Knie und schaute unter den Wagen und schnüffelte nach auslaufendem Benzin oder Öl, doch es war kein Schaden festzustellen. Erst als er schon dachte, er hätte sich das Splittern nur eingebildet, sah er die Bescherung: der Rückspiegel auf der Fahrerseite. Ein schönes, chromblinkendes, aerodynamisches Gebilde in der Form eines abgerundeten Kegels, als würde man in ein Martiniglas schauen. Nun, das war einmal. Die Kugel hatte den Kegel von hinten durchbohrt und den Spiegel geradezu pulverisiert. Nur noch ein paar scharfzackige Reste hingen in der verbeulten Hülle. Grassi befühlte das Einschussloch. »Madonna!«, schrie er und verschaffte damit seiner Anspannung endlich Luft.

Keine zehn Minuten später waren die Carabinieri da. Zwei Wagen mit vier Mann Besatzung, zunächst angeführt von einem Brigadiere, erkennbar an den drei Winkeln auf den Schulterklappen seiner Uniform. »Bruno« stand auf seinem Namensschild. Anscheinend hatte er nach dem Anruf auf die Schnelle seine Schuhe nicht gefunden, denn er trug zwar die Uniformjacke mit den drei Streifen auf den Schulterklappen, die steile Mütze und die Hose mit dem charakteristischen roten Band, aber dazu passten die grau-grünen ausgelatschten Turnschuhe nicht. Es war üblich geworden bei den Carabinieri, im Büro in Zivil zu arbeiten und sich erst für den Außeneinsatz in die steife Uniform zu zwängen. Grassi hatte dafür größtes Verständnis. Der Uniformzwang in der Öffentlichkeit war einer der Gründe gewesen, weswegen er sich als junger Mann für die zivile Polizia di Stato entschieden hatte und nicht für die dem Verteidigungsministerium unterstellten, durch und durch militärisch organisierten Carabinieri.

»Commissario Vito Grassi, freut mich, Sie kennenzulernen. Ihr Ruf eilt Ihnen voraus.« Vielleicht hatte Bruno den letzten Satz als Kompliment verstanden wissen wollen. Jedenfalls wirkte er überrascht, als der Commissario eher alarmiert als geschmeichelt nachfragte: »Was für ein Ruf?«

»Ich … also, Sie wissen doch, wie man das so sagt? Dass jemandem ein Ruf vorauseilt?«

Ein weiteres Fahrzeug der Carabinieri traf ein. Eine Tür öffnete und schloss sich wieder.

»Nein. Was für ein Ruf? Was meinen Sie?« Grassi sah ihn scharf an.

»Den Ruf, dass der Tod nicht weit ist, da, wo Sie aufkreuzen, Grassi!«, rief eine bekannte Stimme hinter ihm. Der Commissario drehte sich um und erblickte die große hakennasige Gestalt von Capitano Bruzzone. Mit keinem anderen war Vito Grassi nach seiner Ankunft im März so schnell und nachhaltig über Kreuz gelegen wie mit dem humorlosen und geltungssüchtigen Capitano der Carabinieri. Grassi hatte ihn bei den Ermittlungen zu seinem ersten Fall bloßgestellt, und das hatte Bruzzone ihm nie verziehen.

Grassi wollte sich nicht von ihm provozieren lassen. »Hier gibt es keine Lorbeeren einzuheimsen, könnten wir deshalb ausnahmsweise einfach ganz zivilisiert zusammenarbeiten?«

»Sie sind der Zivilist, Grassi. Ich handle gemäß meiner militärischen Pflicht«, entgegnete Bruzzone in Anspielung auf die unterschiedlichen Traditionen der Polizeieinheiten, denen sie angehörten.

Brigadiere Bruno, mit dessen launig dahingesagtem Spruch die Stimmung erst gekippt war, suchte einen versöhnlichen Ausweg. »Ich wollte nur sagen, dass ich über die beiden Mordfälle in Levanto gelesen habe und fand, dass das gute Polizeiarbeit war.«

»Grazie, Bruno«, sagte Grassi.

Bruno salutierte sichtbar erleichtert und ging zu seinen Kollegen.

»Sie haben sich also ein Autorennen mit denen geliefert«, stellte Bruzzone fest. »Ihnen ist doch klar, dass Sie mit solchen Aktionen Mitbürger gefährden? Kurz bevor die Meldung Ihrer Kollegin aus La Spezia kam, haben wir den Anruf eines Autofahrers erhalten. Er hat gesagt, da sind zwei Wahnsinnige auf der Via Padre Semeria unterwegs ohne Rücksicht auf Verluste.«

»Ich habe zwei Gangster auf der Flucht verfolgt. Ich kann auch nichts dafür, dass die dabei schneller als fünfzig gefahren sind.«

»Ah, Ironie! Ja, Menschen wie Sie glauben, alles sei irgendwie ironisch, und deshalb kämen sie mit allem durch.«

Grassi winkte ab und beobachtete, wie einer von Brunos Kollegen einen Stapel Verkehrshütchen aus dem Kofferraum eines Streifenwagens wuchtete und damit an Grassi vorbeiwollte. »Attenzione!«, rief Grassi. »Bitte passen Sie auf, wo Sie hintreten, hier sind überall Blutspritzer. Gehen Sie da außen am Straßenrand, damit Sie nicht drauftreten.«

Der Carabiniere wirkte leicht erschrocken angesichts der Erregbarkeit des Commissarios, aber nachdem er seinem Vorgesetzten Bruzzone einen fragenden Blick zugeworfen und der mit einem Nicken geantwortet hatte, gehorchte er.

»Blut?«, fragte der Capitano. »Wessen Blut?«

»Von einem der beiden Männer, die in dem Wagen saßen.« Im Sinne einer guten Zusammenarbeit beschrieb Grassi dem Kollegen, so gut er es vermochte, wie die Verfolgungsjagd und die bewaffnete Konfrontation abgelaufen waren.

»Haben diese Männer irgendetwas gesagt?«

»Nichts, was ich verstehen konnte.«

»Welchen von beiden haben Sie angeschossen?«

»Das muss Pferdeschwanz sein. Er stand jedenfalls an der Fahrertür, als ich ihn zuletzt gesehen habe.«

Bruzzone sah ihn scharf an. »Haben Sie zuerst geschossen?«

»Nein! Was soll die Frage? Bin ich hier Gegenstand der Ermittlungen?«

»Nicht, wenn Sie sich korrekt verhalten haben.«

Es war wirklich hoffnungslos mit dem Kerl, dachte Grassi und biss sich auf die Zunge, damit das Gespräch nicht eskalierte. Egal, wie viel Mühe man sich gab, kollegial und freundlich zu bleiben, Bruzzone brachte einen immer wieder auf die Palme.

Jetzt stand er an der Fahrerseite des Alfa und betrachtete den ramponierten Rückspiegel. »Schönes Auto. Ich kenne mich ein bisschen aus mit Oldtimern.«

Na klar, dachte Grassi.

»Ist so was wie ein Hobby von mir. Ich nenne einen Fiat 1400 der Carabinieri von 1950 mein Eigen.«

»Der Alfa gehört mir nicht.«

»Oh, da wird der Besitzer an dem hier aber keine Freude haben.« Der Carabiniere steckte den Finger vorsichtig in das Loch im Rückspiegel.

»Na ja, da muss ich eben einen neuen Spiegel besorgen.«

»Ich schätze mal, das kostet Sie mindestens fünf«, sagte Bruzzone fachmännisch.

»Nur fünf Euro? Das ist günstig.«

»Ich meine fünftausend.«

»Fünftausend?«

»Insgesamt, meine ich. Also mit der Wertminderung. Der Wagen in dieser Ausführung und in dem schönen Zustand? Ja, würde ich sagen. Sehen Sie, Commissario, mit einem neuen Rückspiegel, sogar New Old Stock, können Sie nicht mehr behaupten, dass der Alfa rundum original ist. Das mindert den Wert. Ist natürlich nur theoretisch. Wenn der Besitzer das Auto nicht verkaufen will, spielt es keine Rolle. Tja, so ein Hobby muss man sich leisten können.«

»Madonna«, stöhnte der Commissario und fragte sich, wie er das der Quästorin beibringen sollte. »Sagen Sie, könnte man die Sache mit dem Rückspiegel irgendwie aus dem Bericht heraushalten?«

»Was meinen Sie?«

»Ich meine, dass so viele Schüsse gefallen sind, dass man vielleicht nicht ausdrücklich darauf eingehen muss, dass einer dieser Schüsse in den Rückspiegel des Alfa eingeschlagen ist?«

Bruzzone zog sich die Uniformjacke straff. »Sie verlangen von mir, den Bericht zu fälschen?«

»Quando mai, Capitano! Sie sollen natürlich nichts fälschen. Vielleicht nur nicht – sagen wir – bis ins letzte Detail ausführen.«

»Mi dispiace, Grassi, aber dazu fühle ich mich nicht befugt, tut mir leid.«

»Okay, vergessen Sie's.« Grassi winkte ab. Dass Bruzzone so etwas niemals tun würde, hätte er sich denken können. Nach gut drei Monaten war er immer noch erstaunt darüber, wie er hatte annehmen können, in der Provinz ginge alles ein wenig lockerer zu als in Rom. Ein bisschen mehr nach dem Motto leben und leben lassen. Nach seiner jüngeren Erfahrung war das Gegenteil der Fall. Beamte nahmen sich hier verdammt ernst. Und jeder witterte sofort Korruption, sobald man um einen Gefallen gebeten wurde. »Ich brauche den Wagen jetzt trotzdem, weil ich wieder zum Heim fahren muss.« Er stieg in den Alfa und schlug die Tür zu.

»Ich möchte Sie bitten, auf die Spurensicherung zu warten.«

»Ich melde mich später selbst bei denen. Hier trocknet nur noch Blut, während ich unten in der Residenza lebende Zeugen zu befragen habe. Sie kommen sicher auch ohne mich zurecht, Capitano. Und ich kann dann ja alles Weitere Ihrem detaillierten Bericht entnehmen.«

ZWEITER NACHTISCH

Zurück in der Residenza war die Aufregung groß. Krankenwagen, Notarzt und ein Einsatzfahrzeug der Carabinieri
blockierten den Eingang. Bewohner standen im Morgenmantel
vor dem Gebäude um Beamte der Carabinieri herum, die zu
beruhigen versuchten, und die Dame im hellen Kostüm lief von
Bewohner zu Bewohner, griff nach Händen und Oberarmen
und steuerte die alten Leute behutsam, aber bestimmt zurück
ins Haus. Grassi trat im Atrium an sie heran und fing ihren
Blick ein.

Der Commissario dachte, dass das Sofia Mair seine musste,
und hielt ihr seinen Ausweis hin. »Ich bin von der Polizei, Commissario Vito Grassi.« Die Frau stellte sich als Direktorin des
Heims vor. Signora Mair wirkte sehr erregt. Grassi wollte ihr
beruhigend die Hand auf den Arm legen, zog sie aber gleich
wieder zurück, weil man nicht ungefragt Menschen anfasste.
»Wie geht es Herrn Rossi? Ist sonst noch jemand Ihrer Bewohner verletzt worden?«

Die Frau sah ihn an, als wäre er verantwortlich für das Chaos.
Dann sagte sie nur: »Danken wir Gott, dass er noch lebt. Um-
berto hat gesagt, die Einbrecher hätten versucht, ihn mit seinem
Kissen zu ersticken.«

»Madonna!«

»Vielleicht können Sie uns sagen, was denn eigentlich los
ist?« Ihr Italienisch hatte einen Südtiroler Akzent.

»Das weiß ich selbst noch nicht genau, Signora. Ich wollte
mit Umberto Rossi sprechen. Zum Glück habe ich im Speisesaal einen Herrn getroffen, der mir helfen konnte, ihn zu finden.«

»Ach«, lachte Mair etwas gekünstelt auf, »das ist unser Salvatore. Er bleibt nach dem Essen immer noch so lange sitzen, bis er einen zweiten Nachtisch bekommt.«

»Und bekommt er ihn?«

»Nein, es gibt keinen zweiten.«

»Ziemlich strenge Regeln«, sagte Grassi.

»Ein solches Haus kommt ohne Regeln nicht aus, Commissario. Sie sind nicht nur das halbe Leben. In einer Hausgemeinschaft wie dieser *sind* die Regeln das Leben. Und im Leben gibt es für jeden nur einen Nachtisch. Jedenfalls, wenn Sie nicht gekommen wären, würde Signor Rossi nicht mehr leben.«

»Wenn Ihr Empfang besetzt gewesen wäre, hätte ich wahrscheinlich den Anschlag verhindern können.«

»Mit so etwas kann man ja nicht rechnen«, sagte Mair indigniert. »Und unser Empfang ist immer nur bis um sechs besetzt. Das hätten Sie auf unserer Homepage nachlesen können.«

Das hatten die Attentäter wahrscheinlich auch getan, dachte Grassi. »Wie geht es Signor Rossi jetzt?«

»Wir haben einen Krankenwagen gerufen, und eine Ärztin ist bei ihm. Es scheint ihm den Umständen entsprechend gut zu gehen. Er ist vorübergehend in einem anderen Zimmer untergebracht und hat ein Beruhigungsmittel bekommen.« Ihr Ausdruck bekam mit einem Mal etwas professionell Mitfühlendes: »Wie geht es denn Ihnen?« Sie legte ihm unangenehm fürsorglich eine Hand auf den Arm – ganz so, als wäre der Commissario einer ihrer Schutzbefohlenen. »Auf Sie ist geschossen worden. Das muss ein furchtbares Gefühl sein.«

»Passiert mir nicht zum ersten Mal«, wiegelte Grassi ab und entzog ihr seinen Arm. »Ich weiß, es ist schon spät, aber ich wäre froh, wenn Sie uns trotzdem noch für ein paar Fragen zur Verfügung stehen würden.«

»Ich stehe Ihnen selbstverständlich zur Verfügung, Commissario«, sagte sie beflissen, »wenn es nicht warten kann.«

»Ich hoffe, Sie haben in Rossis Zimmer noch nicht aufgeräumt.«

»Oh, nein. Wir haben alles so gelassen, wie diese Kerle es hinterlassen haben.«

»Bene.« Grassi trat in den Gang. »Signora Direttore, es kommen gleich noch Kollegen von mir, und ich fürchte, das wird die Aufregung unter Ihren Bewohnern noch einmal steigern. Aber es ist wichtig, dass wir Zeugen finden.« Das Ausmaß, das dieser Fall schlagartig angenommen hatte, ließ ihn erschaudern: Vor kaum einer Stunde hatte Grassi noch den Sonnenuntergang bewundert, und jetzt war er konfrontiert mit einem Mordversuch, und die Schüsse hallten ihm noch in den Ohren.

Ricci kam den Gang herunter und begrüßte den Commissario und die Direktorin. Mairs Reaktion war für Grassi mittlerweile erwartbar. »Und Sie sind auch bei der Polizei?«, fragte sie.

Ricci nahm es gelassen, und gemeinsam gingen sie zu Rossis Zimmer im zweiten Stock und betrachteten das Durcheinander. Der Commissario machte sich an seinen Bericht: »Ich wollte zu Rossis Zimmer, und auf dem Gang kamen mir zwei Männer entgegen. Beide Mitte zwanzig, würde ich sagen, längeres Haar, der eine hatte es zu einem Pferdeschwanz gebunden. Beide haben eine Art Trainingsjacke getragen. Haben Sie die beiden vielleicht schon mal gesehen?«

Die Direktorin schüttelte heftig den Kopf. »Sind mir unbekannt. Die waren noch nie hier. Aber sagen Sie, was wollten *Sie* überhaupt von Signor Rossi? Und dann um diese Zeit?«

Der Vorwurf in Mairs Frage stieß dem Commissario übel auf, und unversehens reagierte er auf seine Art. »Ich wollte ihn fragen, ob ich seinen Nachtisch haben kann«, sagte er schnippisch.

Ricci kannte die Stimmungen ihres Chefs und wirkte sofort alarmiert. Als Mair über den Witz nicht lachen konnte, ging sie dazwischen: »Zu laufenden Ermittlungen können wir Ihnen keine Auskunft geben, tut mir leid.«

Als Grassi hinter sich Schritte vernahm, entschuldigte er sich. Mair sagte, sie werde in ihrem Büro warten.

Falcone, ein weiterer Beamter und die zwei Kriminaltechniker kamen den Gang herunter. Vorneweg Penzas hünenhafter Assistent, dessen Namen der Commissario immer noch nicht kannte. Seine Schritte hatten etwas Federndes, Leichtes – womöglich, weil sein Chef nicht dabei war. Grassi gab Falcone und ihrem Kollegen den Auftrag, unter den Heimbewohnern nach Zeugen zu suchen. Die Kriminaltechniker sollten mit der Untersuchung des Zimmers beginnen.

Grassi nahm Ricci beiseite: »Ich wollte Sie das schon lange fragen: Wie heißt Penzas Assistent doch gleich?«

Ricci verdrehte die Augen und sah ihn dann von unten herauf an, als wollte sie sagen: Zu freundlich, dass Sie sich für Ihre Mitmenschen interessieren, ist aber ein bisschen spät. Dann flüsterte sie: »Aber nicht lachen: Gasparo Longo. Sizilianer.«

Grassi musste sich wirklich ein Grinsen verkneifen, aber es gelang ihm. »Wo ist Penza?«

»Untersucht die Blutspuren am zweiten Tatort oben an der Straße. Er kommt, wenn er da fertig ist.«

»Konnten Sie heute Abend Ihren Vater so einfach alleine lassen?«

Ricci sah ihren Vorgesetzten stirnrunzelnd an. »Commissario? Wo kommt das her? Sie sind doch sonst nicht so ein Kümmerer.« Als er nur mit den Achseln zuckte und sie weiter freundlich interessiert ansah, fuhr sie fort: »Ja, kein Problem. Wir hatten schon gegessen, er liegt im Bett und schaut fern.«

Auf dem Weg zu Mairs Büro erzählte Grassi seiner Partnerin von Martinos Anruf. »Hm«, machte Ricci. »Entweder, sie wollte Umberto schützen – oder sich selbst. Ersteres hat jedenfalls nicht geklappt.«

Sofia Mairs Büro war ein hoher Raum mit Stuck an der Decke und blickdichten Vorhängen. Zu beiden Seiten der Tür standen sich wie in einem Wartezimmer beim Arzt zwei Zweiersofas gegenüber. Ricci war wie immer nach dem Anklopfen eingetreten, ohne eine Antwort abzuwarten. Mair schreckte hoch von ihrem Schreibtisch, der aussah wie ein Schullehrerpult, mit akkurat ausgerichteter grüner Schreibtischunterlage, nach Größe sortierten Stiften in einer praktischen Halterung und einer noch zellophanierten Schachtel Pralinen. Sie wirkte verwirrt, als wäre sie geweckt worden. Sie stand etwas wackelig auf und bot Platz auf den Stühlen an, die leicht einander zugeneigt vor ihrem Schreibtisch standen. Hinter ihr an der Wand zwischen den Fenstern hing ein Magnetboard, an dem neben genau ausgerichtet hängenden Listen, Dienstplänen und anderen offiziell aussehenden Papieren als bunter, geradezu störender Farbklecks eine Postkarte hing, auf der Palmenstrand unter blauem Himmel zu sehen war. Während Grassi sich auf einen Stuhl fallen ließ, blieb Ricci an der Seite des Tisches stehen und betrachtete die Postkarte. »Von den Seychellen! Wow! Waren Sie da schon?« Sie lächelte Mair von oben herab an, und die konnte ihrem katzenaugenhaften Blick nur kurz standhalten.

»Allerdings«, sagte sie nach der Schrecksekunde. »Letztes Jahr zum Tauchen. Das beste Revier der Welt.«

Ricci hatte sich nun auch gesetzt, die Beine übereinandergeschlagen, und wippte mit ihren mit Nieten beschlagenen Lederstiefeln. »Signora Mair, der Überfall heute Abend muss ein Schock für Sie und Ihre Gäste gewesen sein. Es tut uns leid, dass wir Sie jetzt mit noch mehr Fragen belästigen müssen.«

Die Direktorin hatte offenbar ihren ersten Schrecken überwunden. Ihre Miene schien zu sagen: Wenn es unbedingt sein muss?

»Gab es so etwas schon mal? Ich meine Einbrüche?«

Mair hob die Augenbrauen. »Wir sind ein friedlicher und sicherer Ort. Die Residenz ist seit Jahrzehnten ein Hort des Friedens und der Geborgenheit.«

Grassi fand, dass sie wie ein sprechender Verkaufsprospekt klang.

»Aber wir sind nur eine kleine Insel im Sturm«, fuhr Signora Mair pathetisch fort. »Die Welt da draußen ist gefährlich, und auch wir bekommen das manchmal mit. Wir hatten in den letzten Jahren tatsächlich ein paar Einbruchsversuche. Die Polizei vermutete Drogensüchtige dahinter. Seither sind unsere Medikamentenvorräte im Keller doppelt gesichert. Ich denke, hier haben wir es mit einem ähnlichen Fall zu tun. Ich hoffe nur, dass Sie nicht zu viel Aufhebens um die Sache machen. Das wäre für unsere Gäste nicht gut. Sie haben ihren Rhythmus, ihren festen Tagesablauf, ihre Essenszeiten. Jede Unruhe stört die Harmonie.«

»Und der Vorfall ist nicht gerade gut für den Ruf des Hauses«, ergänzte Ricci.

»Wie viele Gäste haben Sie im Haus?«

»Wir haben insgesamt sechzig Plätze in unserer Einrichtung. Mit sehr unterschiedlichen Pflegegraden und Betreuungsintensitäten. Wir versuchen, jedem Einzelnen unserer Gäste hier die individuell beste Betreuung zukommen zu lassen.«

»Naturalmente. Sie sagen, bei Ihnen wurde früher schon eingebrochen. Auch schon bei einzelnen Bewohnern?«

»Nein, noch nie.«

»Hatte Umberto Rossi Medikamente in seinem Zimmer?«

»Nein. Kein Bewohner hat Medikamente in seinem Zimmer. Sie werden jeden Tag individuell zugeteilt.«

»Erzählen Sie uns etwas über Umberto Rossi«, bat Ricci.

»Nun, er ist seit knapp vier Jahren bei uns. Er ist zweiundsiebzig Jahre alt, körperlich und geistig fit, aber eingeschränkt durch Aphasie. Er nimmt nicht an Gemeinschaftsaktivitäten teil, außer hin und wieder am Kinoabend, der ist immer am ersten Freitag im Monat. Leichte Unterhaltung, nichts zu Aufregendes, aber durchaus mit Anspruch.«

»Aphasie?«, wiederholte Grassi hilflos.

»Eine Störung des Sprachzentrums im Gehirn infolge eines Hirntraumas.«

»Signor Rossi ist also geistig eingeschränkt?«, fragte Ricci.

»Nein, das ist ein Missverständnis. Die Fähigkeit zu sprechen hat nichts mit intellektuellen Fähigkeiten zu tun. Signor Rossi ist voll zurechnungsfähig.«

Ricci und Grassi wechselten einen Blick, ehe Ricci fragte: »Hat er Familie oder Freunde? Bekommt er hin und wieder Besuch?«

»Mir nicht bekannt«, sagte Mair kurz angebunden.

Grassi rief auf seinem Handy das Foto von Enrico auf und hielt es der Direttore hin: »Hat diese Person ihn vielleicht besucht?«

Der Commissario glaubte, ein kurzes Erschrecken in Sofia Mairs Gesicht zu sehen, sie hatte sich aber sofort wieder im Griff.

»Scusi, ich hätte Sie warnen sollen, dass es sich hierbei um das Bild eines Toten handelt.«

»Das macht mir nichts, Commissario. In meinem Gewerbe sieht man dem Tod ständig ins Auge, wenn Sie wissen, was ich meine.« Mair zog bedeutsam eine Augenbraue hoch. »Nein, diesen Menschen kenne ich nicht, weder lebend noch tot.«

Die Dame nimmt die Sache nicht ernst genug und sich selbst etwas zu wichtig, dachte Grassi.

»Wie viel kostet eigentlich der Aufenthalt in Ihrer Einrichtung?«

Sofia Mair versteifte sich sichtlich. »Nun, das hängt ganz von der Art der Betreuung ab, die ein Gast benötigt. Wir bieten jedwede Art von pflegerischer Hilfe, wir stellen erstklassige medizinische Betreuung und haben jeden Tag eine Psychologin im Haus. Dazu kommen die persönlichen Ansprüche, also die Größe des Zimmers, die Nutzung von Freizeitangeboten in einmaliger Lage. Ich kann da unmöglich eine pauschale Antwort geben.«

»Ich frage anders: Was kostet Umberto Rossis Aufenthalt in Ihrer Residenza mit anspruchsvollem Kinoabend und allem Drum und Dran. Und wer übernimmt die Kosten? Seine Krankenversicherung?«

Mair presste die Lippen zusammen, bekam sie dann doch auseinander. »Ich glaube nicht, dass ich befugt bin, Ihnen über die finanziellen Verhältnisse einzelner Gäste Auskunft zu erteilen.«

Ricci wandte sich im Plauderton an ihren Kollegen. »Als es meinem Vater letztes Jahr ziemlich schlecht gegangen ist, habe ich mich nach Pflegeplätzen in La Spezia und Umgebung umgesehen. Man fragt sich wirklich, wer sich das leisten kann. Sogar in Heimen, in die man nicht einmal seinen Hund schicken würde. Ich hätte für Papà ein dunkles Zimmerchen ohne Fenster in einem schrecklich deprimierenden Haus haben können, das war kaum größer als eine Besenkammer. Trotzdem hätte er zweitausend Euro im Monat dazuzahlen müssen.« Sie wirkte ehrlich empört. »Und dieses Haus lag nicht mitten im Nationalpark Cinque Terre mit Sonnenterrasse und Blick aufs Meer.« Ihre harten, klaren Augen richteten sich wieder auf die Direktorin. »Also schätze ich mal, der Aufenthalt hier kostet mindestens – sagen wir ab dreitausend aufwärts?« Sie starrte Mair an, die starrte zurück, so lange, bis sie blinzeln musste.

»Wie gesagt, ich kann nicht …«

»Signora Mair«, sprach nun der Commissario. »Ich rate Ihnen, sich nicht stur zu stellen, wir finden es sowieso heraus. Wieso nennen Sie uns die Kosten nicht einfach?«

»Es sind monatlich viertausend Euro.«

Ricci stieß einen leisen Pfiff aus und hob den Finger, so als rechnete sie im Kopf. »In vier Jahren sind das … hundertzweiundneunzigtausend Euro. Ihre Gäste oder deren Angehörige müssen vermögend sein.«

»Das weiß ich nicht«, sagte Mair nun wieder in einem trotzigen Ton. »Qualität hat eben ihren Preis.«

Grassi beugte sich vor. »Ist Umberto Rossi Ihres Wissens vermögend? Ein pensionierter Hafenarbeiter aus Genua? Also noch mal, Signora: Wie viel übernimmt die Versicherung? Wie hoch ist sein privater Anteil? Musste er seine finanziellen Verhältnisse offenlegen?«

»Das war nicht nötig.«

»Oder bezahlt er seinen Aufenthalt vielleicht gar nicht selbst?«, fragte Ricci.

Grassi wartete auf eine Antwort. Als keine kam, bohrte er nach: »Von wem kommt das Geld?«

Die Direktorin verschränkte die Arme. »Ich verstehe nicht, was all diese Fragen mit den beiden Verbrechern zu tun haben, die unsere schöne Residenza heimgesucht haben. Um die sollten Sie sich kümmern.«

Grassi war zunehmend genervt von der Frau. Es hatte einen Mordanschlag gegeben. Er selbst war in einen Kugelhagel geraten. Das schöne Coupé, das er schon ins Herz geschlossen hatte, hatte was abbekommen. Es war spät, er war müde, und diese Frau spielte Spielchen. »Nur um das noch mal in aller Klarheit zu sagen: Ihr Haus ist jetzt ein Tatort. Wir können hier alles auf den Kopf stellen, wenn wir es für notwendig erachten. Auch Ihre Buchhaltung, Signora, das ist gar kein Problem.«

»Es ist wie immer«, sagte Mair jetzt mit Trotz in der Stimme. »Für gute Taten wird man bestraft. Ich wollte nur helfen. Signor Rossi steckte damals in einer Notsituation, wurde uns gesagt, und er brauchte dringend einen Platz. Um die Bezahlung solle ich mir keine Sorgen machen.«

»Wer hat das gesagt? Wer hat ihn seinerzeit zu Ihnen gebracht?«

»Angehörige«, sagte sie wieder ausweichend.

Ricci hatte Tablet und Stift in der Hand. »Wie heißen die?«

»Die Angehörigen möchten anonym bleiben.«

»Mit anderen Worten: Auch die Zahlungen für den Heimplatz sind anonym?«, sagte Grassi. »Sie wissen, dass das illegal ist?«

Plötzlich wurde Mair leutselig und zuckte Verständnis heischend mit den Schultern. »Ich bitte Sie, Commissario. Ältere Menschen haben es nicht mit modernem Onlinebanking und so. Wenn jeder für Barzahlung gleich ins Gefängnis käme, das wäre doch übertrieben.«

»Sie haben das Geld also bar erhalten?«, preschte Ricci weiter vor.

Ihr brach der Schweiß aus. »Also … ja. Bar. Aber ich habe das Geld nicht für mich behalten. Wir haben ja laufend Kosten, Handwerker, Küchenkräfte, Lebensmittel, Instandhaltung …«

»Auch alles schwarz natürlich, denn Sie konnten ja nicht Geld abrechnen, das Sie offiziell niemals eingenommen haben.«

»Wie müssen wir uns das vorstellen, Direttore?«, mischte sich Grassi ein. »Kommt das Geld monatlich mit der Post? Ach nein, die könnte ja versehentlich jemand anders öffnen. Also wird das Geld Ihnen persönlich übergeben? Richtig? Was ist für Sie dabei drin? Schließlich haben Sie ein gewisses Risiko, obwohl Sie natürlich nur helfen wollen.«

»Ich will nichts, außer einem Unkostenbeitrag«, kam die Antwort sehr leise.

»Wie viele Unkosten haben Sie?«

»Fünf.«

»Fünf was?«

»Fünftausend. In dem Umschlag sind immer fünftausend.«

»Eintausend Euro Unkostenbeitrag?« Grassi stieß einen Pfiff aus. »Und das jeden Monat? Nicht schlecht, Signora.« Er nahm sein Handy und rief das Bild des Toten aus der Marina auf.

Er hielt es der inzwischen recht blass gewordenen Direktorin hin. »So, und jetzt noch mal: Ist das der Mann, der Umberto vor vier Jahren zu Ihnen gebracht und Ihnen seither jeden Monat einen Umschlag mit fünftausend Euro übergeben hat?«

Sofia Mair musste nicht hinsehen, aber sie nickte trotzdem.

»Wie ist sein Name?«

»Enrico. Palumbo.«

»Und haben Sie auch eine Adresse?«

Sie verzog den Mund.

»Mi scusi, dumme Frage. So offiziell war Ihre Geschäftsbeziehung ja nicht. Und wann war die letzte Geldübergabe?«

»Im Juni«, sagte Mair trotzig.

»Was denn? Rico war mit den Zahlungen im Rückstand?«
Schweigen.

»Tja«, stellte der Commissario mitleidlos fest, steckte sein Handy wieder weg, richtete sich im Stuhl auf und schlug sich mit den Handflächen auf die Oberschenkel, »ich habe schlechte Nachrichten für Sie. Ihr Geldgeber ist tot, Ihre Unkosten werden Sie ab jetzt selbst decken müssen. Und zu denen gehören demnächst sicher Anwaltsgebühren.«

»Was reden Sie denn da von Anwalt?«

Grassi war nicht päpstlicher als der Papst. Und er hatte das größte Verständnis dafür, dass das Leben manche Menschen auf krumme Wege führte. Vor allem jene, denen aufgrund ihrer Herkunft oder ihres sozialen Standes die geraden Wege immer wieder von sogenannten aufrechten Bürgern wie dieser Person verstellt wurden.

»Nun, Sie sind gierig und geizig, eine wirklich furchtbare Kombination, Direttore, die leider nicht strafbar ist. Verstöße gegen das Geldwäschegesetz sind es allerdings. Das kann teuer werden. Geldstrafen bis zu zweihundertfünfzigtausend Euro. Oder sogar Gefängnis, weil Sie das gewerbsmäßig schon seit Jahren praktizieren.«

»Geldwäsche? Gewerbsmäßig?«, stammelte sie und hob abwehrend die Hände. »Aber wir haben das Geld doch nicht einfach eingesteckt. Umberto geht es gut hier. Er hat für sein Geld immerhin eine qualitativ hochwertige Leistung erhalten.«

»Aber keinen zweiten Nachtisch«, sagte Grassi.

ARM IN ARM

Longo, der Hüne, hatte in Umbertos Zimmer eine Unmenge an Spuren sichergestellt: Fingerabdrücke, Haare, Fasern. Es würde lange dauern, diese auszuwerten. Kein Wunder, dachte Grassi, wenn man bedachte, wer in einem Heimzimmer alles regulär ein und aus ging. Ob etwas gestohlen worden war, würde nur Umberto Rossi selbst sagen können. Klar war nur, wohinter die Männer in den Trainingsjacken nicht her gewesen waren. Denn für ein Fernsehgerät hatten sie offenbar keine Verwendung gehabt, und auch etwas über hundertfünfzig Euro Bargeld, das sich noch in der durchwühlten Nachttischschublade befand, hatten sie liegen lassen. Falcone hatte Aussagen der Bewohner gesammelt, allerdings ohne sachdienliche Hinweise zu bekommen. Kurz vor halb zehn, als die Schießerei stattfand, hatten die meisten vor ihren oft sehr laut gestellten Fernsehgeräten gesessen. Die Handvoll Bewohner, die die Schüsse, die auf Grassi abgegeben worden waren, tatsächlich gehört hatten, dachten zuerst, dass sie aus dem Fernseher kamen, wo um diese Zeit gerade ein Krimi lief.

Sie standen vor dem Lieferanteneingang hinter der Residenza am Rande des Lichtkegels einer Straßenlaterne bei seinem Wagen. Die Kollegen packten zusammen. Nur noch bei wenigen Bewohnern brannte Licht in ihren Fenstern, wahrscheinlich konnten sie nach der Aufregung des Abends noch nicht schlafen. Ricci klaubte eine Packung Kaugummi aus ihrer Hosentasche und bot Grassi einen an. Der schüttelte den Kopf.

Ricci betrachtete im Strahl ihrer Handy-Taschenlampe den zerschossenen Rückspiegel des Alfa. »Sie hatten Glück. Die Kugel hätte auch Sie treffen können. Was haben Sie eigentlich für die Chefin tun müssen, um den Wagen zu kriegen? Ihren baldigen Ex umlegen?«

»Ich hab doch schon gesagt, dass sie ihn mir nicht geschenkt hat. Ich bewege ihn nur. Sie kennen doch sicher dieses House-Sitting, was so im Trend liegt. Ecco, ich mache für die Quästorin so eine Art Car-Sitting.«

»Nichts für ungut, Commissario, aber ich würde Sie nicht mal auf meinen Roller aufpassen lassen.«

»Das stelle ich den Kerlen in Rechnung«, murmelte Grassi.

»Die Frage ist doch«, begann Ricci, »was die Typen bei dem alten Herrn gesucht haben? Und in wessen Auftrag?«

»Und warum ausgerechnet jetzt? Einen Tag nachdem sein mutmaßlicher Neffe tot aufgefunden worden ist.«

»Es wäre schon ein Riesenzufall, wenn der Tod von Rico und der Mordversuch an seinem Onkel nicht in irgendeinem Zusammenhang stehen würden.«

»Ja, aber solche Zufälle gibt es.«

»Ich weiß, dass Sie ein Riesenfreund des Zufalls sind, Commissario. Haben Sie zufällig auch eine Idee, woher Rico das Geld für Umbertos Unterbringung gehabt haben könnte? Fünftausend Euro jeden Monat?«, sinnierte sie. »Das verdient man nicht mit Kellnern. Für so viel Geld muss man schon im Lotto gewonnen haben. Oder kriminell werden.«

»Wir werden Umberto Rossi fragen.«

»Vielleicht hat Rico eine Bank überfallen. Oder mit Drogen gedealt.«

»Dann aber im großen Stil«, sagte Ricci.

»Von einem spektakulären Banküberfall in Genua ist in dem Zeitraum nichts bekannt.«

Ricci deutete auf den glänzenden orangefarbenen Alfa Montreal. »Autodiebstahl?«

Grassi rümpfte die Nase. »Die Autobanden sind gut organisiert, und die fackeln nicht lang bei unerwünschter Konkurrenz. Zumal einem Einzelkämpfer. Außerdem, selbst wenn Rico erfolgreich einen Ferrari geklaut hätte ... was ist der wert? Zweihundert? Und was kriegt der Dieb beim Hehler? Vielleicht zehn Prozent. Das finanziert Umbertos Unterkunft nicht mal ein halbes Jahr.«

»Dann doch Drogenhandel. Aber um da einzusteigen, braucht man Kapital und Kontakte. Und vor allen Dingen Ware. Wie soll Enrico da rangekommen sein? Rauschgift liegt ja nicht kiloweise auf der Straße.« Sie zuckte mit den Achseln. »Jedenfalls hat der Junge Umberto wahnsinnig gerngehabt, sonst hätte er ihm nicht diese noble Residenza spendiert, meinen Sie nicht?«

»Na ja, liegt super, sieht toll aus von außen, aber von innen betrachtet ist das Ganze schon sehr renovierungsbedürftig ... Und dann noch den Launen dieser korrupten Heimleiterin ausgesetzt sein, die persönlich über jede Portion Pannacotta wacht?«

»Da ist er ja! Jesse James höchstpersönlich!«

Grassi drehte sich um und sah Penza heranschlendern. Er sah aus, als käme er gerade aus einem Jachtclub – mit seinem weißen, stramm am runden Bauch sitzenden Polohemd und den nackten Füßen in den weichen Leder-Loafern. »Dottore, haben Sie alles Blut von der Straße kratzen können?«

»Sie meinen, ob ich die Spuren Ihres Revolverduells entfernen konnte? Selbstverständlich. Viel war es nicht. Sie ziehen vielleicht schnell, aber Sie sind nicht sehr treffsicher. Den anderen haben Sie höchstens gestreift!«

Ricci verzog das Gesicht. »Wenn jemand hören könnte, wie Sie beide über Ihre Arbeit reden, würde er das Vertrauen in den Rechtsstaat verlieren.«

Penza räusperte sich und wurde ernst. »Wir haben genügend Blut für eine DNA-Analyse. Und Patronenhülsen von zwei verschiedenen Kalibern. Aus Ihrer Dienstwaffe, Commissario, und mindestens einer weiteren.«

»Wo ich Sie schon mal hierhabe: Irgendwelche neuen Erkenntnisse aus der Obduktion?«

»Sie meinen die Wasserleiche? Die ist ja ganz interessant, aber ich habe auch noch anderes zu tun, wissen Sie?«

»Diese Wasserleiche steht nach unserer Überzeugung im Zusammenhang mit dem Verbrechen hier. Und ja, sie ist wichtig!« Grassi hatte, ohne es zu wollen, die Stimme erhoben.

»Meine Güte, Sie tun ja gerade so, als ginge es um Leben und Tod. Regen Sie sich ab. Ich habe die Verletzungen stichprobenartig genauer untersucht. Es sind einfach zu viele. Er hat blaue Flecken an Armen und Beinen, die er vor dem Tod erlitten hat. Dazu die Verletzung am Hals. Andere Knochenbrüche, offene Wunden, Prellungen sind postmortal und während unterschiedlicher Stadien der Zersetzung entstanden. Die Brandung muss ihn stundenlang gegen die Felsen geschlagen haben wie in einer Waschmaschine.«

»Über Stunden, sagen Sie?«

»Ja, über Stunden. Das ist Mediziner-Fachsprache und heißt für Laien: ziemlich lange.«

»Schon gut, Penza. Tut mir leid, dass ich Sie angefahren habe. Bitte suchen Sie weiter.«

»Ja, wonach denn?«

»Nach Beweisen für einen Mord! Hier ist heute um ein Haar ein weiterer passiert!« Ricci legte ihm beruhigend eine Hand auf die Schulter, und Grassi hob abwehrend die Arme. »Scusi, ich bin etwas erregt. Auf mich ist eben geschossen worden.«

»Das sehe ich.« Penza deutete auf den zerschossenen Rückspiegel. »Das passt zu den Splittern, die wir oben an der Straße gefunden haben, wenn ich mich nicht irre.« Jetzt erst schien er den Alfa richtig wahrzunehmen. »Ist Feltrinelli in die Schießerei verwickelt gewesen? Das ist doch ihr Oldtimer?«

Offenbar kannte Penza den Wagen. Kein Wunder, er kannte die Quästorin ja auch schon länger. »Nein, nein«, sagte der Commissario, »nichts dergleichen. Sie hat mir den Wagen geliehen, und ich habe damit die Gangster verfolgt, und dann ist das da passiert.«

»Verstehe«, sagte Penza und fügte mit erstaunlichem Wohlwollen hinzu: »Na ja, sie hat ja gerade andere Probleme, da wird sie der kleine Schaden kaum jucken, falls Sie das befürchtet haben sollten.«

Er streckte Grassi etwas entgegen. Eine durchsichtige Beweistüte mit flachem Inhalt. »Dieses Beweisstück hat mein Assistent im Zimmer des Opfers gefunden.«

Grassi nahm die Tüte vorsichtig in die Hand. Ein zerbrochener Bilderrahmen in Postkartenformat, ein größerer Glassplitter bohrte sich an einer Stelle durch die Hülle.

»Es wurde offenbar vom Regal geworfen. Die Glassplitter haben das Foto etwas beschädigt, aber es ist trotzdem gut zu erkennen.«

Grassi legte den Beutel auf die Kühlerhaube des Alfa, zog sein Handy aus der Tasche und aktivierte die Taschenlampe. Ricci und Penza rahmten ihn ein. Das Foto zeigte Umberto und einen jungen Mann, den der Commissario sofort als Enrico erkannte, Arm in Arm, lachend vor etwas, das wie eine Konzertbühne aussah. Sie waren umgeben von Menschen und prosteten mit Bierflaschen in die Kamera.

»So sah er also im Leben aus«, sagte Ricci neben ihm. »Ganz sympathisch.«

Grassi drehte den Beutel um und verschob die losen Teile darin so, dass er die Rückseite des Fotos erkennen konnte. »Da steht was mit Kugelschreiber: ›Juni 2018‹.«

»Zwei Monate vor dem Brückeneinsturz«, sagte Penza.

»Tja«, machte Grassi. »Wie hat Shanti gesagt? Mitten im Leben sind wir vom Tod umfangen.«

»Geben Sie mir das«, sagte Ricci. »Ich werde es scannen und bearbeiten, dann können wir es für die weitere Zeugensuche verwenden.« Sie betrachtete das Bild. »Umberto hatte das Bild täglich vor Augen. Enrico muss ihm viel bedeutet haben. Und umgekehrt. Ich bin jedenfalls gespannt, was er uns erzählen kann.«

»Ich hoffe, wir können ihn überhaupt zum Reden bringen mit dieser komischen Krankheit, die er hat.«

»Von welcher Krankheit sprechen Sie?«, fragte Penza neugierig.

»Die Direttore nannte es Aphasie«, sagte Ricci.

Penza nickte. »Arbeiten Sie mit dem Foto«, sagte er. »Jeder Fall von Aphasie ist anders, aber viele Patienten haben eine starke visuelle Erinnerung.«

Das Haus war dunkel, als er gegen ein Uhr früh nach Hause kam. Toni schlief gewiss schon längst. Grassi stieg aus dem Coupé, drückte mit dem Hintern die Tür sanft ins Schloss, um sie nicht zu wecken, und blieb an den Wagen gelehnt stehen. Diese überwältigende Stille, die ihn am Anfang so bedrückt hatte, hüllte ihn jetzt beruhigend ein. Und doch hatte er das Gefühl, dass sein Blutdruck stieg und ihm leicht schwindelte. Er kannte das Phänomen. Es war zeitlich verschoben und geschah im ersten Moment des Friedens nach einem Gewaltausbruch. Kurz nach einer Schießerei wie heute tat er immer ganz cool. Viel später und typischerweise in der Nacht packte ihn dann unvermittelt ein heilloser Schrecken, wenn ihm klar wurde, wie viel Glück er hatte, dass er noch am Leben war. Er blieb am Wagen stehen, atmete ruhig und hob das Gesicht zum Himmel. So stand er lange und blinzelte in das unendliche Meer von Sternen. Hinter dem südlichen Horizont war ein Leuchten erkennbar. Das war der versprochene Supermond, der gegen Morgen aufgehen würde. Wenn er nicht schlafen konnte, ging er gern raus, um den Sternenhimmel zu betrachten. Aber so leuchtend und klar und tief hatte er ihn über Levanto selten gesehen.

Wenig später zog er den Kühlschrank auf und stellte fest, dass Toni eingekauft hatte. Eigentlich hatte er ja keinen Hunger mehr, aß aber trotzdem ein Stück Pane mit Prosciutto. Dazu trank er ein Glas kühlen Rotwein. Toni würde überrascht sein, wenn sie am Morgen den Alfa sah. Falls die Ape schon repariert war, würde er sie in Sergios Officina fahren und sie vielleicht noch auf einen Caffè einladen. Erst als er im Bett lag, sah er Chiaras Sprachnachricht und hörte sie ab. Sie seien gut in Rom angekommen, wenn auch sehr spät. Alessandro werde noch ein paar Tage bleiben, bevor er wieder nach Pavia ging. Sie war hörbar darum bemüht, ihre Stimme entspannt klingen zu lassen. Es sei schön gewesen bei Vito, das Rustico sei ein zauberhafter Ort, und sie könne verstehen, dass es leichtfiele, sich an einem solchen Ort zu verlieben. Grassi stoppte die Aufnahme. Hatte er das richtig gehört? Er hörte sich den letzten Satz noch mal genauer an. »… dass es leichtfällt, sich in einen solchen Ort zu verlieben«. Er schmunzelte.

Der Tag war hart gewesen, aber das Leben war eigentlich ganz gut.

MITTWOCH

SÌ SÌ, BENE, SÌ SÌ

Grassi erwachte, als Toni aus dem Bad kam. Er wartete, bis sie ihre Schlafzimmertür hinter sich zuschlug. Dann erst erhob er sich und begab sich seinerseits ins Bad. Sie waren beide morgens nicht ansprechbar und gingen einander meist aus dem Weg. Das war nicht persönlich gemeint. Am Anfang seiner Zeit in Levanto hatte Grassi einmal den Fehler gemacht, gleich nach dem Aufstehen Musik anzustellen. Toni war noch im Pyjama aus ihrem Schlafzimmer gekommen, zum Plattenspieler gestapft, hatte, ohne ein Wort zu verlieren, vorsichtig den Tonarm von der Meters-Platte gehoben und zurück auf die Stütze gelegt, dann war sie wieder verschwunden.

Grassi zog sich an, stieg in den Montreal, fand vor seiner Stammbar keinen Parkplatz und musste den Wagen etwas entfernt auf der Brücke abstellen, trank schnell seinen Caffè, wartete in der Schlange zu lange, um zu bezahlen, konnte kein Wort mit Piero wechseln, weil der allein war und sich um Tresen, Tische und Kasse gleichzeitig kümmern musste, lief mit dem merkwürdigen Gefühl von Distanz zwischen sich und der Welt zurück zu seinem Auto und fuhr in den Parco Nazionale delle Cinque Terre hinein. Zwanzig Minuten später hielt er vor der Residenza, wo Ricci schon auf ihn wartete.

Der ältere Herr saß in einem braun gepolsterten Sessel. Dafür, dass am Vorabend ein Mordanschlag auf ihn verübt worden war, sah er erstaunlich lebendig aus. Vor dem Sessel waren drei Stühle im Halbkreis aufgebaut. Von einem erhob sich eine schlanke Frau mit langen braunen Haaren im weißen Arztkittel. Sie stellte sich als Dottoressa Rigolo vor. »Ich werde Umberto bei dem Gespräch unterstützen. Wir kennen uns schon lange.

Nicht wahr, Umberto, wir sind ein gutes Team.« Sie legte ihm einen Arm um die Schultern, und er sah sie voller Zuneigung an. »Wenn ich es recht verstehe, Commissario, haben Sie gestern Abend durch Ihr Rufen die Mörder an ihrer Tat gehindert. Und Umberto damit wahrscheinlich das Leben gerettet.«

Ricci und Grassi setzten sich auf die freien Stühle. »Ich bin nur froh, durch Zufall rechtzeitig gekommen zu sein«, sagte Grassi. »Geht es ihm gut genug, um uns einige Fragen zu beantworten?«

»Umberto ist zäh, nicht wahr?« Sie griff fest nach dessen Hand. Umberto Rossi nickte und zeigte Zähne. »Bis zu einem Arbeitsunfall hat er jahrzehntelang im Hafen gearbeitet. Seither hat er einen steifen Rücken und leidet unter Aphasie. Weshalb dieses Gespräch auch kein normales werden wird. Sie wissen um diese Krankheit? Aphasie ist eine sehr allgemeine Bezeichnung für Störungen des Sprachzentrums im Gehirn, oder sagen wir: für die Fähigkeit, Gedanken in Sprache zu übersetzen. Umberto hat klare Gedanken, aber es fällt ihm sehr schwer, sie in Worte zu fassen. Es gäbe noch viel dazu zu sagen, aber mir ist wichtig, Ihnen klarzumachen, dass Sie sehr viel Geduld aufbringen müssen. Aber gemeinsam kriegen wir das schon hin. Am besten sind Fragen, die mit Ja oder Nein zu beantworten sind.«

Grassi blickte stirnrunzelnd zwischen Rigolo und Umberto hin und her und sagte dann stockend: »Kann ich denn direkt mit ihm … Also kann ich einfach …«

Die Ärztin lächelte. »Sprechen Sie ganz normal mit ihm. Nicht mit mir.«

»Sì sì, bene, sì sì«, sagte Umberto. Seine Stimme klang rau und doch melodisch, wie ein gutes Instrument, das nicht oft genug gespielt wurde. Er sah Ricci an, machte zweimal hintereinander große Augen, zeigte dann auf sein Gesicht und danach auf ihres und sagte »Bene, sì sì«.

Ricci lächelte geschmeichelt. »Gefällt Ihnen die Farbe?«, fragte sie. »Sie haben aber auch schöne Augen.«

Umberto zwinkerte Ricci zu. Flirtete er etwa mit ihr? Es machte den Anschein, als freue er sich über die Gesellschaft. Grassi seufzte, weil er daran denken musste, mit was für Nachrichten sie gekommen waren.

»Wundern Sie sich nicht über seine Wortwiederholungen. Wenn ihm die richtigen Worte fehlen, ersetzt er sie durch einfache wie sì oder bene.«

»Signor Rossi, ich bin Commissario Vito Grassi aus La Spezia, und das ist meine Kollegin Ispettore Marta Ricci. Wie geht es Ihnen heute? Fühlen Sie sich in der Lage, mit uns zu sprechen?«

Umberto nickte einmal dezidiert und sagte: »Sì.«

Gemeinsam versuchten sie dann, den Überfall vom Vorabend zu rekonstruieren, und den beiden Polizisten wurde schon bei den ersten Fragen klar, welche Herausforderung Umbertos Krankheit darstellte. Dabei wirkte der Betroffene durchaus bemüht. Nach zwanzig Minuten hatten sie eine Beschreibung der beiden Männer und eine Vorstellung vom Ablauf der Geschehnisse. Umberto wirkte erschöpft, und Ricci stellte das Aufnahmegerät ab. Dottoressa Rigolo hatte Umberto so oft bei der Beantwortung von Fragen helfen müssen, dass sich Grassi fragte, ob die Aufnahme überhaupt als Aussage Umbertos gewertet werden konnte.

»Dottoressa, können wir schnell unter sechs Augen sprechen?«, fragte Grassi und erhob sich. Die Ärztin sah ihn überrascht an, folgte aber den Polizisten vor die Tür.

»Es tut mir leid«, sagte sie. »Ich weiß, dass er Ihnen helfen möchte, aber wenn er sehr erregt ist so wie heute, kann er noch weniger sprechen als schon unter normalen Umständen. Das ist alles zu viel für ihn.«

»Ich bitte Sie, machen Sie sich keine Vorwürfe«, sagte Ricci. »Das ist doch nur zu verständlich, nach dem, was er gestern durchgemacht hat.«

Grassi nickte. »Es ist, wie es ist, Signora. Vielleicht muss er sich etwas erholen, bevor wir erneut versuchen, mit ihm zu sprechen. Aber das Schwerste kommt für ihn jetzt erst noch, und das können wir ihm leider nicht ersparen.«

Besorgt sah ihn Rigolo an. »Worum geht es denn?«

»Um den ungeklärten Tod seines Neffen Rico. Wir nehmen jedenfalls an, dass er das war.«

»Wir müssen es ihm sagen, es führt kein Weg daran vorbei«, sagte Ricci.

Rigolo hatte die Augen aufgerissen und sich die Hand vor den Mund gelegt. »Rico ist tot? Wie schrecklich! Was ist denn passiert?«

Grassi warf Ricci einen Blick zu. »Sie haben ihn gekannt?«

»Naturalmente! Er war doch regelmäßig hier zu Besuch, und wir haben uns öfter unterhalten. Er hat sich immer dafür interessiert, wie es Umberto ging. Der war gar nicht sein richtiger Onkel, wissen Sie? So ein netter Junge. Er ist tot? Mein Gott, ich kann es nicht glauben! Hat sein Tod etwas mit dem Überfall auf Umberto zu tun?«

»Das versuchen wir herauszufinden.«

»Was wissen Sie von Rico, Signora?«, fragte Ricci.

Sie hatte den Blick auf den Boden gerichtet. »Er hat erzählt, dass seine Eltern bei einem Unfall gestorben sind. Dass Umberto ihn von der Straße aufgelesen hat und dass sie ihre Wohnung nach dem Brückeneinsturz verloren haben. Umberto muss es danach sehr schlecht gegangen sein, und die Behörden hätten sich, wie Rico es ausgedrückt hat, einen Scheiß für Umberto interessiert. Dann ist er zum Glück zu etwas Geld gekommen und konnte Umberto hier unterbringen.« Und nach einem Moment des Schweigens: »Er mochte Rap und Tattoos.«

»Zu etwas Geld gekommen?«, fragte Ricci.

Rigolo blickte sie verwirrt an. »Ja. Umberto hat doch sonst niemanden. Und Rico hat ihn wirklich gerngehabt. So ein lieber Junge, ich kann es nicht fassen. Der Arme.«

»Hat Umberto mit Ihnen darüber gesprochen, woher das Geld für seinen Aufenthalt gekommen ist? Worüber hat er mit Rico gesprochen, wenn der zu Besuch gekommen ist?«

Rigolo runzelte die Stirn. »Ich verstehe, dass Sie ein Verbrechen aufklären müssen, aber Sie beide missverstehen anscheinend die Situation: Ich unterstütze Sie bei Ihrem Gespräch mit Umberto, aber weiter gehe ich nicht. Alles, was Umberto mir erzählt hat, unterliegt der Schweigepflicht. Ich bin schließlich seine Ärztin.«

»Naturalmente, Dottoressa, grazie«, seufzte Grassi. »Lassen Sie uns jetzt wieder hineingehen. Und Ricci? Ich glaube, er mag Sie. Übernehmen Sie das Gespräch?«

Sie schlossen die Tür hinter sich.

»Signor Rossi, ich habe leider traurige Nachrichten für Sie.«

Ricci zog das Foto aus ihrer Tasche, das Penza ihnen am Abend zuvor auf dem Parkplatz gegeben hatte. Sie hatte es aus den zertrümmerten Rahmenresten herausgelöst. Umberto sah es, beugte sich vor, streckte schnell den Arm aus und nahm es ihr aus der Hand.

»Wer ist der Junge auf dem Bild?«, fragte die Ärztin.

»Rico.« Umberto sah in die bedauernden Gesichter aller drei Besucher, blickte dann an die Decke und wieder zurück auf das Bild. Er öffnete den Mund, stieß einen Laut aus, schloss ihn wieder.

Grassi konnte Umbertos Vorahnung fast körperlich spüren. Er wollte es nicht mehr hinauszögern. »Rico ist leider gestorben, Umberto. Es tut mir sehr leid.«

Umberto schnappte nach Luft und stöhnte auf. Er begann den Kopf zu schütteln, und die Augen füllten sich mit Tränen. »No«, murmelte er, »no no no, sì, bene, no no no.«

Der Mann stand unter Schock, starrte ungläubig auf das Bild in der einen Hand, mit der anderen wischte er sich fahrig über das blass gewordene Gesicht. Der Commissario fragte sich gerade, ob es besser wäre, die Befragung abzubrechen, als Signore Rossi die Stirn runzelte, nach Worten rang und schließlich deutlich ein »Wie?« ausstieß.

Ricci rutschte auf ihrem Stuhl nach vorn und nahm seine Hand. Er ließ sie gewähren. »Es sieht so aus, als wäre Rico im Meer ertrunken, aber es könnte auch sein, dass er Opfer eines Verbrechens geworden ist. Sie können uns helfen herauszufinden, was wirklich passiert ist.«

Er schniefte, wischte sich mit dem Handrücken über die Nase und kniff den Mund zusammen. Der Commissario konnte den Ausdruck nicht deuten. War er entschlossen zu helfen, oder verweigerte er sich?

»War Rico wirklich Ihr Neffe?«

»No no no, bene.« Der alte Mann nagte an seiner Lippe. »Amico.«

»Können Sie uns sagen, wann Sie ihn das letzte Mal gesehen haben?«

Umberto fixierte Ricci, setzte zum Sprechen an, aber vergeblich.

»War es am Sonntag?«

Umberto schüttelte den Kopf.

»War es am Samstag?«

»No.« Wieder kurzes Kopfschütteln.

»War es am Freitag?«

»Sì sì, bene. Venerdì.«

»Am Freitag, dem 1. Juli also«, sagte Ricci. »War es ein normaler Besuch? War irgendetwas anders als sonst? Hat Rico etwas erwähnt, das Ihnen ungewöhnlich erschienen ist? War er beunruhigt? Aufgeregt?«

»No.«

Die Ärztin und die Polizisten sahen ihn erwartungsvoll an.

»Spiel. Gespielt.«

Rigolo nickte: »Umberto spielt gern Rummikub. Das ist so ein Legespiel mit Zahlen.«

»Zahlen« war das Stichwort. »Okay. Umberto, wissen Sie, woher Rico das Geld hatte, mit dem er Ihren Aufenthalt hier bezahlen konnte?«

Umberto sah Ricci an. Seine Miene veränderte sich. Er hatte sich eine letzte Träne von der Backe gewischt, wirkte für einen Moment lauernd, fast misstrauisch. Dann wurde sein Gesicht schlaff, und er sah auf Rigolo, als würde er mit einem Mal die Welt nicht mehr verstehen. »Sì sì, no no, bene, denaro.«

»Ist das ein Ja oder ein Nein?«, fragte Ricci die Ärztin.

Die sagte nur: »Versuchen Sie es noch mal, aber stellen Sie die Frage anders.«

»Signore, stimmt es, dass Rico Ihren Aufenthalt in der Residenza bezahlt hat?«

Er öffnete den Mund, stöhnte, schloss ihn wieder, wollte anscheinend etwas sagen. »Denaro? Rico?«, war schließlich zu vernehmen. Keine Antwort auf die Frage, sondern ein Ausdruck der Verwirrung. Damit konnten die Polizisten nichts anfangen.

»Sì sì, viel Geld, und das jeden Monat. Sie wissen nicht, woher Rico das Geld hatte?«

Die Ärztin versuchte zu unterstützen. »Hatte Rico das Geld gespart, Umberto?«

»Sì sì.«

Grassi konnte seine Ungeduld nicht mehr zügeln. »Unsinn!«, murmelte er und erntete von Rigolo einen verärgerten Blick. »Das kann nicht stimmen, bitte überlegen Sie noch mal.«

»Hatte Rico das Geld vielleicht geerbt?«, fragte Rigolo weiter.

»Sì sì, lotto.«

»Wie bitte?«, sagte Grassi. »Will er uns jetzt ...«

»Per favore, Commissario, bitte haben Sie Geduld. Es fällt ihm schwer«, sagte die Ärztin.

Grassi war die Leisetreterei leid. »Umberto, wussten Sie, dass Rico kein Geld mehr hatte, um Ihren Aufenthalt zu bezahlen?«

»Wie bitte?«, rief die Ärztin alarmiert, aber der Commissario bat sie mit einer Handbewegung zu schweigen.

Umberto presste die Lippen zusammen.

»Was wollten die beiden Männer von Ihnen? Haben die irgendetwas gesagt, bevor sie Sie angegriffen haben?«

Wieder dieser verzweifelt hilflose Blick zu Rigolo, wieder das Ächzen und Stöhnen, das Ringen nach Worten, bis er ein einzelnes herausbrachte: »Cuscino.«

»Ja, ich weiß, die wollten Sie mit dem Kissen ersticken, das ist furchtbar ...« Grassi wollte mitfühlend klingen, doch am liebsten hätte er den Mann geschüttelt. Dann sah er Umberto direkt in die Augen, und der schaute unumwunden zurück. Und da verstand der Commissario, dass Umberto ihm überlegen war. Wenn jemand nicht richtig sprechen konnte, wirkte er hilflos und verletzlich auf andere. Aber das war eine Täuschung, Umberto war alles andere als das. Er war schlau. So schlau, sich hinter seiner Aphasie zu verstecken, wenn ihm die Fragen nicht passten. So würden sie nichts aus ihm herausbekommen, der Commissario musste die Taktik ändern.

»Ich denke, das reicht jetzt wirklich für heute«, sagte die Ärztin in die Stille hinein.

Grassi schien zu überlegen, richtete sich dann abrupt in seinem Stuhl auf und sagte: »Ich würde Umberto gern unter vier Augen sprechen.«

Die Ärztin sah ihren Schützling fragend an. »Bist du damit einverstanden, Umberto?«

»Wenn Sie mich nicht brauchen«, sagte Ricci und wirkte ein wenig eingeschnappt.

»Ist besser so«, sagte Grassi, »aber bleiben Sie vor der Tür, ich brauche Sie gleich wieder.«

Alle sahen auf Umberto. Der nickte schließlich. Ricci und Rigolo verließen den Raum.

Danach herrschte für Sekunden Stille, während die beiden Männer einander musterten.

»Ihre Ärztin hat recht, Sie sind wirklich zäh, stimmt's?«

Umberto zog schweigend die Augenbrauen hoch.

»Die Kerle wollten was von Ihnen. Die haben etwas gesucht, stimmt's? Und erst als Sie ihnen nicht gesagt haben, wo es ist, haben die Ihnen das Kissen aufs Gesicht gedrückt, habe ich recht?«

Umberto verzog keine Miene.

»Wussten Sie nicht, wo es ist, oder wollten Sie es nicht sagen?«

Umbertos Kiefer mahlten.

»Sie *wollten* es den Schweinehunden nicht sagen, oder? Diesen figli di puttana.«

»Figli di puttana«, sagte Umberto, jede Silbe betonend.

»Die haben gedacht, die können hier einfach so reinkommen und Ihnen drohen und …«

»Figli di puttana.« Umberto wurde lauter.

»Ganz genau. Ich kann mir auch gut vorstellen, dass die Kerle etwas mit Ricos Tod zu tun haben.«

Sein Gegenüber kniff die Augen zusammen und sagte: »Sì sì, Rico, sì sì.«

»Gehört das, was die gesucht haben, Ihnen? Es reicht, wenn Sie nicken.«

Erst geschah nichts, dann schüttelte Umberto den Kopf.

»Es gehörte Rico?«

Kopfnicken.

Die Tür wurde einen Spalt geöffnet. »Bei Ihnen alles klar?«, fragte Ricci.

»Moment bitte noch«, rief Grassi und atmete durch, nachdem seine Partnerin die Tür wieder geschlossen hatte.

»Ich spreche jetzt mal laut aus, was ich denke, okay? Nachdem Sie Ihre Wohnung verloren haben und von den Behörden im Stich gelassen worden sind, hat Rico illegale Mittel und Wege gefunden, Sie in einem netten Heim mit Blick aufs Meer unterzubringen. Das ging lange gut, und dann ist etwas schrecklich schiefgelaufen. Ich weiß noch nicht, was es war, aber ich glaube, dass die beiden Dreckskerle etwas damit zu tun haben.

Und wenn Sie nicht mir helfen, dann helfen Sie denen. Wollen Sie das?«

Grassi konnte sehen, dass Umberto händeringend nach einem Wort suchte. Komm schon, dachte er, spuck es aus.

»Carcere?«

»Was? Sie? Ins Gefängnis? Niemals. Sie sind ein freundlicher älterer Herr mit Rückenschmerzen und Aphasie.« Es hatte nicht sarkastisch klingen sollen, deshalb grinste der Commissario sein Gegenüber aufmunternd an. »Sie haben Ihr Zuhause bei einer nationalen Katastrophe verloren und helfen außerdem der Polizei. Im Ernst, Ihnen kann nichts passieren, das verspreche ich Ihnen. Also: Zeigen Sie uns, wonach die gesucht haben?«

Umberto drückte sich aus dem Sessel hoch. »Sì.«

»Warten Sie einen Moment, ich hole meine Kollegin wieder rein.«

WOHLSTAND MEHREN,
ARBEIT SCHAFFEN

Als Rigolo, Ricci und Grassi wieder ins Zimmer traten, stand Umberto breitbeinig im Raum. Sein Körper bebte, aber er wirkte nicht mehr schwach, sondern wütend und entschlossen. Sein Gesicht war verkniffen, die geröteten Augen funkelten unter der gefurchten Stirn, und die Lippen hatte er zusammengepresst. Er atmete einmal tief durch und schritt dann steif und zielstrebig in sein kleines Schlafzimmer. Auch hier war das Chaos nach dem Überfall beseitigt worden. Eine Lampe in Form eines Milchglasmondes hing an der gelbbraunen Decke. Eine Kiefernholzkommode stand an der Wand, ein Nachttischchen aus dem gleichen Holz neben dem Bett. Auf den Oberflächen waren nur wenige Gegenstände, zwei gerahmte Bilder, eine Flasche Amaro, um deren Hals noch eine alte Geschenkschleife hing, Block und Stift, ein Brieföffner mit orientalischem Griff, eine Ministereoanlage, an der drei CDs lehnten. Das Bett stand unter der Dachschräge. Es sah aus wie ein Krankenhausbett. Dessen vier Rollen waren schon tief in den cremefarbenen Spannteppich eingesunken. Die Abseite der Dachschräge war mit einer ungefähr fünfzig Zentimeter hohen Holzverkleidung abgetrennt. Umberto trat an die Seite des Bettes.

»Was ist hier?«, fragte Grassi und stellte sich neben Umberto. Der bedeutete ihm mit einem Griff an das graue Stahlrohr, das Bett von der Wand wegzuziehen. Die Räder drehten sich kaum auf dem Teppich, und als ein halber Meter geschafft war, ließ Grassi los, ging auf die Knie und klopfte gegen die Holzverkleidung. Es klang hohl. Er tastete mit den Fingern die Spalten zwischen den senkrechten Brettern ab, suchte nach einem Zugang zu dem vermuteten Hohlraum dahinter. Aber er fand nichts und erhob sich wieder. »Umberto, wie geht das auf?«

Der ältere Herr machte eine Bewegung, als würde er einen Fußball wegkicken.

»Also gut, versuchen wir's«, meinte Grassi, machte sich krumm und versetzte der Holzwand einen Tritt in Bodennähe. Ein Teil von einem halben Meter Länge klappte eine Handbreit von der Wand weg.

»Na also«, sagte er zu Ricci, »da haben wir's.« Er drehte sich zu Umberto um und sagte in offiziellem Ton: »Haben Sie selbst das Versteck schon einmal geöffnet?«

Umberto schüttelte den Kopf.

»Wissen Sie, was da drin ist?«

»No no.«

Der Commissario bat Rigolo und Umberto, im Nebenzimmer zu warten. »Ricci, helfen Sie mal bitte und ziehen Sie das Bett noch etwas weiter von der Wand weg.«

Nachdem sie sich genug Platz verschafft hatten, griff Grassi unter die Klappe und zog sie ganz auf. Er drückte seiner Partnerin die Taschenlampe vom Nachttisch in die Hand. »Kriechen Sie da mal rein und sagen Sie mir, was Sie sehen.«

»Mehr Sport würde Ihnen guttun«, sagte Ricci, nahm die Taschenlampe, ging geschmeidig in die Hocke und schob den Oberkörper in den Hohlraum. Nach wenigen Sekunden kam sie wieder heraus. »Da ist nichts. Niente di niente.«

»Was?«

»Der Hohlraum ist leer. Und Sie wirken enttäuscht. Das wären die beiden Killer auch gewesen, wenn sie ihn gefunden hätten.«

»Ich traue der Sache nicht. Dann müssen wir die Spurensicherung rufen. Und sie sollen einen Spürhund mitbringen.«

Ricci zog ihr Handy aus der Jeanstasche. »Ob die bei der Zollfahndung in La Spezia immer noch diesen süßen Drogenspürhund namens Anton haben?«

»Da fragen Sie mich was, Ricci. Ich bin kein Hundefan, müssen Sie wissen. Aber wenn schon ein Hund, finde ich gut, wenn er was kann außer nur bellen und in den Park scheißen.«

»Der kann was«, sagte Ricci. »Und er ist absolut zum Reinbeißen!« Ricci ließ ihrer unerfüllten Hundeliebe freien Lauf, und Grassi verdrehte vor ihr die Augen, aber schmunzelte dabei.

»Das ist so eine kanadische Retrieverart, die man Toller nennt.« Sie strahlte ihn an, während sie sich das Smartphone ans Ohr hielt. »Die Ohren von denen hängen so nach vorn, das sieht so süß aus und … Ciao, hier Ispettore Ricci, bist du das, Daniele?«

»Ein Toller. Das ist toll«, sagte Grassi. »Wenn Anton heute sonst keine Termine hat, soll er gleich herkommen.«

Als sie aus dem Schlafzimmer kamen, hielt Umberto ihnen ein altmodisches Smartphone entgegen. Der Commissario nahm es ihm aus der Hand. Es war merkwürdig klebrig und roch süßlich.

»Ist da was Interessantes drauf?«

Umberto stieß ein raues »Rico« aus. Dann nahm er Grassi das Handy wieder ab und begann mit hackenden Bewegungen des rechten Zeigefingers einen Zahlencode einzugeben, mechanisch, wie in der Bewegung auswendig gelernt und als fehle ihm das Verständnis für das, was er tat. Er suchte etwas auf dem Display, und als er es gefunden hatte, presste er den Daumen an die Stelle, so fest, als würde er einen Lichtschalter drücken. Er wartete einen Moment, dann reichte er das Gerät an Grassi zurück.

Aufgerufen war eine Textnachricht-Chatgruppe mit der Bezeichnung »Umbertorico«. Grassi überflog den Bildschirm, scrollte weiter nach oben. Der Chat war nur sporadisch und bestand fast ausschließlich aus empfangenen Text und Sprachnachrichten. Umberto selbst hatte auf den ersten Blick nur hin und wieder selbst einsilbige Nachrichten geschrieben.

»Rico, bene«, krächzte Umberto.

Ricci war neben ihren Chef getreten und nahm ihm das Handy ab. »Iih, das klebt ja. Wo war das?«

Umberto deutete auf die große durchsichtige Plastikdose mit Gummibärchen, die auf dem Tisch stand. Der Deckel war abgenommen, und darin war offenbar gewühlt worden. Süßigkeiten waren um die Dose herum auf dem Tisch verteilt.

»Noch ein gutes Versteck«, sagte Ricci, »aber nicht besonders praktisch. Ricos Idee?«

»No«, sagte Umberto und tippte sich mit dem Finger an die Brust.

»Das hier scheint Ricos letzte Sprachnachricht zu sein. Sie ist von Sonntag: »Sono io, Rico.« Die Stimme eines Toten. Grassi sah Umberto an, der unbewegt wirkte, aber seine Augen waren gerötet, und dem Commissario lief ein Schauer über den Rücken. »Mach dir keine Sorgen wegen des Geldes. Gian hat Informationen über seinen Vater. Der Mistkerl hat Dreck am Stecken und schuldet uns was.«

»Wer ist Gian?«

Umbertos Augen wanderten von Grassi zu Ricci. Die trat vor und nahm die Hand des alten Mannes in ihre. »Ist Gian ein Freund von Rico?«

»Sì sì, bene, sì.«

»Kennen Sie ihn?«

Umberto schüttelte den Kopf.

»Kennen Sie seinen ganzen Namen?«

Umberto holte Luft, um etwas zu sagen. »Am… Am…« Er kam nicht weiter. Stattdessen streckte er den Arm aus und zeigte aus dem Fenster seines Zimmers. Da war nichts zu sehen außer einer durchscheinenden blauen Plane vor dem Baugerüst und den spiegelbildlich verdrehten Anfangsbuchstaben A und M des Namens der Baufirma.

»Ambrosini? Wie die Baufirma? Der Name von Ricos Freund ist Gian Ambrosini? Ist es das, was Sie sagen wollen?«, fragte Ricci.

»Sì sì, bene.«

Grassi und Ricci warteten in einem kleinen Raum der Verwaltung auf die Spurensicherung. Ricci hatte ihren Laptop aufgeklappt und mit dem WLAN des Hauses verbunden.

»Ich bin hier gerade auf der Website der Ambrosini Group«, sagte sie und lehnte sich mit einem zufriedenen Lächeln in ihrem Bürostuhl zurück. »Amüsant zu sehen, wie bemüht solche Firmen immer sind, sich von ihrer besten Seite mit ihrer glorreichen Vergangenheit zu zeigen. Sie verraten einem im Grunde alles, was man wissen will.«

»Alles? Ich nehme an, alles außer Bilanzen«, sagte Grassi nüchtern.

»Wären sie an der Börse, müssten sie auch Bilanzen veröffentlichen. Aber Ambrosini ist immer noch ein Familienunternehmen. Aber hören Sie sich das an: Die tun wirklich nur Gutes für die Welt. Mehren den Wohlstand in den Schwellenländern, unterstützen Infrastrukturprojekte, schaffen Arbeit, schützen natürlich das Klima, bringen Menschen zusammen und sind überhaupt irre nachhaltig. Und das alles mit glücklichen diversen Mitarbeitern, die super bezahlt werden und ihren Arbeitgeber lieben. Aber komisch, irgendwie haben sie vergessen, diesen Skandal vor ein paar Jahren zu erwähnen.«

»Sie meinen die unerlaubte Entsorgung von Bauschutt?«

»Bauschutt? So, wie Sie das sagen, klingt es nach ein paar Brocken Beton. Aber das waren Hunderte Tonnen Material, verseucht mit Asbest und PCB. Ambrosini hat sich einfach Entsorgungskosten im zweistelligen Millionenbereich gespart. Und als das aufgeflogen ist, wurden ein paar mittlere Manager entlassen und eine Geldstrafe aus der Portokasse bezahlt. Na ja, das war ja auch noch lange bevor die Nachhaltigkeit erfunden wurde. Die wussten das also gar nicht besser, das muss man schon verstehen«, sagte Ricci süffisant. »Jedenfalls habe ich hier einen Gian-Battista Ambrosini gefunden. Er ist der jüngere Sohn des Patriarchen. Aber wenn ich das richtig sehe ...«, sie scrollte sich durch die Ambrosini-Website, »... wird er hier nicht weiter er-

wähnt. Da ist noch ein anderer Ambrosini in der Geschäftsfüh-
rung, das ist laut Wiki der ältere der beiden Söhne. Doch, hier
ist Gian-Battista noch mal. Beirat in einer firmeneigenen Stif-
tung mit gerade mal zwanzig. Da hat sicher Papà die Fäden gezogen. Aber nach nicht mal einem Jahr hat Gian-Battista den
Posten schon wieder niedergelegt.«

»Sie sind etwas eifrig, Ispettore. Sie machen einfach zwei Gedankensprünge gleichzeitig und denken, Sie haben was gefunden. Gian muss nicht Gian-Battista sein. Und wir wissen auch
nicht sicher, dass der Ambrosini, von dem Umberto gesprochen
hat, überhaupt etwas mit dieser Baufirma zu tun hat.«

»Sie glauben schon wieder an einen Riesenzufall? Sie haben
heute ja einen richtigen Lauf!«

Für eine Minute vertieften sich beide Ermittler schweigend
in ihre Recherche. Dann sagte Grassi: »Hier steht, dass es allein
in Italien 8516 Ambrosinis gibt.«

»Wo haben Sie denn diese Information her, Commissario,
etwa aus dem Internet?«

»Freut mich, dass ich Sie immer noch überraschen kann.« Er
steckte sein Handy in die Hosentasche. »Das ist nur Spielerei,
Ricci, machen wir unsere Arbeit richtig.« Grassi war aufgestanden und hinter seine Partnerin getreten. Die drehte sich auf ihrem Stuhl und sah ihn mit schiefem Mund von unten an. »*Richtig*, meinen Sie.«

»Jetzt seien Sie nicht schon wieder beleidigt. Ich meine, wir
fangen mit dem an, was wir wissen. Haben Sie Enrico Palumbo
schon in der Datenbank gecheckt?«

»Wann denn, bitte schön, Commissario? Gestern Nacht haben wir den Namen erst erfahren, und heute war ich noch nicht
mal im Büro.«

»Schon gut, schon gut. Haben Sie von hier aus Zugang zu
unserer Datenbank?«

»Dafür muss ich raus zum Wagen.«

»Okay.«

Ricci schnaubte, stand auf und murmelte im Hinausgehen: »Schon mal was von bitte gehört?«

Grassi blieb noch kurz sitzen, dann erhob er sich, trat auf den Gang und ging langsam in Richtung Atrium. In der Aufregung der letzten Stunden hatte er vergessen, sich eine wichtige Frage zu stellen: Wie hatten die Killer Umberto gefunden? Zweifellos waren sie Grassi gefolgt. Und die Ahnung vom Vortag hatte ihn nicht getrogen. Er musste diesen grauen Subaru schon irgendwo gesehen haben. Sie waren denselben Weg gekommen wie er, hatten ihn vor der Residenza halten sehen und den richtigen Moment abgewartet … und dann? Sie hätten kaum willkürlich zwanzig Türen aufgerissen, bis sie zufällig die richtige erwischten. Er stand im Atrium, das verlassen dalag bis auf einen älteren Herrn, der auf einem der Sofas saß und in einer Illustrierten blätterte. Grassi erkannte ihn wieder, trat zu ihm, sagte: »Salvatore?«

»Sì?«

»Ich bin Commissario Vito Grassi von der Polizia di Stato. Darf ich mich zu Ihnen setzen und Sie etwas fragen?«

Salvatore ließ seine Zeitschrift sinken und schaute Grassi erwartungsvoll an.

»Wie geht es Ihnen nach der Aufregung gestern?«

Salvatore winkte ab. »Welche Aufregung? Ich war im Krieg, wissen Sie. Waren Sie auch im Krieg?«

Cooler Typ, dachte Grassi und lächelte. »No, das ist mir Gott sei Dank erspart geblieben. Darf ich fragen, wie alt Sie sind, Salvatore?«

»Ich bin sechsundneunzig Jahre alt«, sagte er mit Stolz. »Und ich weiß noch alles vom Krieg, kann mich an alles erinnern.«

»Salvatore, erinnern Sie sich auch an mich?« Der alte Mann sah den Commissario nachdenklich an. »Ich hatte Sie gestern Abend im Speisesaal gefragt, wo ich Umberto Rossi finde, wissen Sie das noch?«

»Umberto wohnt im zweiten Stock.«

»Das stimmt. Sie haben mir gegenüber von mehreren Besuchern gesprochen. Molti visitatori. Hat gestern Abend schon vor mir jemand nach ihm gefragt?«

Salvatore überlegte, legte den Kopf schief. »Wer hat gefragt?«

»Vielleicht zwei junge Männer? Sportivo und mit langen Haaren?«

»Waren die auch von der Polizei?«

»Nein. Ganz im Gegenteil. Die beiden haben versucht, Umberto umzubringen.«

»Madonna!«

»Tja, so war es. Wir versuchen, die Männer zu finden. Deshalb muss ich wissen, ob Sie gestern Abend auch anderen gesagt haben, wo Umbertos Zimmer ist. Zwei jungen Männern vielleicht?«

»Umbertos Zimmer ist im zweiten Stock, da bin ich mir ganz sicher.«

»Da haben Sie recht.« Nein, das war keine Coolness, dachte Grassi. »Wissen Sie denn noch, ob Sie gestern Abend von einem meiner Kollegen befragt worden sind? Haben Sie mit einem Polizisten gesprochen?«

»Sie meinen mit einem von diesen jungen Männern?«

»Nein, die meine ich nicht.« Grassi erhob sich langsam und legte Salvatore eine Hand auf die Schulter. Eine Antwort auf seine Frage würde er nicht mehr bekommen, aber er hatte auch so erfahren, was er wissen wollte. So stand er einen Moment. Dann sagte er: »Warten Sie, ich bin gleich wieder da.«

Er ging den Flur hinunter zum Büro der Direttore, klopfte und trat ein.

»Commissario!« Sofia Mair sah ihn erschrocken an. »Wegen unseres Gesprächs gestern, vielleicht dürfte ich noch mal versuchen zu erklären, wie …«

»Keine Angst, ich bin nicht gekommen, um Sie mitzunehmen. Jedenfalls noch nicht«, sagte Grassi. »Im Augenblick begnüge ich mich mit dem hier.« Er griff nach der Pralinenschachtel auf dem Schreibtisch, drehte sich um und zog die Tür hinter sich zu.

Salvatore machte große Augen, als der Commissario ihm die Schachtel überreichte. »Am besten, Sie verstecken die hier in Ihrem Zimmer.«

Als Ricci zurückkam, setzten sie sich in eine Ecke des leeren Speisesaals. »Enrico Palumbo hat was zu bieten, passen Sie auf: Also, im Mai 2017 Festnahme wegen Diebstahls. Hat offenbar in einem Supermarkt was mitgehen lassen. Wurde damals mit Hausverbot laufen gelassen. Zwei Monate später Festnahme wegen Drogenbesitzes. Dann gibt es noch im selben Jahr eine Anzeige wegen Einbruchs. Ist nachts in eine Garage eingebrochen und hat die Weinvorräte des Besitzers geplündert. Der hat ihn am Morgen schlafend überrascht und die Polizei gerufen. Außerdem hat er Rezepte gefälscht und Autos aufgebrochen. Da kommt was zusammen. Das meiste wurde nach Jugendstrafrecht abgeurteilt. Er hat insgesamt nur ein paar Monate gesessen und ansonsten meistens Sozialstunden aufgebrummt bekommen. Immer in Genua und Umgebung. Ab Oktober 2017 nichts mehr. Da muss Umberto ihn aufgelesen haben.«

»Ein klassischer Kleinkrimineller.«

»Einige Taten wohlbemerkt im Zusammenhang mit Drogen. Dazu hatte er anscheinend nie eine feste Wohnadresse. Mehrfach wurden ihm Plätze in Jugendeinrichtungen zugewiesen, aber er ist immer wieder abgehauen.«

»Er hat lieber in aufgebrochenen Garagen mit Weinvorrat übernachtet.«

»Richtig geschickt hat er sich nicht angestellt.«

»Stimmt«, sagte Grassi. »Bis Umberto ihn von der Straße geholt hat, konnte sich Enrico gerade so durchs Leben schlagen. Dann plötzlich das große Geld. Oder eher der große Deal.«

»So«, sagte Ricci, »und jetzt wird es spannend, denn ich habe mir auch den edlen ehemaligen Stiftungsbeirat angeschaut.«

Grassi sah seine Partnerin erwartungsvoll an.

»Der wurde letztes Jahr verhaftet wegen … genau: Drogenbesitzes. Kokain. Zehn Gramm.«

»Dann ist er ins Gefängnis gekommen?«

»Anscheinend nicht. Das Gericht ging wohl von Eigenbedarf aus.«

»Das ist unmöglich bei zehn Gramm.«

»Aber hier steht's: Verfahren eingestellt wegen Geringfügigkeit. Und wenn wir uns das Datum der Festnahme anschauen, fällt auf, dass Gian-Battista Ambrosini kurz danach aus dem Beirat ausgetreten ist. Hat wohl nicht so ein gutes Bild abgegeben. Was sagen Sie jetzt? Mache ich immer noch zu viele Gedankensprünge?«

Grassi nickte anerkennend. »Nein, das muss ich zugeben: Wenn Sie mit Ihrer Vermutung recht haben und Enricos angeblicher Freund ›Gian‹ wirklich Gian-Battista Ambrosini ist, jüngster Sohn des mächtigen Bauunternehmers Vittorio Ambrosini, dann hätten wir hier eine mögliche Drogen-Connection.«

»Das schwarze Schaf und der Straßenjunge? Eine Freundschaft bis in den Tod?«

»Knöpfen wir uns diesen Gian doch mal vor«, sagte Grassi und rieb sich das Kinn. »Finden Sie raus, wo er wohnt.«

»Noch mal: Das heißt bitte.«

»So weit kommt's noch, dass ich Sie bitten muss, Ihre Arbeit zu machen.«

»Schön, dass Sie wieder der Alte sind, Commissario. Ich fand Sie in letzter Zeit viel zu nett.«

»Hat eigentlich die Ermittlung des Kennzeichens von dem grauen Kombi etwas gebracht?«

»Das Nummernschild wurde vom Cinquecento einer alten Dame in Viareggio abmontiert. Sackgasse.«

»Wäre auch zu einfach gewesen.«

In diesem Augenblick kam der wuschelige Kopf eines Hundes um die Ecke. Am anderen Ende der Leine hing ein bärtiger Mann mit brauner Lederjacke.

»Anton!«, rief Ricci und sprang von ihrem Stuhl auf. Das freundlich blickende Wesen mit den blauen Augen wäre ihr wohl entgegengerannt, wenn es die Leine nicht zurückgehalten hätte. Er balancierte also auf den Hinterbeinen und streckte ihr die Pfoten entgegen, die Ricci in die Hände nahm, während sie vor dem Hund auf die Knie ging.

»Ciao, Marta«, sagte Daniele. »Anton konnte es gar nicht erwarten.«

»Ich auch nicht!«, rief Ricci. Sie strahlte übers ganze Gesicht. »Chef, ich glaube, ich lasse mich auch zur Hundestaffel versetzen.«

»So aufgeregt, wie Anton ist, sollten Sie vielleicht erst meine Kollegin nach Drogen durchsuchen, meinen Sie nicht?«, sagte Grassi. Für einen Moment schaute der Bärtige so, als wüsste er nicht genau, ob der Hinweis ernst gemeint war. Dann sah er den Commissario lächeln und schüttelte ihm die Hand.

»Ricci zeigt Ihnen, wo Anton suchen soll.«

»Ich warte noch auf die Kollegen der Spurensicherung. Und die Pflicht muss sowieso noch ein bisschen warten«, sagte der Hundeführer. »Eine nette, etwas stark parfümierte Dame hat Anton am Empfang in die Arme geschlossen. In der nächsten halben Stunde riecht und schmeckt er nichts als Veilchen.«

Sie vereinbarten, sich zu trennen. Grassi würde nach La Spezia vorfahren. Ricci blieb natürlich bei Anton, später konnte Daniele sie mitnehmen.

IM STRÖMENDEN REGEN
OHNE VERDECK MIT
EINER FLASCHE WEIN

Grassi stand am Fenster seines Büros, schaute auf die glühende Stadt hinunter und nahm den Anruf entgegen.

»Sì, pronto?« – »Das macht nichts, ich war bis eben noch im Auto und hätte nicht rangehen können.« – Er lauschte. »Und das ist eindeutig?« – »Aber Anton konnte nicht sagen, um welche Art Drogen es sich handelt, oder?« – »Das war ein Scherz, Ispettore.« – »Gut, dann warten wir auf weitere Erkenntnisse, aber die Kollegen sollen sich bitte beeilen.« – »Ach was, das behaupten die immer.« – »Grazie, Ricci. Und grüßen Sie den Toller von mir. Sie dürfen ihn aber nicht behalten ...«

Er beendete das Gespräch und lächelte auf die Stadt hinunter. Endlich kamen sie einen Schritt voran. Sie hatten das starke Indiz, dass Rico mit Drogen gehandelt hatte, um Umbertos Heimaufenthalt zu finanzieren. Und sie hatten den Namen eines möglichen Mittäters. Grassi wählte die Nummer der Quästorin. Jetzt musste es schnell gehen.

Von den Ereignissen in Monterosso am Vorabend wusste Lilia Feltrinelli bereits, aber Grassi fütterte sie mit neuen Details. Die Quästorin hörte geduldig zu. Dann sagte sie: »Ich bin froh, dass Sie nichts abbekommen haben, Commissario, aber das klingt schon alles sehr wild.«

»Wild? Wie meinen Sie das?«

»Wörtlich und übertragen. Nach einer wilden Verfolgungsjagd und nach wilder Spekulation. Ich meine den Zusammenhang zwischen der Wasserleiche und dem Überfall auf das Heim.«

»Also allein, dass Rico und Umberto innerhalb von Tagen ...«

»Sie sind doch der Apostel des Zufalls, Commissario.«

»Und was ist mit dem Drogenversteck? Damit haben wir ein Motiv. Sowohl für den Mord an Rico als auch für den Überfall. Das bilde ich mir doch nicht ein.«

»Das Drogenversteck ist natürlich interessant. Es beweist leider weder, dass der mutmaßliche Besitzer der Drogen damit gehandelt hat, noch dass er ermordet wurde.«

Grassi schwieg. Die wackelige Mordtheorie war ein wunder Punkt.

»Haben Sie einen Verdacht, woher die Drogen stammen?«

»Nein. Aber ich weiß, wen ich fragen kann.« Er holte tief Luft. »Ich brauche eine offizielle Vorladung für einen Gian-Battista Ambrosini, Sohn des Bauunternehmers Ambrosini.«

»Langsam, langsam, Commissario. Der Name ist mir natürlich geläufig. Haben Sie ihn im Verdacht, Rico ermordet zu haben?«

»Nein. Ein Zeuge hat ihn …«

»Hat er was mit dem Mordversuch von gestern zu tun?«

»Auch nicht, aber …«

»Sie wollen also nur viel Staub aufwirbeln, einflussreichen Menschen auf die Zehen treten und mir eine Menge Ärger einhandeln?«

»Wenn Sie mich mal bitte ausreden lassen würden, Questore. Ein Zeuge hat den Namen Anbrosini genannt. Er soll ein Freund von Rico gewesen sein. Und er wurde schon einmal wegen Drogenbesitzes verhaftet. Reicht das?«

Die Quästorin überlegte. »Von wem haben Sie den Namen?«

Der Commissario beschrieb die Szene, in der Umberto den Freund identifiziert hatte.

»Das verwirrte Opfer des Überfalls zeigt auf ein Baugerüst. Das begründet Ihren Verdacht gegen eine prominente Person des öffentlichen Lebens?«

»Umberto ist nicht verwirrt. Er hat nur Mühe mit dem Sprechen. Und seit wann reicht die Nennung eines Namens durch einen Zeugen nicht mehr für ein Verhör?« So langsam drohte ihm der ohnehin chronisch dünne Geduldsfaden zu reißen. »Auf welcher Seite stehen Sie eigentlich?«

Grassis Chefin am anderen Ende der Leitung atmete tief durch und versuchte anscheinend, trotz dieser Provokation ruhig zu bleiben. »Eine zufällige Namensgleichheit.«

»Absolut möglich, aber ich muss dem Hinweis nachgehen.«

»Sie denken, ›Gian‹ steht für Gian-Battista? Aber was, wenn es sich schlicht um die übliche Abkürzung für Giovanni handelt? Haben Sie mal überprüft, wie viele Giovanni Ambrosinis es in Italien gibt? Und Sie glauben, ich würde auf dieser Basis sehenden Auges in einen Skandal stolpern?«

»Hab ich es mir doch gedacht. Sie gehen in die Knie vor einem großen Namen, vor dem politischen Einfluss der Ambrosinis.«

»Vorsicht, Grassi. Ihre glänzende Rüstung in allen Ehren, aber Sie fangen an, mir so richtig auf die Nerven zu gehen.«

»Lassen Sie mich diesen Gian-Battista Ambrosini einfach offiziell als Zeugen vorladen, dann werden wir ja sehen.«

»Ich bin es langsam leid, bei Ihnen ständig den Advocatus Diaboli spielen zu müssen, um Sie vor Ihren eigenen Egotrips zu schützen. Wenn wir einen kriminellen Bauunternehmer drankriegen können, dann bin ich dabei. Egal, wie einflussreich seine Freunde sind. Aber mit undurchdachten Schnellschüssen verlieren wir beide. Deshalb für Sie zum Mitschreiben: Solange alles, was Sie vorzuweisen haben, eine vage Vermutung ist aufgrund eines Zeugen, der nicht sprechen kann, gilt: Finger weg von den Ambrosinis. Das ist ein Befehl.« Sie holte Luft. »Noch was: Holen Sie mich morgen Nachmittag bei mir zu Hause ab. Und bringen Sie Bargeld mit. Der Spiegel muss ersetzt werden. Ansonsten, gute Arbeit, Commissario. Weitermachen.« Sie hatte aufgelegt.

Grassi kochte, und um sich zu beruhigen, verließ er die Questura, überquerte die Straße und ging die Via Italia hinunter. Sie hatte »Weitermachen« gesagt. Bedeutete das, der Freitag als Ultimatum für die Lösung des Falls galt nicht mehr? War das etwa eine Art Vertrauensbeweis? Wohl kaum, dachte er, wenn dieselbe Person noch im selben Atemzug behauptete, Grassi vor sich selbst schützen zu müssen. Nicht zum ersten Mal ärgerte ihn, dass seine Vorgesetzte immer nur auf Nummer sicher ging. Ermittlungen folgten Indizien, und Indizien waren das, was man dazu erklärte. Wenn man sich traute. Und für sein Gefühl traute sich die Quästorin einfach zu wenig. Mischte sich dann aber zu viel ein. Jetzt war Grassi ratlos, wie er weitermachen sollte. Sie könnten ein weiteres Mal mit Umberto sprechen oder … oder auf Laborergebnisse warten, darauf, dass die Gangster wieder auftauchten oder dass ein Arzt sich wegen der Behandlung einer Schusswunde bei der Polizei meldete. Und bis dahin konnten sie nach dem Willen der Quästorin Däumchen drehen. Nichts konnte Grassi weniger leiden.

Sein Ziel war die Bar Hemingway, ein Lokal, in dem man abends quietschbunte Drinks in zweifelhaft originellen Trinkgefäßen im schummrigen Licht von Tropfkerzen in Flaschen servierte, in dem man aber jederzeit guten Caffè trinken konnte. Der einzige Bezug zum Namensgeber waren eine Menge mehr oder weniger zerfledderter Bücher, die dekorativ an dünnen Nylonfäden von der Decke hingen.

Seit der Büchermuffel Grassi kurz nach seiner Ankunft im März von Toni provoziert und in melancholischer Stimmung freiwillig in einem Pirandello-Band aus dem Nachlass seines Vaters geblättert hatte, witterte seine Mitbewohnerin einen Bildungsauftrag und ließ nicht mehr locker. Der Autor Hemingway war vor einigen Wochen Teil dieser Lescoffensive geworden. Toni hatte sogar aus dessen Büchern vorgelesen, und Grassi musste zugeben, dass das sehr unterhaltsam gewesen war. In der Geschichte, an deren Titel er sich nicht mehr erinnern konnte, erzählte dieser Hemingway, wie er mit einem anderen amerikanischen Autor namens Fitzgerald vor ungefähr hundert

Jahren im strömenden Regen mit einem Renault ohne Verdeck von Lyon nach Paris gefahren war. Während der angeregten Fahrt hatten die beiden Genies eine Flasche Weißwein nach der anderen geleert und nur hin und wieder angehalten, um sich in Gasthäusern bei Austern und Champagner ein wenig aufzuwärmen. Don't drink and drive? Das galt anscheinend nicht in der Boheme in den wilden Zwanzigern. Und die beiden Schriftsteller hatten es tatsächlich unfallfrei bis Paris geschafft!

Der Commissario setzte sich an einen Tisch an der Straße, bestellte einen Caffè und griff nach seinem Handy, um sich im Netz über die Firma Ambrosini zu informieren: Gegründet 1934 in Genua, in dritter Generation im Familienbesitz, aktuell geführt von Giovanni Vittorio Ambrosini, Sohn von Gianluca Sebastiano Ambrosini. Enkel von Firmengründer Giovanni Federico Ambrosini. Das Unternehmen machte inzwischen gut die Hälfte seines Jahresumsatzes von fünf Komma fünf Milliarden Euro in Italien; hielt Anteile an australischen und südostasiatischen Unternehmen, investierte außerdem in der Golfregion. Der Aufstieg des Unternehmens begann vor allem nach dem Zweiten Weltkrieg, als Ambrosini stark von staatlichen Bauaufträgen profitierte und große Infrastrukturprojekte entwickelte und baute: Gebäude, Straßen und Brücken. Der Eintrag war lang und verzweigte sich in die Auflistung diverser Tochter- und Subunternehmen. Da war ein Foto des sechsundsiebzigjährigen Giovanni Vittorio Ambrosini, ein Gesicht wie ein mit der Kettensäge bearbeitetes Stück Holz, grob, breit, knochig, beeindruckend. Der Traum eines jeden Porträtfotografen. Die Ambrosini-Familienvilla hatte einen eigenen Eintrag. Erbaut um die Jahrhundertwende von einem berühmten italienischen Architekten, galt sie offenbar als national bedeutendes Bauwerk. Er fand sogar den Link zum zehn Jahre alten Artikel einer Kunstzeitschrift über das Haus samt kurzem Interview mit dem Hausherrn. Anscheinend war die Villa Vittorio Ambrosinis Steckenpferd. Nicht schlecht, dachte er beim Betrachten eines Luftbilds. Es zeigte eine Art weißes Neobarock-schlösschen nahe Levanto. Warum nicht, schließlich sind die Agnellis auch dort. Die Villa hatte drei Stockwerke, war umge-ben von einem üppigen italienischen Garten samt Pagoden, Pool und einem Tennisplatz, auf dem zur Not auch ein Hub-schrauber landen konnte. Grassi schloss den Browser, blinzelte in die Sonne und schloss für einen Augenblick die Augen. Dann setzte er seine Wayfarer auf und wählte eine Nummer.

Der Anwalt Aziz meldete sich nach dem zweiten Klingeln.

»Ob das Unternehmen Ambrosini in den Akten zum Verfah-ren auftaucht, wollen Sie wissen? Nein, das einzige Bauunter-nehmen mit Wartungsauftrag für die Ponte Morandi war die Spea, ein Tochterunternehmen der Autostrade per l'Italia, der Aspi, die wiederum dem Konzern Atlantia gehört.«

»Und die Atlantia gehört Benetton, richtig?«

»Die Familie Benetton ist Mehrheitsaktionär, das stimmt.«

Er hatte darüber gelesen, aber sich wenig Gedanken um die Zusammenhänge gemacht. »Und was haben jetzt bunte Pullis noch mal mit dem Baugeschäft zu tun?«

»Das Baugeschäft ist nur Beiwerk. Das Geschäft mit den Stra-ßen ist das Interessante und Lukrative. Wer hierzulande Stra-ßen besitzt, kassiert Maut und Abgaben, hat Macht und Ein-fluss. Straßen sind systemrelevant. Die Benettons haben über Jahrzehnte aus den italienischen Straßen rausgeholt, was raus-zuholen war. Nur reingesteckt haben sie praktisch nichts. Vor allem nichts in die dringend notwendige Instandsetzung. Die Schäden an der Morandi-Brücke waren schon seit Jahrzehnten bekannt. Warum also mussten dreiundvierzig Menschen ster-ben, und warum haben Hunderte Menschen ihr Zuhause verlo-ren? – Das ist eine rein rhetorische Frage, Commissario. Die Antwort lautet: aus reiner Profitgier einiger weniger.«

»Und warum sitzen die Benettons nicht auf der Anklage-bank?«

Aziz am anderen Ende der Leitung musste lachen. »Weil das

bei uns in Italien so läuft. Kennen Sie die Zahlen, Commissario? Die Benettons haben die neue Ponte San Giorgio mit einer halben Milliarde Euro mitfinanziert. Aspi und Spea haben sogar sechzig Millionen Euro in einen Entschädigungsfonds eingezahlt. Auf den wollen aber viele Opfer nicht zugreifen, weil sie dann das Recht verlieren würden, als Nebenkläger aufzutreten. Dass jemand der Wahrheit zuliebe auf Geld verzichtet, ist für diese Manager unfassbar. Letztes Jahr hat der Staat der Familie Benetton ihre Anteile an den italienischen Straßen wieder abgekauft. Angeblich, weil man eingesehen hat, dass die Privatisierung von Straßen ein Fehler gewesen war. Rom hat den Benettons – also den Eignern der Firma, die letztlich verantwortlich dafür ist, dass bekannte und am Ende vorhersehbar tödliche Mängel über Jahrzehnte nicht behoben wurden – sage und schreibe acht Komma eins Milliarden Euro überwiesen. Rechnen Sie mal schnell nach, Commissario.«

Grassi pfiff durch die Zähne. »Klingt so, als wäre die Katastrophe für manche ein gutes Geschäft gewesen.«

»Das haben Sie gesagt. Jedenfalls schlafen die Benettons jetzt wieder gut. Keine der beteiligten Firmen sitzt auf der Anklagebank. Es geht nur um individuelle Schuld einzelner Manager. Mit einem Urteil rechnet man in vielleicht zehn Jahren. Bis dahin sind die Hinterbliebenen zermürbt, die Öffentlichkeit desinteressiert, und richtig Schuld trägt keiner mehr. Wenn Sie mich fragen, dann stecken einfach zu viel Geld und zu viel Pfusch im System. Praktisch alle großen Baufirmen haben Dreck am Stecken, da gebe ich die Hoffnung nicht auf, dass auch mal Ambrosini auf der Anklagebank sitzen wird.«

»Wie meinen Sie das?«

»Was in Genua mit der Ponte Morandi passiert ist, kann jederzeit mit irgendeiner der Tausenden Brücken in Italien wieder passieren. Es geht um Korruption und darum, Kosten zu sparen. Ambrosini hat überall im Land Brücken gebaut, deren Zustand kein bisschen besser ist als der der Morandi-Brücke vor dem Einsturz. Das sind laut Aussage vieler Experten alles tickende Zeitbomben.« Die Stimme des Rechtsanwalts war während seiner letzten Sätze lauter geworden.

»Sie sind wütend«, stellte Grassi fest.

»Wütend? Nein, Commissario, das trifft es nicht ganz. Ich bin fuchsteufelswild und fassungslos. Und ich versuche, mir diese Gefühle zu bewahren, um mich jeden Tag im Gerichtssaal daran zu erinnern, warum ich das mache und für wen. Denn es ist so, wie es immer war: Die Großen lässt man laufen, und die Kleinen hängt man auf oder trampelt über ihre Gräber. An diese Unmenschlichkeit des Kapitalismus will ich mich nie gewöhnen.«

Grassi wusste nicht, was er sagen sollte. Angesichts des Falles, mit dem Aziz befasst war, kam ihm seine Ermittlung unbedeutend vor. Was würde sich ändern, wenn er die Schuldigen an Enricos Tod zu fassen bekam? Vielleicht konnte es Umberto ein bisschen Genugtuung verschaffen. Wenn hingegen der Anwalt seinen Job gut machte, würden Baufirmen in der Zukunft möglicherweise stärker in die Pflicht genommen, könnten Gesetze geändert und so Menschenleben gerettet werden. Andererseits, überlegte der Commissario, hatte jeder seine Aufgabe zu erfüllen. Und die Verbrechensaufklärung war nun einmal seine Aufgabe. Dadurch, dass sein Opfer auch ein Opfer der Morandi-Katastrophe gewesen war, konnte er sogar in dem Glauben sein, durch die Aufklärung zu etwas Größerem beizutragen.

Er bedankte sich bei Aziz und legte auf. Er bestellte noch einen zweiten Caffè und ein großes Glas Wasser. Zwar saß er im Schatten, aber die aufgeheizte Luft wurde von den hohen Häuserwänden und Fensterscheiben abgestrahlt, sodass er sich vorkam wie in einem Ofenrohr. Die Bäume auf der Via Italia ließen die Blätter hängen.

Auf dem Weg zurück ins Büro ging ihm eine Sache durch den Kopf. Es waren Ricos letzte Worte: »Der Alte hat Dreck am Stecken und schuldet uns was.« Grassi hatte zunächst Zweifel gehabt, als Ricci eine Verbindung des Falles zu dem Bauunternehmer ins Spiel gebracht hatte. Aber längst glaubte er, dass sie recht haben könnte. Umberto und Rico, die Opfer von Korruption in der Bauwirtschaft. Und Ambrosini, einer von symbolisch Verantwortlichen für Korruption in der Bauwirtschaft. Da war eine Verbindung. Wenn auch – wie er von Aziz erfahren hatte – keine justiziable. Vielleicht aber eine moralische. Zumindest aus Ricos Sicht. Die einen verlieren ihr Zuhause, die anderen leben in Schlössern. Grassi dachte an das Luftbild des Ambrosini-Anwesens, und da kam ihm eine Idee. Ziemlich sicher eine sehr dumme Idee, aber gerade diese hatten die Angewohnheit, sich im Kopf des Commissarios immer in den Momenten festzusetzen, in denen er zur Improvisation gezwungen war. Und das war so ein Moment.

Er öffnete den Browser auf seinem Computer. Nach zehn Minuten hatte er die Nummer des Öffentlichkeitsbüros der Firma Ambrosini gefunden. Weitere zehn Minuten später hatte er sich einen Text zurechtgelegt und rief an. Ricci wäre für diese Rolle vermutlich geeigneter gewesen, aber auch Grassi konnte ein bisschen schauspielern. Jedenfalls schien die Signora am anderen Ende der Leitung keinerlei Misstrauen zu hegen und sogar interessiert zu sein, als sich ihr ein freier Autor vorstellte und sich höflich und schmeichelnd nach der Möglichkeit erkundigte, kurzfristig die berühmte, von Lodovico Pogliaghi gebaute Villa zu besichtigen und, falls möglich, sogar mit ihrem illustren Besitzer zu sprechen. Die Zeitschrift *Domus*, für die er arbeite, plane einen großen Artikel. Die Signora machte keine Zusage, aber sie versprach, sich baldmöglichst zu melden.

Auf dem Heimweg kam ihm die Idee schon wieder albern und verzweifelt vor. Schließlich würde ein Anruf bei *Domus* reichen, um ihn als dreisten Betrüger zu entlarven. Er hatte voll auf die Karte Eitelkeit gesetzt.

Und war umso erstaunter, als sie stach und er per SMS die Nachricht erhielt, er solle sich am folgenden Tag um Punkt elf Uhr dreißig bei der Ambrosini-Villa einfinden. Er habe eine halbe Stunde und werde erwartet. Fotografieren innerhalb des Gebäudes sei erlaubt, jedoch nur ohne Blitzlicht.

Der Abend brachte eine weitere Überraschung.

Grassi und Toni saßen auf der Terrasse des Rusticos. Wegen der Hitze hatten sie nur etwas Leichtes zu Abend gegessen nach einem Rezept, das sich Toni ausgedacht hatte: Dazu höhlte sie halbe Zucchini aus, mischte das Fruchtfleisch mit gewürfelten Salsicce, Tomaten, Auberginen und Zwiebeln. Die Mischung briet sie in der Pfanne mit Olivenöl, Salz und Pfeffer für ein paar Minuten an, danach füllte sie die Zucchini damit, streute Parmesan darüber und stellte alles für höchstens eine Viertelstunde bei hundertachtzig Grad in den Ofen. Heute hatte sie statt des Parmesans einen Ziegen-Pecorino verwendet und sich diebisch gefreut, als Grassi erst alle denkbaren Geräusche des Genusses von sich gegeben hatte, um dann misstrauisch zu werden, weil er merkte, dass es anders schmeckte als sonst.

»Du hast Ziegenkäse genommen? Obwohl du weißt, dass ich Ziegenkäse nicht mag?«

»Ich weiß das, aber du hast es anscheinend vergessen«, hatte sie gesagt.

Der Vermentino, den sie dazu tranken, war so erfrischend, dass Flasche und Gläser gleichzeitig mit den Tellern geleert waren. Grassi saß schlaff in seinem gepolsterten Korbstuhl, die Augen halb geschlossen, dösend. Er war beinahe schon vor dem Essen eingeschlafen, während Toni ihm aus Ecos *Der Name der Rose* vorgelesen hatte. Sie war bis zu der Stelle gekommen, in der der Verfechter der Askese Ubertin seinem Freund William von Baskerville davon berichtete, wie er der Verfolgung durch die Inquisition entronnen war. Grassi war durch das gute Essen im Bauch und den guten Wein im leichter werdenden Kopf kaum in der Lage, den komplexen Ausführungen über Verfolger und Verfolgte, die Kurie und widerständige Ordensbrüder,

Revisionsgesuche von Talloni und Resolutionen von Perugia zu folgen. Und bei alledem ging es im Grunde um die Frage, was Armut war, wenn er es richtig verstanden hatte. Und dann lachte Toni fröhlich auf, sah ihn an und sagte: »He, du hörst ja gar nicht richtig zu. Die Stelle lese ich noch mal vor, die ist einfach zu gut: ›Wenn die weibliche Natur, die von Natur so pervers ist, sich in der Heiligkeit sublimiert, kann sie zum höchsten Gefäß der Anmut werden.‹ Was sagst du dazu, Vito? Hast du deine Frauen lieber pervers oder heilig?«

»Was? Hm, Hauptsache anmutig, würde ich sagen.«

In diesem Moment donnerte es. Grassi schlug die Augen auf und blickte in den dunkelvioletten Himmel über dem Tal von Levanto, und für einen Moment war er sich sicher, dass dieser wieder nur ein leeres Versprechen auf Regen enthielt, aber dann traf ihn ein schwerer Tropfen auf die Stirn und einer auf die Hand. Toni brachte das Buch ins Wohnzimmer, kam wieder heraus und setzte sich gerade, als es richtig losging. Einträchtig saßen sie im strömenden Regen, sagten nichts, kicherten nur hin und wieder und sahen zu, wie sich die leeren Weingläser auf dem Tisch mit Wasser füllten. Nach fünf Minuten war es vorbei, und er sah weiße Dampfschwaden vom Boden des Olivenhains aufsteigen. Neben der Terrasse hatte sich ein leise glucksendes Rinnsal auf der hart gebackenen Erde gebildet. Weitere fünf Minuten später war der Boden so trocken wie zuvor, und die Grillen begannen wieder zu zirpen. Er stand auf, ging ins Haus und stellte Musik an, die leise auf die Terrasse zu ihnen drang. Er dachte über den Fall nach. Die Frage nach dem zeitlichen Ablauf, wann und wie die Leiche in die Marina gekommen war, stellte ihn weiterhin vor Rätsel.

»Wer singt da gerade?«

»The Police?«

»Blöder Bandname: die Polizei.«

»Wieso? Es gibt auch The Killers. Gleicht sich alles aus, sogar bei den Bandnamen.«

»Die sagen mir beide nicht viel.«

»Die musst du kennen. Zumindest den Bandleader von The Police. Das war Sting, bevor er angefangen hat zu nerven. Der Song ist also schon ziemlich alt.«

Toni lachte auf. »Ja, den kenn ich. Und worüber singt die Polizei?«

»Eine *Message in a Bottle* ist eine Flaschenpost.«

»Wie romantisch! Ich habe auch mal eine bekommen, hat sich aber herausgestellt, dass sie gefälscht war.«

Grassi schleuderte das Regenwasser aus den Gläsern und schenkte Wein nach. »Wie kann eine Flaschenpost gefälscht sein? Das musst du mir erzählen.«

Toni seufzte. »Eine lustige Geschichte und schon lange her. Das muss gewesen sein, als ich gerade achtzehn geworden war. Ich hatte einen älteren Freund, der nach Rom zum Studieren gezogen ist. Ich war wahnsinnig verliebt, hab ihm beim Umzug geholfen und bin noch ein paar Tage geblieben. An unserem letzten Abend haben wir beide eine Flaschenpost an uns selbst geschrieben und nachts von der Ponte Milvio in den Tiber geworfen.«

»Und sie ist angekommen.«

Toni nickte bedeutsam. »Ja, und zwar in der Marina von Corniglia.«

»Nicht zu fassen.«

»Pass auf. Dieser Freund besucht mich zu Hause in Corniglia ein paar Monate später in den Semesterferien oder so, ich weiß nicht mehr genau. Jedenfalls gehen wir die Treppen zum Meer runter, schwimmen, tauchen, machen Blödsinn, und plötzlich sagt er: ›Guck mal, was ich gerade gefunden habe!‹ Und dann ist das unsere Flaschenpost aus Rom.«

»Ein irrer Zufall!«

»Nein!«, rief sie. »Schicksal natürlich! Das war ein Zeichen! Wir waren füreinander bestimmt!«

Grassi sah sie verwirrt an.

Sie lachte. »Habe ich damals geglaubt. Oder wollte ich glauben. Und er wollte, dass ich es glaube. Er ist zurück nach Rom, hat jemand anderen kennengelernt, geheiratet, Kinder gekriegt, Haus gebaut, ist inzwischen geschieden.«

»Was war mit der Flaschenpost?«

»Er hat es mir Jahre später erzählt. Die Flaschenpost ist nicht weit gekommen. Ein paar Hundert Meter hinter der Brücke, von der wir sie in den Fluss geworfen haben, hat sie sich zusammen mit anderem Müll im Gestrüpp am Ufer verfangen. Er hat sie nach meiner Abreise beim Joggen gefunden, rausgefischt und mitgenommen. Und als er mich in Corniglia besucht hat, tauchte sie im richtigen Moment in der Marina wieder auf.«

Er sah sie lange an und schnaubte leise. »Grazie, das war eine sehr aufschlussreiche Geschichte.«

»Wieso aufschlussreich?«

Er schloss die Augen und genoss das Gefühl des langsam trocknenden Hemdes auf der Haut. »Sein Plan wäre erst perfekt aufgegangen, wenn du die Flaschenpost selbst gefunden hättest.«

DONNERSTAG

WAS MAN HEUTE
WERTE NENNT

Die Familienkutsche mit dem Schweizer Kennzeichen fuhr nun schon seit der Abfahrt in Carrodano vor ihnen her, und das immer genau zwei provozierende Stundenkilometer unterhalb der erlaubten Höchstgeschwindigkeit von fünfzig. Wollte dieser Tourist ihm in seinem eigenen Revier etwa vorschreiben, wie schnell er zu fahren hatte? Grassi ärgerte sich in diesem Moment schwarz, dass er noch nicht daran gedacht hatte, ein mobiles Blaulicht in dem Alfa zu deponieren. Eine bösartige Sekunde lang überlegte er, mit seiner Dienstwaffe aus dem Fenster in die Luft zu feuern. Er sah eine Überholchance, schaltete einen Gang runter und wollte gerade ausscheren, als ein Wagen aus der Kurve am Ende der Gegenfahrbahn auftauchte und Ricci neben ihm »Attenzione!« schrie. Grassi machte eine ungeduldige Lenkbewegung nach rechts und reihte sich wieder hinter dem Schweizer ein. Irrte er sich oder schaute der gerade grinsend in seinen Rückspiegel? »Das hätte gereicht«, knurrte der Commissario.

»Das hätte gereicht, um uns umzubringen«, keuchte Ricci und sah ihren Fahrer erbost an.

»Madonna, wir sind schon viel zu spät dran, und der da vorn macht hier den Straßenzuchtmeister!« Er hatte Ricci gegenüber herumgeeiert. Hatte zwar einerseits nicht behauptet, dass sie unterwegs wären, um Gian Battista Ambrosini offiziell als möglichen Zeugen zu vernehmen, aber auch nicht von der Scharade erzählt, unter deren Deckmantel sie gleich Zugang zu den Ambrosinis bekommen würden. Das war ein heikles Spiel, und er wusste noch nicht, wie er aus der Nummer wieder herauskommen sollte. Er hatte zwar um ein Gespräch mit dem

Besitzer gebeten – und das wäre dann wohl Vittorio Ambrosini höchstpersönlich. Aber vielleicht bekamen sie ja auch nur irgendeinen Verwalter zu Gesicht.

Jetzt sah der Commissario am höchsten Punkt der Strada Provinciale 566 nach Levanto den Eingang des langen und schnurgeraden Tunnels vor sich. Gleichzeitig passierten sie ein »Überholen verboten«-Schild. Der nervtötende Fahrer vor ihm fuhr dem zuckenden Tacho des Alfa nach zu schließen irgendwas zwischen vierzig und fünfundvierzig. Als Grassi im Tunnel keine entgegenkommenden Scheinwerfer sah, gab er Gas. Aus den Augenwinkeln nahm er wahr, wie Ricci erschrocken die Finger in den Sitz krallte. Als er auf Höhe der Familienkutsche war, schaltete Grassi, warf dem stur nach vorn schauenden Schweizer noch einen bösen Blick zu und schoss in die Dunkelheit hinein.

»Sagen Sie nichts«, meinte Grassi ruhig zu seiner ganz und gar nicht ruhigen Mitfahrerin, während er mit hundert Sachen über den doppelt durchgezogenen Mittelstreifen wieder auf seine Spur zog. »Es ist zwanzig nach elf, und Sie wissen genau, wie wichtig es für unsere Ermittlungen ist, die Ambrosini-Spur zu verfolgen. Mir schmeckt die Rolle als Bittsteller auch nicht, aber wenn sie uns die Tür vor der Nase zuschlagen, weil wir zu spät sind, müssen wir wer weiß wie lange auf eine neue Chance warten.«

Ricci schwieg und atmete schwer.

Am Ende des Tunnels lag das Tal von Levanto in der grellen Vormittagssonne, das Meer in der scharf eingeschnittenen Bucht so gleißend, dass Grassi für einen Moment die Augen schließen musste. Dann huschten die Schatten der Bäume am Straßenrand über ihre Gesichter, und Grassis Ärger war vorerst verraucht, trotzdem ließ er die Reifen in jeder der fünfzehn Kurven quietschen, bis sie in der Talsohle waren.

»Das nächste Mal nehme ich ein Taxi«, sagte Ricci tonlos.

Sie ließen Grassis Lieblingsbar am Kreisverkehr im Zentrum

links liegen und bogen am Ende des Corso Roma kurz vor dem Strand nach rechts in Richtung Bonassola ab. Nun ging es in lang gezogenen Serpentinen wieder bergauf, und Grassi ließ die Reifen quietschen, bis er rief: »Hier muss es sein!«, und sportlich bremste.

Linker Hand führte eine schmale, nicht asphaltierte Straße steil in Richtung Meer hinunter. Grassi warf einen Blick auf die Uhr.

»Könnten Sie bitte wenigstens jetzt etwas langsamer fahren?«, sagte Ricci fast flehentlich, als der Wagen in einer Rechtskurve auf dem staubigen Kiesweg ins Schlittern geriet. »Auf die Minute kommt es jetzt auch nicht mehr an. Außerdem ist mir schon schlecht.«

»Das tut mir leid«, sagte Grassi und meinte es so.

»Schon gut. Es ist Punkt halb, und wir haben es geschafft.«

Grassi kam vor einem Stahltor zum Stehen. Auf den Torpfosten waren Kameras montiert. Eine Sprechanlage war nicht zu sehen. Grassi kurbelte das Fenster hinunter. Das Zirpen der Grillen übertönte das zufriedene Knurren des Alfa im Leerlauf.

»Sie müssen sich bemerkbar machen«, sagte Ricci.

»Wofür haben die denn Kameras?«, gab Grassi zurück. Die Uhr tickte, die Zeit für die Audienz verstrich. Wenn er seinen Ausweis in die Kamera hielt, wäre er enttarnt, aber er wollte Ricci noch nicht in das Spiel einweihen, weil er Angst hatte, dass sie sich weigern würde mitzuspielen. Er kurbelte das Fenster runter und rief: »Hallo! Wir werden erwartet!«

»Was ist denn mit Ihnen los?«, fragte seine Partnerin. »Seit wann sind Sie schüchtern? Zeigen Sie Ihren Ausweis! Sagen Sie, wer wir sind!« Jetzt kurbelte sie auf ihrer Seite ungeduldig das Fenster herunter, lehnte sich hinaus und rief: »Wir sind von der ...«

Weiter kam sie nicht, weil Grassi den ersten Gang eingelegt und einen kleinen Satz nach vorn gemacht hatte bis auf wenige Zentimeter an das Tor heran.

»Commissario, das nützt doch nichts, wenn Sie jetzt …«, begann Ricci genervt, aber dann setzte sich das Tor tatsächlich in Bewegung und glitt zur Seite.

»Ecco«, sagte Grassi erleichtert.

Die Fahrspur führte noch ein Stück durch ungezähmte Macchia, dann wurde sie an einem weiteren, malerisch halb verfallenen Steintor zum gepflegten Kiesweg, der geradewegs auf die Villa der Ambrosinis zulief.

Ricci beugte sich vor und schielte auf das prächtige Gebäude. »Nett.«

»Das kann man wohl sagen«, murmelte der Commissario. Das weiße Gebäude mit den hohen Fensterbögen hatte einen Eckturm, von dem aus man einen fantastischen Blick auf die Bucht von Levanto haben musste. Und auf die Villa der Agnellis auf ihrer anderen Seite. Auch eine Art zu sehen und gesehen zu werden, dachte Grassi.

Die hohe geschnitzte Eichenholztür öffnete sich, und ein breitschultriger Mann mit zum Pferdeschwanz gebundenem schwarzem Haar trat aus dem Haus. Er trug eine schnittige Sonnenbrille, einen schwarzen Anzug über dem ebenfalls schwarzen Hemd und hatte, das sah Grassi mit geübtem Blick sofort, unter dem Anzug eine Waffe. Interessant, dachte er.

»Ich fresse einen Besen, wenn das der Butler ist«, sagte Ricci.

»Butler mit Nahkampfausbildung.«

»Also los.« Ricci machte auf ihrer Seite die Wagentür auf und stieg aus. Grassi zog den Schlüssel ab und folgte ihr.

Der Butler, der keiner war, wartete wortlos an der Tür, trat zur Seite, verschloss sie hinter den Polizisten wieder und bedeutete den beiden, ihm zu folgen. Aber Grassi blieb wie angewurzelt im Atrium stehen. Eine weiße Marmortreppe führte im weiten Bogen ein Stockwerk höher. Auch die Wände waren mit weißem Marmor verkleidet und wurden nur unterbrochen von gewaltigen, in üppigen, verschnörkelten Goldrahmen eingefassten Gemälden von Nymphen an Brunnen im Wald, Zentauren an südlichen Gestaden und halb nackt mit wilden Tieren ringenden gelockten Jünglingen. Auf hüfthohen weißen Säulen standen zu kurz geratene Palmen, davor Stühle im Empire-Stil. Die Decke war mit farbigen Fresken verziert. Überall Engel, Muscheln, Blüten und Zweige, entweder in Gold oder in Marmorweiß. Zwei ebenfalls in viel Gold gefasste hohe Spiegel verteilten das Licht der Wandlampen in dem großen Raum und ließen alles ungesund sepiafarben wirken.

Auch Ricci war mit offenem Mund stehen geblieben. »Madonna, das ist ja grauenvoll«, hauchte sie ehrfurchtsvoll.

Der Mann mit Pferdeschwanz war ein paar Schritte den Gang nach rechts vorgelaufen, drehte sich jetzt um und forderte mit einer wortlosen Geste zum Weitergehen auf. Am Ende des Gangs traten sie durch eine hohe weiße Tür mit feinen Goldverzierungen und standen plötzlich in einer Art Ballsaal.

Erst auf den zweiten Blick wurde Grassi klar, dass die Reihe von antiken, zum Teil angelaufenen Spiegeln den Raum größer wirken ließ, als er tatsächlich war. Dazu wirkte er vollkommen leer. Auf dem Parkett, das eine einzige großartige Intarsienarbeit aus mindestens vier verschiedenen Hölzern war, standen nur vier Möbelstücke an der fernen Stirnseite des Raumes: ein dunkler, geschnitzter, Ehrfurcht gebietender Schreibtisch, davor zwei leere Stühle und dahinter einer, auf dem jemand saß, den man im ersten Augenblick kaum sah, im nächsten Moment aber umso besser hörte.

»Sie sind zu spät! Das geht von Ihrer Zeit ab!«

Wenn sich Grassi gefragt haben mochte, welchen Ambrosini sie zu Gesicht kriegen würden, so erkannte er in diesem Augenblick sofort, wen er vor sich hatte. Die Stimme klang so grob gehauen wie das Gesicht des Patriarchen, das er im Netz gesehen hatte.

»Es tut uns leid, Signor Ambrosini, das lag am Verkehr.«

»Ausreden! Die Welt ist voller Ausreden. Und der Verkehr

wurde nicht über Nacht erfunden. Den plant man mit ein. Wollen Sie da stehen bleiben? Das geht alles von Ihrer Zeit ab!«

Ricci zupfte Grassi am Ärmel und schritt forsch durch den Saal auf den Schreibtisch zu.

»Das ist ein sehr eindrucksvolles Haus, Signore«, sagte sie freundlich.

»Finden Sie? Ich schenke Ihnen den alten Kasten, Signorina. Ist aber nicht billig. Allein für die Reinigungskosten könnte ich mir jedes Jahr ein neues Haus kaufen, das man im Winter heizen kann und in dem man sich im Sommer nicht totschwitzt. Und den ganzen stinkenden alten Plunder hier dürfen Sie auch nicht wegschmeißen, steht alles unter dem verdammten Denkmalschutz.« Der Mann erhob sich von seinem Stuhl, und jetzt sahen sie, dass der bullige Körper mit den kantigen Schultern, auf dem ein ebenso kantiger Kopf saß, nur in einen seidig glänzenden dunkelblauen Bademantel gehüllt war. Graue Brusthaare quollen aus dem Ausschnitt. Er hielt den Bademantel mit einer Hand zu, deutete mit der anderen Hand formvollendet, aber ironisch auf die freien Stühle und setzte sich wieder. Der Bademantel fiel auf, und man konnte grellbunte Badeshorts mit hawaiianischem Blumenmuster erkennen. Dem Alten war die Entblößung anscheinend egal.

»Der Pool mit Meerblick ist der einzige Grund, warum ich den Sommer überhaupt noch hier verbringe.« Er starrte Ricci an. »Madonna, jetzt gucken Sie nicht so, Signorina. Was ist überhaupt mit Ihren Augen los? Das ist ja zum Fürchten.« Er wandte sich ab. »Also los, machen Sie Ihren Job.«

Die Polizisten setzten sich steif.

»Aber Sie dürfen auf keinen Fall schreiben, was ich über das Haus gesagt habe, capito? Das mindert den Wert. Schreiben Sie das übliche Zeug vom berühmten Architekten Lodovico Pogliaghi, der auch irgendwelche Türen im Mailänder Dom entworfen hat, und vom Südflügel im Neo-Louis-XV-Stil bla, bla, bla. Und keine Fotos von mir! Ich mach das bloß, weil mein Sohn sagt, das wäre gut fürs Firmenimage.« Bei »Image« zog er eine Grimasse. »Von *Domus* sind Sie? Und seit wann schicken die Praktikanten?«, fragte Ambrosini mit grimmigem Seitenblick auf Ricci.

Die antwortete wie aus der Pistole geschossen: »Sie irren sich. Wir sind nicht von *Hässlicher Wohnen,* und wir interessieren uns nicht für irgendwelche Architekten. Und so schön, dass wir Sie fotografieren wollen würden, sind Sie auch nicht.«

»Was erlauben Sie sich?«

»Wir sind von der Polizei und ermitteln in einem verdächtigen Todesfall.«

Ambrosini starrte Ricci wütend an, biss sich auf die Backen und raffte seinen Bademantel zusammen. »Ich weiß nichts von einem verdächtigen Todesfall. Was soll das überhaupt sein?«, stieß er hervor. »Und jetzt lasse ich Sie zur Tür bringen, weil Sie sich unter Vorspiegelung falscher Tatsachen Zutritt zu meinem Haus verschafft haben.« Er drückte auf einen Knopf an seinem Schreibtisch und erhob sich hochmütig.

»Signor Ambrosini«, begann der Commissario begütigend. »Ich weiß nicht, wieso Sie denken, wir wären von der Presse, und wir entschuldigen uns für etwaige Missverständnisse.«

»Soso, Sie entschuldigen sich …«, murmelte Ambrosini durch die Zähne und mit Blick auf die Tür, die in diesem Moment von dem Mann im schwarzen Anzug geöffnet wurde.

»Und eigentlich wollten wir im Zusammenhang mit den Ermittlungen auch gar nicht mit Ihnen sprechen, sondern mit Ihrem Sohn, Gian-Battista.«

Der Alte hob die linke Hand, und alle verstummten. Dann wedelte er mit den Fingern, der Mann im schwarzen Anzug schloss daraufhin die Tür wieder, und Ambrosini sank wieder auf seinen Stuhl.

»Verdammter Gian. Was hat er jetzt schon wieder angestellt? Jemanden umgebracht? Das hätte ich ihm gar nicht zugetraut.«

Ricci hatte ihren Laptop aufgeklappt, rief das Foto von Rico und Umberto auf und drehte das Gerät um.

»Welchen von beiden hat er auf dem Gewissen?«, sagte der Patriarch amüsiert.

»Signore«, sagte Ricci. »Wir bitten Sie, das ernst zu nehmen. Wir möchten mit Ihrem Sohn nur als möglichem Zeugen sprechen.« Sie deutete auf Rico. »Es geht um diesen jungen Mann hier links auf dem Bild. Er wurde tot aufgefunden. Kommt er Ihnen bekannt vor?«

Ambrosini beugte sich vor, um das Bild genauer betrachten zu können, verzog verächtlich den Mund und schüttelte den Kopf. »Nein, nie gesehen.«

»Können wir Ihren Sohn sprechen? Ist er hier?«

»Nein. Keine Ahnung, wo er ist. Manchmal hier, manchmal auf dem Boot, manchmal in Portofino, sagt man mir.«

»Haben Sie seine Adresse in Portofino?«, fragte Ricci.

»Fragen Sie meinen Sekretär.«

»Signor Ambrosini, Ihr Sohn ist in der Vergangenheit wegen Drogenbesitzes verhaftet worden. Musste er deshalb seine Position innerhalb der Ambrosini-Stiftung …«

»Geringfügigkeit!«, rief Ambrosini und schlug mit der Faust auf den Tisch. »Sagt Ihnen der Begriff etwas? Sollte er eigentlich, wenn Sie Polizistin sind. Oder ist das auch ein Missverständnis? Es ist nie zu einer Anklage gekommen! Mein Sohn ist nicht vorbestraft! Die Sache ist erledigt!«

»Da haben Sie recht. Schnee von gestern. Wir erwähnen das nur, weil wir Informationen darüber haben, dass Ihr Sohn Gian-Battista bis vor Kurzem möglicherweise mit jemandem im Kontakt stand, der verdächtigt wird, mit Drogen gehandelt zu haben.«

»Unsinn! Mein Sohn hält sich von Drogen fern. Und wissen Sie auch, warum? – Weil ich es ihm sage. Weil ich dem cretino klipp und klar *befohlen* habe, die Finger von dem Teufelszeug zu lassen!« Der Patriarch war sehr laut geworden, und Ricci und der Commissario saßen senkrecht auf ihren Stühlen. »Er schadet damit der Firma! Schlimm genug, dass heutzutage Unternehmer von allen Seiten mit Dreck beworfen werden. Als ob es beim Geldverdienen jemals um Moral gegangen wäre! Als ob es überhaupt eine moralische Art gäbe, Erfolg zu haben in dieser Welt! Glauben Sie, die Agnellis da drüben haben eine saubere Weste? Glauben Sie, die Benettons machen die Welt mit Pullis bunter? Glauben Sie noch an den Weihnachtsmann? Glauben Sie etwa, man könnte in so einem verdammten Museum leben, ohne sich vorher die Finger schmutzig gemacht zu haben? Glauben Sie, das geht mit gleicher Bezahlung, Betriebskindergarten, Kantinenzuschuss? Fairness? Mit dem, was man heute *Werte* nennt?« Er zog das Wort sarkastisch in die Länge.

Die Polizisten lauschten dem überraschenden Ausbruch fasziniert.

»Unsere Konkurrenz, die Amis, die Saudis, die Chinesen, haben die etwa Werte? Gründen die verdammte Stiftungen, um die Welt glauben zu lassen, sie würden Gutes tun, statt einfach so viel Geld zu verdienen wie irgend möglich? *Die* gehen über Leichen, nicht ich. Wer der Firma Ambrosini gegenüber loyal war, konnte immer auf meine Loyalität zählen. Zu mir konnte jeder kommen, bis runter zum kleinsten Bauarbeiter. Wenn sich jemand die Finger blutig gearbeitet hat und seine Miete trotzdem nicht bezahlen konnte, war ich für ihn da. Die Tochter eines Baggerfahrers ist von irgendeinem Arschloch geschwängert geworden? Ich finde einen Arzt für sie und schicke jemanden, der dem Typ Manieren beibringt. Ich bin der Wert dieses Unternehmens! Und wär mir früher jemand mit Work-Life-Balance gekommen, ich hätte mit ihm meinen Pool gereinigt! Verstehen Sie das?« Ambrosini hatte einen hochroten Kopf bekommen. »Und wenn mein Sohn zu mir kommt und ein Problem hat und Reue zeigt, dann löse ich das Problem für ihn! Im Sinne der Firma! Ich habe Einfluss! Ich habe Verbindungen! Sie glauben, Sie können hier so einfach reinspazieren und mit wilden Verdächtigungen wie mit Pferdekot um sich schmeißen?«

»Momento, Signore, wir verdächtigen niemanden …«

»Dann nehmen Sie Ihre verdammte Leiche und lassen Sie uns in Frieden weiter dafür sorgen, dass Ihresgleichen im Wohlstand leben kann, während Sie Ihre Zeit verplempern mit ermordeten Drogendealern, die es nicht besser verdient haben!« Ambrosini hielt inne und atmete schwer.

Die letzten Worte hingen im Raum wie eine giftige Wolke, und für einen Moment wagte niemand, auch nur ein Geräusch zu machen. Dann räusperte sich Grassi. »Ich hatte nichts von einem ermordeten Drogendealer gesagt.«

Ambrosini blinzelte. »Sie haben von einem Mann gesprochen, der mit Drogen gehandelt hat und der tot ist.«

»Nein, habe ich nicht«, sagte Grassi lauernd.

»Ich wollte nur sagen …«, begann Ambrosini, wurde aber davon unterbrochen, dass jemand am anderen Ende des Raumes die Tür aufriss und rief: »Herrschaften, hier sind Sie! Ich hoffe, mein alter Herr hat Sie nicht schockiert mit seiner Unverblümtheit. Wenn es um dieses Haus geht, ist er nicht besonders sentimental.« Grassi und Ricci drehten sich überrascht um. Ein smarter Mann um die vierzig mit scharf ausrasiertem schwarzem Vollbart und maßgeschneidertem Dreiteiler kam mit ausgestreckter Hand und harten Schritten auf Ricci zu. »Die Dame zuerst, wie es sich gehört.« Er lächelte. »Ich bin Federico Ambrosini, Geschäftsführer des Unternehmens, und ich glaube, Sie wollten zu mir. Vater«, wandte er sich nachsichtig lächelnd dem Patriarchen zu, der mit einem Mal so aussah, als hätte ihm jemand den Stecker gezogen, »hast du deine Runden gedreht? Dann solltest du jetzt etwas essen. Danisa hat aufgetragen. Ich kümmere mich um unsere Gäste.« Damit schüttelte er auch Grassi die Hand. »Aber zieh dir bitte vorher etwas an. Danisa hat sich schon einmal darüber beschwert, dass sie dich so sehen musste, sie ist sehr katholisch, wie du weißt.« Er lachte kurz auf. Es klang nicht fröhlich.

»Ich wohne hier und laufe rum, wie es mir passt«, sagte der Alte. »Und diese Herrschaften hier sind übrigens von der Polizei. Wusstest du das, Federico?«

Der war schon wieder auf dem Weg zur Tür, drehte sich um und reagierte blitzschnell. »Oh, von der Polizei? Ihr Besuch ist hoffentlich kein Grund zur Besorgnis. Aber wenn wir helfen können, tun wir das natürlich gern. Kommen Sie, kommen Sie. Wir reden in meinem Büro.«

»Sehr gern, Signore«, sagte der Commissario, »aber Ihr Vater wollte mir gerade noch etwas sagen.«

Der alte Patriarch stand neben seinem mächtigen Schreibtisch. Jetzt konnten sie sehen, dass er barfuß war. Aus der Badehose unter seinem Seidenmorgenmantel staken haarlose Beine. Seine breite Brust hob und senkte sich schnell, das Gesicht wirkte schlaff. Er öffnete und schloss immer wieder seine Hände.

»Ich will nur sagen«, begann er und stockte. »Ich will damit nur sagen, dass jeder das bekommt, was er verdient.« Er sah seinen Sohn Federico an. »Und Gian mag ein Idiot sein, aber er ist wenigstens loyal.«

Grassi schloss den Alfa auf, stieg ein, beugte sich zur Beifahrertür und zog die Verriegelung hoch. Als Ricci sich in den Sitz sinken ließ, drehte sie sich zum Commissario um: »Feltrinelli hat uns verboten, der Ambrosini-Spur zu folgen?«

»›Finger weg‹ waren ihre Worte.«

»Sie hätten mich trotzdem vorher in Ihren Plan einweihen müssen.«

»Scusi, ich wusste nicht, ob Sie das Spiel mitspielen würden«, antwortete Grassi.

»Genau. Weil man es vorher nicht weiß, nennt man es Vertrauen. Schon mal davon gehört? Wir sind Partner. Ich dachte, wir hätten diese Phase hinter uns.«

»Un momento, als ich das letzte Mal vom Pfad der Polizeischultugend abgewichen bin, hätten Sie mich am liebsten geteert und gefedert.«

»Gian Ambrosini ist meine Spur, schon vergessen? *Ich* musste *Sie* davon überzeugen, ihr zu folgen.«

»Sì sì, Sie haben recht. Kann ich also davon ausgehen, dass Sie voll hinter der Aktion stehen? Es kann sein, dass die uns noch Ärger macht.«

»Ich bin dabei«, sagte sie. »Die so aufzuscheuchen hat Spaß gemacht.«

»Und Ambrosini schützt seinen Sohn. Ich glaube, wir sind auf der richtigen Spur.«

»Das sehe ich auch so«, sagte Ricci. »Der Alte hat ja komplett die Fassung verloren, als wir ihn nach dem Drogenvergehen seines Sohnes gefragt haben. Und was war das für ein Gerede, dass er Leute losschickt, um anderen Manieren beizubringen? Don Ambrosini, der seine eigenen Gesetze macht?«

»Gemacht hat. Er würde gern noch, doch die Zeiten sind vorbei. Weil sein Manager-Sohn ihm das Heft aus der Hand genommen hat. Ein klassischer Fall. Vittorio kann Federico nicht ausstehen. Aber er liebt Gian und hat gleichzeitig Angst um ihn.«

Grassi ließ den Motor an und rollte über den knirschenden Kies in Richtung Tor. »Er hat zwar gesagt, er kennt Rico nicht, aber er hat selbst den Zusammenhang hergestellt zwischen ihm, Drogenhandel und Mord. Der weiß mehr, als er zugeben will.«

Ricci nickte. »Und was ist mit dem anderen Sohn? Diesem smarten Federico?«

Federico Ambrosini hatte ganz den treuen, kooperativen Staatsbürger und modernen Manager gegeben. Sein Büro lag in einem Seitenflügel, der mit dem alten Haus nichts gemein hatte. Ein flacher, moderner Trakt mit dunklem Parkett, Glaswänden und modernster Technik. Ricci hatte ihn nach dem Aufenthaltsort seines Bruders Gian-Battista gefragt, den sie gern als Zeugen befragen würden. Eine reine Formalität. Federico hatte ihnen die Adresse eines Apartments in Portofino gegeben und versprochen, dafür zu sorgen, dass Gian-Battista Ambrosini sich innerhalb der nächsten Tage bei der Polizei melden werde. Schließlich habe er nichts zu verbergen. Bei der weiteren Befragung entpuppte sich das »Boot«, das der alte Ambrosini erwähnt hatte, als die Luxusjacht *Ammazzadraghi*. »Wissen Sie, die ›Drachentöter‹ ist im Grunde ein Spielzeug von gestern«, hatte der smarte Manager gesagt. Er selbst nutze die Jacht kaum, und er könne versichern, dass die Jacht am Sonntag die Marina in La Spezia nicht verlassen habe. »Wenn ich persönlich in die Zentrale nach Genua muss, lass ich mich fahren. Selbstverständlich elektrisch. Und baden gehe ich mit meiner Familie lieber in der Karibik. Der Firmenjet fliegt zu hundert Prozent klimaneutral.«

»Nehmen Sie Federico die saubere Firmenfassade ab? Ich meine nicht den klimaneutralen Jet.«

»Natürlich nicht. Was das angeht, hat der Alte die reine Wahrheit gesagt: Ohne Dreck am Stecken ist in Italien kaum eine Firma so lange so erfolgreich.«

»Über welche Art Dreck sprechen wir, Commissario? Sie waren doch in Rom lange mit dem organisierten Verbrechen beschäftigt.«

»Sie meinen speziell in der Bauwirtschaft? Die klassische ›Partnerschaft‹ beginnt mit dem Schutzgeld. Für den Laien klingt das nach Erpressung, und das ist es natürlich auch. Aber als Bauunternehmer hat man auch was davon. Man zahlt je nach Größe der Baustelle – von zehntausend Euro für das Häuschen bis zu weitaus höheren Beträgen zum Beispiel bei Bürogebäuden. Dafür machen einem die Behörden keinen Ärger, wenn es um Genehmigungen geht oder die Überprüfung von illegalen Arbeitern. Wenn man lange genug brav mitspielt, wird man als Bauunternehmer zum Beispiel mit Aufträgen für öffentliche Bauten belohnt. Oft ist *la famiglia* selbst der Auftraggeber. Wer bei der Bevölkerung als Wohltäter dastehen will, muss hin und wieder auch ein Krankenhaus eröffnen. Mehr Geld für das Unternehmen, mehr Schutzgeld für die Erpresser. Manager wie Federico würden so was wohl eine Win-win-Situation nennen. Aber die Bauwirtschaft ist für die 'Ndrangheta nur eine Art Nebenerwerbszweig. Drogen und Abfall sind viel interessanter.«

In Ermangelung einer Klimaanlage hatten sie beide Seitenscheiben heruntergekurbelt. Der Wind, der ins Coupé wehte, fühlte sich an, als würde ihnen jemand einen heißen Föhn direkt ins Gesicht halten. Kurz vor der Auffahrt zur Autostrada nach La Spezia spürte Grassi das Handy in der Innentasche seines Jacketts vibrieren. Er zog es heraus, warf einen Blick darauf, nahm mit einem Daumendruck das Gespräch an und reichte das Gerät Ricci.

»Nein«, sagte die ins Smartphone, »der Commissario und ich sind gerade unterwegs.« Sie hörte ein paar Sekunden zu, nahm dann das Handy vom Ohr, hielt es vor sich und drückte die Lautsprecher-Taste.

»…zinierenden Experiments, das ich gerade vorbereite.« Sie hörten eine Stimme im Hintergrund, auf die Penza etwas abgewandt antwortete: »Der Kopf kommt ins Wasser, wie oft soll ich das noch sagen. Darum geht es ja!« Dann wieder offensichtlich an seine Gesprächspartner gerichtet: »Also, kommen Sie sofort her, chiaro?«

»Dottore«, sagte Grassi, ohne den Blick von der Straße zu nehmen, »wessen Kopf halten Sie da gerade unter Wasser? Bringt uns Ihr faszinierendes Experiment irgendwie weiter, oder werden wir am Telefon gerade Zeuge, wie Sie einen Ihrer Assistenten umbringen?«

»Nein, so gern ich das manchmal auch tun würde«, erwiderte Penza mit einem, wie sich Grassi einbildete, hörbaren Grinsen. »Es geht um Ihren Fall. Ich glaube, ich kann beweisen, dass der Tote aus der Marina tatsächlich ermordet wurde.«

ALLE AUF POSITION

Der Commissario und die Ispettore standen eine halbe Stunde später im Keller des Ospedale Militare und betrachteten skeptisch Penzas bizarr anmutenden Versuchsaufbau. In einem offenen, randvoll mit Wasser gefüllten Stahltank von etwa zweieinhalb mal einem Meter, der an ein Abklingbecken erinnerte, hatte Penza den Kopf eines Dummies mit einer dicken blauen Nylonschnur über einem im Beckenboden eingelassenen Stahlring fixiert. Das andere Ende der Schnur, das eine Reihe gelber Markierungen aufwies, ließ Penzas Assistent Longo über den Beckenrand gleiten, auf dem ebenfalls eine entsprechende Markierung angebracht war. Am Kopfende des Beckens stand eine hohe Trittleiter. Der ganze Aufbau wirkte ebenso improvisiert wie versiert. Penza selbst stand stolz neben einem Stativ mit Kamera.

»Wo ist denn die Leiche?«, fragte Ricci verwirrt

»Die Leiche? Die Leiche brauchen wir nicht«, erwiderte Penza. Er schien zu überlegen, welchen Knopf er auf der Kamera drücken sollte.

»Bitte lassen Sie das«, sagte Longo und trat mit erhobenen Händen zu seinem Chef. »Ich habe die Kamera genau richtig eingestellt. Haben Sie jetzt wieder was verstellt?«

»Das ist eine Welturaufführung«, wies Penza den großen Mann im weißen Kittel aufbrausend zurecht. »Und vielleicht haben wir nur einen Versuch. Ich muss also sichergehen, dass da auch ein Band drin ist.«

Grassi konnte sehen, dass Longo darum kämpfte, seine Gesichtszüge nicht entgleisen zu lassen. »Die Kamera arbeitet nicht mit Band, sondern ist digital«, sagte er ruhig. »Die Speicherkarte hat hundertachtundzwanzig Gigabyte. Damit können wir das Experiment hundertmal wiederholen.«

»Können wir eben nicht. Es geht nicht um Zufall, sondern um das Ergebnis sorgfältigster Berechnungen. Und gut muss es auch aussehen, dann wird das ein Hit im Internet.« Er sah Grassi an. »Natürlich erst nach dem Abschluss des Falles.« Er rieb sich die Hände. »Andiamo!«

Ricci verschränkte die Arme. »Erklären Sie uns doch bitte erst einmal, was Sie eigentlich vorhaben.«

Penza kletterte auf die Leiter. »Ich werde beweisen, dass man unter Wasser erschossen werden kann, ohne erschossen zu werden«, sagte er im wahrsten Sinne von oben herab. Daraufhin zog er aus der Seitentasche seines Kittels eine schwarz glänzende Beretta und hielt sie mit dem Lauf nach oben wie kurz vor einem Duell.

Grassi erschrak und trat ein paar Schritte zurück. »Madonna! Sie wollen das Ding doch wohl nicht hier drin benutzen.«

»Das will ich allerdings, Commissario. Das ist ja der Witz. Aber noch ist sie gesichert, ich bin schließlich kein Anfänger.«

»Ist das noch Genie oder schon Wahnsinn …«, murmelte Ricci.

»Das habe ich gehört!«, rief Penza.

»Sollten Sie auch.«

»Wenn Sie nun den für Sie bereitgestellten Gehörschutz überziehen würden? Und dann bitte hinter mich treten. Wir beginnen.«

Ricci und Grassi taten wie ihnen geheißen und stellten sich hinter die Leiter. Penza und sein Assistent zogen sich Schutzbrillen über die Augen.

Longo trat an die Kamera, warf noch einen prüfenden Blick durch den Sucher und drückte dann auf den Aufnahmeknopf. Danach stülpte auch er sich einen Kapselgehörschutz über die Ohren und nahm seine Position am Becken ein mit der blauen Nylonschnur in der Hand.

Der Dottore nickte seinem Assistenten zu. »Longo? Gehen Sie auf dreißig.«

Der zog an der Schnur, bis die »30 cm«-Markierung am Beckenrand zu sehen war. Penza entsicherte die Pistole, beugte sich etwas vor, zielte mit der Rechten in einem steilen Winkel von annähernd fünfundvierzig Grad auf den Dummiekopf, während er mit der Linken die Schusshand stützte und feuerte. Selbst unter den Ohrenschützern hallte der Schuss sehr laut von den gekachelten Wänden des engen Raumes wider. Grassi fand, dass erstaunlich wenig Wasser aufspritzte. Penza ließ die Pistole sinken, sicherte sie, nahm seine Schutzbrille ab und starrte für einige Sekunden auf den Kopf, der im Wasser leicht hin und her schwebte. Es sah grotesk aus. Mit dem ausgestreckten Arm bedeutete er den Polizisten, dort zu bleiben, wo sie waren. Dann kletterte er von der Leiter und beugte sich über den Dummiekopf, der an der Wasseroberfläche trieb, nachdem Longo die Leine locker gelassen hatte.

»Sie haben gewackelt«, sagte Penza vorwurfsvoll.

»Ich habe nicht gewackelt«, entgegnete Longo mit freundlicher Singstimme.

»Sie müssen gewackelt haben. Meine Berechnungen stimmen.«

Der Commissario war zum Becken getreten und deutete auf das Projektil, das auf dem Grund lag. »Vielleicht stimmen Ihre Berechnungen, und Sie haben schlicht danebengeschossen?«

Penza drehte sich um und warf dem Commissario einen empörten Blick zu. »Okay, Longo«, sagte er dann, »wir gehen für den nächsten Versuch auf fünfundzwanzig.« Er deutete auf die Kamera. »Und bis hier wird alles gelöscht, klar?«

»Ich lasse einfach laufen, und wir schneiden später, Dottore.«

»Das will ich meinen. Also alle wieder auf Position!«

Penza kletterte zurück auf die Leiter und nahm die Pistole wieder in die Hand. Er zielte, schoss, nahm die Brille ab, kniff leicht vorgebeugt die Augen zusammen, pustete dann befriedigt wie ein Revolverheld in den Lauf der Waffe und pfiff dabei die Melodie aus *Spiel mir das Lied vom Tod*.

Longo machte sich daran, den Kopf aus der Verankerung im Becken zu lösen, danach trug er ihn zu einem Autopsietisch und legte ihn ab. Ricci und Grassi hatten ihre Ohrenschützer abgenommen. Penza winkte sie zu sich. Gemeinsam betrachteten sie das Ergebnis.

Die Kugel hatte eine gut sichtbare kraterförmige Delle auf der Stirn des Kopfes hinterlassen, die rosafarbene Kunsthaut aber nicht verletzt. Penza klatschte in die Hände und blickte begeistert von einem Polizisten zum anderen. »Fantastico! Genau, wie ich es berechnet hatte, und das schon beim ersten Versuch!«, rief er freudig und nicht ganz wahrheitsgemäß. »Jetzt staunen Sie, nicht wahr, Commissario? Was sagen Sie dazu?«

Die Art, in der der Gerichtsmediziner seine Erkenntnisse präsentierte, konnte Grassi zwar ziemlich auf die Nerven gehen. Zum Beispiel die Tatsache, dass Penza jetzt gerade *We Are the Champions* anstimmte. Aber von den Erkenntnissen selbst war der Commissario nur selten enttäuscht. Und auch diesmal hatte er bereits eine Ahnung, worauf der Dottore hinauswollte. Aber er fragte sich, ob das Experiment wirklich als Beweis dafür dienen konnte, dass Rico ermordet worden war?

»Bene, ganz langsam zum Mitschreiben: Diese Delle hier stammt von der Kugel aus Ihrer Beretta.«

»È corretto.«

»Einen echten Menschen hätte dieser Treffer aber nicht getötet, oder?«

»Nein, hätte er nicht. Aber da so etwas, wie wir es hier sehen, nur unter besonderen Umständen im Wasser passieren kann, hat es ihn eben doch getötet.« Der Dottore wandte sich von dem Kopf ab und bedeutete Ricci und Grassi, ihm zu folgen. Während sie den von grellen Neonlampen erleuchteten Flur seines Reiches durchquerten, setzte er seinen Vortrag fort: »Die Variablen sind natürlich unendlich. Einschusswinkel, Kaliber, Abstand des Laufs der Waffe zur Wasseroberfläche, die Bauart und Feuerkraft der Waffe selbst und vor allem die Tiefe, in der ein

Mensch, auf den geschossen wird, gerade schwimmt, aber ...«, er betrat den Obduktionsraum, in dem der arme Enrico immer noch oder wieder auf dem Chromtisch lag, allerdings nun auf dem Bauch, »... wenn durch Zufall die Variablen stimmen, könnte so etwas dabei herauskommen.«

Sie standen nun zu dritt am Kopfende des Tisches und schauten auf eine rasierte Stelle am Hinterkopf der Leiche. Sie wies ebenfalls eine kraterförmige Delle auf, die tatsächlich zumindest in der Form derjenigen glich, die Penzas Kugel am experimentellen Kopf hinterlassen hatte. Diese Delle hatte einen gleichmäßigen tiefdunklen, fast schwarzen Rand.

Penza wirkte nun sehr konzentriert und ernsthaft. »Sie sehen hier, hier und hier – also besonders an Stirnbein, Schläfenbein und Hinterhauptsbein – viele Verletzungen durch das Schlagen an den Felsen in der Brandung. Alle post mortem, aber sie haben uns – wie ich zugeben muss – von dieser wichtigen Stelle abgelenkt. Und als wir sie gefunden haben, konnten wir sie uns zunächst nicht erklären. War sie Folge eines Schlags? Aber womit? Wir wussten nur, ein Aufschlag dieser Art so nah am Keilbein musste eine betäubende Wirkung auf das Opfer gehabt haben. Dann stieß mein Assistent Longo zufällig auf die Aufnahmen eines Experiments, das ein norwegischer Forscher durchgeführt hat. Er hat unter Wasser mit einem Sturmgewehr im Abstand von kaum drei Metern auf sich selbst geschossen, um zu demonstrieren, wie überaus effektiv und schnell das Element Wasser ein Projektil bremsen kann. Und so kam ich auf den entscheidenden Gedanken.«

Grassi hatte fasziniert zugehört. »Verrückt. Könnte man also sagen, dass Rico weder ertrunken ist noch erschossen wurde?«

»Die rein physischen Folgen könnte man so beschreiben, ja«, entgegnete Penza. »Aber rein juristisch handelt es sich hierbei wohl um Körperverletzung mit Todesfolge.«

»Körperverletzung?«, meinte Ricci zweifelnd. »Wer auf jemanden schießt, begeht einen Mordversuch, das ist doch völlig klar. Und es lässt sich aus diesen Erkenntnissen noch viel mehr ableiten.«

»Dass die Tat doch auf dem offenen Meer stattgefunden haben muss«, führte Grassi ihren Gedanken fort.

»Genau. Keiner der befragten Zeugen in Corniglia hat von Schüssen in dieser Nacht berichtet.«

»Sie sprechen im Plural, Ispettore«, schaltete sich Penza ein. »Dabei gibt es nur eine Schussverletzung. Trotzdem glaube ich, dass Sie recht haben. Wahrscheinlich wurden mehrere Schüsse auf ein unklares Ziel abgefeuert, aber nur einer hat getroffen. Es würde auch das *trockene* Ertrinken erklären«, ergänzte Penza. »Er hatte keine Zeit, Wasser zu schlucken. Und er ist nicht untergegangen, weil er erschöpft war, sondern er hat die Luft angehalten und ist untergetaucht, um seinen Verfolgern kein Ziel zu bieten. Als er getroffen wurde, hat er sofort das Bewusstsein verloren. In diesem Zustand konnte kein Wasser in seine Atemwege dringen, weil der Stimmritzenkrampf unwillkürlich eintrat.«

Grassi hatte sich an den Rand eines Tisches gelehnt. Er dachte an Tonis Flaschenpost. Der Mord war auf dem offenen Meer verübt worden. Tatort war nicht gleich Fundort.

»Das Problem ist«, sagte Ricci, »dass wir keinerlei Beweise für unsere schöne, schlüssige Theorie haben und auch niemals bekommen werden. Projektile gibt es nicht. Ein Kaliber können wir aufgrund von dem hier«, sie deutete auf Ricos Schädel, »unmöglich bestimmen.« Und als hätte sie Grassis letzten Gedanken gelesen, fuhr sie fort: »Es gibt nur einen Fundort, aber keinen Tatort. Und – seien Sie mir bitte nicht böse, Dottore – ob Ihr Experiment vor Gericht überhaupt als Beweis zugelassen werden würde, ist für mich höchst fraglich.«

UNWIEDERBRINGLICHES
FÜR UNERSETZBARES

Sie widersetzen sich meinen Befehlen!«

»Und Sie treten ständig auf die Bremse.«

»Das sollten Sie auch tun, da vorn wird's rot.«

Die Ampel hatte er wegen ihres Streites fast übersehen, und er schoss bei Gelb über die Kreuzung. Sie saßen gemeinsam im Alfa und schlängelten sich durch den dichten Nachmittagsverkehr von La Spezia. Feltrinelli saß mit versteinerter Miene auf dem Beifahrersitz.

»Es wäre gelogen, wenn ich sagen würde, dass es mir leidtut«, sagte der Commissario.

»Und ich würde aus meinem Herzen eine Mördergrube machen, wenn ich sagen würde, dass ich Sie nicht am liebsten auf den Mond schießen würde.«

Diese Auseinandersetzungen mit seiner Vorgesetzten verursachten ihm häufiger Kopfschmerzen, als er in Rom je gehabt hatte. »Weil es Ihnen ums Prinzip geht und nicht um die Sache. Geben Sie doch zu, dass meine kleine Aktion erfolgreich war.«

Feltrinelli schaute verbissen geradeaus. Als Grassi hochschaltete, war er sich nicht sicher, ob das Getriebe knirschte oder sie mit den Zähnen.

»Die Ambrosinis haben der Polizei ihre Tür geöffnet. Na und? Was gibt es dagegen zu sagen? Das versteht sich doch von selbst, wir sind ja keine Geheimorganisation. Niemand hat uns gefragt, ob wir von irgendeiner Zeitschrift kommen, und wir haben das auch nie behauptet. Bei wem sollen die sich beschweren außer bei ihrer dusseligen PR-Managerin? Ich glaube, Sie machen sich wirklich zu viele Sorgen.«

»Wir werden ja sehen«, knurrte sie.

»Und nun haben wir auch noch den von Ihnen ersehnten Beweis, dass Rico ermordet wurde.«

»Es ist nicht mehr als ein Indiz, und das verdanken wir Penza.«

»Nein mir. Wenn ich nicht drangeblieben wäre, hätten Sie die Leiche längst eingeäschert.«

»Eine Delle in einem Dummiekopf.«

»Ich würde es anders formulieren, Questore. Ungewöhnliche Spuren am Schädel des Toten, die experimentell durch Beschuss eines Dummies reproduziert wurden und als Schussverletzung identifiziert werden konnten.«

»Zugegeben, das klingt besser. Sie haben aber keinerlei Beweis*material*? Nichts zum Anfassen?«

»Jede Menge. Blutspuren mit DNA, Patronenhülsen und dazu passende Projektile, außerdem Zeugen …«

»Alles Beweismaterial aus Monterosso … Aber bevor Sie wieder protestieren: Ja, ich muss zugeben, dass Sie mich von den Zusammenhängen überzeugt haben.«

»Bene.« Grassi ließ es sich nicht anmerken, aber ihm fielen Steine vom Herzen. Er hatte kein Interesse an einem schwelenden Konflikt mit Feltrinelli. Und er wusste, dass er sich solche Alleingänge nicht allzu oft leisten konnte. Insgeheim machte er drei Kreuze, dass die Ermittlungen gerade echte Fortschritte erzielten.

»Sie halten die beiden Männer, die den Überfall begangen und auf Sie geschossen haben, für Profis?«

»Nach meiner Erfahrung spricht alles dafür.«

»Ich fürchte, ich muss Ihnen schon wieder recht geben«, sagte Feltrinelli nachdenklich. »Wenn es um Drogen geht, hat fast unweigerlich die 'Ndrangheta die Finger im Spiel. Genua und La Spezia sind wichtige Häfen für die famiglia, hier kommen die Drogen an. Wenn irgendjemand Profis schickt, dann die famiglia. Und nicht wegen ein paar Kilo. Es muss um größere Mengen gehen.«

»Das glaube ich auch.«

»Aber Rico war Ihrer Erkenntnis nach ein Kleinkrimineller. Könnte er an eine größere Menge gekommen sein?«

»Ich habe nicht die geringste Ahnung. Umso wichtiger, dass wir an der Ambrosini-Spur dranbleiben.« Er beugte sich zu ihr. »Beschaffen Sie mir einen Durchsuchungsbefehl für die Jacht der Ambrosinis. Die stecken in der Sache mit drin. Und ich bin überzeugt, dass der Mord auf einem Schiff verübt worden ist.«

»Gucken Sie auf die Straße und lassen Sie mich nachdenken. Da vorne müssen Sie links abbiegen.«

Er folgte Feltrinellis Anweisungen quer durch die Stadt in Richtung Osten, verfuhr sich dann im Gewirr des Autobahndreiecks nahe dem Containerterminal, bevor seine Chefin die Seitenstraße in einem abgerockten Gewerbegebiet zu erkennen glaubte und Grassi am Ende einer Sackgasse vor einer weiß getünchten Backsteinhalle, von der die Farbe großflächig abblätterte, stehen blieb.

»Hier? Sind Sie sicher?«

»Das ist ein Schrottplatz. Was für ein Ambiente haben Sie erwartet? Ein Fashion-Outletcenter? Fahren Sie in den Hof.«

Langsam lenkte Grassi den Alfa durch ein offenes hohes Gittertor und hielt in einem großen, fast quadratischen Hof, eingefasst in weiß getünchte, drei Meter hohe Mauern, die man kaum sah, weil sie von gestapelten Autowracks verdeckt wurden, teilverrostete Gerippe, blinde leere Scheinwerferaugen, verkrüppelte Achsen. Und doch hatte der Hof etwas beinahe Ordentliches. Linker Hand war zwischen den Wrackstapeln eine Lücke, wo das breite Doppelstahltor zur Halle war. Ebenfalls fast drei Meter hoch, eine Seite verschlossen, die andere einen Spalt geöffnet.

Grassi drehte den Zündschlüssel. »Also, was ist jetzt?«

Feltrinelli atmete schwer aus, als müsse sie sich zu etwas durchringen. »Ich versuche es morgen beim Richter. Der wird Fragen haben, die Sie beantworten können müssen. Wenn er es überhaupt erwägt. Aber bitte, bitte, Commissario, bis dahin keine Alleingänge. Habe ich Ihr Wort?«

»Das haben Sie.«

»So und jetzt Schluss damit, sonst lass ich Sie den Ersatzspiegel doch noch selbst bezahlen.« Feltrinelli stieg aus und trat an das Tor. Grassi folgte ihr.

»Hallo? Luigi?«, rief sie.

Der Türspalt war eigentlich breit genug, dass ein normal gebauter Mann hätte durchschlüpfen können, für Luigi reichte er nicht. Erst sah man von innen sein rundes Gesicht mit dem feinen Schnäuzer, dann – nachdem er die Tür noch ein gutes Stück weit aufgeschoben hatte – folgte der ganze Mann: Luigi war fast einen Kopf kleiner noch als Toni, so hoch wie breit, wie es den Anschein hatte, machte Trippelschritte auf seinen kleinen Füßen, nach vorn, zurück, zur Seite, als müsse er den Kugelkörper ständig in der Balance halten. Er tat das tänzerisch, nicht tapsig. Er musste etwa Anfang vierzig sein, hatte nur noch wenige, aber dafür pechschwarze Haarsträhnen, die er sich quer über den glänzenden Schädel gekämmt hatte, und strahlte aus kleinen, lustigen Augen. Erst strahlte er die Quästorin an, nahm ihre Hand in seine beiden schmutzigen kleinen Pfoten, küsste sie sogar galant, dann strahlte er Grassi an, als würde er ihn jeden Moment um ein Autogramm bitten, und schließlich strahlte er besonders breit den orangefarbenen Alfa Romeo an.

»Ahh«, rief er und breitete die kurzen Arme aus. »Da ist sie ja, die Schönheit! Ein Montreal.« Er legte einen Finger an den Mundwinkel. »Aus dem ersten Produktionsjahr?«

Grassi schob die Schöße seines Leinenjacketts zurück, steckte die Hände in die Taschen und sah die Besitzerin an. »Das wissen Sie besser.«

»Alles original?«, fragte Luigi.

»Bis zum Warndreieck«, sagte Feltrinelli.

Luigi umrundete den Wagen, strich mit Fingern, die sauber waren und trotzdem ewig schwarz bleiben würden, über den

Lack, bis er am linken Kotflügel stehen blieb und sich zu Grassi umdrehte. »Oha! Was ist denn mit dem Rückspiegel passiert?«

»Das ist eine längere Geschichte.«

»Ist ihm von Ganoven abgeschossen worden«, sagte Feltrinelli.

»Oha! Von Ganoven? Mafiosi vielleicht. Aber Vandalen auf jeden Fall.«

»Ich habe schon auf eBay geguckt, aber da gibt es nur billige Kopien aus China, und es sollte schon ein Originalteil sein.«

»Baujahr muss auch stimmen?«

Die Quästorin nickte. »So, oder gleich ein Billigteil aus China.«

»Haben Sie genug Geld dabei? Bei mir geht nur Bares.«

»Was kostet bei Ihnen denn so ein kleiner Rückspiegel?«, fragte Grassi. »Sollten Sie überhaupt einen haben.«

»Oha, ragazzi: Sie haben das Glück, eine Bekannte zu haben«, an dieser Stelle grinste er Feltrinelli an, »die den besten Ersatzteilhändler von ganz Italien kennt. Kommen Sie mal mit. Ich zeige Ihnen was.«

Der kleine runde Luigi wirbelte auf dem Absatz herum und verschwand in der Halle. Die Quästorin und Grassi folgten ihm und traten ein. Tageslicht drang nur durch eine Reihe schmutziger Oberlichter in den großen Raum. Nachdem sich das Auge an die schummrige Umgebung gewöhnt hatte, waren auch hier Stapel von alten Autos zu erkennen. Sie lagen allerdings nicht direkt aufeinander, sondern ruhten separat in Stahlregalen, die im ganzen Raum verteilt waren. Grassi erkannte im fahlen Licht abgerundete, elegante Dachlinien und geschwungene Kotflügel. Eine Kühlerfigur hob sich gegen ein Fenster ab. Dann gab es einen kleinen Knall, und der große Raum erstrahlte in weißem Neonlicht. Er kniff kurz die Augen zu, um sie dann wieder aufzureißen: So viel schönen Schrott hatte Grassi noch nie gesehen. Diese Wracks waren die Überreste automobiler Kunstwerke aus einer anderen Zeit. Grassi erkannte italienische Klassiker aus den Fünfzigern und Sechzigern, sogar einen Ferrari im obersten Regalfach nahe beim Licht, verstaubt, ohne Räder, zwei Kotflügel fehlten, aber doch unverkennbar. Da waren amerikanische Straßenkreuzer aus den Fünfzigern, Mustangs, Jaguars, aber auch deutsche Fabrikate, frühe Käfer und Porsche 911er, Mercedes-Limousinen. Grassi wanderte langsam durch die Reihen. Ein Museum des Schrotts. Und bei näherer Betrachtung ein lebendes Museum des Schrotts. Keines der Autos war auch nur annähernd vollständig. Im Gegenteil, hier löste sich alles auf. Grassi verstand. Dies war eine Schatzkammer für Oldtimerfans, wahrscheinlich weltweit die einzige. Hier lagerten Millionen von Originalersatzteilen für seltene Autos, Unwiederbringliches für Unersetzbares.

»Madonna, es muss Jahrzehnte gedauert haben, das alles zusammenzutragen«, raunte er.

Luigi gluckste amüsiert. »Eigentlich nur ein paar Tage«, sagte er mit einem Augenzwinkern. Und dann erzählte er, wie er vor einigen Jahren die unverhoffte Gelegenheit bekommen hatte, die Bestände eines historischen, von Bäumen und Sträuchern vollkommen überwucherten Schrottplatzes in der Schweiz aufzukaufen. »Der Schrottplatz stand auf dem Land eines alten Bauern, dessen Onkel ihn bis in die Siebziger betrieben hatte. War sozusagen schon seit Jahrzehnten wieder Teil der Natur geworden, als die Behörden auf den Trichter gekommen sind, dass das eine Umweltsauerei sein könnte. Also musste von jetzt auf gleich geräumt werden. Ich habe davon Wind bekommen, bin sofort hin, hab's mir angesehen und einen Kredit aufgenommen, um alles zu kaufen und abzutransportieren.« Er stand da mit den kurzen Ärmchen in den runden Hüften und schaute sich stolz um. »Ich habe in einen Schatz investiert.«

Ein paar Sekunden stand er noch sinnierend da, dann patschte er in die Hände und sagte: »Allora, ein Rückspiegel für einen Alfa Romeo Montreal 1972. Wo haben wir den denn gleich?« Und er verschwand zwischen den Regalreihen.

DJANGO ERWACHT

Grassi hatte seine Chefin zu Hause abgesetzt und sich brav bedankt. Er setzte den Blinker, warf einen Blick in den brandneuen fünfzig Jahre alten Rückspiegel und fuhr nach Hause in Richtung Levanto.

Rico Mordanschlag – Drogen – Ambrosini. In seinem Kopf formte sich eine Geschichte, aber ihm fehlte der Missing Link. Und was lag am Anfang dieser tödlichen Kette?

Die Kopfschmerzen, die seit der Fahrt zum Schrotthändler mehr oder weniger gleichmäßig in seinem Kopf rumorten, ließen langsam nach. Kurz bevor er aus dem Parco Nazionale delle Cinque Terre herausfuhr, wurde er gebremst von einer Gruppe Radfahrer in voller Montur, die belgische Reihe fuhr und dabei so viel Platz auf der schmalen Straße einnahm, dass Grassi über einige Hundert Meter nicht überholen konnte. Er übte sich in Geduld, trommelte leise mit den Fingern auf das Holzlenkrad des Alfa. Das Einzige, was ihn an dem Wagen störte, war, dass er kein Radio hatte. Wenn er Musik haben wollte, musste Grassi also selbst singen. Weil er selten den richtigen Ton traf, tat er das nie, wenn andere dabei waren. Dabei hatte er schon immer einen Kopf für Melodien gehabt. Als Kind hatte er bei jeder Gelegenheit jedes Lied, das ihm durch den Kopf ging, in die Welt hinausgesungen. Und weil er die meisten Lieder von seiner Mutter Giulia kannte, fiel sie immer ein, wenn sie dabei war. Assoziativ begann er ein Lied zu summen: »Julia, ocean child, calls me, so I sing the song of love, for Julia«. Dem kindlichen Beatles-Fan hatte seine Mutter augenzwinkernd erzählt, sie verdanke ihren Namen diesem John-Lennon-Song. Es hatte Jahre gebraucht, bis er kapiert hatte, dass das gar nicht sein konnte. Der Song war bei Giulias Geburt natürlich noch gar nicht geschrieben worden. Wenn er in den Jahren nach ihrem Tod zur Direzione Nazionale Antimafia in die Via Giulia in Rom fuhr, hatte er jedes Mal an seine Mutter denken müssen. In guter italienischer Manier gab es zwei spezialisierte Einheiten zur Bekämpfung des organisierten Verbrechens: Die erwähnte DNA war dem Justizministerium unterstellt. Aber es gab auch die dem Innenministerium unterstellte DIA, die Direzione Investigativa Antimafia. In Rom hatte Grassi mit beiden zu tun, und Ermittlungen waren oft nur dann zu koordinieren, wenn der Staatsanwalt sich mit einschaltete. Wenn er an die DIA dachte, sah er ein Gesicht vor sich, und ein Groschen fiel, und der Commissario ärgerte sich, dass dieser Groschen nicht schon viel früher gefallen war.

Mit der linken Hand am Steuer lenkte er den Wagen in eine weitere Spitzkehre, setzte den Blinker, hielt vor einem windschiefen Schuppen aus Wellblech und drehte den Zündschlüssel. Der Motor tickte in der still brütenden Abendhitze. Das Zirpen der Grillen war so laut wie ein Störsender, und als Grassi in seinen Kontakten die richtige Nummer gefunden hatte, befürchtete er, das sägende Geräusch der Insekten könne ein Gespräch unmöglich machen. Er wählte, und nach ein paar Sekunden meldete sich eine vertraute Stimme.

»Vito Grassi! Hab schon gehört, dass du irgendwo wieder als neuer Sheriff aufgetaucht bist, aber schon wieder vergessen, wo. In Boscaccio?«

»Nino, alter Sesselfurzer«, rief Grassi ins Telefon und versuchte damit gleich, den richtigen Ton für seinen Gesprächspartner zu treffen. »Ich bin in La Spezia. Ist gar nicht so langweilig, ab und zu passiert schon mal ein Mord.«

Er und der dicke Nino, Abhörspezialist bei der DIA, hatten in der Vergangenheit oft zusammengearbeitet. Nino war seit Gründung der DIA 1991 im operativen Zentrum aktiv. In dieser Zeit war er immer korpulenter und zynischer geworden, was Grassi sich mit der Sisyphusarbeit erklärte, die Nino tagtäglich den Glauben daran raubte, dass sich jemals etwas daran ändern würde, dass die Mafia immer stärker und der Staat anscheinend immer schwächer wurde.

»Ich habe was über deinen letzten Fall gelesen. Freut mich, dass Django wieder reitet.«

Grassi verzog das Gesicht. Er mochte diesen noch ziemlich frischen Spitznamen nicht, den Nino ihm in der Behörde verpasst hatte. Django war der schießwütige Revolverheld aus einer Reihe von Sergio-Leone-Western, und der dicke Nino hatte den Namen passend für Grassi gefunden, nachdem der bei der Festnahme des Mafiabosses Fifi Caldarrosta versehentlich dessen Liebhaber erschossen hatte. Grassi fand »Django« respektlos. Dem Toten gegenüber, aber auch ihm selbst gegenüber. Das Leben war kein Filmset, wo die Leichen nach der Klappe wieder aufstanden. Grassi trug die Schuld am Tod des unschuldigen jungen Mannes, der sich in den Falschen verliebt hatte und dumm genug gewesen war, im Getümmel der nächtlichen Erstürmung des Hauses eine täuschend echt aussehende Spielzeugpistole auf den Commissario zu richten. Aber auf Dummheit stand nicht die Todesstrafe. Und in besonders dunklen Nächten wurde Grassi seither von heftigen Gewissensbissen geplagt.

Aber mit Nino machte man keinen Small Talk. »Was brauchst du von mir, Vito?«

»Ich habe hier einen Fall, in den das organisierte Verbrechen verwickelt sein könnte, aber ich kann nichts beweisen.« Und Grassi umriss ihm den Stand der Ermittlungen in groben Zügen. »Sind dir die beiden Typen in Trainingsjacken schon mal untergekommen? Weißt du vielleicht was über aktuelle Aktivitäten in meiner Provinz?«

»Das kann ich dir nicht aus dem Ärmel schütteln. Aber so, wie du sie beschreibst, könnten sie Mitglieder der 'Ndrangheta oder Camorra sein. Vielleicht kommen die beiden Vögel aber auch aus Genua. Ich kann mich ja mal im dortigen Operationszentrum erkundigen. Für Django tun die alles!«

Grassi wollte der Heldenverehrung widersprechen, aber er brauchte die Unterstützung. »Grazie, Nino. Und weil du gerade Genua erwähnst: Habt ihr Erkenntnisse darüber, ob eine der Familien mit der Morandi-Brücke im Zusammenhang steht?«

»Welche Morandi-Brücke meinst du?«

Grassi brauchte eine irritierte Sekunde. »Welche?«, fragte er dann. »Du weißt, welche ich meine. Oder gibt es mehrere?«

»Allerdings. Verrückt, oder? Die, von der du sprichst. Die Katastrophenbrücke in Genua. Da wollte die Camorra beim Abbruch mitverdienen über eine Baufirma, die der Schwiegermutter eines hochrangigen Familienmitglieds gehört.« Nino musste lachen und klang wirklich amüsiert. »Du weißt, wie wichtig der Mafia die Familie ist.«

»Mutti ist die Beste.«

»Genau. Aber wie es der Zufall will, hat der Architekt Morandi noch eine andere einsturzreife Brücke auf dem Kerbholz. Die steht nahe dem Ort Catanzaro in Kalabrien. Eine Baufirma, die der Camorra gehört, hat dort über Jahre minderwertiges Baumaterial bei der Instandsetzung verwendet. Jetzt droht das Ding zu kollabieren. Kommt einem irgendwie bekannt vor, oder? Der Staat hat gerade noch rechtzeitig eingegriffen und die Brücke beschlagnahmt. Du siehst, die Bauwirtschaft watet knietief durch Dreck. Warum auch nicht, da ist ja viel Geld zu machen und anschließend zu waschen.«

»Genau das wollte ich von dir hören, Nino. Und taucht deines Wissens die Firma Ambrosini im Zusammenhang mit Ermittlungen gegen solche Geldwäsche auf?«

Nino schnaubte sarkastisch. »Django, das solltest du besser wissen. Niemals taucht der Name eines so großen und bekannten Unternehmens in Ermittlungsakten auf. Wir reden hier von Subunternehmen von Subunternehmen, die zusammen mit korrupten Mitarbeitern von Straßenbauämtern und Beamten Geld waschen. Ob ich glaube, dass eine international agierende Firma wie die Ambrosini Group Geschäfte mit dem organisierten Verbrechen macht? Na klar! Hab ich gesicherte Erkenntnisse über solche Geschäfte? Schön wär's.«

Grassi bedankte sich, und Nino versicherte, bei den Kollegen in Genua Erkundigungen einzuziehen und sich wieder bei ihm zu melden.

Grassi saß ganz still und blickte durch die Windschutzscheibe auf das vor ihm liegende Tal von Levanto und den dahinter aufragenden Monte Rossola. Eine dünne Wolkendecke hatte sich vor die tief stehende Sonne geschoben, und das indirekte Abendlicht ließ die Konturen von Hängen und Schluchten weich erscheinen. Ein einzelner Fahrradfahrer kam im Kriechgang und mit hochrotem Kopf den Berg heraufgestrampelt. Alles sah friedlich aus. Dann glaubte er, die Villa der Ambrosinis auf der gegenüberliegenden Talseite als weißen Punkt erkennen zu können. Ja, dachte er. Alles war friedlich und idyllisch, solange diejenigen, die hinter der friedlichen Fassade die Fäden zu ihrem Vorteil zogen, nicht gestört wurden.

Er strich sich die schweißfeuchten Haarsträhnen hinter die Ohren und wollte gerade den Motor starten, als sein Handy brummte.

»Toni, ich bin schon auf dem Weg nach Hause.«

»Dann dreh wieder um. Ich bin bei Mamma in Corniglia. Sie brauchte Gesellschaft und kocht gerade. Ich soll dich fragen, ob du mitisst.«

Grassi überlegte. »Ich weiß nicht, Toni, es war ein langer Tag, und ich wollte eigentlich …«

»Wenn Mamma fragt, ob du zum Essen kommst, kannst du nicht ablehnen. Es gibt Fregola sarda con cozze, ein Rezept aus ihrer alten Heimat. Wie lange brauchst du?«

Von Legnaro bis Corniglia waren es nur etwa zwanzig Kilometer, aber ungefähr dreihundert Kurven. »Eine halbe Stunde, wenn ich Gas gebe, aber …«

»Dann gib mal Gas. Ich sage Mamma, dass du kommst.« Und schon hatte sie aufgelegt.

Warum musste Toni ihn immer so überfallen? Mal schob sie ihm eine Leiche unter, mal tauchte sie im falschen Moment in einer Tür auf, dann verplante sie einfach seinen Abend, den er gern mit einer Flasche Rotwein auf seiner Terrasse nur ein paar Schritte entfernt von seinem Schlafsofa verbracht hätte. Jetzt würde er später all diese Kurven in der Nacht wieder zurückfahren müssen, und das möglichst nüchtern, was hieß, dass er höchstens zwei Gläser trinken durfte. Andererseits war Tonis Mutter so ziemlich die beste Köchin, die er kannte. Und er hatte sie gern. Außer wenn sie Scopa spielten. Bei diesem Kartenspiel war Maria Solinas auf eine Art gnadenlos, dass einem der Spaß am Spiel vergehen konnte. Die kleine gebeugte Frau lachte wie Gollum, wenn sie einen Stich vom Tisch fegte. Dabei war ihre Fähigkeit, Stiche vorherzusehen, geradezu unheimlich. Blieb ihm nur zu hoffen, dass Maria nach dem Essen nicht noch spielen wollte.

Grassi startete den Motor, wendete mit quietschenden Reifen und fuhr den Berg wieder hoch in den Parco Nazionale delle Cinque Terre hinein. Nach ein paar Kilometern bog er auf die Strada Provinciale 51. Für Grassi gab es keine schönere Straße auf der Welt. Er hatte das Fenster heruntergekurbelt, und obwohl die hereinströmende Luft noch warm war, trocknete sie seine feuchten Haare, die ihm ums Gesicht wirbelten. Am Straßenrand stand einsam ein Wohnmobil mit deutschem Kennzeichen. Daneben ein älteres Pärchen Hand in Hand, staunend den Blick auf die tief unter ihnen liegende Küste und das azurblaue Meer gerichtet. Als sich der Alfa näherte, drehte die Frau sich um und hob lächelnd die Hand. Grassi ließ sich von der Freude über die Schönheit der Natur anstecken und streckte winkend den Arm aus dem Fenster.

KRÜMEL UND KLÜMPCHEN

Maria schöpfte vier Löffel kaltes Wasser in die rote Plastikschüssel mit dem Hartweizengrieß und rührte anschließend mit den Spitzen ihrer knotigen, gekrümmten Finger so lange um, bis sich kleine Krümel und Klümpchen bildeten. Sie rümpfte die Nase und gab noch etwas Mehl hinzu.

»Nicht so viel Mehl, Mamma«, ermahnte Toni, »das macht die Fregola so trocken.« Sie stand neben ihrer Mutter und beobachtete jeden ihrer Handgriffe genau.

»Wenn sie zu feucht sind, kann man sie nicht so gut rösten«, antwortete Maria sehr bestimmt.

Toni hob die Hände, als würde sie sich ergeben.

Fasziniert sah Grassi, wie Mamma Solinas die Schüssel mit den Fregola wie eine Goldwäscherin am Yukon so kreisen ließ, dass die größten Kügelchen sich an der Oberfläche sammelten. Danach warf sie die fertige Pasta nach und nach mit schnellen Lupfern auf einen Teller, der mit einem sauberen Baumwolltuch bedeckt war. Sie wiederholte den Vorgang so lange, bis die Schüssel bis auf ein paar Krümelchen leer und der Teller voll war. Die frischen Muscheln hatte Maria bereits in Weißwein gedünstet und den Sud mit getrockneten Tomaten, Petersilie und ein paar übrig gebliebenen Muscheln mithilfe eines Pürierstabs zu einer Soße verrührt. Während Maria rührte, nippte sie hin und wieder an ihrem Spezialcocktail.

»Mamma, willst du Vito nicht auch etwas zu trinken anbieten?«

»Madonna, du hast recht! Scusa, Vito. Soll ich dir einen Drink mixen?«

»Nein danke, Maria. Ich nehme nur ein kleines Glas Wein zum Essen.«

Die Fregola mit den Muscheln waren fantastisch gewesen. Die Schöpferin des Mahls hatte kaum aufgegessen, als sie sich schon in den abgewetzten grünen Lieblingssessel hatte plumpsen lassen und mit dem Kinn auf der Brust eingeschlafen war. Grassi und Toni hatten sich auf den schmalen Balkon gesetzt, auf dem kaum zwei Klappstühle Platz fanden. Die Beine mussten sie anziehen, um sich nicht ins Gehege zu kommen. Sie lauschten dem pfeifenden Schnarchen der alten Frau.

»So klingt sie immer«, sagte Toni. »Ich meine, du schnarchst ja auch, aber da kann ich immerhin die Tür zumachen.« Sie streckte sich. »Jetzt bleibt sie bis zum Morgen im Sessel sitzen, und ich schlafe in ihrem Bett.«

»Oder du fährst mit mir nach Levanto?«

Toni schüttelte den Kopf. »Wenn ich sie im Sessel schlafen lasse und einfach gehe, ängstigt sie sich, wenn sie aufwacht. Die Sache mit der Leiche in der Marina hat Mamma ganz schön aufgewühlt. Habt ihr sie identifiziert?«

Grassi machte Verrenkungen, um sein Handy aus der Hosentasche zu ziehen. Er suchte das Bild von Rico und Umberto, das Ricci gescannt hatte. »So sah er im Leben aus. Enrico Palumbo.« Er reichte Toni das Smartphone. »Anscheinend hat er gedealt, um seinem Onkel ein sorgenfreies Leben im Heim finanzieren zu können. Das ist der ältere Herr auf dem Bild. Er hat nach dem Einsturz der Morandi-Brücke sein Zuhause verloren.«

Toni sah ihn groß an.

»Weiterhin verwickelt: zwei schießwütige Killer, die vielleicht die Mafia geschickt hat, eine korrupte Heimleiterin und ein mächtiger Bauunternehmer aus der Region ...«

»Madonna!«

»... ja, und alle Fäden hängen zusammen, aber das Muster des Pullis kann ich noch nicht erkennen.«

Toni betrachtete mit gespreizten Fingern Details des Fotos, schob es hin und her, schüttelte leicht den Kopf, gab Grassi das Handy zurück. »Du wirst den Fall schon lösen, Vito.«

Sie schauten auf die sattgrünen Hänge, die im Schatten des Sommerabends lagen. Rechts von ihnen schlug die Glocke der Chiesa di San Pietro zehnmal. Wie Sitzreihen in einem antiken Amphitheater breiteten sich unterhalb der Kirche die Terrassen mit Olivenbäumen und Weinreben aus. Aus der Ferienwohnung über ihnen kamen stampfende Musik und lautes Lachen.

Grassi sah, dass Toni das Gesicht verzog.

»Das nervt, oder? Sind die jeden Abend so laut?«

»Come? Ach nein, das sind junge Leute aus Kanada, die sind ganz nett. Mamma hat gestern sogar was zu essen für sie hochgebracht.« Wieder verkniff sie das Gesicht.

»Immer noch Zahnschmerzen?«, fragte Grassi. »Du hast zu lange gewartet, ich sag's ja. Morgen hast du deinen Termin, oder?«

»Ja, aber da wird schon nichts sein.«

»Wenn's wehtut, ist da auch was.« Nach ein paar Sekunden sagte Grassi: »Ich wollte noch mal über die Sache mit Chiara reden.«

»Die Sache mit Chiara? Mich da reinzuziehen war unfair.«

»Ich weiß das.«

»Und ich stehe ja auch gar nicht im Weg, Vito.«

»Versetz dich in ihre Lage. Wie würdest du reagieren, wenn dein Mann mit einer fremden Frau zusammenwohnen würde?«

»Hör auf, alles zu verdrehen. Keine Ahnung, wie Chiara darauf kommt, dass zwischen uns was sein könnte. Ich weiß nur: In den vier Monaten, in denen wir zusammenwohnen, ist nichts passiert. Und was zwischen dir und Chiara in den letzten zwanzig Jahren passiert ist, kann ich nicht wissen. Will ich auch gar nicht.«

Grassi blickte nach links auf das Meer und die Marina. Heute gab es keine Wellen, und das Meer lag so glatt vor der Küste wie ein Spiegel.

»Oder wünschst du dir etwa, dass zwischen uns was passiert?«

»Was?« Die direkte Frage warf Grassi aus der Bahn. »Nein.«

Er überlegte fieberhaft, was er in diesem Moment der Wahrheit sagen konnte, sagen wollte.

»Die Sache wäre ja ganz einfach«, kam ihm Toni zuvor. »Ich ziehe aus, und Chiara ist zufrieden.« Sie beugte sich vor, stützte die Ellbogen auf die Knie und sah ihn an. »Warum lässt du mich bei dir wohnen, Vito?«

»Ich … ich weiß es ehrlich gesagt nicht«, stammelte Grassi und kratzte sich aus Verlegenheit am Kopf. »In den ersten Nächten fand ich es damals wirklich ein bisschen gruselig in dem Haus und war froh zu wissen, dass noch jemand da war. Aber eigentlich bin ich immer ganz gut ohne Gesellschaft klargekommen. Dachte ich jedenfalls. Aber ich habe herausgefunden, dass das vielleicht gar nicht stimmt. Ich mag dich einfach. Und ich will dich mögen können ohne schlechtes Gewissen.«

Sie stand auf. »Wenn du meinen Rat willst: Wir reden hier von zwei vollkommen getrennten Dingen. Das eine ist deine Ehe. Welche Entscheidung ihr da trefft, geht mich nichts an. Aber wenn sie getroffen ist, kannst du die andere Sache entscheiden: ob du weiterhin willst, dass wir zusammenwohnen.« Sie stand auf. Der Ansatz eines Lächelns lag auf ihren Lippen. Sie beugte sich zu ihm runter und gab Vito einen keuschen Kuss auf die Wange. »Ich mag dich auch, Vito. Obwohl du Bulle bist. Du erinnerst mich an deinen Vater. Und das sind gute Erinnerungen.«

Er hielt vor dem Haus und blieb noch bei offenem Fenster im Auto sitzen. Die Grillen machten nie Pause und übertönten den Sommerwind, der durch das Laub der Bäume fuhr. Im Tal waren Lichter, aber keines bewegte sich, denn niemand außer ihm war zu dieser nächtlichen Stunde noch unterwegs. Der Himmel war wie blank geputzt, eine einzelne dünne Wolke über dem Meer leuchtete wie von innen heraus. Darüber die Sterne. Erst wenige besonders helle, und dann, je weiter Grassi sich vorbeugte und durch die Windschutzscheibe in den tiefen Himmel blickte, mehr und mehr kleine Sterne, zunächst noch unterscheidbar, dann Sternwolken bildend und schließlich zu Staub zerfallend.

Seine Schritte knirschten über die Terrasse. Er stieß die Tür zum Wohnzimmer auf, machte aber kein Licht. Er ging zur Stereoanlage und seiner seit dem Einzug unsortierten Plattensammlung, die aufgereiht zwischen Verstärker und Wand stand. Er wusste genau, welche Platte er suchte. Und er erinnerte sich seltsamerweise auch daran, wo sie stand. Es war die letzte gewesen, die er beim Auspacken aus dem Karton genommen hatte. Es musste die ganz an der Wand sein. Er tastete danach, ließ das Vinyl aus der Hülle gleiten und hielt es gegen das Sternenlicht am Fenster. Grassi zählte die Leerrillen auf der ersten Seite, legte die Platte auf den Spieler und drückte einen Knopf. Als er die Nadel aufsetzte, erklang abrupt Jubel aus den Lautsprecherboxen und gleich darauf die ersten tiefen Klaviertöne eines A-Moll-7-Akkords. Grassi lauschte, und als Willie Nelsons Gesang einsetzte, bewegte er lautlos die Lippen dazu: »Sometimes I wonder why I spend / the lonely night dreaming of a song / the melody haunts my reverie / and I am once again with you …« Er sah das Gesicht seines Vaters vor sich, die Trompete von Wynton Marsalis setzte ein, und dann kam die Zeile »when our love was new« und an die Stelle von Emilio trat Chiara.

Er nahm sein Handy in die Hand und blinzelte in das aufscheinende Display. Sie würde längst schon schlafen, aber er schrieb trotzdem: »Ciao, cara, wie geht es dir? Schön, dass ihr mich besucht habt, obwohl …« Er stoppte, strich das letzte Wort und setzte stattdessen einen Punkt. »Und es tut mir leid, wie es gekommen ist.« Er überlegte. »Ich tröste mich mit Sternenstaub.« Sie würde wissen, was gemeint war, und wie er an den Konzertabend in Montreux denken, der mit einem mitternächtlichen Bad im See endete. »Womit tröstest du dich?« Er zögerte erneut, bevor er weiterschrieb: »Ich vermisse Rom.« Er löschte das letzte Wort und versendete die Nachricht aus Versehen unvollendet. Grassi schickte noch ein Wort hinterher. »Dich.«

FREITAG

TOTTI, TANCREDI,
VÖLLER UND GEISTER

Ah, un classico!«, rief Massimo, als der Commissario früh am nächsten Morgen vor der Bar Levanto aus dem Alfa stieg. Der Straßenfeger und sein dicker Kumpel Rocco standen zur gewohnten Zeit vor dem Eingang mit Caffè und Zigaretten.

»Anscheinend verdient man als Commissario nicht schlecht, wenn du dir so einen schicken Oldtimer leisten kannst«, sagte Rocco und umkreiste bewundernd den Wagen.

»Er gehört mir nicht«, sagte Grassi. »Ist nur geliehen.«

Rocco blieb neben dem Commissario stehen und legte ihm einen Arm um die Schulter. »Schon eine Weile her, seit wir uns gesehen haben. Kannst du dich überhaupt noch daran erinnern?« Er grinste.

Grassi grinste zurück. »Nur vage, muss ich zugeben.«

»Sei froh!«, rief Massimo.

Massimo spielte auf den triumphalen Finaltag an, den Grassi gemeinsam mit ihm und Rocco begangen hatte. Der erste internationale Titel für *I Giallorossi* seit über dreißig Jahren hatte einfach gefeiert werden müssen! Nach dem Abpfiff brachen alle Dämme. Zumindest bei Grassi. Er trank ein Glas auf den Torschützen, auf Trainer Mourinho, »the special one«, der sein Versprechen gehalten hatte, den Titel nach Rom zu bringen. Er trank auf die Gesundheit des verletzten Henrikh Mkhitaryan. Er trank auf den Torhüter Rui Patrício, der seiner Mannschaft in der zweiten Hälfte den Titel festgehalten hatte. Und weil der Triumph historische Dimensionen hatte, trank er auch noch auf die großen Roma-Spieler der Vergangenheit, auf Francesco Totti, Franco Tancredi und Rudi Völler.

»Das war ein schöner Abend. Wie bin ich überhaupt nach Hause gekommen?«

»Das weißt du nicht mehr?«, rief Massimo und stieß seinen Kollegen lachend an. »Wir haben dich den Berg hoch nach Hause geschoben.«

»Hochgeschoben?« Grassi starrte Massimo verständnislos an.

»Si, chiaro! Mit dem da!« Er zeigte auf das orangefarbene fahrbare Mülltonnengestell mit den großen Rädern, mit dem die beiden in Levanto täglich ihre Runden drehten.

»Madonna«, stöhnte Grassi und schlug sich die Hand vor die Augen. »Ihr habt mich in eurer Müllkarre nach Hause gebracht?«

»Was hätten wir denn sonst tun sollen? Dich auf die Straße legen und erst am nächsten Morgen auffegen?«

»Keine Angst«, sagte Rocco, »niemand hat uns gesehen.«

»Na ja, bis auf ein paar holländische Touristen natürlich, die deinen Roma-Schal erkannt haben und ein paar Unfreundlichkeiten rufen mussten.«

»Ehrlich?«, fragte Grassi.

»Ein gelungener Abend«, lachte Massimo, ging in die Hocke, drückte seine Kippe auf dem Bürgersteig aus und warf sie in die Tonne. »Andiamo, Rocco, die Arbeit ruft. Ciao Vito!«

Wie immer war der Platz am ganz rechten Rand des Tresens auf magische Weise für Grassi frei geblieben. Und wie immer schickte Grassi einen kurzen Gruß an seinen Vater, als er sich auf dem hohen Stuhl niederließ. Piero hatte ihn hereinkommen sehen und wortlos damit begonnen, seine unausgesprochene Bestellung zu bearbeiten. Der Caffè lief schon sämig durch den Siebträger, und mit einer Zange nahm er eine Brioche con marmellata aus der Vitrine.

»Hey, ich hab dich im Fernsehen gesehen«, sagte Piero zur Begrüßung.

»Was? Wann? Wo?«

»Jemand hat eure Zahnradbahnfahrt in Corniglia gefilmt.

Waren ja genug Touristen da. Und ein Ausschnitt davon hat es in die Lokalnachrichten geschafft. Willst du's sehen?« Während er sprach, hatte der Barista auf seinem Handy herumgewischt, gefunden, wonach er gesucht hatte, und drehte das Display zum Commissario, der sich Briochekrümel von den klebrigen Fingern klopfte und das Handy in die Hand nahm. Die Aufnahmen waren von jemandem gemacht worden, der zunächst offenbar am Geländer auf der kleinen Piazza gestanden hatte mit Blick auf die Schlucht nördlich der Ortschaft. Der besseren Sicht wegen hatte die Person sich dann langsam die Straße hinaufbewegt und dabei immer näher die steigende Zahnradbahn herangezoomt.

»Das ist die ungekürzte Version auf YouTube«, erklärte Piero.

Grassi erkannte sich auf dem unteren Wagen. Er wirkte verkrampft. Penza leuchtete im weißen Overall wie ein Schneemann im Sommer. Die Kamera hielt auf die Zahnradbahn, bis sie zwischen den letzten Weinterrassen hinaufgekrochen kam und die Straße erreichte. Dann wurde wieder herausgezoomt, und es folgte ein Panoramaschwenk nach links über die bunte Häuserzeile am Hang und über die Anteil nehmenden Menschen an den Fenstern, auf den Balkonen, auf der Straße.

»Halt!«, rief Grassi, dem sich die Nackenhaare aufgestellt hatten. »Noch mal zurück!«

»Dann mach doch. Du musst nur den Balken nach links ziehen.«

Grassi hielt ihm das Handy hin. Piero machte ein ungläubiges Gesicht, aber tat dem Commissario den Gefallen.

»Und wo mach ich Stopp?«

»Einfach aufs Display tippen. Was ist denn los?«

Statt zu antworten, konzentrierte sich Grassi ganz auf die Bilder, die vor ihm abliefen, während er die letzten Sekunden des Filmchens wiederholte, die Zahnradbahn, die an der Straße hielt, der Schwenk und dann … Er tippte.

Das waren sie. Ganz am linken Bildrand. Sie standen nur ein

paar Meter entfernt von der Person, die gefilmt hatte. In der letzten Sekunde der Aufnahme drehte sich einer der beiden Gangster in Richtung Kamera, und es sah aus, als würde er zufrieden lächeln.

Grassi gab das Handy zurück. »Schickst du mir den Link?« Er hatte es eilig, trank seinen Caffè und ließ nach dem letzten Bissen den Rest seiner Brioche auf den Teller fallen.

»Certo. Was ist denn? Du siehst aus, als hättest du ein Gespenst gesehen.«

»So was Ähnliches, Piero.«

»Pronto«, meldete sich Ricci. Sie klang hellwach am Telefon.

»Ricci, ich weiß jetzt, warum die Leiche in der Marina lag«, platzte der Commissario heraus. »Ricos Leiche war ein Köder. Ein Köder für die Polizei. Wir sollten ihn finden. Es ist den beiden Gangstern nie um Rico gegangen, sondern immer nur darum, die Drogen zu finden. Sie haben sich Rico geschnappt und wollten das Versteck aus ihm herauspressen. Blöderweise haben sie ihn umgebracht, bevor sie bekommen hatten, was sie wollten. Dann sind sie auf die Idee gekommen, die Leiche in der Marina zu platzieren, damit sie gefunden wird. Wir haben die beiden Mörder auf Umbertos Spur und damit auf die Spur der Drogen geführt! Sie müssen mir ab Montag gefolgt sein.«

»Klingt plausibel«, sagte Ricci am anderen Ende.

»Ich schicke Ihnen den Link eines Videos, das jemand bei der Leichenbergung gemacht hat.« Er beschrieb ihr den Moment, als die beiden Verdächtigen ins Bild kamen.

»Und Sie sind sicher, dass das die beiden Typen sind?«

»Ganz sicher. Ascolti, Ricci, hören Sie: Sehen Sie sich das Video an, fertigen Sie eine aktualisierte Personenbeschreibung für die Fahndung nach den beiden an.«

»Okay, und ich versuche außerdem, ein Standbild herauszuziehen. Und wie weiter?«

»Hat der kleine Ambrosini sich bei der Polizei gemeldet?«

»Nicht dass ich wüsste. Aber ich habe die Standzeit der *Ammazzadraghi* am Sonntag gecheckt. Federicos Aussage scheint zu stimmen.«

»Hafenunterlagen kann man auch fälschen.«

»Ich könnte den Porto Mirabello nach Aufnahmen von Überwachungskameras checken. Da dümpeln Milliardenwerte im Wasser herum, es muss dort Sicherheitsanlagen geben. Vielleicht tauchen die beiden Typen auf den Bildern auf?«

»Sehr gute Idee, Ricci. Und ich fahre zum Jachthafen und schau mich dort mal um. Gleich nachdem ich Toni persönlich beim Zahnarzt abgeliefert habe. Ich musste sie quasi verhaften, sonst würde sie nie gehen.«

»Toni fürchtet sich vor dem Zahnarzt? Ich hätte nicht gedacht, dass sie vor irgendetwas Angst hat.«

DRACHENTÖTER

rassi hielt gegenüber den Giardini Pubblici mit quietschenden Reifen. Er ließ den Motor laufen und blickte stur geradeaus durch die Windschutzscheibe, während Toni den Rückspiegel zu sich drehte, sich mit den Fingern durch die Haare fuhr, den Spiegel zurückbog, die Hände in den Schoß legte und einmal tief durchatmete.

Grassi sah Toni an. Sie schaffte es immer noch, ihn zu überraschen. Zum Beispiel mit ihrer irrationalen Angst vor dem Zahnarzt, die hauptsächlich daher rührte, dass sie einmal den *Marathon-Mann* im Fernsehen gesehen hatte und nicht vergessen konnte, wie Laurence Olivier seinen Verfolger Dustin Hoffman mit dem Zahnbohrer folterte.

Sie sah gut aus an diesem Tag. Das Haar hatte sie ausnahmsweise nicht hochgesteckt, sondern ließ es auf ihre Schultern fallen. Sie trug auch nicht wie sonst ein Tanktop, sondern eine weiße Bluse, bei der sie wie absichtslos die obersten beiden Knöpfe offen gelassen hatte. Sie schlug die Beine in der blauen Hose übereinander und wippte mit den nackten Füßen in den Lederriemchensandalen.

»Los jetzt. Wir sind spät dran. Du hast einen Termin, und ich will zum Porto Mirabello.«

»Okay, dann geh ich da jetzt rein.«

Er beobachtete, wie sie geistesabwesend mit der Zunge in ihrer Backe spielte. »Ich glaube, die Tablette fängt schon an zu wirken.«

»Keine Angst«, sagte er. »Die geben heutzutage ganz sanfte Betäubung. Du bekommst eine Spritze und merkst gar nichts mehr.«

»Eine Spritze? Wohin?«

»Dahin, wo betäubt werden muss. Ins Zahnfleisch.«

»Ins Zahnfleisch? Das klingt ekelhaft.«

»Hast du Angst vor Spritzen?«

»Ich hab keine Angst. Ich mag sie nur nicht. – Ins Zahnfleisch.«

Grassi sah auf seine Uhr. »Also wenn du jetzt nichts gehst, vergeben sie deinen Termin.«

»Sì sì, okay.« Sie atmete durch und sah ihn schräg an.

»Am schönsten ist es, wenn der Schmerz nachlässt, Toni.«

Sie hatte die Hand am Türgriff und gab sich schließlich einen Ruck. »Blöder Spruch. Wünsch mir Glück.«

»Meld dich, wenn's vorbei ist.«

Grassi sah sie im Gebäude verschwinden, dann legte er den Gang ein. An der nächsten Straße bog er rechts ab und am Ende der Promenade links in die Via Aldo Moro bis zur Einfahrt zum Porto Mirabello. Er fand einen Parkplatz gleich neben zwei Müllcontainern und genoss die kleinen Handgriffe beim Abschließen seines Autos, wo er einen echten Schlüssel in ein echtes Schloss stecken und richtig herumdrehen musste.

Grassi spazierte an einem lang gezogenen Gebäude entlang. Noch war die Temperatur angenehm. Eine Gruppe Jugendlicher mit Badetaschen stolperte kreischend wie ein Rudel Hyänen aus einem Bus. Vor einem großen Lageplan der Marina blieb er stehen, um sich zu orientieren. Aus der Größe der symbolischen Schiffe schloss er, dass die dicksten Jachten an der Mole A lagen. Dort müsste er die *Ammazzadraghi* finden. Der Weg zur Mole führte ihn durch die Arkaden einer kleinen Einkaufspassage. Dies war ein Shoppingparadies für Superreiche. Wer gerade eine Million oder mehr herumliegen hatte, fand eine reiche Auswahl an Booten und Jachten mit jedweder Ausstattung, individuell gebaut oder – etwas günstiger – gepflegt gebraucht. Die Schiffe wurden angeboten wie Immobilien, und Grassi fand es unvorstellbar, dass offenbar oft genug Menschen hierherkamen, um etwas so sinnlos Luxuriöses zu kaufen. Was machen wir nach dem Frühstück, caro? Ich würde gern schnell in die Stadt fahren und eine neue Jacht kaufen.

Hinter den Arkaden öffnete sich eine kleine Piazza. Auf der öden Fläche stand kein Baum, kein Strauch, nicht mal eine Topfpalme. Schon in einer Stunde musste es an diesem Ort unerträglich sein. Wer würde sich in eine der Bars setzen, die am Rande der Piazza lagen und zum Teil schon geöffnet hatten?

Hier begann die Mole A, an der sich eine Superjacht an die nächste reihte. Allesamt gleißende Ungetüme, beeindruckend in ihrer fast totalen Gleichförmigkeit. Die *Stria* und die *Soledo* und die *Tolemei* sahen für ihn alle gleich aus: breit, gedrungen, zwei- oder gar dreigeschossig und, obwohl strahlend weiß, irgendwie eine düstere und bedrohliche Aura ausstrahlend. Eine polierte Edelholztreppe führte vom Heck einer Jacht mit dem kyrillisch geschriebenen Namen Ветер auf ein tief im Schatten liegendes Deck. Darauf saß in einer weißledernen Sitzgruppe ein älterer Herr in fragwürdig gemustertem Hemd vor der ersten Rotweinflasche des Tages. Ihm gegenüber starrte eine sehr braun gebrannte alterslose Blondine auf das Display ihres überdimensionierten Handys.

»Gibst du mir einen Caffè aus?«

Grassi drehte sich überrascht um. »Was machst du hier?«

»Du hast gesagt, du bist am Porto Mirabello«, sagte Toni.

»Das war keine Aufforderung, mir nachzugehen.«

»Ich habe dich halt gesucht.«

»Warum? Warum bist du nicht beim Zahnarzt?«

»War ich ja.« Sie sah ihn zerknirscht an. »Aber zu spät. Mein Termin war schon vergeben.«

»Und jetzt?«

»Hab ich einen neuen Termin heute Nachmittag um halb drei. Immerhin.«

»Hältst du es bis dahin aus?«

»Muss ich ja. Hast du noch ein Aspirin?«

»Ich glaube, ja.« Er seufzte. Grassi konnte Toni gerade nicht gebrauchen, aber es ging ihr nicht gut, da konnte er sie auch nicht einfach wegschicken.

»Was soll ich denn bis dahin machen?«, fragte Toni, als hätte sie seine Gedanken gelesen.

»Du könntest wieder nach Hause fahren?«

»Das lohnt sich nicht. Und dann sitze ich da mit meinen Zahnschmerzen rum. Ich lass mich lieber von dir ablenken.«

»Ich habe keine Zeit für dich, Toni. Ich habe hier zu tun, und dann muss ich in die Questura.«

»Da muss ich nicht mit. Sind mir zu viele Polizisten.«

»Eben. Das war auch kein Angebot. Geh doch in ein Museum. Das Museo Tecnico Navale ist gleich um die Ecke. Vielleicht ganz interessant?«

Toni sah ihn mit einem amüsierten Blick an und schüttelte den Kopf. »Siehst du mich echt fasziniert vor Schiffsmodellen stehen? Ich kenne nicht mal den Unterschied zwischen Steuerbord und Backbord.«

»Das eine ist links.«

»Ja, aber welches Links?«

»Ach, ich weiß auch nicht, Toni. Lass uns jetzt einen Caffè trinken gehen, und dann fällt dir schon was ein.« Sie spazierten langsam an der Mole mit den Jachten entlang. »Da hinten ist übrigens ein Schwimmbad, wie wär's damit? Ich komme mir schon vor wie ein Animateur.«

»Hm, ins Schwimmbad? Vielleicht«, sagte Toni. Sie beobachtete Grassi, der mit zusammengekniffenen Augen die Schiffe taxierte. »Wonach hältst du Ausschau?«

»Nach einer Jacht, die *Ammazzadraghi* heißt.«

»Warum?«

»Um einem Verdacht nachzugehen. Jedenfalls, soweit ich das darf.« Er schnaubte.

»Was für ein Verdacht? Du hast mir doch gestern auch das

Bild gezeigt. Das gehörte ja wohl ebenfalls zu den Ermittlungen. Es interessiert mich nur.«

Grassi zögerte aus Pflichtgefühl. Und wusste gleichzeitig, dass er Toni gefahrlos ins Vertrauen ziehen konnte, so, wie er es schon zuvor getan hatte. »Okay, also: Wir haben die Vermutung, dass dieser Rico, dessen Bild ich dir gestern gezeigt habe, vor der Küste von einem Schiff gefallen sein könnte. Und bei den Ermittlungen ergaben sich mögliche Verbindungen zum Besitzer dieser Jacht.« Sie gingen langsam weiter.

»Gefallen oder gestoßen?«

Er mochte Tonis Neugierde und ihren scharfen Verstand. Dass sie immer wissen wollte, was wirklich war.

»Kann ich noch nicht sagen. Jedenfalls könnte auf diesem Schiff etwas geschehen sein, was Rico das Leben gekostet hat.«

Toni kniff die Augen zusammen. »Und die Jacht gehört dann wohl diesem Bauunternehmer, den du gestern erwähnt hast und der vielleicht mit dem Fall zu tun hat? Hat der womöglich auch mit dem Einsturz der Morandi-Brücke zu tun?«

Grassi war stehen geblieben und sah sie mit großen Augen an: »He, Watson! Willst du Ricci Konkurrenz machen? Ganz schön scharfsinnig.«

»Ich im Staatsdienst? Wohl kaum, Commissario. Aber vielleicht tauge ich ja zur Privatdetektivin?«

Grassi musste grinsen.

»Jedenfalls«, sagte sie und blieb stehen, »scheint sie das da zu sein, wenn ich den Namen noch richtig im Kopf habe.«

Ammazzadraghi. Drachentöter. Der Name prangte tatsächlich am Heck des Schiffes, vor dem sie jetzt standen. Es musste die größte Jacht im Hafen sein. Grassi schätzte sie auf mindestens fünfzig Meter Länge. Und sie unterschied sich auch im Design. Dieses Ding glich einem Rennwagen, fand er. Wenn er es aus dem Winkel richtig erkennen konnte, wurde der Bug vorn eher flacher als steiler. Die Fensterreihe, die Decks, überhaupt alle Linien wirkten wie im Windkanal entwickelt. Auf einem alles überwölbenden Aufbau thronten drei große, schwarze, glatte Gebilde, die wie Astronautenhelme aussahen. Grassi vermutete Radaranlagen. Wie ein geschliffener Stein lag die Drachentöter im Hafenbecken. Auf einer Plattform am Heck und fast auf Wasserhöhe standen ein Motorschlauchboot mit Festboden und zwei Jetskis. Zwei gut gebaute Jungs hantierten an den Jetskis herum. Der eine warf immer wieder sein langes blondes Haar zurück. Sein Oberkörper glänzte im Sonnenlicht. Der andere hatte kurze dunkle Haare. Beide trugen weiße Hosen.

Grassi musste an sich halten. Er hatte der Quästorin versprochen, nichts zu unternehmen. Und diesmal würde er sich daran halten, ganz ruhig bleiben und nur beobachten. Er drehte sich um und steuerte auf eines der beiden Tischchen der Bar zu, die praktischerweise der *Ammazzadraghi* genau gegenüber an der Mole lag. Sie setzten sich. Eine junge Frau in semitransparenten Sportleggings wollte die Bestellung entgegennehmen. Toni warf einen Blick auf die folierte Karte, die in einer Klemme auf dem Tisch stand.

»Drei fünfzig für einen Caffè?«, fragte sie überrascht.

Die junge Frau verstand das als Wunsch. »Ecco, un Caffè.«

»Ist der doppio?«

»Sie wollen einen Doppelten?«

»Nein, ein einfacher genügt.« Nachdem auch Grassi bestellt hatte und die Bedienung gegangen war, murmelte sie Grassi zu: »Ganz schön teuer hier.«

»Den meisten Kunden wird's egal sein«, sagte Grassi.

Zwei Pärchen schlenderten an ihrem Tisch vorbei. Die Männer trugen blaue Polohemden, sandfarbene Shorts, die nackten braunen Füße steckten in butterweich aussehenden ledernen Bootsschuhen. Ihre Frauen hatten große Sonnenhüte auf dem Kopf, im Wind wehende sommerliche Leinencardigans und teuer aussehende Totebags über den Schultern.

Grassi legte sein Handy auf den Tisch, während er weiterhin die Besatzung der *Ammazzadraghi* im Auge behielt. Die beiden

Männer standen jetzt locker gestikulierend zusammen. Einer verschwand über die Teakholztreppe auf dem oberen Deck. Der andere machte etwas an einer Leine am Heck. Immer wieder warf er Blicke in die Umgebung, schien die Menschen auf der Mole aus den Augenwinkeln zu beobachten. Einmal traf sich sein Blick mit dem von Grassi, er hielt ein paar Sekunden, dann wandte sich der Blonde ab.

Die Caffè wurden gebracht. Grassi riss ein Zuckertütchen auf und rührte einmal um. Sein Handy vibrierte auf dem Tisch. Er nahm den Anruf an.

»Sitzt du, Django?«

»Nino! Was gibt's?«

»Ich habe gerade mit meinem Mann in der Operationszentrale in Genua telefoniert, und du wirst es nicht glauben: Auch die 'Ndrangheta könnte ein Opfer der Morandi-Katastrophe geworden sein.«

Grassi saß kerzengerade. »Was meinst du?«

»Also: Wir ermitteln seit Jahren gegen zwei Bosse der 'Ndrangheta und haben unter anderem ihre Telefone angezapft. Da sind mit der Zeit Tausende Stunden Material zusammengekommen, die von über einem Dutzend Ermittler mühsam nach Verwertbarem überprüft werden. Eine wahre Sisyphusarbeit. Du weißt ja, wie das ist. Das allermeiste ist uninteressanter Mist, aus dem man die Perlen klauben muss, mit denen man die ehrenwerten Herrschaften vor Gericht drankriegen kann. Und jetzt sagt mir mein Kollege eben, dass es in einem Gespräch zwischen den beiden Bossen darum gegangen ist, einen Lastwagen wiederzufinden – beziehungsweise dessen Ladung. Und ob du's glaubst oder nicht: Dieser Lastwagen war ausgerechnet am 14. August 2018 um elf Uhr sechsunddreißig auf der Morandi-Brücke.«

Mit einer Hand schirmte Grassi Mund und Handy ab und beugte sich vor. »Ein Lastwagen der Mafia? Im Moment des Einsturzes? Sei serio?!«

»Nicht irgendein Lastwagen. Die beiden Bosse haben von einem geheimen Kühlfach gesprochen, das in den Laster eingebaut gewesen war. Und in diesem Kühlfach war allem Anschein nach eine Tonne Drogen.«

»Madonna!« Grassi konnte geradezu hören, wie die Räder des Falles in seinem Kopf klickten und endlich ineinandergriffen. Er dachte an die bewegten Bilder des Brückeneinsturzes, an den Trümmerberg aus Stahl und Beton. Und irgendwo dazwischen, zerdrückt, zermalmt, eingeklemmt ein Transporter mit einem Schatz! »Okay, aber alle Trümmer wurden geborgen, die zerstörten Fahrzeuge beschlagnahmt. Was also ist mit den Drogen passiert, wenn das überhaupt stimmt?«

»Das ist das Merkwürdige. Den Unterlagen nach wurden alle geborgenen Fahrzeuge und Fahrzeugtrümmer in ein Depot südlich von Rom gebracht. Aber nirgendwo ist von einem Drogenfund die Rede. Deine Kollegen behaupten, von nichts zu wissen. Das Gespräch wurde schon vor zwei Jahren mitgeschnitten, aber niemand hat ihm Beachtung geschenkt. Wenn man das ernst nimmt, dann hat die 'Ndrangheta seither nach ihren Drogen im Millionenwert gesucht. Und ob sie die je wiedergefunden haben, ist völlig unklar. Die Frage lautet: Was ist mit dem Zeug passiert?«

Ich hab da eine Theorie, dachte der Commissario. Er bedankte sich und beendete das Gespräch, nachdem er versprechen musste, sich bei Nino zu revanchieren, wenn er etwas über die verschwundenen Drogen erfahren sollte.

»Worum ging's?«, fragte Toni.

»Das kann ich dir nicht genau erklären.« Er ignorierte ihren beleidigten Blick. Der Kreis schließt sich, dachte er und stellte das Ermittler-Kopfkino an: Rico ist in der Nähe, als die Brücke einstürzt. Er eilt zum Unglücksort, findet zufällig den zertrümmerten Laster mit den Drogen und ergreift die Chance. Er nimmt sich so viel von dem Zeug, wie er in seinen Rucksack stopfen kann. Wie viel konnte das sein? Zehn Kilo? Fünfzehn?

Höchstens ein Bruchteil der Menge, die in dem Lastwagen gewesen war und die die 'Ndrangheta vermisste. Aber immer noch sehr viel. Im Kopf überschlug der Commissario den Wert von Ricos möglicher Beute. Der aktuelle Straßenpreis für Kokain lag bei ungefähr fünfundsiebzig Euro pro Gramm? Fünfundsiebzigtausend pro Kilo. Siebenhundertfünfzigtausend für zehn. Mehr als genug, um den traumatisierten Onkel zu versorgen und selbst abzutauchen. Das gelingt fast vier Jahre lang, in denen die kalabrische 'Ndrangheta alles daransetzt, um die Drogen bis auf den letzten Krümel zurückzubekommen. Nach all der Zeit bekommen sie einen Hinweis auf den Verbleib der Drogen. Und sie schicken die beiden skrupellosen Killer, um sie wiederzubeschaffen. Von wem war der Hinweis gekommen?

»Okay, wir müssen ja nicht reden«, sagte Toni. »Ich behalte die Jacht im Auge, während du mir noch einen Caffè und irgendwas Süßes besorgst, okay?«

»Du willst mit deinen Zahnschmerzen was Süßes essen?«

»Ich habe vor dem Zahnarzt nichts gegessen, und jetzt hab ich Hunger. Ich kaufe mir nachher eine Zahnbürste und Zahnpasta. Bitte.«

Grassi zuckte mit den Achseln, stand auf und trat in die Bar, um zu bestellen und gleich alles zu bezahlen. Dann benutzte er die Toilette. Als er kurz darauf Tasse und Teller durch die Tür balancierte, blieb er verdutzt in der Tür stehen. Tonis Stuhl war leer. Er drehte sich um und ließ den Blick durch das Innere der kleinen Bar schweifen, aber da war sie auch nicht. Er blickte wieder auf den leeren Stuhl und dann auf die Mole, und da sah er sie. Toni stand am Heck der *Ammazzadraghi* und unterhielt sich angeregt mit dem Blonden. Der zweite Junge war nicht mehr zu sehen.

Ein mulmiges Gefühl überkam ihn. Er stellte Caffè und Brioche auf dem Tisch ab und beobachtete die Szene. Toni war einen ganzen Kopf kleiner als der Blonde, der so aussah, als würde er flirten, jedenfalls setzte er seinen braun gebrannten nackten Oberkörper etwas zu aufdringlich in Szene. Fehlte nur noch, dass er Toni seinen Bizeps fühlen lassen will, dachte Grassi.

Plötzlich änderte sich etwas an Tonis Verhalten. Eben noch schien sie locker und entspannt geplaudert zu haben, doch plötzlich wirkte sie nervös und angespannt. Der Commissario spürte, dass etwas nicht stimmte. Er trank den Caffè im Stehen in einem Zug aus, ohne den Blick von der Szene abzuwenden. Da kam Bewegung in die Sache. Der Blonde streckte Toni die Hand entgegen. Die zögerte erst, griff dann danach und ließ sich auf das Heck der Jacht ziehen. Grassi tat einen alarmierten Schritt. Als der junge Mann sich umdrehte, sah Toni hektisch zu Grassi hinüber und begann mit den Armen zu rudern. »Komm schnell her«, sollte das wohl heißen, dachte er. Was machte sie denn da? Die *Ammazzadraghi* war ein gefährliches Pflaster, verdammt! Wieder winkte Toni und ging dem jungen Mann ein paar Schritte hinterher, während sie sich immer wieder nach dem Commissario umsah. Der ließ alles stehen und liegen und lief im Laufschritt über die Mole.

»Vito, komm auch! Wir können die Jacht besichtigen!«, hörte er Toni mit angestrengter Unbekümmertheit rufen.

»Lass das, Toni«, rief er zurück.

Der junge Mann drehte sich um. »Hey, gehörst du zu Toni? Ich bin Dario. Du kannst ruhig auch an Bord kommen, ich zeig euch alles.« Er hatte das Ende der Plattform erreicht und nahm die ersten Stufen der Treppe zum Deck.

Grassi machte einen Satz und landete neben dem Jetski. Er rannte zu Toni und nahm sie am Arm. »Was tust du da, Toni?«, raunte er verärgert.

»Er hat mir zugewinkt, und dann bin ich rüber, um mit ihm zu plaudern«, flüsterte sie, »und dann ... «

»Das geht nicht, komm runter ... «

»... und dann habe ich die Kette wiedererkannt. Er trägt sie um den Hals, Vito!«, flüsterte Toni mit weit aufgerissenen Augen.

»Die Kette?« Grassi überlegte fieberhaft.

»Kommt ihr?«, rief vom Deck darüber Dario.

»Rico trägt sie auf dem Foto, das du mir gestern gezeigt hast. Und jetzt hat der Kerl sie um den Hals.«

»Es könnte irgendeine Kette sein ...«

»Es ist genau dieselbe. San Giorgio tötet den Drachen. Ich bin mir ganz sicher«, raunte sie, drehte sich um und rief mit gespielter Fröhlichkeit: »Wir kommen, Dario!«

Der Commissario war für einen Moment wie erstarrt. Seine Gedanken rasten. Der heilige Georg auf dem Anhänger im Bild. Der heilige Georg als Tattoo auf der Brust des Toten. Die Kette war Rico vom Hals gerissen worden, daher die Verletzung ante mortem am Hals der Leiche. Wenn Toni recht hatte, war das der gesuchte Missing Link. Der Beweis, dass Rico an Bord der *Ammazzadraghi* gewesen war. Unschlüssig nahm er die nächste Stufe, während er das Handy aus der Tasche zog und schnell das Bild von Rico und Umberto suchte. Da war die Kette, verdammt. Und das kleine Ding wollte Toni am Hals des jungen Mannes wiedererkannt haben? Grassi kniff die Augen zusammen. Er müsste sich sofort ausweisen, sonst würde ihm der Missing Link im Gerichtssaal nichts nützen. Aber wenn er das tat, und Toni irrte sich, hätte er es sich mit Feltrinelli auf ewig verscherzt. Was tun? Er hob den Blick und sah Toni am oberen Treppenabsatz. Bevor sie im Inneren der Jacht verschwand, drehte sie sich kurz zu ihm um. Sie sahen einander an. In ihren Augen lag die Bitte, sie nicht hängen zu lassen, die Angst vor dem, was passieren würde, und ein Funkeln, das ein bisschen wie Jagdfieber aussah. Grassi nahm zwei Stufen auf einmal.

ZELLE MIT
GETRENNTEN BETTEN

Dario, das ist mein Mann Vito«, begann Toni im charmanten Plauderton.

Grassi hob linkisch den Arm zum Gruß. Anders als ich hat sie immerhin einen Plan, dachte er erleichtert und alarmiert zugleich. Und weil er immer noch nicht nahe genug an diesen Dario herangekommen war, um die Kette selbst in Augenschein zu nehmen, beschloss er zunächst einmal, die ihm zugewiesene Rolle zu spielen. Warum? Weil er mittlerweile überzeugt war, dass die *Ammazzadraghi* ein Tatort war. Und zwar ein beweglicher Tatort, der jederzeit am Horizont in internationalen Hoheitsgewässern verschwinden konnte. Aber sobald er die Kette hätte, könnte er die Scharade beenden. Ich als dein Ehemann, Toni?, dachte er. Im Ernst?

»Vito, ich habe Dario gerade schon erzählt, dass wir von der Bar aus diese fantastische Jacht gesehen haben«, flötete Toni. »Und weil wir doch schon seit Längerem mit dem Gedanken spielen, habe ich mir gedacht, da fragen wir doch mal den jungen Mann. Der kennt sich aus und kann uns ein bisschen was zeigen.« Sie sah den halb nackten blonden Schönling mit großen Augen an.

Nicht nur Ehemann, sondern gelangweilter Millionärsehemann, der ein neues teures Hobby braucht, dachte Grassi.

»Tja, eigentlich kann hier nicht einfach jeder drauf. Im Prinzip müsste ich fragen, aber«, er schenkte Toni sein schönstes Lächeln, »ihr seht nicht aus wie Piraten oder Terroristen oder so was. Wird also schon okay sein.« Dario stand auf dem Hauptdeck neben einer edlen Korbstuhlgruppe mit dicken weißen Polstern. Der Commissario blickte an ihm vorbei in den riesigen Salon. Milchschokoladenbraune Holztäfelung an den Wänden, ein flauschiger weißer Teppich auf dem hochglanzpolierten Holzboden, eingerahmt von einem u-förmigen cremefarbenen Sofa, auf das unterschiedlich große karminrote und magentafarbene Kissen drapiert waren. Hinter dem Sofa stand vor einem Wandteppich, der verdächtig wie ein echter Gobelin aussah, ein langer Tisch aus Nussbaumfurnier mit Marmorintarsien, an dem acht Stühle mit karminroter Polsterung im Versace-Stil zentimetergenau ausgerichtet standen.

»Nur ein paar Minuten, wir stören gar nicht lange«, rief Toni aufgeräumt, griff nach Grassis Arm und sah sich begeistert um. »Caro mio, davon hast du doch immer geträumt, oder?«

Der Commissario nickte nur schräg grinsend. Toni und Vito undercover, dachte er mit wachsender Verzweiflung. Das kaufte ihnen doch niemand ab. Allerdings spielte Toni ihre Rolle mit einem solchen Charme und einer solchen Überzeugung, wie er es ihr niemals zugetraut hätte. Kein Wunder, dass dieser Beachboy nur Augen für sie hatte. Er machte einen Schritt auf den Jungen zu, kniff die Augen zusammen. War das wirklich die Kette?, fragte er sich. Aber da wandte Dario sich schon wieder ab, ging mit gemessenen Schritten tiefer in die schattige Jacht hinein und hob zu einem Vortrag an.

»Die *Ammazzadraghi* ist fünfundfünfzig Meter lang und wurde von einem der berühmtesten Designer für Jachten entworfen, komplett innen und außen. Italian design and American engineering. Besser geht es nicht.« Dario zwinkerte ihm zu. »Drei Decks, das obere mit Whirlpool quasi komplett offen. Masterbedroom auf dem Hauptdeck, dazu sechs weitere Schlafzimmer im Unterdeck. Absolut innovatives Layout und Dekor.« Der junge Mann drehte sich einmal schwungvoll um die eigene Achse. Der Anhänger der Kette hatte sich ebenfalls gedreht, sodass man nur die glatte silberne Rückseite sah.

Grassi warf Toni einen Blick zu, die anscheinend den Mund vor lauter Pracht nicht mehr zukriegte. Aber Grassi kannte sie gut genug, um bei ihr Begeisterung von Abscheu unterscheiden zu können. Er nahm sie in den Arm. »Toni, mia cara, gefällt es dir?« Dann ging er ganz nah an ihr Ohr und flüsterte: »Bring ihn dazu, dir die Kette zu geben. Dann gibst du sie mir.«

»Warten Sie erst, bis Sie das Masterbedroom gesehen haben.« Dario zwinkerte Toni zu.

»Masterbedroom …«, sagte Toni mit übertriebener Betonung, »… klingt großartig. So nach ›Herr der Welt‹.«

»In Ihrem Fall wohl eher ›Herrin der Welt‹«, schäkerte Dario, und Grassi musste die Augen verdrehen. »So werden Sie sich auch fühlen, wenn Sie das hier gesehen haben.« Und damit stieß er die Tür auf zu einem weiteren Traum aus Creme und Karminrot und Edelholzbraun, geschmackvoll abgerundet durch eine goldschimmernde Seidentapete mit neobarockem Blumenmuster am Kopfende der riesigen, auf einem Podest stehenden Spielwiese, die ein Bett darstellen sollte. An der Decke hing ein Rauchglasspiegel. Toni stand wieder der Mund offen, und Dario straffte seinen Astralkörper. Zum Schluss musste er ihnen noch das Bad zeigen: ein Waschtisch aus weiß geädertem roten Granit, dazu ein farblich passender Mosaiksteinboden und frei stehende Waschbecken aus handgeschliffenem Milchglas.

»Wie viel Mann Besatzung braucht es für die Jacht? Wie viele sind zum Beispiel jetzt gerade an Bord?«

»Du meinst nur die Besatzung heute? Vier. Der Skipper, ein Koch, ein Kollege und ich. Ansonsten kommt es darauf an. Im Prinzip kann einer allein damit fahren. Aber spätestens beim Anlegen wird's dann schwierig. Also drei ist absolutes Minimum. Fünf ist gut, und wenn wir dann noch Gäste haben, kommt oft noch Küchen- und Servicepersonal dazu. Meistens verkehrt die Jacht zwischen Genua und La Spezia. Oft mit Zwischenstopp in Levanto, da residiert die Familie. Der Besitzer fährt nicht gern Auto. Sein Sohn nutzt die Jacht aber auch viel, vor allem im Sommer. In einer Woche will er nach Korsika,

Elba, Sardinien. Inselhopping. Ich darf mit, das wird geil. Jedenfalls muss die Jacht jederzeit bereit sein zum Auslaufen. Alle Vorräte müssen immer frisch sein, die Maschine ist ständig gewartet, alle Zimmer werden täglich geputzt, alle Decks geschrubbt. Wetterdaten, Routenberechnung, Hafenmeldungen, alles muss immer aktuell sein. Der Skipper ist sehr streng.«

»Ist es immer dieselbe Crew?«

»Nee, da ist schon viel Wechsel. Also andere Jungs, die das so wie ich als Sommerjob machen. Wir können die Jetskis benutzen, was cool ist. State of the Art, voll elektrisch, die Ersten ihrer Art. Da hört man nichts. Auch viel besser für die Umwelt.«

»Und wie lange machst du das schon?«, fragte Toni. Sie waren zum hinteren Teil des Zwischendecks zurückgeschlendert, und sie setzte sich auf eine breite, weich in Hellblau gepolsterte Bank, schlug die Beine übereinander und blinzelte in die Sonne.

»Ich habe zwar erst Anfang der Woche angefangen, hatte aber letzte Saison schon auf einer ähnlichen Jacht einen Job. Hatte Glück. Einer ist wohl am Wochenende überraschend abgesprungen.«

»Abgesprungen?«, sagte Grassi lauernd.

»Gab wohl eine kleine Meuterei oder so was. Jedenfalls brauchten die jemanden, und ich brauchte Geld.«

»Eine Meuterei? Hat jemand den Drachen gepikt?«

»Wie? Ach so, wegen des Namens.« Dario schien nicht der Hellste zu sein. »Tja, ich weiß nicht, war ja nicht dabei. Ging jedenfalls alles sehr schnell. Und das war mein Glück.« Er strahlte.

»Und wie ist der Job so?«, fragte Toni.

»Ist cool!«, rief er eine Spur zu enthusiastisch. »Wie beim *Wolf of Wall Street,* oder? Na ja«, fügte er nach einem kleinen Zögern an, »man muss schon auch viel putzen und so. Und ganz so locker ist es nicht, der Skipper scheucht einen ganz schön rum. Aber ist schon okay, um ein bisschen Geld zu verdienen. Und Sie? Wollen Sie sich wirklich so eine Jacht kaufen? Sind Sie so was wie ein Börsenspekulant?«

Grassi schob die Hände in die Taschen. »Ja, ich spekuliere viel, das kann man so sagen.«

»Deine Halskette gefällt mir wirklich gut«, sagte Toni schmeichelnd, »wo hast du die her, Dario? Darf ich sie mal sehen?« Sie streckte die Hand aus.

»Die?« Der Themenwechsel schien Dario schlagartig misstrauisch zu machen. Er griff sich an den Hals. »Die habe ich gefunden.«

»San Giorgio, der heilige Georg, oder?«

Dario nickte nur.

»Passt ja super.«

»Wieso?«, fragte Dario wieder einfältig und lachte dann unsicher. »Klar, ihr meint schon wieder den Namen. Mensch, ihr seid echt lustig. Mein Italienisch ist nicht so gut«, sagte er entschuldigend. »Ich bin aus Slowenien. Die Kette und den Ritter drauf und so fand ich irgendwie cool, deshalb habe ich sie behalten.«

»Gibst du sie mir mal?«, fragte Toni erneut.

Aber Dario machte keine Anstalten, stattdessen schien er seine Gäste nun möglichst schnell wieder loswerden zu wollen, und er betrat die Treppe hinunter zur Plattform.

Grassi wollte Zeit gewinnen und fragte fachmännisch: »Wie sieht es denn an Bord mit der Technik aus?«

»Sie macht bis zu dreißig Knoten Höchstgeschwindigkeit mit den ABT-TRAC-Stabilisatoren. Und im Maschinenraum arbeiten zwei MTUs mit fast viertausend PS.«

Toni war am Absatz des Hauptdecks stehen geblieben. »Ich müsste mal für kleine Mädchen«, sagte sie, »wo geht's denn da hin?«

Dario zögerte. »Ganz vor bis zum Bug. Da sind zwei Toiletten, aber ...«

»Grazie, ich bin gleich wieder da«, rief Toni und wandte sich ab.

Der junge Mann fingerte an seiner Kette herum und wirkte

nun sehr nervös. Auch Grassi war klar, dass sie jetzt so schnell wie möglich von Bord mussten. »Hey, geh doch besser in der Bar auf die Toilette«, rief er Toni nach, aber sie war schon lautlos über den dicken Teppich verschwunden. Das war eine blöde Idee gewesen, und er war wütend auf sich selbst, überhaupt darauf eingegangen zu sein. Bis jetzt war alles gut gegangen, aber man durfte sein Glück nicht herausfordern. Mit einem unguten Gefühl folgte er Toni ein paar Schritte die Treppe hoch.

»Äh, Vito, ich müsste dann auch echt wieder an die Arbeit«, sagte hinter ihm Dario geradezu flehentlich.

Aber bevor der Commissario etwas erwidern konnte, hörten sie ein unverständliches Wortgefecht aus dem Inneren des Schiffes. Eine dunkle Männerstimme und Tonis ängstliche hohe Stimme. Schwere Schritte und ein »Loslassen! *Loslassen!* Fassen Sie mich nicht an!« Grassi sprintete zum Hauptdeck hoch. Erst sah er Toni und dann den Mann, der sie grob am Oberarm gepackt hatte und vor sich herstieß.

Ein Typ mit breitem Brustkorb unter der weißen Uniform und Bartschatten im Gesicht. Kaum erblickte er Grassi, verfinsterte sich seine Miene noch mehr. Er stieß Toni auf den Boden, die schrie auf, als sie gegen die Sitzgruppe fiel. Vor Überraschung zögerte Grassi eine Sekunde zu lange. »He! Was soll das? Ich bin …« Weiter kam er nicht, da hatte der große Mann ihn erreicht, an den Schultern herumgewirbelt und ihm den Arm auf den Rücken gedreht. Grassi fuhr ein Schmerz in die Schulter, der ihn nach Luft schnappen ließ.

»Dario, du Vollidiot! Er hat eine Waffe! Los, nimm sie ihm ab!«

Grassi wand sich unter dem harten Griff, aber er hatte keine Chance. »Sie machen einen schweren Fehler!«, rief er und schielte nach Toni, die auf dem Boden zwischen umgestürzten Korbstühlen lag und sich den Kopf hielt.

»Halt dein Maul, stronzo!« Der Typ versetzte Grassi einen Schlag in die Nieren, der ihm die Luft raubte, hielt weiter mit der Linken eisern seine Hände fest, schlug ihm die Rechte in den

Nacken und drückte ihn so hart nach vorn, dass ihm schwindelig wurde.

Aus den Winkeln seiner tränenden Augen sah er Toni, die sich auf die Ellbogen aufgerichtet hatte und die Szene mit schockgeweiteten Augen beobachtete. Jedwede Form der Gewalt verursachte bei ihr einen heillosen Schrecken.

»Den Fehler hast du schon gemacht. Kommt mit einer Waffe auf mein Schiff! Von euch Typen habe ich echt die Schnauze voll. Dario, muss ich dir erst Beine machen?«

Der schien vollkommen verwirrt. »Aber Skipper, das sind doch nur Toni und Vito, sie wollten sich die Jacht anschauen, und ich dachte …« Er griff in Grassis Jackett und brach ab, als er mit großen Augen das Holster ertastete und eine Pistole zum Vorschein brachte. Der Muskelmann wurde beim Anblick der Waffe noch wütender, und er drückte so kräftig zu, dass Grassi glaubte, das Genick würde ihm gebrochen.

Toni war aufgestanden, stand nun breitbeinig vor dem Skipper und schrie: »Lass ihn los, er ist Polizist!«

»Toni und Vito von der Polizei. Wahrscheinlich das beste Team, das sie haben, was?« Der Skipper warf einen prüfenden Blick auf die Mole, aber da war kein Mensch, der die Szene hätte beobachten können. Er ließ Grassis Nacken los, riss ihn an den Händen herum und versetzte ihm dabei einen heftigen Stoß, sodass er auf Toni prallte und beide ins Innere der Jacht stolperten.

Dario hielt Grassis Dienstwaffe mit einem dümmlichen, entschuldigenden Gesichtsausdruck auf Toni gerichtet, die beim Blick in die Mündung erbleichte. Der Skipper nahm Dario die Beretta aus der zitternden Hand. »Um dich kümmere ich mich später«, sagte er dabei.

Der benommene Commissario und Toni wurden ein Deck tiefer geführt. Dario öffnete die Tür zu einer Kabine, die beiden wurden hineingestoßen.

»Deine Jacke.« Der Skipper streckte Grassi eine Hand entgegen und richtete mit der anderen weiterhin die Waffe auf ihn. Toni musste Grassi aus dem Jackett helfen. »Mein Dienstausweis ist in der Innentasche, wenn Sie …«

Das geliebte graue Leinenjackett wurde ihm so unsanft aus der Hand gerissen, dass er eine Naht reißen hörte, dann schlug die Tür zu.

Grassi und Toni kauerten auf dem cremefarbenen Teppich vor dem Kabinenbett. Bis auf ihren schweren Atem und das Säuseln der Klimaanlage war nichts zu hören. Die beiden sahen einander an, und Grassi hätte sich in diesem Augenblick gewünscht, in Tonis Ausdruck diese Strenge und Härte zu erkennen, die er sonst bewunderte und fürchtete. Aber alles, was ihr Gesicht preisgab, war nackte Angst.

Sie rappelte sich auf, krabbelte auf allen vieren übers Bett zum Fenster und begann dagegenzuschlagen. Dabei rief sie so laut, wie sie konnte, mehrmals »Hilfe!«. Ihre Faust machte ein dumpfes Geräusch an der Scheibe.

»Verdammt, das ist Panzerglas oder so was.«

»Da hört uns kein Mensch«, sagte Grassi frustriert und bewegte vorsichtig seinen schmerzenden Nacken und den lahmen rechten Arm.

»Was haben die mit uns vor, Vito? Die können uns doch nicht einfach so einsperren! Du bist Polizist!«

»Das nützt uns jetzt gerade auch nichts.«

»Ich hab's verbockt, oder? Aber hast du die Kette an seinem Hals gesehen? Ich habe sie gleich wiedererkannt, und dann hab ich dich gerufen, weil wir an ihm dranbleiben mussten, oder? Das ist doch wichtig! Das ist ein wichtiger Beweis, stimmt's?«

Trotz der verfahrenen Situation musste Grassi ein wenig lächeln angesichts von Tonis Ermittlungseifer. »Sì, Toni, das ist wichtig, und es ist super, dass du die Kette wiedererkannt hast. Es wäre trotzdem besser gewesen, wenn du Dario nicht auf die Jacht gefolgt wärst, sondern mir einfach Bescheid gegeben hättest.«

»Scheiße!« Sie schlug lautlos mit der Faust auf das dick gepolsterte Bett.

»Du kannst nichts dafür, Toni. Ich hätte richtig reagieren müssen.« Er setzte sich neben sie aufs Bett und sah sich in der Kabine um, die sie bei der Besichtigungstour mit Dario ausgelassen haben mussten. Das Thema hier war Teak und Beige und Lila, von den Nachttischlampen über die Matratze bis zur Türverkleidung des angrenzenden Bades. »Musstest du wirklich auf die Toilette?«

Toni schüttelte den Kopf. »Ich wollte mit dem Handy ein paar Fotos machen. Dachte, das könnte dir nützlich sein.« Sie klang niedergeschlagen und wütend auf sich selbst. Mit einem »Aber jetzt muss ich mal« stand sie auf und verschwand im Bad. Grassi blieb mit hängendem Kopf auf dem Bett sitzen.

Eingesperrt, entwaffnet und ohne Handy. Dazu hatte er eine Zivilistin in Gefahr gebracht. Die Situation ist in jeder Hinsicht beschissen, dachte Grassi und schloss kurz die Augen. Inzwischen würde der Skipper sein Jackett durchsuchen und den Dienstausweis gefunden haben, und es schien keinen Unterschied zu machen. Sonst hätten sie ihn und Toni schon wieder freigelassen. Wenn der Kerl überhaupt das Sagen an Bord hatte. Was Grassi bezweifelte.

Er musste nachdenken. Nach seiner Einschätzung war Dario ein naiver Junge, der unwissentlich den Anhänger eines Toten trug. Und trotz seiner Brutalität hielt er den Skipper nicht für einen Mörder. Vielleicht lagen seine Nerven so blank, weil er jüngst Zeuge eines Mordes geworden war, als zwei andere Männer ungefragt auf seine Jacht gekommen waren. Diese »Typen«, die er erwähnte, von denen er »die Schnauze voll« hatte. Die das Schiff, für das er sich verantwortlich fühlte, zu einem Tatort gemacht hatten. Der Skipper stand also vielleicht doch auf der richtigen Seite und konnte ein wichtiger Zeuge für ihn sein. Oder ihnen sogar helfen. Vorausgesetzt, sie könnten sich aus dieser verdammten Kabine befreien. Und vorausgesetzt, die beiden Killer kämen nicht wieder an Bord. Oder waren nicht womöglich schon da!

Die Tür zum Bad öffnete sich, und Toni trat heraus. Sie hatte rote Flecken im Gesicht. »Die werden uns doch nicht umbringen – so wie diesen Jungen.«

»Nein, das glaube ich nicht«, sagte Grassi ohne echte Überzeugung.

Ein leises Beben ging durch das Schiff und erstarb wieder.

»Was war das?«, fragte Toni alarmiert.

Der Commissario drückte sich hoch und rieb sich den schmerzenden Nacken. »Sie haben die Motoren angelassen.« Er kletterte auf das Bett, um aus dem Fenster schauen zu können. Die Kabine musste recht weit vorn liegen, er konnte die Mole nicht sehen, selbst wenn er das Gesicht direkt an das Glas presste. Jetzt bewegte sich das Schiff tatsächlich. Verdammt, die *Ammazzadraghi* legte ab. Gar nicht gut. Grassi tastete den Fensterrahmen ab, aber natürlich fand er nichts, womit sich das Fenster hätte öffnen lassen.

»Werden wir jetzt entführt?«, fragte Toni.

»So muss man das wohl nennen.« Er drehte sich zu ihr um. »Hast du Angst?«

Auf Tonis Gesicht blühten die Flecken wieder auf, und selbst in der angenehm klimatisierten Luft im Bauch der Jacht standen ihr feine Schweißperlen auf der Stirn. Sie gab sich sichtlich Mühe, ruhig zu bleiben, nickte aber. »Du nicht?«

Nein, Angst hatte er noch nicht, aber die erzwungene Tatenlosigkeit machte ihn verrückt. Grassi robbte vom Bett herunter, trat nah zu Toni und nahm sie bei den Schultern. »Wir müssen etwas finden, womit wir die Tür aufkriegen. Los, hilf mir!« Er ließ sie los und begann die Kabine zu durchsuchen, indem er hektisch eine Nachttischschublade herauszog.

»Was denn? Meinst du, wir finden hier ein Stemmeisen?« Sie öffnete Schranktüren und bückte sich. »Was ist hiermit?« Sie hielt einen chromglänzenden Schuhlöffel in der Hand.

Grassi drehte sich zu ihr um. Er hatte sich einen Flaschenöffner gegriffen. Das Ganze ist lächerlich, dachte er. Sagte aber hoffnungsvoll »Okay, gut, versuchen wir's«, nahm ihr den Schuhlöffel ab und ging vor der Tür in die Knie.

Toni war wieder am Fenster. »Gleich verlassen wir die Marina. Wir werden schneller, merkst du das?«

Grassi hatte es geschafft, das dünne Ende des Schuhlöffels in die Türritze auf Höhe des Schlosses zu zwängen. Er drückte mit aller Kraft, ließ das erbärmliche Werkzeug aber frustriert fallen, als er spürte, wie es sich in seiner Hand verbog. Er sprang auf und schlug mit der Faust gegen die Tür. »Vaffanculo, das kommt die teuer zu stehen. Einen Polizeibeamten zu entführen!«

»Kannst du schwimmen? Ich meine nur, falls sie uns über Bord werfen, so wie diesen Rico.«

Grassi sah sie an. Er war gerührt. Sie hatte Nerven. »Nein, nicht besonders gut.«

»Dann muss ich dich also retten.«

»Das würde mich freuen.«

Grassi ließ sich auf das zweite Bett sinken. Inzwischen war er überzeugt, dass Ricci von Anfang an recht gehabt hatte und die Ambrosinis mit drinsteckten. Der Alte hatte die tradierten Verbindungen zum organisierten Verbrechen, der abgetauchte Sohn – das sprichwörtliche schwarze Schaf – machte seine eigenen Drogengeschäfte, und Federico sorgte für die saubere Fassade. Aber das System funktionierte immer nur so lange, wie man Geschäfte *mit* der Mafia machte. Niemals *gegen* sie. Wahrscheinlich war das Gian-Battista Ambrosinis großer Fehler gewesen. Nachdem Rico auf den Schatz in den Brückentrümmern gestoßen war und sich genommen hatte, was er tragen konnte, hatte er seinem Freund Gian davon erzählt. Die beiden stiegen zusammen ins Geschäft ein. Keiner von beiden ahnte, wem die Drogen eigentlich gehörten. Rico hatte den Stoff und Gian die Verbindungen. Lieferant und Vertrieb, das klassische Modell, dachte Grassi. Und das ging lange gut, bis die wahren Eigentümer, die nie aufhörten, nach der verlorenen Lieferung zu suchen, irgendwie Wind davon bekamen. Die 'Ndrangheta informierte ihren Geschäftspartner Vittorio Ambrosini über die Aktivitäten seines Sohnes. Der wusste, dass die famiglia in einem solchen Fall normalerweise kurzen Prozess mit Gian machen würde, aber die Ambrosinis bekamen noch eine Chance. Schließlich ging es ums Geschäft: Gian sollte Rico, der sein Drogenversteck immer wohlweislich für sich behalten hatte, ans Messer liefern. Die ehrenwerten Geschäftspartner aus Kalabrien würden zwei ihrer Spezialisten schicken, die dem Jungen ein Angebot machen würden, das er nicht ablehnen konnte. Ja, dachte Grassi, so könnte es gewesen sein. Der Alte hatte Gian dazu gezwungen, seinen Freund zu verraten. Er lockte Rico auf die Jacht, und die Dinge nahmen ihren tödlichen Lauf.

Aber was brachte alle Erkenntnis, wenn am Ende der Ermittler tot war?

Der Schuhlöffel lag nutzlos auf dem Boden. Mit dem Flaschenöffner ging gar nichts. Auch eine Plastiknagelfeile hatte dran glauben müssen. Es war vergeblich. Gerade als er versuchte, mit dem Haken eines Kleiderbügels die Bolzen aus den Scharnieren zu schieben, hörte er, wie jemand die Treppe herunterkam. Leise Schritte, nicht die schweren Tritte des Skippers. Schlich sich da jemand an? Grassi hämmerte gegen die Tür. »Dario? Bist du das? Lass uns raus, dann ersparst du dir vielleicht das Gefängnis! Meine Kollegen wissen, wo ich bin, und sind schon unterwegs! Damit kommt ihr niemals durch!«

Stille auf der anderen Seite. Man musste in solchen Situationen so oft wie möglich den Namen nennen, das schaffte emotionale Bindung.

»Dario! Rede mit mir!« Keine Reaktion. Er meinte, ein Atmen zu hören und ein Schniefen, als müsse jemand ständig die Nase hochziehen. »Du bist als Zeuge selbst in Gefahr, Dario. Ich kann dir helfen, wenn du uns rauslässt.« Keine Reaktion. »Toni geht es nicht gut, Dario. Du magst sie doch, und sie hat mit der Sache nichts zu tun.« Er hatte das Ohr gegen die Tür gepresst, hörte wieder dieses Schniefen, dann entfernten sich die Schritte.

Toni trat zu ihm. Haare klebten ihr am geröteten Gesicht. Sie hatte ein bisschen Blut an der Lippe und biss jetzt wieder auf dieselbe Stelle. Ein Knopf ihrer Bluse war abgerissen. »Wo bringen die uns nur hin? Madonna, kein Mensch weiß, wo wir sind. Was für ein Schlamassel.«

Eine Viertelstunde später passierten sie die Chiesa di San Pietro von Portovenere, die wie ein steinerner Wächter die schmale Seestraße zwischen dem Arcipelago Spezzino und dem Festland überblickte. Grassi starrte aus dem Fenster, sah, wie sich gestochen scharf die grün gezackte Küste des Parco Nazionale delle Cinque Terre in seine Sichtachse schob, und spürte in dem Moment, dass sein Magen auf die Barrikaden ging. Es war wie am Montag bei seinem Ausflug mit Chiara und Alessandro. Kaum hatten sie das offene Meer erreicht, war ihm, als würde eine riesige Hand von unten sehr sanft, unrhythmisch, aber unablässig mit dem Finger gegen den Rumpf des Schiffes schnippen. Auch dieses Mal begann es mit diesem Ziehen hinter den Ohren, das bei Grassi stets heftige Kopfschmerzen ankündigte. Es wurde ihm schwindelig, und er musste sich schlagartig das erste Mal übergeben. Damit hätte es sein Bewenden haben können, schließlich hatte er an diesem Tag noch nicht mehr im Magen als die Brioche. Aber die Übelkeit wurde immer schlimmer, und er wusste nicht, was er tun sollte. Aufrecht den Horizont im Auge behalten, um die verwirrten Sinnesorgane zu beruhigen, oder flach auf dem Rücken liegen und dabei trotzdem das Gefühl haben, jeden Moment umzukippen. Der Speichel floss, er musste schlucken und die Augen schließen, alles drehte sich, vor allem sein leerer Magen, er sprang vom Bett, kroch auf die Kloschüssel zu, würgte. Und spürte eine Hand auf dem Rücken.

»Dir geht es aber schlecht«, sagte Toni besorgt nahe an seinem Ohr.

Er schnappte nach Luft, war schweißgebadet. Aber Tonis Hand auf dem Rücken beruhigte ihn ein kleines bisschen. Bis ihn der nächste Würgereiz packte.

Toni sprang auf, und Grassi hörte sie mit der Faust gegen die Tür hämmern. »He, faccia di culo, mach die Scheißzellentür auf!« Sie schlug weiter auf die Tür ein, trat sogar ein paarmal dagegen, bis auf dem Deck über ihnen Schritte zu hören waren, die achtern verschwanden, bevor sie vernehmbar die Treppe ins Unterdeck herunterkamen.

Grassi würgte. Er hatte wahnsinnigen Durst, aber fühlte sich nicht in der Lage, sich aufzurichten, um den Wasserhahn am Waschbecken zu erreichen.

»Was ist los? Seid ihr von der verdammten CIA oder was?«, schrie Toni. »Was kommt als Nächstes? Waterboarding? Mach die verdammte Tür auf, stronzo, sonst versenke ich euren edlen Kahn, darauf könnt ihr euch verlassen!«

Jemand stand vor der Tür, die Klinke bewegte sich, Toni trat einen Schritt zurück und hielt den Atem an. Aber dann kam ein Ruf vom Deck, und die Schritte entfernten sich schnell wieder.

»Toni, was passiert da?«, ächzte Grassi.

»Ich weiß nicht, Vito.« Toni sprang aufs Bett und sah hektisch aus dem Fenster. »Da kommt ein anderes Boot. Ich glaube, die wollen zu uns.«

Scheiße, Scheiße, Scheiße, dachte Grassi, das konnten nur die beiden Killer sein, die Toni und ihn ungestört auf dem Wasser in die Mangel nehmen würden. Wenn er nur in der Lage wäre, klar zu denken! Jetzt hörte auch er das Motorengeräusch des anderen Bootes sich nähern ... aber die *Ammazzadraghi* schien die eigenen Maschinen nicht zu drosseln. Im Gegenteil. Die Motoren heulten auf, und die Jacht machte eine scharfe Wende. Je schneller das Schiff wurde, desto brutaler wurde das Stampfen über die unruhige See. Grassi spürte jeden Schlag, als ginge er auf seinem Kopf nieder, immer auf dieselbe Stelle hinter den Schläfen, und jeder Schlag ging bis in den Magen, und er kauerte auf den Knien, die Stirn auf die Kacheln des Badezimmerbodens gelegt und kaum mehr Herr seiner Sinne, und so bekam er nicht mehr mit, wie sich über das Dröhnen der Maschinen und das Rumpeln der Wellen plötzlich Riccis klare Lautsprecherstimme legte, die »Polizia!« rief, die Jacht zum sofortigen Stopp aufforderte, andernfalls man das Feuer eröffnen werde, und Toni in ihrer Erleichterung rief: »Grazie a Dio! Hätte nicht gedacht, dass ich mich mal so freuen würde, die Polizei zu sehen.«

PANIKRAUM

Schwere Stiefelschritte waren überall auf der Jacht zu hören, Kommandos wurden gebrüllt, Türen aufgerissen und wieder zugeschlagen. Das alles drang nur gedämpft an Grassis Ohren, der ermattet mit geschlossenen Augen auf dem Boden neben der Kloschüssel hockte. Als ihn jemand ansprach, schlug er unter Aufbietung all seiner Willenskraft die Augen auf, denn es konnte doch nicht sein, dass …

»Wie geht es Ihnen, Commissario?«, fragte Capitano Bruzzone, der kaum zu erkennen war mit dem schwarzen Helm, der Schutzbrille und dem Kampfanzug des Einsatzkommandos.

Grassi schüttelte den Kopf. »Was tun Sie hier, Bruzzone?«, stieß er mühsam hervor.

»Nun, Ihre Rettung ist ein militärischer Einsatz, durchgeführt von der Küstenwache und geleitet von mir als ranghöchstem Offizier vor Ort. Alles hört hier auf mein Kommando, Commissario«, sagte Bruzzone mit vor lauter Verantwortung bebender Stimme.

»Der braucht nur ein bisschen frische Luft«, hörte Grassi Toni sagen und wusste nicht, ob sie ihn meinte oder den Capitano.

Bitte nicht an Deck, dachte er, lasst mich einfach hier sterben, bis wir wieder an Land sind.

Bruzzone sicherte seine Maschinenpistole und legte sie auf den Badezimmerboden neben Grassi.

Starke Arme griffen ihm von beiden Seiten unter die Achseln, und er wurde hochgezogen.

Da hallte ein Schuss so laut durch den engen Gang, dass Grassi die Ohren dröhnten und er gegen seinen Willen die Augen aufriss. Alle drei waren mitten in der Bewegung erstarrt.

Ein Schmerzensschrei und sofort darauf ein weiterer Schuss. Dann herrschte für Sekunden Stille. Bis weitere Einsatzkräfte die Treppe herunterpolterten.

»Hilfe!«, rief eine Stimme. »Ich bin getroffen!« War das Ricci?

»Geht schon«, stöhnte Grassi, als Toni und Bruzzone ihn mit sich auf den Gang zogen. Vor der Kabine schüttelte er die helfenden Hände ab. »Seht lieber nach, was da los ist. Ich komme.« Mit mechanischen Schritten stolpernd und sich mit beiden Händen an den Seiten des Gangs abstützend erreichte er aus eigener Kraft eine kleine Kajüte. Darin standen schon so viele Kolleginnen und Kollegen, dass er zunächst nicht erkennen konnte, was los war. Dann erst sah er den leblosen Körper auf dem schmalen Bett liegen. Und neben der Wand an der Tür kauerte in sich zusammengesackt Ispettore Marta Ricci. Bruzzone hatte ihr gerade den Helm abgezogen und die Jacke geöffnet. Falcone kniete auf dem Boden und rief: »Marta, sprich mit mir!«

»Madonna, was ist mit ihr?«, fragte Grassi und ließ sich kraftlos auf die Knie fallen. Ricci war leichenblass, der Brustkorb bewegte sich nicht. Kein Laut, keine Regung. Für einen schrecklichen Augenblick dachte Grassi, sie wäre tot, aber dann schnappte sie schlagartig heftig nach Luft.

»Sie wurde in die Brust getroffen ...«, sagte Bruzzone. »Gottlob hat die schusssichere Weste das Schlimmste verhindert.«

»Das tut so weh«, stöhnte Ricci.

»Nicht bewegen«, sagte Falcone. »Vielleicht ist eine Rippe gebrochen.«

»Macht Platz«, sagte der Commissario, der immer noch benommen von Kopfschmerzen und Übelkeit war. Er schüttelte sich, richtete sich auf, trat an das Bett und betrachtete den Leichnam.

»Er hat zuerst geschossen«, presste Ricci hinter ihm hervor.

»Und Sie haben ihn trotzdem voll erwischt«, sagte Grassi anerkennend. Er hatte den Killer mit dem Pferdeschwanz gleich erkannt. Er trug ein fleckiges weißes T-Shirt, das bräunlich dunkle Flecken im Bauchbereich hatte. Grassi beugte sich zu ihm hinunter und hob vorsichtig den Saum des Shirts. Der Tote hatte den Bauch verbunden, linksseitig war der Verband verfärbt. Grassi hatte ihn bei der nächtlichen Schießerei in Monterosso tatsächlich übel getroffen. Der Bauchschuss musste dem Kerl Qualen bereitet haben.

»Falls es noch eines Beweises bedurft hätte, dass die Ambrosinis tief in der Geschichte mit drinhängen …«, sagte der Commissario halblaut mit Blick auf den Toten.

»Ja, sie haben ihn auf der Jacht versteckt. Der Verband sieht professionell aus. Offenbar haben sie sogar einen verschwiegenen Arzt kommen lassen«, sagte Bruzzone hinter ihm.

Grassi drehte sich um. Zu schnell, dachte er, das war ein Fehler. Er musste wieder kurz die Augen schließen. Dann sah er Bruzzone fragend an.

»Gucken Sie nicht so. Ricci hat mich auf der Fahrt hierher natürlich auf den Stand der Ermittlungen gebracht. Das muss ich als Einsatzleiter ja wissen. Wo ist sein Komplize?«

»Längst über alle Berge, vermute ich.«

Bruzzone schien seinen Status in vollen Zügen zu genießen, er stemmte die Hände in die Hüften und sah auf den Commissario hinunter. »Was war denn das für eine Aktion, Grassi? Was haben Sie auf der Jacht zu suchen gehabt? Konnten Sie nicht warten, bis Ihre Partnerin die Aufnahmen der Überwachungskameras gecheckt hatte?«

Der Commissario blickte auf Ricci, die versuchte, mit den Achseln zu zucken. In ihrem abgekämpften Gesicht wirkten die azurblauen Augen noch fremdartiger als sonst. Sie lächelte ihn an. Grassi hatte den Eindruck, dass seine Partnerin sich echte Sorgen um ihn gemacht hatte.

»Das erzähle ich Ihnen nachher, Bruzzone, wenn wir uns die anderen Besatzungsmitglieder vorgeknöpft haben. Wie viele haben Sie festgenommen?«

»Vier Personen, sind alle oben an Deck.«

»Nur vier?«, fragte Grassi stirnrunzelnd.

»Haben Sie mehr erwartet?«

»Sì. Ich war ganz sicher, wir würden …« Er sprach nicht weiter, schien zu überlegen. »Ist die Jacht vollständig durchsucht worden?«

»Sie können sicher sein, dass unter meinem Kommando sorgfältigst gearbeitet wird.«

Grassi hob die Augenbrauen. »Ich meine absolut jeden Winkel.«

Bruzzone presste die Lippen zusammen, schnaubte und verschwand.

Als Ricci und Grassi mit der Leiche allein waren, sagte sie: »Es gibt tatsächlich Überwachungskameras am Jachthafen.« Sie hatte sich auf einen Ellbogen gestützt und atmete inzwischen etwas leichter.

»Lassen Sie mich raten, wer drauf ist. Die beiden Killer?«

»Am Sonntag kann man sie noch nicht sehen. Aber die Jacht läuft tatsächlich kurz vor Mitternacht aus. Und es sieht so aus, als würde sich kurz danach ein kleines Boot nähern. Dann hatte ich die Idee, auch die Bilder von Dienstagabend zu checken, also nach der Schießerei in Monterosso. Um kurz nach elf gehen die beiden Killer an Bord der Jacht. Man sieht, dass der eine gestützt werden muss.«

»Und dann haben Sie und das Team sich gleich in Bewegung gesetzt?«

»Nicht ganz. Während ich die alten Aufnahmen geprüft habe, hat Falcone eine Livecam am Porto Mirabello im Netz gefunden und Ihre Entführung sozusagen live verfolgen können.«

Vielleicht weil Grassi sich immer noch beschissen fühlte, sah er besonders zerknirscht aus, als er sagte: »Danke, Ricci. Und auch an Agente Falcone, das war gute Arbeit. Kommen Sie, ich helfe Ihnen hoch.«

Auf dem Oberdeck schloss der Commissario die Augen gegen das gleißende Sonnenlicht und atmete tief durch. Die Jacht hatte gewendet und Porto Venere backbord hinter sich gelassen. An den grün bewachsenen Steilufern leuchteten weiße Villen, darüber thronte in der Ferne die Festung Forte del Muzzerone. Der Himmel über dem Golfo dei Poeti war strahlend blau. Am Horizont türmten sich Wolken über den Gipfeln des Apennin auf und vervollständigten die Schönheit des Augenblicks.

Grassi warf einen Blick auf den Whirlpool, der verlockend vor ihm lag. Toni hatte sich an den Rand des Beckens gesetzt, die Hosenbeine hochgekrempelt, und ließ die Beine ins Wasser baumeln. »Tut das gut?«, fragte Grassi.

Toni hob den Blick. Sie wirkte erschöpft. »Ja. Ist doch okay, dass ich das mache, oder? Ich habe diesen Capitano gefragt.«

»Von mir aus«, sagte der Commissario, »aber was hat Bruzzone gesagt?«

»Dass es auf Einsätzen immer Ärger mit Zivilisten gebe und dass ich damit warten solle, mich auszuziehen, bis er das Oberdeck verlassen hat.«

Grassi musste lächeln. »Ist das meine Sonnenbrille da auf deiner Nase?«

»Glaube ja. War in dem Jackett, das auf dem Stuhl da lag. Willst du sie?«

Grassi winkte ab. »Danke fürs Finden. Und für alles andere, Toni, ehrlich. Ich finde, wir waren ein gutes Team.«

Toni lächelte in die Sonne. »Kann ich mich gleich unten in eine Kabine legen, bis wir zurück im Hafen sind?«

»Na klar. Such dir eine aus.«

Bruzzone rief von der Treppe seinen Namen. »Wollen Sie wirklich schon auf der Jacht mit den Vernehmungen beginnen?«

»Ja, aus einem bestimmten Grund. Natürlich führen wir sie in der Questura fort. Wir haben alle Personalien?«

»Sicher.«

»Wie heißt der Skipper?«

»Marek Tomić. Kroate. Er hat ein ordnungsgemäß ausgestelltes Befähigungszeugnis als Skipper. Die drei anderen haben gültige EU-Ausweispapiere.«

»Gut«, sagte Grassi.

»Alle Festgenommenen sind im – wie nennt man das auf so einer Luxusjacht? Speisesaal?«

»Ich glaube, man nennt es Salon.«

»Im Salon.«

Es war fast Mittag und brütend heiß. Grassi überlegte. »Platzieren Sie sie auf dem Sonnendeck, Capitano. Sie sollen schwitzen. Und langsam fahren. Ich brauche noch ein paar Minuten, dann komme ich runter.«

»Aber was ist mit Ihrer Seekrankheit? Wollen Sie nicht so schnell wie möglich runter vom Wasser?«

Grassi schluckte. Madonna, ihm war immer noch übel, aber zumindest der Schwindel hatte etwas nachgelassen. »Muss gehen«, sagte er tapfer. »Ach, und Capitano?«

»Sì.«

»Sie haben auf der Jacht keine illegalen Immigranten festgenommen?«

Bruzzone zog seine Stirn in Falten. »Selbstverständlich nicht.«

»Haben Sie irgendwelche Schmugglerware beschlagnahmt?«

Bruzzone verneinte erneut.

»Und ist Ihrer Meinung nach die Sicherheit des Schiffsverkehrs mit der Übernahme der Jacht durch Ihre Einsatzkräfte wiederhergestellt?«

»Certamente!«, sagte der Capitano und wirkte fast eingeschnappt ob der unterstellten Annahme, dem könne nicht so sein.

»Bene. Dann stelle ich hiermit fest, dass die Zuständigkeit der Küstenwache und Ihr Kommando, Signor Capitano, beendet sind. Ich bitte Sie also, sich weiterer Einmischungen in *meinen* Fall zu enthalten.«

Alle vier trugen Handschellen. Und sie schwitzten. Dario versuchte, sich den Schweiß aus dem Nacken zu wischen, aber mit den zusammengeketteten Händen ging das anscheinend schlecht, wie Grassi zufrieden beobachtete. Er setzte sich etwas entfernt von den blau gepolsterten Korbstühlen in den Schatten und musterte die Männer nacheinander. Der Skipper schaute auf seine Schuhe und stützte sich mit den mächtigen Oberarmen auf die noch mächtigeren Oberschenkel. Dario wirkte vollkommen überfordert, wollte schon aufspringen, als er Grassi sah, aber der hatte ihm mit einer Handbewegung bedeutet, still zu sein. Er erkannte den zweiten jungen Mann, der mit Dario am Morgen bei den Jetskis am Heck gestanden war. Die vierte Person sah aus wie ein Koch mit seinen gestreiften Hosen und weißen Birkenstock-Sandalen. Er rümpfte die lange Nase und wirkte eher mürrisch gelangweilt als eingeschüchtert. Er war auch der Einzige, der nicht schwitzte.

»Jean-Philippe ist Koch«, sagte der Skipper tonlos. »Er weiß gar nichts und spricht nur Französisch. Den können Sie laufen lassen.«

»Qu'est-ce qu'il a dit?«, fragte Jean-Philippe.

»Spricht hier jemand Französisch?«, sagte der Commissario laut in die Runde. »Niemand?«

Ricci zuckte mit den Schultern. »Ein paar Jahre in der Schule drunter gelitten, aber nichts übrig.«

»Okay«, sagte Grassi, gab einem der umstehenden Polizisten ein Zeichen, und der führte den Koch weg.

Der Commissario wandte sich an den Skipper. »Marek, Sie kennen Ihre Rechte und Pflichten?«

»Kommt jetzt der berühmte Satz, den man in jedem Krimi hört? Sie haben das Recht zu schweigen, alles, was Sie sagen, kann gegen Sie verwendet werden, bla, bla, bla?«

»Ich meine Ihre Verantwortung als Skipper, Marek. Sie sind rechtlich verantwortlich für die Sicherheit des Schiffs und aller Crewmitglieder. Ist das so?«

Marek legte sich die gefesselten Hände an die Stirn, um sich vor der brennenden Sonne zu schützen. »Das müssen Sie mir nicht erklären.«

»Bene, Skipper, umso besser. Dann wissen Sie ja auch, dass Sie im schlimmsten Fall für sämtliche Schäden haften. Auch für Personenschäden. Auch für Schäden, die Personen an Bord von anderen schuldhaft zugefügt wurden. Ist das so?«

»Sie haben sich unerlaubt und ohne sich auszuweisen Zutritt zur Jacht verschafft«, knurrte Marek. »Und Sie waren bewaffnet. Indem ich Sie überwältigt und festgesetzt habe, bin ich meiner Verantwortung als Skipper, die Sie anscheinend so gut kennen, voll gerecht geworden.«

»Oh«, sagte Grassi. »Zweifellos. Aber ich spreche gar nicht von mir.« Er hantierte mit seinem Handy, fragte gleichzeitig den zweiten jungen Mann, der es tatsächlich schaffte, trotz Handschellen an den Nägeln zu kauen: »Wie heißen Sie eigentlich?«

Der Junge straffte sich. »Sono Max.«

»Ah, auch Deutscher?«

»Sì.«

Grassi hielt ihm das Handy hin. »Max, kennen Sie die linke der beiden Personen?«

»Das ist Rico.«

Der Skipper schaute wieder auf seine Schuhe.

»Kann ich mir vielleicht ein Hemd anziehen«, jammerte Dario, »ich hol mir hier echt einen Sonnenbrand.«

»Woher kennen Sie Rico?«

»Der gehörte zur Mannschaft. Aber nicht lange.«

Grassi nickte. »Und wissen Sie, wo Rico ist?«

Max schaute auf seinen Skipper. »Keine Ahnung, der hat doch ganz plötzlich gekündigt, oder?«

Auch Grassi fixierte den Skipper. »Stimmt das, Skipper? Hat Rico gekündigt?«

»Dazu kann ich nichts sagen. Personaldinge sind vertraulich. Das gehört auch zu meiner Verantwortung«, sagte er trotzig.

»Wann hatte Rico denn seinen letzten Tag hier an Bord?«

»Am letzten Samstag.«

»Ich hätte jetzt echt gern mein Hemd«, sagte Dario wieder. »Wenn ich mir hier Hautkrebs hole, ist das Polizeigewalt oder so.«

Der Commissario reagierte sofort. »Wo hast du die Halskette her?«, fuhr er Dario an.

»Die was? Die Halskette?« Sofort versuchte er, sich mit beiden Händen in den Nacken zu greifen. »Die können Sie haben, ehrlich, mir gefällt die gar nicht so toll.«

Ricci hatte einen durchsichtigen Plastikbeutel gezückt, trat hinter Dario, löste die Kette vorsichtig und ließ sie in den Beutel gleiten.

»Wo hast du die her?«

»Gefunden.«

»Wo gefunden? Und wann?«

»Hier auf der Jacht. Beim Putzen am Montag.« Er sah hilflos in die Runde und dann auf Max. »Ich hab dich doch noch gefragt, ob sie dir gehört. Ich will echt keine Schwierigkeiten deswegen.«

Grassi war aufgestanden. »Zeig uns, wo genau du die Kette gefunden hast.«

»Okay.« Dario erhob sich zögernd und ging an die verchromte Reling. Die bildete über ungefähr drei Meter eine Art erweiterten Balkon, auf dem zwei geölte hölzerne Klappstühle standen. An einer Ecke des Balkons ging er in die Knie. »Hier.«

Ricci beugte sich an Grassis Ohr. »Ich verstehe«, raunte sie, »ich kann aber nur hoffen, dass das Labor überhaupt noch verwertbare Spuren an der Kette findet.«

»Wohl kaum, aber das muss Marek ja nicht wissen«, flüsterte Grassi zurück.

»Skipper, wie oft wird das Deck gereinigt?«

»Hören Sie auf mit dem Skipper-Scheiß. Mein Name ist Marek.«

»Wie oft?«

»Jeden Abend.«

»Also auch am Sonntagabend?«

Marek nickte.

»Wäre die Kette gefunden worden, wenn sie dort schon am Sonntag gelegen hätte?«

»Na, sicher.«

»Lag sie aber nicht. Erst am Montag.«

Mareks Kopf war inzwischen hochrot, und das lag nicht nur am Verhör. Vom Schädel lief ihm der Schweiß in die Augen, die er immer wieder zusammenkneifen musste. Es schien, als würden seine Arme langsam lahm von der Anstrengung, sie ständig gegen die Sonne hochzuhalten. Unter den Achseln und am Bauch hatten sich große Flecken gebildet. »Verdammt, von mir aus, was interessiert mich diese Kette? Werden wir hier wegen einer bescheuerten Kette gegrillt? Macht Ihnen das Spaß?«

»Macht Mord Ihnen Spaß, Skipper? Sie haben auch die ethisch-moralische Verantwortung an Bord! Können Sie einen Mord mit Ihrem Gewissen vereinbaren?«

»Ich habe niemanden ermordet!«

»Wer ist der Kerl, der tot im Unterdeck liegt, Skipper?«

»Ich kenne die Gäste der Ambrosinis nicht.«

»Müssten Sie aber. Für die sind Sie nämlich genauso verantwortlich wie für Ihre Crew!«

»Ich sage doch, ich weiß nicht …«

»Ein bezahlter Killer!«, rief Grassi jetzt. »Ein Scherge der 'Ndrangheta aus Kalabrien! Auf Ihrem Schiff!«

»Scheiße!«, stieß Marek aus und krümmte sich auf seinem Stuhl zusammen. »Ich hab's geahnt, ich hab's geahnt!«

»Und diese Kette, Skipper, diese bescheuerte Kette, hat Rico getragen. Sie wurde ihm vom Hals gerissen in der Nacht, in der er ermordet wurde. Hier auf diesem Schiff, auf dem Sie die alleinige Verantwortung tragen!«

»Echt jetzt? Mafia?«, murmelte Dario. »Wie im *Paten* oder wie?«

Marek hatte die Stirn auf die Knie gelegt, er zitterte am ganzen Körper. Hoffentlich kein Sonnenstich, dachte der Commissario. Er musste sich beeilen.

»Wir werden diese Kette untersuchen und Spuren von DNA finden, und dann werden wir beweisen, dass Rico auf Ihrem Schiff und unter Ihrer Verantwortung …«

»Hören Sie auf!«, rief Marek. Er konnte die vom Schweiß geröteten Augen kaum noch offen halten. »Ich erzähle Ihnen, was ich über Rico weiß. Aber ich sage nicht gegen die Mafia aus. Das können Sie vergessen. Ich will auf keine Abschussliste, verstehen Sie?«

»Sind wir auch auf einer Abschussliste?«, fragte Dario.

»Bringen Sie die beiden nach unten«, befahl der Commissario einem der Beamten und zeigte auf Dario und Max. »Und Sie, Marek, kommen jetzt am besten mal zu uns in den Schatten.« Ricci wartete schon im Salon.

»Wann hat Rico angeheuert?«, fragte sie.

»Erst vor zehn Tagen. Wir hatten diese Saison viel Fluktuation. Ich weiß nicht, ob das noch an der Pandemie gelegen hat. Er hat sich persönlich vorgestellt, und wir brauchten jemanden.«

»Kam Ihnen daran irgendetwas merkwürdig vor?«

»Eigentlich nur, dass der Padrone keine Referenzen sehen wollte und gleich zugestimmt hat. Eigentlich ist er ziemlich wählerisch, wenn es um die Angestellten auf der *Ammazzadraghi* geht.«

»Mit dem ›Padrone‹ ist Vittorio Ambrosini gemeint, oder?«, fragte Ricci.

Marek nickte.

»Beschreiben Sie uns den Ablauf des Abends.«

»Der Padrone hat zu Abend gegessen. Es gab Hummer, Austern, Spargel, Kartoffeln, dazu Champagner. Gegen zehn ist der Koch von Bord gegangen. Rico hatte bedient und sollte eigentlich abräumen. Aber da ging der Ärger schon los.«

»War Gian-Battista Ambrosini in dieser Nacht auch an Bord?«

»Sì.«

»Was ist dann passiert?«

»Ich habe lautstarken Streit aus dem Salon gehört und bin runtergelaufen. Rico war unverschämt, hat sich vor den Augen des Padrone an den Essensresten bedient, im Stehen Hummer gegessen, Champagner aus der Flasche getrunken, war einfach total neben der Spur. Er hat den Padrone beschimpft und immer wieder gerufen: ›Ich hab dich in der Hand, du Mistkerl!‹ und ›Rache für Morandi!‹ und ›Kriminelle Baulöwen wie du gehören in den Knast‹ und so Zeug.«

»Wollte er den alten Ambrosini erpressen?«, fragte Grassi.

»So kam es mir vor. Aber gleichzeitig hat er die ganze Zeit auf Gian-Battista geschielt, so als würde er nur darauf warten, dass der auch etwas sagt.«

»Und hat der sich eingemischt?«, fragte Ricci.

Marek schüttelte den Kopf. »Nicht, als ich dabei war. Stand nur rum und kam mir noch nervöser vor als Rico. Der Padrone hat mich dann wieder auf die Brücke geschickt.«

»Haben Sie nicht versucht, Rico zur Räson zu bringen?«

»Natürlich! Ich wollte ihn sofort von Bord schicken, das war ja pure Meuterei, was der da versucht hat. Aber der Padrone hat mich davon abgehalten und stattdessen befohlen abzulegen. Ich habe das auch nicht verstanden.«

»Weiter!«, drängte Ricci.

»An der Hafenausfahrt sind die beiden Typen dann von einem Motorboot aus an Bord gestiegen. Das war gegen elf.«

Grassi ließ sich die beiden beschreiben.

»Ich sollte auf Kurs Genua gehen, und eine Zeit lang war's ziemlich ruhig. Hin und wieder habe ich laute Stimmen gehört. Und einmal dachte ich, jemand schreit, aber bei dem Wind und den Wellen kann ich mich auch getäuscht haben.« Er rieb sich mit beiden Händen übers Gesicht. »Irgendwo vor der Küste der Cinque Terre sollte ich die Maschinen abstellen und die Positionslichter löschen. Und dann ging die Scheiße erst richtig los.«

»Welche Scheiße?«

»Geräusche wie von einem Kampf. Ich habe mich über die Reling der Brücke gelehnt, um zu sehen, was los ist. Rico kam aus dem Salon gerannt, einer der Männer war an ihm dran, hat versucht, ihn niederzuringen, und an ihm rumgerissen, aber Rico hat sich befreit und ist an der Reling entlanggerannt. Und dann ist der erste Schuss gefallen.«

»Wer hat geschossen?«

»Der andere Typ. Und da ist er gesprungen.« Marek wirkte noch in der Erinnerung überrascht.

»Wer?«

»Rico! Das ging so schnell, ich konnte es nicht fassen. Eben stand er noch da, dann war er im pechschwarzen Wasser verschwunden. Wir waren ja fast einen Kilometer vor der Küste, und es herrschte starker Seegang.«

»Was haben die Männer gemacht?«

»Das weiß ich nicht. Ich bin wieder ans Ruder gegangen.«

»Aber Sie haben noch etwas gehört«, stellte Ricci fest.

Er nickte. »Noch mehr Schüsse.«

»Wie viele?«

»Mindestens drei, würde ich sagen. Bin mir aber nicht sicher. Einer von den beiden, der, den Ihre Leute erschossen haben, ist zu mir auf die Brücke gerannt, hat mit seiner Pistole rumgefuchtelt und hat mir befohlen, die Maschinen zu starten und zu drehen. Sie wollten Taschenlampen von mir, und dann haben wir das Wasser nach Rico abgesucht.«

»Hat er noch gelebt, als Sie ihn gefunden haben?«, fragte Ricci.

»Kann ich nicht mit Sicherheit sagen. Für mich sah es nicht so aus.«

»Was haben die beiden dann mit Rico gemacht?«

»Sie haben ihn rausgezogen und auf der Plattform hinten zwischen die Jetskis gelegt. Eine Weile haben die beiden Männer diskutiert. Dann haben sie mich gezwungen, Kurs auf Corniglia zu nehmen. Ungefähr zweihundert Meter vor der Küste habe ich die Maschinen gestoppt.«

»Die elektrischen Jetskis«, sagte Grassi. »State of the Art. Die beiden haben Ricos Leiche lautlos in die Marina gebracht.«

»Wo waren die Ambrosinis, während all das passiert ist?«, fragte Ricci.

»Nicht zu sehen.«

Aus den Augenwinkeln konnte Grassi erkennen, dass Capitano Bruzzone sich ihm von der Seite näherte und in Ohrhöhe in die Hocke ging. »Wir haben eine Tür ganz vorn im Bug gefunden. Von innen verschlossen«, flüsterte er.

Grassi wandte sich an Marek. »Gibt es so was wie einen Panikraum an Bord?«

»Ja«, sagte er müde. »Gibt es. Vorn im Bug.«

»Jemand hat sich darin eingeschlossen. Wer?«

Der Skipper atmete aus, als wolle er damit sagen »Was soll's?«: »Gian-Battista Ambrosini.«

Grassi schnalzte mit der Zunge. »Dachte mir schon, dass vier einer zu wenig ist. Wie lange kann er es da drin aushalten?«

»Im Prinzip lange. Er hat Wasser und Konserven für fünf Tage. Das heißt, wenn er nicht durchdreht. Es ist ziemlich eng da drin ...«

»Kann man mit ihm kommunizieren?«

Marek nickte. »Über bestimmte Funkfrequenzen. Haben Sie was zum Schreiben?« Bruzzone zückte einen Notizblock. Dann murmelte er: »Dummkopf. Sitzt in seinem eigenen Gefängnis«, und verschwand im Bauch der Jacht.

»Commissario«, fragte der Skipper, »ich müsste zum Anlegen das Steuer der *Ammazzadraghi* selbst übernehmen, wenn Sie erlauben.«

»Gehen Sie«, sagte Grassi. Er musste schon wieder Speichel schlucken, und ständig tanzte sein Magen einen Lambada auf der Schwelle der Übelkeit. Nur für einen Moment wollte er die Augen schließen. Aber als er sie wieder öffnete, wusste er nicht, ob fünf Sekunden oder fünf Minuten vergangen waren. Steuerbords sah er die Masten von Segelbooten am Fenster vorbeigleiten und stellte erleichtert fest, dass sie in den nächsten Minuten wieder am Porto Mirabello festmachen würden.

Fast sechs Stunden später saß Grassi allein mit geschlossenen Augen daheim in Levanto auf seinem Sofa. Ein Streifenwagen hatte ihn nach Hause gefahren. Toni war noch beim Zahnarzt. Sobald sich die Aufregung etwas gelegt hatte, waren ihre Zahnschmerzen wiedergekommen und hatten sie nachdrücklich an ihren Termin erinnert. Gerade eben hatte er ein Telefonat mit Ricci beendet.

Als die *Ammazzadraghi* längst wieder an der Mole A lag, abgesperrt und bewacht von der Polizei, war die Tür des Panikraums von innen geöffnet worden, Gian-Battista Ambrosini blickte mit starr geweiteten Pupillen in den dämmrigen Gang hinein, stieß die Tür ganz auf, machte einen Schritt über die Schwelle und ließ sich widerstandslos abführen, als die Arme des wartenden Assistente Martino ihn packten. Wenig später inspizierte Ricci den kleinen Raum, der aussah wie eine Gefängniszelle aus Chrom. In der Ecke eine verschmutzte Toilettenschüssel, an der Wand ein Stahlregal mit Obst- und Gemüsekonserven, zum Teil geöffnet, verschmiert, umgestoßen. Zwei leere Fünfliterkanister Wasser lagen auf dem Boden, ein ungeöffneter stand noch im Regal. Das in der Wand eingelassene Funkgerät blinkte. Von den fleckigen, zerwühlten Decken, die auf der Pritsche zum Herunterklappen lagen, stieg ein säuerlicher Geruch auf. Alles sah so aus, als hätte Ambrosini sich hier schon vor Tagen verkrochen. Wahrscheinlich seit Sonntag, vermutete Ricci, seit dem Mord an Rico. Sie entdeckte Spuren auf einem kleinen stählernen Tisch, der am Kopfende der Pritsche im Boden festgeschraubt war, zog einen Beweisbeutel aus ihrer Gesäßtasche und ihr Messer aus dem Holster am Gürtel, ging neben dem Tischchen in die Hocke und kratzte die weißen Pulverspuren mit der Klinge in den Beutel.

Martino hatte den Verdächtigen den Kollegen auf der Mole übergeben.

»Gian-Battista Ambrosini hatte eine Menge Zeit zum Nachdenken«, hatte Grassi zu Ricci gesagt.

»Sicher. Am schwersten wird ihm zu denken gegeben haben, dass ihm das Kokain ausgegangen ist und er in dem Panikraum zu wenig Wände hatte, um daran hochzugehen. Der hatte Puls zweihundert. Die Sanitäter haben eine Überdosis vermutet. Wahrscheinlich können wir ihn erst in ein paar Tagen vernehmen. Er hat außerdem nach seinem Vater verlangt.«

»Nichts da. Die beiden lassen wir erst miteinander sprechen, nachdem wir sie uns einzeln vorgeknöpft haben.«

SAMSTAG

HERZRHYTHMUSSTÖRUNGEN

Schläft der Mensch, schläft auch sein Gleichgewichtssinn, beruhigt sich und kommt wieder ins Lot. Vito Grassi hatte deshalb eigentlich erwartet, sich bedeutend besser zu fühlen. Denn er hatte geschlafen. So fest, als hätte ihm jemand K.-o.-Tropfen verabreicht. Warum also fühlte er sich an diesem Morgen kein bisschen erholt, sondern im Gegenteil wie gerädert? Und allein der Gedanke an Essen verursachte ihm unangenehmen Speichelfluss und latente Übelkeit. Toni hatte am Abend zuvor im Netz herausgefunden, dass Seekrankheit manchmal Tage brauchen konnte, um ganz abzuklingen. Der Commissario war nur ein paar Stunden auf dem Wasser gewesen, aber sein Kreislauf war vollkommen durcheinandergeraten.

»Caffè?«, hatte Toni ihn nach dem Aufstehen gefragt.

Und Grassi hatte die vielleicht unitalienischste Antwort gegeben, die es gab: »Vielleicht lieber einen Tee.«

Er war also ohne Frühstück und ohne Caffè zur Arbeit gegangen. Toni hatte ihn mit dem Alfa zum Bahnhof gefahren. Sie kam gut zurecht mit dem Wagen. Am Bahnhof in La Spezia verspürte er Lust auf eine Cola, was er für ein gutes Zeichen hielt. So stimmte zumindest sein Zuckerhaushalt, als er wie verabredet um halb neun im Nebenraum des Verhörzimmers mit seiner Chefin und Ricci zusammentraf.

»Sieh an, ein alter Bekannter«, sagte der Commissario beim Blick durch das verspiegelte Fenster. Mit der Person, die er da neben Vittorio Ambrosini sitzen sah, hatte er wirklich nicht gerechnet. Der Padrone hatte ein leeres Glas vor sich. Er trug einen sehr teuren, sehr fadenscheinigen Anzug über einem zerknitterten Hemd. Ein Kragenende stand ab, das andere war unter den Aufschlag des Jacketts gerutscht. Er hatte die Hände vor sich gefaltet, sein Kettensägengesicht reglos, während er den Worten seines Anwalts lauschte, der nah an seinem Ohr auf ihn einredete. Die zurückgegelten schwarzen Haare des korpulenten Mannes glänzten im Licht der nackten Neonröhre.

»Sì«, sagte Feltrinelli. »Die Ambrosinis haben natürlich eine ganze Armada von Firmenanwälten, und bis gestern hatten sie noch diesen jovialen Familienanwalt, seit Jahrzehnten ein Freund der Familie. Er hat überraschend sein Mandat niedergelegt. Und heute Morgen tauchte dann Paolo delli Carri auf.«

»Die ehrenwerte Familie sorgt für die ihrigen«, sagte Ricci.

»Ich denke, das ist weniger Sorge als Kontrolle«, meinte Grassi.

»Stimmt«, sagte Feltrinelli, »delli Carri wurde als Aufpasser geschickt. Solange er dabei ist, werden Sie nicht viel aus dem Alten herausbekommen.«

Grassi war schon in einem römischen Gerichtssaal von Paolo delli Carri ins Kreuzverhör genommen worden, damals beim Prozess gegen Fifi Caldarrosta. Auch bei seinem letzten Mordfall war der aalglatte Anwalt überraschend an der Seitenlinie aufgetaucht, wenn auch nur als Zeuge – und das sogar freiwillig. In einem Verhörraum hatte der Commissario noch nie mit dem Anwalt zu tun gehabt.

»Na, dann wollen wir mal sehen«, sagte der Commissario und gab seiner Partnerin einen Wink.

Als die beiden Polizisten den Raum betraten, schob der korpulente kleine Mann im dunklen Anzug seinen eindrucksvollen Bauch über die Tischplatte und streckte einen kurzen Arm aus, um die Polizisten zu begrüßen und sich vorzustellen. Der Padrone, Herr über fünfzehntausend Angestellte und einen Jahresumsatz von fünf Komma fünf Milliarden Euro, folgte Grassi und Ricci lediglich mit den Augen unter seinen kantigen Brauen.

»Commissario, es ist mir stets eine Freude«, sagte Paolo delli Carri.

»Avvocato, was für eine Überraschung«, sagte Grassi. »Andererseits … eigentlich auch nicht.«

Die beiden musterten einander für ein paar Sekunden, dann lud der Anwalt Grassi und Ricci mit einer ausholenden Geste ein, sich zu setzen, so als wäre er der Gastgeber dieser kleinen Runde. Ricci schenkte Wasser aus der mitgebrachten Flasche in Ambrosinis Glas.

Der Avvocato legte beide Handflächen auf den Tisch. »Lassen Sie mich damit beginnen, dass ich Beschwerde einlegen werde gegen die Behandlung meines Mandanten. Signor Ambrosini leidet unter hohem Blutdruck und unter Herzrhythmusstörungen. Ihn über Stunden in einem schlecht gelüfteten Raum bei mangelnder Versorgung warten zu lassen ist gegen die Menschenwürde.«

»Das tut mir leid«, sagte Grassi. »Herr Ambrosini, kann ich Ihnen irgendetwas anderes außer Wasser bringen lassen? Caffè vielleicht? Oder eine Cola?«

Ambrosini hob langsam abwehrend die Hand, aber delli Carri antwortete schon für ihn. »Nein danke, wir haben nicht vor, lange zu bleiben.«

»Gut, dann fangen wir an. Wir zeichnen dieses Gespräch auf.« Ricci legte das Aufnahmegerät in die Mitte des Tisches, protokollierte die Anwesenheit, Datum und Uhrzeit.

»Don Ambrosini«, begann der Commissario, und sofort hob der so Angesprochene den Kopf und sah ihn erstmals böse und irritiert an. Delli Carri rief: »Stopp! Keine Spielchen, keine Unterstellungen.«

»Danke für Ihre Aufmerksamkeit«, sagte Grassi nonchalant und begann noch einmal. »Signor Ambrosini, wo waren Sie in der Nacht von Sonntag, dem dritten Juli, auf Montag, den vierten Juli?«

»Mein Mandant befand sich in dieser Nacht auf seiner Jacht, der *Ammazzadraghi*.«

»Wer hat sich zu dem Zeitpunkt noch auf der *Ammazzadraghi* befunden?«

»Der Sohn meines Mandanten und natürlich die Besatzung.«

»Ein Zeuge hat ausgesagt, dass in dieser Nacht noch zwei weitere Männer an Bord gekommen sind.«

Delli Carri und Ambrosini tauschten einen alarmierten Blick, aber der Anwalt fing sich gleich wieder. »Geschäftspartner«, sagte er schnell.

»Wie heißen die Herren, und in welchem Geschäftsverhältnis stehen Sie zu ihnen?«, fragte Ricci und zog die Blicke auf sich. Abrupte Wechsel in der Gesprächsführung waren Teil von Grassis und Riccis Verhörtaktik.

»Sind die Geschäfte der Ambrosini Group Gegenstand dieser Ermittlungen? Nein? Das dachte ich mir«, sagte delli Carri mit selbstzufriedener Miene. »Sie werden also Verständnis dafür haben, dass mein Mandant im Interesse der Firma und mit Rücksicht auf deren Kunden und Partner keine Antwort auf Ihre Frage geben wird. Im Übrigen hat sich Signor Ambrosini aus dem operativen Geschäft zurückgezogen.«

Grassi schluckte ein wieder aufkeimendes Gefühl von Übelkeit hinunter und legte das Bild von Enrico vor Ambrosini auf den Tisch. »Gehörte er an diesem Tag zur Besatzung?«

»Mein Mandant hat Tausende von Angestellten und kann unmöglich jeden einzelnen persönlich kennen.«

»Kann Ihr Mandant auch für sich sprechen, oder ist das zu gefährlich?«

»Ich genieße das vollste Vertrauen meines Mandanten und spreche für ihn«, sagte delli Carri süffisant lächelnd. Ambrosini lächelte nicht. Er warf seinem Anwalt einen Blick zu, der zwischen Verachtung und Furcht changierte.

Sowohl der Commissario als auch seine Partnerin richteten ihre Fragen trotzdem unbeirrt weiter an den stummen Padrone.

Grassi war noch dran. »Können Sie bestätigen, dass dieser Mann, Enrico Palumbo, in der fraglichen Nacht Dienst auf der Jacht hatte?«

»Ich kann bestätigen, dass er mich bestohlen hat«, knurrte

Ambrosini trotzig, bevor delli Carri etwas sagen konnte, und erntete von diesem einen tadelnden Blick.

»Sie können sich also doch an Enrico erinnern?«, sagte Ricci. »Was hat er Ihnen gestohlen?«

Delli Carri legte dem Alten eine Hand auf den Unterarm. »Mein Mandant meint damit, dass diese Person sich ungefragt an seinem Essen bedient hat.«

»Steht darauf die Todesstrafe?«, fragte Ricci.

»Unsinn«, knurrte Ambrosini.

»Dann stimmt es also nicht, dass Enrico Palumbo in dieser Nacht auf der *Ammazzadraghi* von Ihren beiden Geschäftspartnern ermordet wurde?«, sagte Grassi.

»Mein Mandant bestreitet vehement, dass irgendjemand auf seiner Jacht ermordet worden ist.«

Grassi lachte auf. »Dann lassen Sie es mich so formulieren, Signor Ambrosini: Unser Zeuge hat ausgesagt, dass Enrico auf *Ihrer* Jacht von *Ihren* Geschäftspartnern bedroht und misshandelt wurde und dass die beiden sich auf *Ihrer* Jacht befanden, als sie Enrico ermordet haben.«

»Und Sie befanden sich zum Zeitpunkt des Mordes ebenfalls auf der *Ammazzadraghi*«, fügte Ricci hinzu.

»Das hat mein Mandant bereits bestätigt.«

»Es sind mehrere Schüsse gefallen. Haben Sie die gehört?«

»Mein Mandant hat nichts gehört. Er hat einen gesegneten Schlaf.«

»Ecco, Sie hatten also zunächst ein bisschen Ärger mit Ihrem Angestellten, weil er von Ihrem Tellerchen gegessen hat, danach ging es um die Geschäfte, die Sie mit Ihren beiden Partnern zu besprechen hatten, und nachdem diese Gespräche zu einem guten Abschluss gekommen waren, haben Sie sich alle zurückgezogen und sind zufrieden zu Bett gegangen. Das ist Ihre Story?«

Delli Carri und Ambrosini tauschten erneut einen Blick. Dann nickte der Avvocato. »Wäre sonst noch was?«

Ricci räusperte sich. »Das muss eine sehr merkwürdige Geschäftsbesprechung gewesen sein.«

»Was meinen Sie?«, fragte delli Carri.

»Nun ja, ich frage mich, ob Sie nicht den falschen Sohn dabeihatten? Immerhin sind Sie, Signor Ambrosini, wie Sie selbst sagen, nicht mehr im operativen Geschäft tätig, und Gian-Battista hat seit seiner unrühmlichen Entlassung aus dem Stiftungsvorstand auch keinerlei Rolle mehr im Unternehmen. Und Federico war nicht dabei. Um welche Art von Geschäft kann es da gegangen sein?«

Ambrosini hatte nach Riccis Worten erstmals sein Holzklotzgesicht den Polizisten direkt zugewandt. Hinter delli Carris Stirn arbeitete es.

Der Commissario tat so, als hätte er eine Eingebung, und sagte: »Dann ging es bei der Besprechung möglicherweise um die Geschäfte von Gian-Battista.«

»Was macht Ihr Sohn für Geschäfte, Signore?«, schoss Ricci sofort hinterher.

Ambrosini öffnete zum zweiten Mal den Mund: »Das müssen Sie ihn selber fragen.«

»Das machen wir, keine Sorge. Aber sagen Sie: Stimmt es, dass Ihr Sohn mit Drogen dealt?«, fragte der Commissario trocken.

»Vaffanculo, ich …« Ambrosini richtete sich in seinem Stuhl auf und holte Luft, doch bevor er weitersprechen konnte, hielt ihn sein Anwalt mit ausgestrecktem Arm zurück.

»Sì sì«, fuhr Ricci ungerührt fort, »so muss es sein. Schließlich war Enrico auch in der Rauschgiftbranche tätig, und Ihre beiden Geschäftspartner waren auf der Suche nach einem bestimmten Lieferanten.«

»Und seinem Stoff!«, ergänzte Grassi. »Glauben Sie, Don Ambrosini, Ihr Sohn hat in dieser Nacht genauso gut geschlafen wie Sie? Ich meine, nachdem Sie ihn gezwungen hatten, seinen besten Freund zu verraten?«

»Jetzt reicht es!«, sagte delli Carri.

Ambrosini war aufgestanden.

»Ihr Sohn ist zu einer Gefahr für sich selbst, für Sie und das Unternehmen geworden!«, sagte Grassi. »Das haben Ihre sogenannten Geschäftspartner oder die, die sie geschickt haben, unmissverständlich klargemacht, habe ich recht?«

»Wenn Sie wüssten, mit wem Sie sich anlegen«, sagte Ambrosini leise.

»Oh, ich weiß sehr gut, mit wem ich mich anlege, da können Sie Ihren Anwalt fragen. Der hat schon einschlägige Erfahrung mit mir, und das ging nicht gut aus für seinen Mandanten. Also setzen Sie sich bitte wieder.«

»Sie haben keinerlei Belege für Ihre wilden Behauptungen«, sagte delli Carri.

»Avvocato, haben Sie Ihrem Mandanten wirklich erklärt, es würde ausreichen, sich dumm zu stellen und zu behaupten, er hätte Augen und Ohren geschlossen, während Enrico ermordet wurde?«

Delli Carri sah ihn mit zusammengebissenen Zähnen an. Ein paar ölige Strähnen seines zuvor sorgsam zu einer Art Frisur gekämmten schütteren Haars hingen ihm ins Gesicht.

Grassi legte beide Ellbogen auf den Tisch und beugte sich zu Ambrosini vor, der sich wieder auf seinen Stuhl hatte fallen lassen. »Ich stelle mir das so vor: Eines schönen Tages bekommen Sie einen freundlichen Anruf – vielleicht sogar von Ihnen, Avvocato? –, in dem man Ihnen mitteilt, dass Ihr unvorsichtiger Sohn mit der Ware Ihrer Geschäftspartner dealt. Die Verärgerung dieser Geschäftspartner sei verständlicherweise groß, aber sie seien bereit, von drastischeren Konsequenzen abzusehen, wenn der treue Freund Vittorio seinen Sohn Gian dazu bringen könnte, seine Quelle zu verraten. Daraufhin machen Sie Ihrem Sohn klar, dass es um sein Leben geht, und Gian lockt Rico auf die Jacht und damit in die Falle. Unterbrechen Sie mich, wenn ich falschliege.«

Delli Carri machte den Mund auf, aber diesmal brachte ihn Ambrosini mit einer scharfen Handbewegung zum Schweigen. Er starrte Grassi wütend an.

»Mit anderen Worten, Signor Ambrosini: Sie haben Täter und Opfer zusammengebracht, Sie haben die Bühne bereitet, Sie wussten, wie es ausgehen würde. Sie haben das Geschehen gelenkt und beherrscht. Und das macht Sie nicht nur zum Mitwisser, das macht Sie im Sinne des Gesetzes zum Täter. Völlig egal, wie tief Sie geschlafen haben, als der Mord tatsächlich passiert ist. Ist Ihnen das klar?«

Delli Carri versuchte, seine Souveränität zurückzugewinnen. »Alles Hirngespinste, Grassi. Haben Sie auch nur einen einzigen handfesten Beweis für Ihre haltlosen Behauptungen?«

»Zwei handfeste Beweise liegen im Leichenschauhaus der Gerichtsmedizin. Rico und der Killer. Rico war nachweislich auf Ihrer Jacht, bevor er starb. Und der Killer wurde auf Ihrer Jacht von der Polizei erschossen. Er hatte übrigens ein Smartphone bei sich, das wir gerade auswerten. Bin gespannt, was wir darauf alles finden werden. Vielleicht ja sogar Ihre Nummer, Avvocato?«

Ambrosini bebte am ganzen Körper, ob vor Zorn oder Angst, vermochte Grassi nicht zu sagen.

»Sie unterschätzen mich, Commissario. Ich habe Macht und Einfluss und Zeit und viel Geld. All das, was Sie nicht haben. Und mein Sohn macht, was ich ihm sage. Sie werden ihn also niemals dazu bringen, zu gestehen, dass er diesem Enrico jemals zuvor begegnet ist. Wenn's nach mir geht, haben Sie sich diese ganze Drogengeschichte nur ausgedacht. Und ohne das Drogenmotiv haben Sie gar keinen Fall, so, wie ich das sehe. Jedenfalls nicht gegen meinen Sohn und mich.« Er warf seinem Anwalt einen zufriedenen Blick zu.

Der nickte stumm und schob seinen Stuhl zurück. »Wir sind hier fertig.«

Grassi beachtete ihn nicht. Er blickte nur auf Ambrosini. »Sie haben zwei riesige Probleme. Eines davon sitzt in diesem Moment neben Ihnen. Und ich würde gern mit Ihnen allein darüber sprechen.«

»Das kommt überhaupt nicht infrage!«, fauchte delli Carri.

Grassi sah den Alten an. »Das liegt ganz bei Ihnen. Sie könnten Ihren neuen Anstandswauwau rausschicken. Als Mandant steht Ihnen das frei. Oder ist ein Mann Ihres Formats wirklich nicht in der Lage, fünf Minuten gefahrlos für sich alleine zu sprechen?«

Jetzt spiegelte sich wachsende Unruhe in der Miene des Anwalts. »Er versucht, Sie mit seinen römischen Methoden reinzulegen, Signore. Als Ihr Anwalt warne ich Sie, sich darauf einzulassen, ansonsten kann ich für nichts garantieren ...«

Ambrosinis Gesicht wurde hart wie Stein, das Einzige, was sich bewegte, war die pochende Ader an seiner Schläfe . »Wollen Sie mir etwa drohen, Avvocato? Sie und Ihre kalabrischen barbari?« Er straffte sich. »Warten Sie draußen.«

»Signor Ambrosini, Sie machen einen großen Fehler.«

»Sie haben Ihren Mandanten gehört, delli Carri. Wenn Sie so freundlich wären ...«

Der Anwalt erhob sich steif, schob das Kinn vor und rückte seine Krawatte gerade. In seinem Gesicht zuckte es. »Sagen Sie nichts, Ambrosini.« Er wandte sich abrupt der Tür zu und ging ab.

»Also, was sind Ihrer Meinung nach meine Probleme?«, fragte Ambrosini. Er wirkte erschöpft, als fürchte er eine Antwort, die er schon kannte.

»Sehen Sie«, begann Ricci, »seit Donnerstag haben wir vergeblich versucht, Kontakt mit Ihrem Sohn aufzunehmen. Wie wir jetzt wissen, hatte er sich seit Tagen in dem Panikraum auf der *Ammazzadraghi* versteckt. Madonna, haben Sie ihn da drin mal besucht? In dem Raum würde ich auch Panik kriegen. Und um sich den Aufenthalt auf unbestimmte Zeit etwas freundlicher zu gestalten, hatte er sich etwas Schnee eingepackt. Erst als der weggeschnupft war, hat er richtig Panik bekommen, wollte nur noch raus, und da haben wir ihn festgenommen. Die Folgen seiner Überdosis werden gerade im Krankenhaus behandelt.«

Ambrosini schloss die Augen.

»Sobald er vernehmungsfähig ist, werden wir mit ihm sprechen. Die Sache ist nur die: Beim Schnupfen geht immer ein bisschen was daneben, und die Kokainreste, die wir im Panikraum sicherstellen konnten, sind in ihrer chemischen Zusammensetzung identisch mit den Pulverspuren, die wir in Enricos Versteck gefunden haben. Was beweist, dass Ihr Sohn das Kokain von Enrico hatte. Wir wissen also, dass die beiden einander kannten.«

Ambrosini hielt die Luft an und atmete dann hörbar aus. »Und das andere Problem?«

»Sind die Geister, die Sie riefen, Signore«, antwortete Ricci. »Ihre beiden sogenannten Geschäftsfreunde haben ihre Mission nicht erfüllt, verstehen Sie? Der eine ist tot, und der andere ist wahrscheinlich als lustiger Kellner in einer Pizzeria in bella Germania untergetaucht. Und die Auftraggeber der beiden sind stinksauer und suchen immer noch nach ihrer Ware. Der beste Beweis dafür, dass ich recht habe, ist die Anwesenheit von delli Carri.«

»Also, Ambrosini«, übernahm wieder der Commissario. »Wir haben alles, was wir brauchen, um Sie dranzukriegen. Zwei Leichen auf der *Ammazzadraghi*, Zeugen, Beweise. Wenn Sie kooperieren, werden wir Sie und Ihren Sohn vor diesen Geistern beschützen. Wenn nicht, haben Sie beide nur deshalb eine Chance, dem Gefängnis zu entgehen, weil Sie tot sind.« Grassi ließ seine Worte wirken. Ambrosini biss die Zähne so fest aufeinander, dass es knirschte.

»Ich hole jetzt Ihren Anwalt wieder herein.« Grassi schob seinen Stuhl zurück. »Sie können diesen Kerl für sich arbeiten lassen, und wir werden Sie wieder und wieder vorladen und Ihren Sohn genauso, bis delli Carris eigentliche Mandanten kalte Füße kriegen. Dann treiben Sie eines Morgens tot in Ihrem schönen

Pool, und Ihr Sohn stirbt wirklich an einer Überdosis, die er sich nicht einmal selbst verpasst hat. Sie müssen sich jetzt entscheiden.«

Ambrosini war geschlagen, man sah es ihm an. Aber ein Gedanke lauerte noch hinter seiner kantigen Stirn. »Setzen Sie sich wieder, Commissario.«

»Okay«, sagte Grassi. »Und was ist mit dem Anwalt?«

Ambrosini wedelte mit der Hand. »Sagen Sie ihm, er soll zurück nach Kalabrien gehen.«

Eine Stunde später trat die Quästorin zu Grassi in den Nebenraum des Verhörzimmers. »Ganz schön hoch gepokert, Commissario. Woher wussten Sie, dass Ambrosini sich darauf einlassen würde? Er kommt mir nicht vor wie der ängstliche Typ.«

»Wir haben ihn am Donnerstag in seinem Palazzo erlebt. Ein Patriarch, wie er im Buche steht. Er hasst es, die Kontrolle zu verlieren. Und delli Carri hat versucht, sie ihm abzunehmen. Ich habe ihm nur angeboten, sie zurückzugewinnen. Zu einem Preis. Den war er bereit zu zahlen.«

Durch die Scheibe sahen sie, dass Ricci den Laptop zuklappte, zur Tür ging und etwas in den Gang rief. Dann traten zwei Polizisten in den Raum und führten Ambrosini ab. Kurz darauf trat die Ispettore zu ihnen. »Mein Eindruck ist, er kooperiert.«

»Was sagt er?«, fragte Feltrinelli.

»Über die Drogen weiß er nur, was sein Sohn ihm gestanden hat. Dass Rico ihn beliefert und Gian die einzelnen Lieferungen über nordafrikanische Kontakte im Genueser Hafen verkauft hat. Gian und Rico hätten halbe-halbe gemacht. Es gab nur wenige Transaktionen größerer Mengen mit hohem Gewinn. Das ganze Geschäft scheint jedenfalls so lange unbemerkt gut gegangen zu sein, bis die famiglia einen der Nordafrikaner geschnappt hat. So kamen sie auf die Spur der vermissten Drogen.« Sie blickte Grassi an. »Und dann hat Ambrosini tatsächlich einen Anruf von delli Carri erhalten. *Wenn Sie meinem*

Mandanten helfen, sein Eigentum zurückzubekommen, ist er be-
reit, Ihnen und Ihrer Familie Schutz zu gewähren. Andernfalls …
Den Rest konnte sich Ambrosini schon denken.«

»Weiß er, um welche Menge es sich gehandelt hat?«, fragte
Feltrinelli.

Ricci schüttelte den Kopf. »Nein. Wie viele Drogen Rico tatsächlich erbeutet hatte, scheint er Gian nie gesagt zu haben.
Aber als es darum ging, die eigene Haut zu retten, war Gian
bereit, seinen Freund zu verraten. Der alte Ambrosini hatte
dann die Idee, wie sie Rico in die Falle locken konnten. Sein
Sohn hatte ihm erzählt, wie wütend Rico auf die korrupten Baulöwen war, die er für die Zerstörung seines und Umbertos Lebens verantwortlich gemacht hat. Und Rico brauchte dringend
Geld. Mit der Story, es gäbe Beweise, dass die Firma seines Vaters bei dem Einsturz der Morandi-Brücke eine üble Rolle gespielt hätte und dass man ihn damit erpressen könnte, brachte
Gian seinen Freund dazu, auf der Jacht anzuheuern. In der
Nacht seines Todes hatten die beiden Gangster Rico offenbar
schon so weit, dass er zumindest den Namen Umberto rausge-
lassen hatte, mit dem die beiden aber nichts anfangen konnten.
Bis wir die Killer zu ihm geführt haben.«

»Glauben Sie, Rico hatte noch woanders Drogen versteckt als
bei seinem Onkel?«

»Ich denke nicht«, sagte Ricci. »Aber wenn Gian-Battista er-
fährt, dass sein Vater geständig ist, wird er ebenfalls auspacken,
und dann werden wir zumindest erfahren, wie viel Stoff er für
Rico verkauft hat. Ich frage mich auch, was jetzt mit Umberto
passiert.« Sie sah Grassi an. »Wir sollten mit Aziz sprechen.
Vielleicht sieht er ja eine Möglichkeit, dass Umberto doch noch
vom Entschädigungsfonds profitiert? Eigentlich müsste er einen Anspruch haben.«

Nachdem Ricci den Raum verlassen hatte, nahm die Quästorin den Commissario beiseite. »Ach, übrigens«, begann Feltrinelli mit bedauerndem Blick. »Wegen des Alfa …«

Grassi sah sie erwartungsvoll an.

»Die Anwälte meines Mannes sehen den Wagen als Teil des ehelichen Zugewinns an. Wahrscheinlich müssen wir ihn in der Mitte durchsägen.«

»Das wäre eine Schande. Muss ich ihn zurückgeben?«

Feltrinelli nickte mit einem traurigen Lächeln.

»Wie schade, ich hatte mich schon echt mit ihm angefreundet.«

»Das ist leider noch nicht alles. Um festzulegen, wo genau man das Coupé gerecht durchsägt, muss der Wert ermittelt werden. Dazu wird ein Expertengutachten erstellt werden.«

»Und der Experte wird wahrscheinlich feststellen, dass der Wagen im Wert gemindert ist, weil der Spiegel nicht mehr original ist?«

»Kann sein. Ich wäre auf jeden Fall verpflichtet, es zu sagen.«

»Kommt mich das teuer zu stehen?«

»Das sag ich Ihnen, wenn ich's weiß. Ich hätte Ihnen den Wagen gar nicht geben dürfen.«

Grassi überlegte. »Sehen Sie's mal so: ohne den Alfa keine Verfolgungsjagd. Ohne Verfolgungsjagd keine Schießerei. Ohne Schießerei kein verletzter Killer auf der Jacht. Und ohne Killer auf der Jacht kein Beweis für der Verwicklung der 'Ndrangheta in einen Fall, der unter Ihrer Leitung erfolgreich abgeschlossen wurde.«

Sie zog die Augenbrauen hoch. »Ah, ich verstehe. Das Loch im Außenspiegel war Teil Ihrer ausgeklügelten Ermittlungsstrategie.«

Grassi verzog das Gesicht zu einem Grinsen. »Vielleicht erwähnen Sie's einfach nicht. Und ich stopfe dem einzigen Zeugen das Maul. Was isst Luigi denn gern?« Bei dem Gedanken an Essen wurde ihm wieder ein bisschen übel.

URLAUBSPLÄNE

Weil er dem Frieden immer noch nicht ganz traute, blieb er zunächst mit geschlossenen Augen liegen und horchte in sich hinein. Ganz okay, dachte er. Er schlug die Augen auf und stellte nach einem Augenblick der Verwirrung fest, dass er nicht auf dem Sofa, sondern im Bett lag. Die Sonne schien ins Fenster. Die Tür zu Wohnzimmer und Küche stand offen, und er hörte Toni in der Küche hantieren.

»Wie spät ist es?«, rief er.

Toni steckte den Kopf ins Zimmer. »Schon elf. Ich hab dich schlafen lassen. Wie geht es dir? Ich bereite das Mittagessen vor. Du hast ja seit Tagen nicht mehr richtig gegessen, da dachte ich, ich mache Testaroli. Steh auf und mach dich frisch.« Schon war sie verschwunden. Kam aber Sekunden später wieder. »Nur weil's dir nicht gut ging, habe ich dich hier schlafen lassen. Heute Abend bist du wieder auf deinem Sofa, dass da keine Missverständnisse aufkommen.«

Die Dusche schwankte noch ein bisschen, aber tat gut. Und als er in die Küche kam, merkte er, wie hungrig er war. Ein gutes Zeichen.

Toni goss gerade Testaroli-Teig in die heiße Pfanne und schwenkte sie langsam, damit er sich verteilte.

Grassi sah sich in der Küche um. Sie hatte alles für das Pesto bereitgestellt, den Knoblauch, die Pinienkerne, zwei Sorten Käse und Basilikumblätter. »Wozu die Tomaten?«, fragte er.

»Ich dachte, wir machen mal die Portofino-Variante. Du kannst sie schon mal halbieren, die kochen wir ganz zum Schluss.«

Grassi begann damit, den Knoblauch zu schälen. Die glatten Zehen tat er zusammen mit den Pinienkernen in den Mörser und begann sie zu zerdrücken. Eine Art, ihr in der Küche zu helfen, die ihm Spaß machte. Kerne und Knoblauchzehen bildeten eine duftende, klumpige Masse, und Grassi wollte schon die Basilikumblätter in die Mörserschüssel geben, als Toni plötzlich »Halt!« rief.

»Was ist los?«

»Ich hab was vergessen!« Sie riss einen Küchenschrank auf, entnahm ihm einen Beutel mit geschälten Pistazien, füllte ihre hohle Hand und warf die Kerne ungefragt in Grassis Schüssel.

»Die Mischung macht's zu meinem Pesto«, sagte sie, als er sie fragend ansah. »Wenn nötig, nimmst du nachher ein bisschen mehr Olivenöl.«

Mit den Basilikumblättern wurde die Masse zäher, und er stemmte sich auf den Stößel, während er ihn in der Granitschüssel drehte. Grassi warf Toni, die gerade eine Teigscheibe wendete, einen Blick zu. »Ist die nicht zu dick?«

»Scusa? Was verstehst du davon? Die Dicke stimmt genau.«

»Okay, wenn du meinst.« Grassi hatte die Basilikumblätter zerdrückt, schüttete jetzt Pecorino und Parmesan zu der Masse und griff wieder nach dem Stößel.

»Nicht damit«, sagte Toni, zog eine Schublade auf und reichte ihm eine Gabel. »Ich mag's nicht, wenn das Pesto so klebrig ist.«

Nachdem Grassi den geriebenen Käse mit der Gabel unter die Masse gemischt hatte, schnitt er die Tomaten. Toni war gerade mit den Testaroli fertig geworden, sodass er sie in derselben Pfanne andünsten konnte.

Auf einem Schneidbrett vor Toni lagen vier pfannengroße Testaroli-Scheiben gestapelt. »Wir haben jetzt leider keine Zeit, die ganz abkühlen zu lassen, darum ist das mit dem Schneiden schwierig.« Sie begann den Nudelstapel in Rauten zu schneiden und fluchte, als der frische Teig am Messer kleben blieb.

»Okay, gib mir mal«, sagte Grassi und nahm Toni das Messer aus der Hand. »Das muss man mit Ruhe und Geduld machen«, sagte er mit einem Grinsen.

Sie ließ es geschehen. »Ha! Geduld. Ausgerechnet du.«

»Na klar, sieh her.« Er hatte die Rauten fertig geschnitten und nahm sie nun auseinander. »Autsch! Die sind heiß.«

»Wirf sie noch mal schnell zu den Tomaten.« Sie gab das Pesto dazu, mischte alles noch mal vorsichtig durch und gab die Testaroli Portofino alla Toni auf zwei Teller.

»Eccellente, Toni«, sagte Grassi kurz darauf. »So ein gutes Mittagessen hatte ich schon lange nicht mehr. Ab jetzt komme ich jeden Tag zum Essen nach Hause.«

»Nichts da, Vito. Das gibt es nur zu besonderen Anlässen. Zum Beispiel wenn du sehr seekrank warst.«

»Hm, dann muss ich mir wohl überlegen, ab jetzt mit dem Schiff zur Arbeit zu pendeln.«

Toni musste lachen und verschluckte sich fast dabei.

»Du warst ziemlich überzeugend als Millionärsgattin, muss ich sagen. Wusste gar nicht, dass du schauspielerische Talente hast. Und dazu null Lampenfieber.«

»Als Studentin war ich in einer Laientruppe. Ich habe sogar mal Dürrenmatts böse alte Dame gespielt. Die Rolle war mir wie auf den Leib geschrieben.« Sie zwinkerte.

»Was für eine dürre Rolle?«

»Egal.« Sie winkte ab. »Erkläre ich dir ein andermal. Ich wollte nur sagen, dass es mir leidtut, dass ich dich ungefragt in diese Situation gebracht habe.«

»Nein, Toni. Mir tut es leid, dass ich dich in die Ermittlungen mit reingezogen habe.«

»Dann tut es uns beiden leid. Aber eigentlich ist nur der Zahnarzt schuld. – Bekommst du deswegen Ärger?«

»Ja, vielleicht droht noch ein Disziplinarverfahren. Schon wieder. Das kann ich gar nicht gebrauchen.« Er zog die Augenbrauen hoch. »Aber Hauptsache, der Fall leidet nicht darunter. Und da besteht keine Gefahr, denn der alte Ambrosini ist voll geständig. Und ich glaube, sein Sohn wird es ihm gleichtun. Wir haben immer noch eine Menge offene Fragen zu klären.

Wo hat Rico gelebt? Wie haben er und Gian sich kennengelernt? Und vor allem: Hat Rico die Drogen wirklich in den Brückentrümmern gefunden?«

»Ich finde, die Geschichte, die du mir erzählt hast, ist zu irre, um nicht wahr zu sein.«

»Ha! Stimmt. Bin gespannt, ob wir sie jemals bestätigen können. Immerhin bringen wir an anderer Stelle Licht ins Dunkel. Ambrosini hat ausgesagt, dass er und sein Sohn vom Salon der Jacht aus alles gesehen haben. Die beiden Gangster haben Rico mit Gewalt zwingen wollen, sein Versteck zu verraten. Aber Rico ließ sich eher schlagen, als den Mund aufzumachen.«

»Er wollte seinen Onkel schützen, ist doch klar.«

»Zu Recht, wie sich herausgestellt hat. Und er muss geahnt haben, dass sie ihn so oder so nicht einfach laufen lassen würden. Also hat er sein Heil in der Flucht gesucht, aber er hatte keine Chance.«

»Armer Kerl«, sagte Toni.

Grassi stellte seine Tasse auf den Tisch. »Das sehe ich ein bisschen anders. Immerhin war er ein Drogendealer. Selbst wenn der katastrophale Zufall ihn dazu gemacht hat und er damit jemandem helfen wollte. Er hätte mehr für Umberto getan, wenn er sich nach dem Einsturz an den Staat gewandt hätte.«

»Der Staat«, sagte Toni verächtlich, »der tut doch nichts.«

»Die Polizei des Staates hat gerade den Mord an Rico aufgeklärt.«

»Du weißt, was ich meine. Der Staat ist doch an dem ganzen Brückendesaster schuld!«

»Ja, ich weiß, was du meinst. Aber ich finde trotzdem, dass es nicht so einfach ist.«

Toni zuckte mit den Achseln, und Grassi schnitt sich noch ein Stück Käse ab. »Du musst auch noch deine Aussage zu Protokoll geben, Toni.«

»Ich weiß«, seufzte sie. »Soll ich irgendwas weglassen? Ich

meine, damit du vielleicht um dieses Disziplinarverfahren herumkommst?«

Grassi musste grinsen. »Mit einer Falschaussage? Aufrechte Bürger wie dich braucht der Staat.«

»Hey, ich will dir nur helfen.«

»Schon gut. Nein danke. Du kannst alles genau so erzählen, wie es passiert ist. Und du bekommst auch keinen Ärger.«

»Bist du dir sicher?«

»Du hast mit diesem Beachboy geflirtet. Das mag moralisch verwerflich sein, aber strafbar ist es nicht.«

»Moralisch verwerflich«, wiederholte sie amüsiert.

»Klar, du bist mindestens zwanzig Jahre älter als er.«

Sie lachte auf. Und nach einer Pause: »Was machst du jetzt?«

Er zuckte mit den Achseln. »Wenn die letzten Verhöre beendet und alle Fragen geklärt sind, überlasse ich Ricci den Papierkram und die Aufräumarbeiten.«

»Die wird sich freuen. Aber meinst du nicht, nach diesem Fall, nach der Schießerei, der Entführung, der Seekrankheit, dass du ein paar Tage Urlaub verdient hättest?«

»Hatte ich mir auch schon überlegt.«

Toni nickte. »Und wo soll's hingehen?«

Grassi streckte sich. »Ich weiß nicht recht. Vielleicht nach Rom?«

»Gute Idee.«

Fine

ANMERKUNGEN DES AUTORS

Die Handlung und sämtliche Figuren in diesem Roman sind rein fiktiv. Andere hier geschilderte Geschehnisse haben so stattgefunden oder haben einen realen Hintergrund.

Die von Riccardo Morandi erbaute Brücke in Genua, Teil der Autostrada A10, kollabierte am 14. August 2018 um elf Uhr sechsunddreißig über ein Teilstück von zweihundertfünfzig Metern. Zahlreiche Fahrzeuge stürzten über fünfzig Meter in die Tiefe, dreiundvierzig Menschen starben. Einige wenige Fahrzeuginsassen überlebten wie durch ein Wunder. Das Polcevera-Viadukt, wie die Brücke offiziell hieß, war die wichtigste Verbindung zwischen dem Ost- und dem Westteil der Stadt. Sie war zudem Hauptzufahrtsweg zum Hafen von Genua. Nach dem Einsturz wurde in ganz Ligurien der Notstand ausgerufen. Italien war im Schockzustand.

Was war passiert? Die Morandi-Brücke war eine Schrägseilkonstruktion, bei der die Fahrbahn an von Beton ummantelten Stahlkabelbündeln hing. Die südlichen Kabel am Pfeiler 9 der Brücke waren durchgerostet und rissen im strömenden Regen dieses Tages. Die anderen Kabel konnten die schlagartige Belastungsveränderung nicht tragen und rissen ebenfalls. Erst fiel die Fahrbahn in die Tiefe, dann brach der hundert Meter hohe Pfeiler in sich zusammen.

Die Brücke hatte schon wenige Jahre nach ihrer Fertigstellung im Jahre 1967 schwere Mängel gezeigt. Der Beton um die Kabel herum war, anders als von seinem Konstrukteur gedacht, nicht für die Ewigkeit, sondern wies bereits erste Risse auf, durch die Wasser eindringen konnte. 1981 ergab eine Kontrolle, dass die Brückenpfeiler marode waren. In Venezuela wurde daraufhin eine ebenfalls von Morandi konstruierte Brücke gleicher Bauart vollständig saniert. Die Sanierung der Brücke in Genua wurde erst Ende der Neunzigerjahre in Angriff genommen und betraf dann auch nur einen einzigen der drei Pfeiler. Nicht jedoch Pfeiler Nummer 9.

Der Mailänder Brückenexperte Carmelo Gentile wurde im Oktober 2017 schließlich damit beauftragt, die Brücke genauer zu untersuchen. Mit seiner Methode, die Schwingungen in der Brücke misst, konnte Professor Gentile schwere Schäden an den Kabeln von Pfeiler 9 nachweisen, und er empfahl dringend weitere Maßnahmen. Doch die Autostrade per l'Italia, Betreiberin der Brücke und für die Wartung verantwortlich, meldete sich auf sein Gutachten hin nie wieder bei ihm. Die Firma, die bis 2021 zum Konzern Atlantia gehörte, an dem die Familie Benetton dreißig Prozent hielt, schob die Verantwortung auf das Verkehrsministerium. Am 7. Juli 2022 begann in Genua der Prozess gegen insgesamt neunundfünfzig Beschuldigte.

Unter dem Ostteil der alten Brücke inmitten des Stadtteils Certosa lag die Via Enrico Porro, eine von sechsstöckigen Wohnblöcken geprägte Straße mit vielen Sozialwohnungen. Die herunterstürzende Fahrbahn verfehlte die Häuser nur um wenige Meter. Da die Reste der Brücke und ein Pfeiler inmitten der Häuser ebenfalls zu kollabieren drohten, mussten über sechshundert Menschen noch am Tag der Katastrophe evakuiert werden. Sie konnten nur das Nötigste mitnehmen und kehrten nie wieder in ihre Wohnungen zurück. Betroffene beklagten, von den offiziellen Stellen im Stich gelassen worden zu sein. Die Häuser wurden schließlich abgerissen und die Brückenreste gesprengt. Die neue Brücke, Genova San Giorgio genannt, wurde am 3. August 2020 eingeweiht.

Am 13. Dezember 2022 führte die italienische Polizei unter dem Codenamen »Blu notte« einen groß angelegten Schlag gegen die Mafia in Brescia und in Reggio Calabria durch, bei dem insgesamt sechsundsiebzig Personen verhaftet wurden. Grundlage für die Verhaftungen waren unter anderem Erkenntnisse aus jahrelanger Telefonüberwachung. Am 20. März 2020 unterhielten sich der Chef des Bellocco-Clans, Benito Palaia und Rosario Caminiti, ein anderes hochrangiges Clanmitglied:

»Als die Morandi-Brücke eingestürzt ist (…) wenn Sie sich das erste Video ansehen, da ist auch ein Lastwagen (…) Es ist ein gelber Eurotransporter, man kann ihn sehr gut sehen (…)«

»Ein Lieferwagen ist abgestürzt«, sagt Caminiti.

»Ja, mit der Ladung«, antwortet Palaia. Dann erklärt er, dass er »beauftragt« worden sei, »einen Versuch zur Wiederbeschaffung« der verlorenen Ladung durchzuführen.

Die Zeitung *La Repubblica* meldet am 15. Dezember 2022: »Man geht davon aus, dass sich unter den fünfundzwanzig Fahrzeugen, die vom Einsturz der Morandi-Brücke erfasst wurden, auch ein Kühlwagen befand, der mit Drogen gefüllt war: neunhundert Kilo Haschisch, das in den Hohlräumen versteckt war, von der 'Ndrangheta ›verwaltet‹ und für die neapolitanische Unterwelt bestimmt.« Mit der »Unterwelt« ist die neapolitanische Camorra gemeint. Die 'Ndrangheta hingegen kontrolliert unter anderem über die Häfen in Genua und La Spezia den europäischen Drogenmarkt und Kokainhandel. Man vermutet, dass die verschwundenen Drogen über nordafrikanische Zwischenhändler nach Neapel gehen sollten. Die Camorra schickte ihre Leute auf die Suche, für die 'Ndrangheta wurden Palaia und Caminiti aktiv. Doch die beiden verfolgten ihre eigenen Pläne. Allem Anschein nach wollten sie die Drogen finden, selbst an die Nordafrikaner verkaufen und den Gewinn fifty-fifty teilen.

In den Minuten und Stunden nach der Katastrophe waren Polizei und Rettungskräfte mit der Bergung von Verletzten und Toten beschäftigt und interessierten sich nicht für die herumliegenden Fahrzeugwracks. Im Zuge der späteren Aufräumarbeiten wurde der gelbe Transporter über einen Monat lang in einem Polizeidepot in Genua gelagert. Danach transportierte man ihn nach Latina in Süditalien (der Ort Latina, von Mussolini als faschistische Idealstadt geplant und gebaut, gilt als von der 'Ndrangheta infiltriert; der Attentäter vom Berliner Weihnachtsmarkt, Anis Amri, hat hier ebenfalls eine Zeit lang gewohnt), wo sich die Spur des gelben Transporters verliert. Die Carabinieri von Reggio Calabria hatten ihre Kollegen von Latina und Genua sofort über das abgehörte Gespräch unterrichtet, ohne dass etwas unternommen worden wäre. Die Guardia di Finanza, die seit vier Jahren den Brückeneinsturz und die Rolle der Autostrade dabei untersucht, wurde hingegen nicht informiert. Und der Oberstaatsanwalt von Genua sagt, er »weiß von nichts«.

Ich habe mir erlaubt, mich von dieser unglaublichen Geschichte für meinen Roman inspirieren zu lassen. Weil das Leben bizarrer sein kann als jede noch so unvorhersehbare Wendung in einem Roman.

Andrea Bonetto, November 2023

DANK AN

meinen Freund und Agenten Marcel Hartges, the hardest working man in publishing, und an das ganze Agenturteam in München. An alle guten und treuen Menschen in meinem Verlag Droemer Knaur und dort speziell an meine stets geduldige und ideenreiche Lektorin Andrea Hartmann und meine sehr coole Verlegerin Doris Janhsen; großer Dank geht an Regine Weisbrod, die mich mit ihren kritischen Fragen zur Verzweiflung treibt und immer recht hat, an Grassis Freunde der ersten Stunde Uli Genzler und Helmut Huber, an die Frühleser Gabi und Bernd, an Anya, Linda und Hanno, die stets in meinem Herzen sind, an Wolfgang Müller für unverbrüchliche Freundschaft.

Sami von der B-Side Bar in Helsinki verdanken Maria Solinas und ich einen besonderen Drink. Und ein ganz besonderer Dank gilt Urtė, die, ohne zu lesen, so viel zu diesem Buch und seiner Entstehung beigetragen hat.

868 m ▲ *Monte Groppi*

SS1

Passo del Bracco

Framura

722 m ▲
Monte Pistone

Cassana

Montaretto

SS332

Bonassola

*Cappella della Madonnina
della Punta*

Lévanto

SP58

C i n

Monterosso al Mare

SP51

Vernazza

Punta Mesco

Nationalpark Cinque Te

Cor

Manarola

Riomaggio

R i v i e r a   d i   L e v a

Cal
Mont

LIGURISCHES
MEER

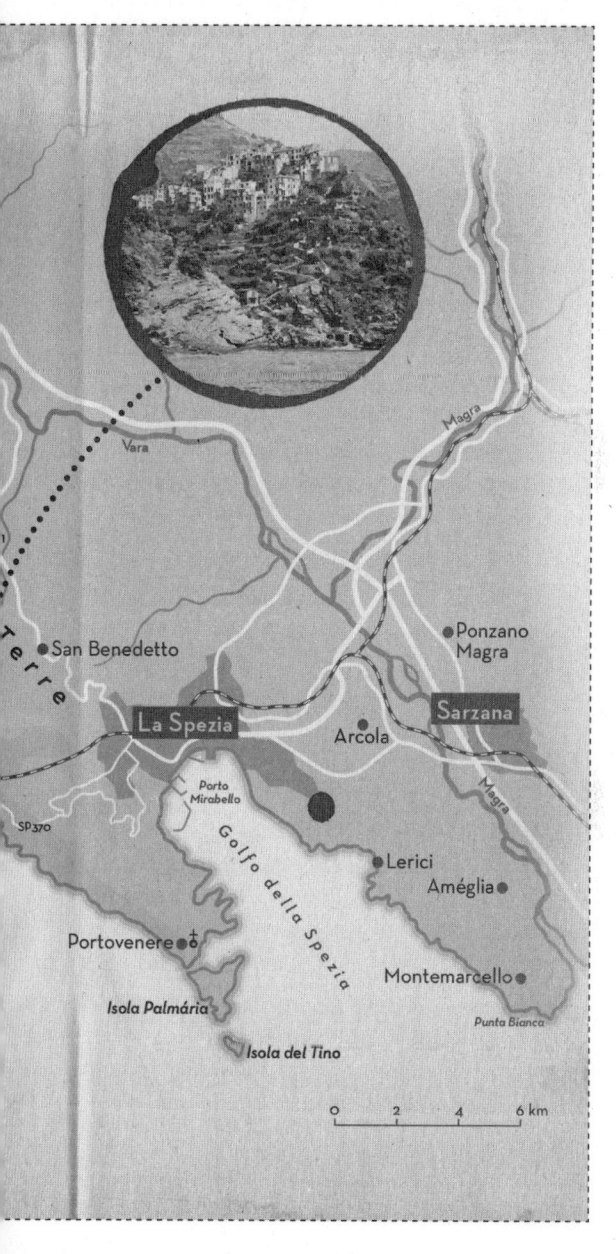

Vara

Magra

● Ponzano
Magra

● San Benedetto

Terre

La Spezia

Arcola

Sarzana

Magra

Porto
Mirabello

SP370

Golfo della Spezia

● Lerici
Améglia ●

Portovenere ●●⚓

Montemarcello ●

Isola Palmária

Punta Bianca

Isola del Tino

O   2   4   6 km